FOLIO POLICIER

Carlene Thompson

Tu es si jolie ce soir

Traduit de l'américain
par Jean-Luc Piningre

La Table Ronde

Titre original :

THE WAY YOU LOOK TONIGHT

Carlene Thompson est américaine. Elle est l'auteur de onze romans tous parus aux Éditions de La Table Ronde dont *Présumée coupable, Ne ferme pas les yeux, Les secrets sont éternels* ou *Le crime des roses*. Elle a enseigné l'anglais dans l'Ohio, vit désormais en Virginie et est considérée comme l'une des émules les plus talentueuses de Mary Higgins Clark.

En souvenir de Margie.

Merci à Janice Daniels, Dick Young, Dave Sizemore et George Lucas.

PROLOGUE

Le bar était plein quand il entra chez Kelly à dix heures, ce qui semblait normal pour un samedi soir. La porte s'ouvrait toutes les trois minutes, jetant régulièrement une lumière oblique, quelques notes du juke-box et un nuage de fumée dans la nuit froide et calme. Ces endroits sont bien tous les mêmes — bruyants, trop éclairés, enfumés. Il alluma plusieurs cigarettes, avala quelques verres d'un whisky infect allongé de soda éventé, repoussa gentiment les avances de la serveuse — cinquante ans bien sonnés, la silhouette avachie et les yeux enfoncés — et réussit une heure et demie durant à n'échanger que de vagues propos avec un client ou deux. Alors il partit.

Dehors, le froid l'enveloppa. Il inspira profondément. L'air était pur, propre, vif. D'épais flocons tombaient encore. Ils recouvraient le trottoir, masquaient les devantures, voilaient la douce lumière des réverbères. Un jour qu'il avait huit ans, il avait trouvé une luge dans la rue qui attendait le passage des éboueurs. La peinture rouge était écaillée, le patin tordu, mais peu lui importait. Seuls comptaient le froid piquant, la neige au clair de lune dont le manteau étincelait sur la colline, derrière la maison, et la longue glissade qui s'offrait à lui…

D'un geste imperceptible du menton, il chassa ses souvenirs et, se concentrant à nouveau sur ce qui l'attendait, alluma une nouvelle cigarette. Un couple sortit de chez Kelly et se mit à rire quand la fille faillit perdre l'équilibre sur le sol glissant. Ils s'éloignèrent dans l'autre sens. Pendant un instant, la porte resta fermée. Depuis presque une demi-heure les clients s'en allaient, mus, aurait-on cru, par d'impérieux besoins. L'heure de la fermeture approchait. Cette fois, il ne devait plus rester grand monde.

Mais l'enseigne lumineuse, au néon bleu, continuait de briller. C'est elle qui l'avait attiré au bar — elle avait sous la neige quelque chose de mystique, un air fantomatique. Il était sensible aux lumières, aux éclairages, et celui-ci le ravissait. Il se demanda combien d'autres personnes partageaient ce goût-là. Peu, sans doute.

Il trouvait la plupart des gens seulement capables de sensations idiotes, prosaïques, sinon exaspérantes. À quoi bon, finalement, se comparer aux autres ? Après tout, *lui* était spécial, intelligent, sensible, doué de ces qualités souvent énumérées dans les petites annonces des journaux — dont les auteurs pourtant devaient cruellement manquer. Impossible cependant de ne pas constater sa supériorité à tout bout de champ. C'était la simple réalité.

Sa cigarette était à moitié consumée lorsqu'une

femme sortit du bar. Il l'avait aperçue au comptoir. Ce devait être une habituée, puisque la serveuse l'avait appelée par son prénom. Sally, c'était bien ça ? Cela n'avait de toute façon aucune importance. Un prénom était toujours attaché à une personne, à une identité particulière, et il n'aimait pas s'en souvenir.

Hésitante, elle restait là devant la porte, à étudier la rue d'un regard myope. Il ne s'était pas vraiment caché, d'ailleurs pour quoi faire ? Malgré sa jeunesse et sa beauté, la jeune femme ne pouvait avoir *sa* vision. Il avait remarqué au bar la pureté de ses grands yeux, l'innocence de ses traits. Elle lui avait fait penser à Olivia Hussey dans une version filmée de *Roméo et Juliette*. Une rose sur un tas de boue. Cette sensation de pureté lui remettait en mémoire une vieille chanson, *The Way You Look Tonight*, qu'il se mit à fredonner dans la bise du soir. « Un jour que je serai triste, que le monde sera noir, mon cœur se réchauffera, en se rappelant ce soir, la beauté de ton visage. » Sa mère l'adorait.

Plus bas, sous le halo bleuté de l'enseigne au néon, il vit la jeune femme qui clignait des paupières. La neige lui tombait sur les yeux. Il sentit battre son cœur en la dévisageant, et entendit la voix qui, tout au fond de lui, chantait déjà vers elle. Ses nerfs furent brusquement parcourus d'une chaleur secrète, tandis qu'il attendait, implorant, *priant*. La fille partit dans l'autre sens, puis fit abruptement demi-tour.

C'était donc cela le pouvoir ! pensa-t-il, triomphant. Personne ne pouvait résister au pouvoir de *sa* volonté — sûrement pas, en tout cas, l'esprit inculte de cette jeune femelle.

Il jeta sa cigarette puis, lentement, se laissa glisser jusqu'à se retrouver assis dans la neige. Elle pressa le pas, mais s'arrêta lorsqu'elle l'entendit gémir dans la ruelle. « Mademoiselle, fit-il d'une voix faible, mademoiselle ! » Elle se raidit, prête à rebrousser chemin, mais son regard était déjà fixé sur lui. « Je viens de me faire attaquer », gémit-il en montrant le mouchoir taché de sang qu'il maintenait à hauteur de ses tempes. « Ils m'ont frappé. Je ne peux plus me relever. » Elle hésita. La neige tombait de plus belle sur ses longs cheveux noirs et brillants. Elle avait l'air d'un enfant effrayé, oscillant entre l'envie de lui porter secours et celle de rentrer ventre à terre à la maison. Elle fronça les sourcils : « On se connaît ?

— Je ne pense pas », dit-il par réflexe. Dans ces situations-là, il fallait par prudence rester un inconnu, mais il comprit très vite qu'il venait de faire erreur. La fille voulait l'aider et il aurait mieux valu prétendre la connaître, même vaguement, cela l'aurait décidée. Il était trop tard. S'il changeait d'avis, elle le soupçonnerait de mentir et s'enfuirait tout de suite. Ne pas en rajouter, juste continuer de l'apitoyer. Il parla plus distinctement, avec la voix de l'innocence injustement meurtrie. « S'il vous plaît, mademoiselle. Aidez-moi simplement à trouver un téléphone pour que je puisse appeler une ambulance. » Il tenta de se relever, et feignit de tomber. « Oh, mon Dieu ! »

Elle se rua à son secours. Les filles des grandes villes ne sont pas si crédules, pensa-t-il, amusé.

Mais ici à Wheeling, *West Virginia*, les gens ont facilement confiance. Cela lui réussissait toujours. Il retira à nouveau le mouchoir de sa tempe et murmura : « Je n'aurais pas cru que je saignais autant. Oh, je m'en sortirai, mais que la tête me tourne ! » Il termina sa phrase d'un petit rire fébrile et remarqua les boucles d'oreilles, dorées, qui brillaient sous le faible éclairage.

Elle parut alors déterminée, sûre d'elle. Du moins c'est ce qu'elle pensait. « Mettez-moi un bras sur l'épaule, monsieur. Je vous accompagne au bar, plus bas, d'où vous pourrez téléphoner. »

Affichant une gratitude soigneusement étudiée, l'homme retira de la poche de son manteau une main gantée, solidement refermée sur un lien invisible. « Vous êtes un ange, mademoiselle. Un bon geste est toujours récompensé. »

*

Vingt minutes plus tard, ce qui restait de Sally Yates ouvrit les yeux. Elle n'eut pas le temps de reprendre conscience qu'une douleur abominable la submergeait. Quelque chose, autour de sa gorge, l'étouffait. Elle tâta du bout des ongles. Une corde. Presque engloutie dans la chair chaude et lisse.

Elle posa une main sur sa tête. Tout le côté gauche avait été — littéralement — fracassé. Son visage et ses cheveux étaient couverts de sang, jusqu'au manteau de laine synthétique blanche qu'elle trouvait si élégant. Sa main descendit sur l'arcade sourcilière. La paupière tuméfiée était fermée, la pommette brisée. Plus bas au milieu de la joue un os cassé avait percé la peau. Au nom du ciel, que lui avait-on fait ? Elle se souvint... Le marteau. Elle l'avait aperçu tandis que l'homme lui arrachait ses boucles d'oreilles l'une après l'autre.

La douleur était pratiquement insupportable. Hébétée, cherchant désespérément à trouver l'équilibre, Sally roula sur elle-même. Malgré son épuisement, les mots de sa mère lui revinrent en mémoire : « Tu n'as rien à faire dehors ce soir. Jack va t'écorcher vive, s'il apprend que tu es sortie.

— J'ai vingt-deux ans, avait-elle répondu. Il n'est jamais là quand je veux m'amuser. Et puis je vais au cinéma, c'est tout.

— Au cinéma ? Tu parles ! Tu vas encore traîner dans ce bar, là, chez Kelly. Tu ferais mieux de rester à la maison et de penser à ton bébé. »

Amy — à l'abri et au chaud, à la maison où il fallait cependant supporter les commentaires pénibles de l'aïeule. Mais si elle, Sally, devait maintenant mourir ? Amy serait alors élevée par son père, Jack, qui hurlait tout le temps et ne connaissait que les poings pour faire entendre sa voix.

L'image de sa fille, âgée de dix-huit mois, lui redonna un semblant de courage. Sally combattit de toutes ses forces un besoin irrésistible de se coucher dans la neige pour laisser une bonne fois l'obscurité l'envahir. Surmontant la douleur et l'horreur, elle leva lentement la tête. De son œil droit valide, elle aperçut une masse indistincte, posa une main hésitante sur le métal froid. Une benne, pensa-t-elle, une benne à ordures. Elle dut se forcer à réfléchir. Il l'avait entraînée derrière, avant de resserrer la corde d'un geste si violent que ses poumons avaient semblé se vider d'un seul trait. Et elle avait sombré dans un état semi-inconscient, avant qu'il ne la viole et ne la roue de coups.

Elle s'efforça d'avaler sa salive, mais quelque chose dans sa bouche l'étouffait comme du foin. Elle cracha une petite boule de… Quoi ? Des feuilles ? Des brindilles ? Dans le noir, impossible de savoir. Elle en avait encore plein les dents, sur son maxillaire brisé. Mais Sally n'avait plus assez d'énergie pour extirper le reste du bout de sa langue. La douleur, de toute façon, le lui interdisait.

Cherchant aveuglément un air qui semblait refuser d'entrer dans ses poumons, elle se hissa sur les genoux et se mit à ramper. La nausée lui retourna le ventre. Elle sentit alors une nouvelle blessure, au niveau de l'annulaire, curieusement déformé. Le doigt était brisé, son alliance, disparue. Non, se dit-elle, presque à bout de forces. Ce fumier m'a volé mon alliance !

Son manteau était couvert de neige, comme ses genoux nus sous le collant qui pendait en lambeaux. Pourtant le froid lui parut moins intense qu'au moment où, plus tôt, elle avait rouvert les yeux. La neige crissait sous son poids, tandis qu'elle se traînait vers la rue, la rue où il y aurait des gens, où des lumières brillaient, où l'on pourrait l'aider.

Elle tomba plusieurs fois sur le côté, mais continua à sinuer comme un serpent, la langue hors de la bouche à chercher un air rare. Les ongles que, le soir même, elle avait soigneusement limés et vernis, se cassaient les uns après les autres. Elle rampait, tentait une nouvelle fois de desserrer la corde que l'on ne voyait plus sous les plis de sa peau si jeune, si douce. Elle se rendit compte, malgré la nausée et le brouillard de son esprit, qu'elle avait perdu ses chaussures. Les plus belles, tout en cuir. Il faudrait les retrouver.

La rue. Elle parcourut les lieux de son unique œil valide. Personne alentour. Mais elle ne renonça pas. Chaque seconde devenait plus pénible. La rue se transforma en tourbillon. Sally sentit son bon œil se fermer. Mais elle poursuivit, encore et sans relâche. C'est au bout d'une éternité qu'elle entendit une voix : « Nom de Dieu ! » Elle comprit que des gens se rassemblaient. Un homme la retourna et étouffa un cri : « Doux Jésus, non ! »

Elle sentit une gêne terrible, absurde autant qu'irrésistible, un besoin irrationnel la poussant à masquer son visage mutilé. Mais ses mains, cette fois, ne voulaient plus bouger.

« C'est Sally !

— Sally ? Ce n'est pas elle ! répondit une femme à la voix chevrotante.

— Si, je reconnais ses cheveux. Sally, que s'est-il passé ? » C'était Hank, le barman.

Elle essaya de parler, mais ses mots restèrent muets. Sa gorge enflée semblait bouchée. Elle tenta vainement encore de desserrer la corde.

Puis son corps s'avachit. Elle avait survécu à la strangulation, au viol, aux coups. C'est maintenant que le cerveau ne suivait plus. La sensation physique de son organisme paraissait s'évanouir. Lésions cérébrales. Sally était infirmière et savait comment cela arrivait. Elle voulut de toutes ses forces retrouver sa *douleur*. Au moins celle-ci indiquerait que le cerveau fonctionnait.

« Qui t'a fait ça ? » demanda Hank.

L'autre voix, féminine, semblait venir de nulle part : « Oh, mon Dieu, mon Dieu ! Regarde-moi son visage ! Une vraie bouillie ! » Puis un grognement : « Je crois que je m'évanouis. Je n'y vois plus rien.

— Arrête de gémir et va appeler les secours ! cria Hank.

— Je ne peux pas. Je vais vomir. Je tremble comme une feuille.

— Bon sang, Belle, arrête de faire l'idiote. Tu crois qu'elle n'a pas assez peur comme ça ?

— Peur ? Moi, je lui fais peur ? Tu es à côté de la plaque. Tu ne vois donc pas qu'elle est en train de mourir ? »

Mourir, pensa Sally, comme un dernier éclair, aussitôt éteint. Je suis en train de mourir sur le trottoir, dans le froid et la neige, tout ça à cause d'un type qui m'a appelée au secours.

UN

« C'est une soirée très réussie, dit Pete Griffin. Comme toujours. »

Deborah Robinson le dévisagea. Ses joues étaient rouges, son front couvert de sueur ; châtain, il commençait à perdre ses cheveux. Elle s'était dit un instant plus tôt qu'il commençait à faire trop chaud. Ce que Pete confirmait sans le savoir. La maison était déjà chauffée, et le feu ronflait de plus belle dans la cheminée.

« Merci, répondit-elle en pensant qu'il faudrait bientôt baisser le thermostat. C'est la première fois qu'on voit aussi grand.

— Je me sens un peu bizarre au milieu de tous ces avocats. Je suis votre seul ami qui n'ait pas fait son droit ? »

Deborah se mit à rire : « Bien sûr que non. » Elle étudia la pièce. Si l'un des invités n'était pas un juriste, c'est qu'il en accompagnait un. « C'est vrai qu'on pourrait le croire, pourtant. Mais tu sais comment c'est Noël, chez nous. Steve invite toujours ses collègues de l'administration.

— C'est gentil de m'avoir invité aussi, alors.

— Mais tu es *toujours* le bienvenu. Tu es l'ami de Steve depuis si longtemps. »

Pete sourit. « Je me demande s'il n'espère pas que je lui ferais gratuitement ses déclarations d'impôt, un jour.

— C'est toujours utile d'avoir un expert-comptable parmi ses proches. Surtout lorsqu'il dirige le plus gros cabinet du coin. Mais où est ton fils, au fait ?

— Il a à peine quinze ans, mais il se croit trop branché pour fêter Noël avec moi. Il est chez un copain en train d'écouter son hard-rock à s'en déchirer les oreilles. Et le reste du temps, il passe sa vie à me reprocher de ne pas lui acheter de voiture.

— Il n'a pas encore son permis ?

— Adam trouve cela secondaire, dit Pete sur le ton de la dérision. Il veut que je fasse des économies pour lui acheter une Porsche.

— Rien que ça. Pour apprendre à conduire.

— Je sais. Un gamin de quinze ans dans un bolide de cinquante mille dollars. J'ai des frissons rien que d'y penser. »

Deborah rit. Pete était le meilleur ami de Steve, et elle savait pourquoi. Non seulement ils se connaissaient depuis l'enfance, mais en plus Pete était intelligent, modeste, et toujours là quand on avait besoin de lui. Elle avait elle-même apprécié tout de suite sa fausse timidité qui cachait un humour caustique, et surtout le dévouement sans borne dont il faisait preuve à l'égard de son fils, Adam, qu'il élevait seul depuis trois ans que son épouse les avait quittés. Hope Griffin n'avait pas essayé d'obtenir la garde de l'enfant et ne communiquait que rarement avec eux. Aux dernières nouvelles, elle vivait dans le Montana où elle consacrait tout son temps à la protection de l'environnement. « Abandonner son propre enfant pour aller s'occuper des ours », avait sèchement commenté Steve. « Celle-là, au moins, elle sait ce qu'elle veut. »

« C'est tellement merveilleux d'avoir quinze ans, et la tête pleine de rêves, fit Deborah comme pour effacer ses pensées. À cet âge, je me figurais que j'allais devenir la prochaine Joan Baez. »

Pete sourit. « Moi, je me voyais prendre la suite de Frank Lloyd Wright.

— Ah oui ? Je ne savais pas que tu t'intéressais à l'architecture.

— Oh, ça m'a vite passé. Ma grand-mère n'arrêtait pas de répéter que j'étais doué pour le dessin. Mais faire des plans, ce n'était pas mon fort.

— C'est à peu près ce qui m'est arrivé. Je me suis enregistrée un jour en train de chanter *Blowin' in the Wind*, et le résultat m'a horrifiée. C'est à cet âge-là qu'on croit encore que tout est possible.

— Comme Adam. Il change d'avis toutes les semaines sur ce qu'il veut faire plus tard. En ce moment c'est pilote de chasse, parce qu'ils viennent de repasser *Top Gun* à la télé. Tu verras quand Brian aura son âge. »

Deborah afficha un faux air horrifié. « Attends, il n'a que cinq ans. J'espère avoir encore la paix quelques années. »

Pete consulta sa montre. « Je ne voudrais pas jouer les grincheux, mais j'ai dit à Adam d'être rentré pour onze heures. Comme je ne veux pas qu'il trouve la maison vide, je ferais mieux d'y aller.

— Tu ne veux pas lui téléphoner, pour lui dire que tu rentres ?

— Et l'humilier devant ses amis ? » Pete hocha tristement la tête. « Deborah, tu as beaucoup à apprendre sur les adolescents. Si je l'appelle maintenant, il va me faire la tête toute la semaine pour me le faire payer. Je n'en ai pas le courage. Non, non, je préfère être là avant lui et préparer mon petit discours sur la parole donnée, la responsabilité individuelle et le respect des autres, puisqu'il sera en retard.

— Tu es un monstre de cruauté, répondit Deborah en riant.

— Absolument. Mais il faut bien s'amuser un peu. »

Elle fit un signe à Steve, qui discutait avec Evan Kincaid. Steve était grand, élancé, réservé et un rien sévère, quoique capable de temps à autre de bonnes plaisanteries de collégien. Il vint aussitôt les rejoindre. Il avait chaud lui aussi. Ses cheveux châtain clair étaient légèrement collés par la sueur. « Alors, comment ça va, par ici ? fit-il d'une voix douce.

— Pete veut déjà partir pour vérifier qu'Adam est bien rentré.

— Quoi, il n'est pas malade, au moins ?

— Non, non. Il fait la fête chez ses copains.

— Eh bien, il n'y a pas de quoi s'inquiéter ? Prends donc un dernier verre avant de partir. On a une bonne bouteille à la cuisine. Chivas Regal, douze ans d'âge.

— Difficile de résister, admit Pete. Mais Adam...

— Eh, laisse-le vivre un peu. Tu n'es pas à un quart d'heure près, quand même ? »

Pete prit une mine contrite, mais sourit. « D'accord, un dernier verre vite fait, et après j'y vais.

— Tu peux te passer de moi une minute ? demanda Steve à Deborah.

— J'ai l'impression qu'il va falloir, mais ne vous mettez pas à évoquer vos souvenirs de lycée pendant des heures.

— On va essayer », dit Steve en riant, avant d'emboîter le pas à Pete en direction de la cuisine.

Il n'y a pas de risque, pensa Deborah. Pete était trop inquiet vis-à-vis d'Adam pour s'attarder trop longtemps. Il se montrait d'ailleurs exagérément protecteur envers lui et, selon Steve, c'était ainsi depuis son divorce. Délaissé par son épouse, Pete craignait également de voir Adam s'en aller, ce qui était en revanche peu probable, puisque derrière sa morgue d'adolescent Adam était extrêmement attaché à son père. Elle savait toutefois que Steve, en demandant gentiment à son ami de boire un dernier verre avec lui, le forçait à se mettre en retard, ce qui renforçait son inquiétude.

Deborah poussa un soupir en regardant le grand salon, autrefois divisé en deux pièces plus petites dont elle n'avait jamais compris l'utilité. Steve avait rechigné à abattre la cloison centrale — trop de travail, selon lui — mais Deborah avait insisté. Aujourd'hui, les deux pièces n'en faisaient plus qu'une, spacieuse et agréable, dotée en sus d'une grande baie vitrée en remplacement des quatre petites fenêtres, impossibles à nettoyer. Deborah, satisfaite du résultat, pensait que Steve l'était aussi. Il n'en avait cependant rien dit, sans doute pour ne pas l'encourager à entreprendre d'autres projets.

L'odeur mêlée de canard rôti, de purée d'igname et de vin chaud à la cannelle parvint à ses narines. Son ventre se mit à gargouiller — deux jours de suite, elle venait de s'atteler aux préparations culinaires et l'attrait de la nourriture avait disparu en chemin. Elle n'avait encore presque rien mangé, pourtant l'appétit ne venait pas. De plus elle se sentait très fatiguée. Il lui sembla que, chaque année, ces réceptions de Noël devenaient plus compliquées, pourtant elle ne voulait pas s'en remettre à un traiteur et préférait tout préparer. Cela finissait par être plus épuisant que vraiment agréable. Et ensuite il faudrait manger les restes pendant une semaine.

Elle circula entre les invités, proposant verres, biscuits, rappelant à chacun les tartes aux pommes, citrouilles et raisins secs qui les attendaient sur la table. L'un des avocats — Deborah ne savait plus son nom — racontait à l'assistance une affaire complexe qu'il avait traitée quelques mois plus tôt. Son épouse l'interrompait constamment, le corrigeant phrase après phrase, sans remarquer l'expression maintenant glaciale de son regard et ses mâchoires crispées. La petite amie d'un autre parlait à très haute voix à une femme plus âgée, aux cheveux teints noir-bleu, d'un tueur en série affublé par un journal local du sinistre surnom d'« étrangleur des ruelles ».

« Ça me fiche une trouille horrible de savoir qu'il a encore frappé, disait-elle. Dans la nuit de samedi et, cette fois, en plein centre de la Virginie de l'Ouest. Quand je pense à cette pauvre fille ! Mon Dieu, quelle horreur ! Une infirmière, mère d'un petit bébé. Elle est encore en vie, mais ils ne croient pas qu'elle pourra s'en sortir. »

Deborah se sentait prête à disparaître sous le plancher. L'événement était assez grave pour qu'il soit mentionné, mais on était quand même venu ici pour se détendre, passer un bon moment, et cette discussion qui n'en finissait pas jetait un voile odieux sur la soirée. Noël, vous dites ?

Deborah s'éloigna et trouva le thermostat qu'elle baissa de cinq degrés. Elle s'aperçut plus tard que les invités paraissaient plus à l'aise. Peu d'entre eux étaient ses propres amis. Pour la plupart des relations de Steve, ils semblaient penser malgré eux que ce dernier avait épousé une fille d'un rang somme toute inférieur. Steve n'y voyait que pure imagination, mais elle sentait tout de même une forme de distance. Deborah pensait que c'était en partie sa faute. Peu expansive, elle manquait en société de confiance en elle. De fait, elle finissait par détester ces réceptions. Cela avait pourtant été si agréable, les années qui suivirent leur mariage. Sept ans plus tard, c'était devenu une corvée. Elle se prit à rêver que ce serait peut-être la dernière. Que l'année prochaine, elle saurait convaincre Steve de n'inviter qu'un petit nombre de vrais intimes.

Son verre de Campari à la main, elle se retira dans un coin du living. La lumière jouait avec les volutes de la fumée. Même les minuscules lampes sur le sapin de Noël paraissaient nimbées d'un genre de halo. Les yeux de Deborah étaient irrités sous ses verres de contact. Elle s'était arrêtée de fumer deux ans plus tôt, pourtant le besoin violent d'une cigarette se fit brusquement sentir. *N'importe quoi* qu'elle puisse fumer, même une de ces prétendues « légères » qu'elle détestait tant. Elle comprit tristement que l'envie la tarauderait encore deux bonnes journées, le temps que l'odeur se dissipe de la pièce, une fois les invités partis. Dieu merci Steve et elle ne recevaient qu'une fois l'an. Si la maison devait sentir plus souvent le tabac, jamais elle ne serait capable de résister à l'appel de la nicotine.

Elle savait bien que sa place était au milieu de leurs hôtes, mais la migraine commençait à s'abattre, et elle était fatiguée d'avoir préparé tous ces plats, sans compter cette robe en laine blanche au joli décolleté qui la gênait maintenant. Elle lui avait valu une remarque de Steve : « Tu ne crois pas qu'elle est un peu trop… transparente ? Pourquoi ne mets-tu pas celle en velours noir que je t'ai offerte l'année dernière ? » Comment aurait-elle pu lui dire qu'elle se sentait trop grosse dans celle-là, qu'elle était étouffante avec ses manches étroites, trop longue aussi, bien que Deborah mesurât un mètre soixante-dix ? Pour ne pas le contrarier, elle était sur le point de se changer lorsque la sonnette avait retenti à ce moment-là, annonçant les premiers invités.

Barbara Levine, son amie, également adjointe de Steve au bureau local du ministère de la Justice, se trouvait à l'autre bout de la pièce. Deborah lui sourit. Elle l'avait rencontrée lorsqu'elle y travaillait elle-même en tant que secrétaire. Par un morne dimanche de novembre, elles s'étaient retrouvées par hasard dans la même boutique de location où elles étaient venues toutes deux dans l'espoir d'emprunter une cassette de *Docteur Jivago*. Barbara venait de mettre la main dessus et payait à la caisse lorsqu'elle vit Deborah s'approcher du comptoir et demander la même chose. L'employée affirma n'en détenir qu'une copie. Déçue, Deborah répondit qu'elle trouverait bien un autre film, mais Barbara lui proposa aussitôt : « Venez avec moi à la maison, on le regardera ensemble ? » Étonnée de recevoir une invitation aussi directe de la part de cette femme d'apparence si austère, professionnelle jusqu'au bout des ongles, et qui au bureau l'avait intimidée depuis le premier jour, Deborah hésita. Mais Barbara insista. Elles partirent chez cette dernière qui prépara du pop-corn au four à micro-ondes (« C'est bien tout ce que je sais faire », affirma-t-elle), et elles fondirent en larmes l'une comme l'autre lorsque, à la fin du film, le beau docteur parti rechercher sa Lara bien-aimée s'écroule mort dans la rue. Elles se retrouvèrent peu après pour dîner dans un restaurant italien et Deborah perdit finalement toute appréhension au sujet de Barbara. Elles devinrent ainsi amies, avec une passion commune pour les animaux, les belles histoires d'amour et les romans d'Agatha Christie.

Barbara vint la rejoindre : « Steve a filé à l'anglaise ?

— Non, il boit un verre avec Pete à la cuisine, sourit Deborah.

— Pete est vraiment un chic type. Je me demande pourquoi il ne s'est pas remarié.

— Chat échaudé craint l'eau froide. Je suppose qu'il a beaucoup souffert la première fois. Et il consacre la majeure partie de son temps à Adam, en sus de la grand-mère qui l'a élevé à Wheeling après le décès de ses parents. Elle a plus de quatre-vingts ans et sa santé l'inquiète.

— Cela ne me paraît pas une raison suffisante pour renoncer à toute vie sociale, dit Barbara. Il a besoin d'une femme, quelqu'un d'à peu près sensé qui le remette sur ses pieds. *Et* qui s'occupe de l'habiller convenablement. Il ne porte que des trucs trop grands, complètement dépassés. Ce n'est pas que je coure après la mode, mais je trouve qu'il fait tout ce qu'il peut pour avoir l'air dix ans plus vieux.

— Si le père Noël t'entend, tu n'auras rien dans tes chaussures. »

Barbara s'esclaffa. Le rire adoucit un instant la sévérité de ses traits. Jeune, elle ne devait sans doute pas manquer de charme, pensa Deborah. Son visage anguleux avait certainement quelque chose de romantique, de passionnel. Mais âgée de trente-huit ans, après une bonne quinzaine d'années passées à travailler douze heures par jour, elle paraissait en général tendue, trop maigre, et s'occupait semble-t-il peu de sa féminité. Cosmétiques et crèmes de soin n'étaient pas son fort, à l'exception d'un vague rouge à lèvres le plus souvent hâtif. Elle avait choisi ce soir-là un rose vif peu flatteur, qui avait déjà taché une de ses dents. Deborah se garda bien du moindre commentaire.

« Je te trouve superbe, lança Barbara. J'ai su que cette robe t'irait comme un gant, à peine je l'ai vue dans la vitrine.

— Steve ne l'aime pas.

— Oui, sans doute. Steve est adorable, mais il voudrait que tu ressembles à une vieille dondon, et pas à la jeune femme de vingt-huit ans que tu es.

— Tu exagères, Barbara.

— À peine. Je suis sûre qu'il a peur de te voir courir dans les bras d'un autre.

— Ça ne risque pas d'arriver. Je me demande si tu ne le trouves pas plus machiavélique qu'il n'est.

— Ça, c'est toi qui le dis. Je ne sais pas qui a fini par te convaincre que tu n'as aucun charme. De nous deux, c'est moi qui commence à ressembler à ma mère, et *elle* a vraiment soixante ans. » Barbara brandit le biscuit sec au chocolat qu'elle était en train de picorer. « Et ce n'est pas avec ça que je garderai ma ligne.

— Arrête, tu es maigre comme un clou.

— Non, je suis molle comme tout. Alors que tu es mince et musclée.

— Tu ne passes pas tes journées à courir après deux enfants, plus un chien. En tout cas, ne me dis pas que tu ressembles à ta mère.

— Peut-être pas à ce point, mais je fais vraiment mon âge, sinon quelques années de plus. »

Oui, pensa Deborah avec une pointe de tristesse, c'est vrai qu'elle fait son âge. Personne n'avait voulu croire, au début, qu'Evan Kincaid était devenu son petit ami. De sept ans son cadet, Evan était considéré comme le chéri de ces dames au bureau du ministère. Selon Steve, les plus jeunes secrétaires, jalouses, ne se privèrent pas ensuite de leurs remarques blessantes dans le dos de Barbara.

« Mais je le comprends, moi, avait dit Steve. Barbara est une femme intelligente, brillante. Evan a besoin d'autre chose qu'une jolie silhouette.

— C'est le même genre d'homme que toi, tu veux dire ?

— Chérie, répondit Steve en souriant. Tu es la plus jolie fille du monde. »

Jolie, pensa amèrement Deborah. Jolie malgré la longue chevelure noire que Steve préférait voir nattée ou en chignon. Jolie, malgré les lunettes qu'elle portait le plus souvent pour travailler, pardessus ses yeux graves d'un profond gris-bleu. Jolie, grande et bien faite — pourtant Steve aimait mieux la voir habillée simplement, sans aucun caractère, banale. Sans parler de son teint, cette peau que les vendeuses des rayons de cosmétiques affirmaient être celle d'une femme d'à peine vingt ans. Et pour finir, jolie, oui, mais assurément moins que les autres jeunes femmes que Steve avait fréquentées auparavant.

« Dis-moi à quoi tu penses et je donne un dollar, dit Barbara.

— Un dollar, c'est tout ?

— C'est la crise.

— J'étais en train de penser aux anciennes petites amies de Steve. Donne-moi mon dollar.

— Je n'ai pas mon sac sur moi. Et pourquoi *diable* penses-tu à ses anciennes petites amies ?

— Tu te souviens de ces filles qui passaient au bureau ? Certaines étaient vraiment superbes. Je me demande pourquoi il m'a choisie, moi ?

— Peut-être parce qu'elles étaient aussi jolies qu'idiotes. Je me rappelle le lui avoir dit.

— Ça a dû lui faire plaisir…

— Il m'a renvoyée à mes chères études… Et, peu de temps après, c'est toi qu'il invitait. C'est la meilleure chose qu'il ait faite.

— Merci. Certaines avaient de l'argent, pourtant.

— De l'argent ? » interrompit Evan Kincaid, qui venait les rejoindre. Il posa un bras sur l'épaule de Barbara. « L'argent, le père de tous les vices, c'est bien ça… »

Barbara fit une grimace. « Non seulement il est beau garçon, mais il sait lire dans vos pensées.

— Non, sur les lèvres, répondit Evan. Je vous observe depuis un petit moment. Vous étiez trop occupées pour le remarquer.

— Deborah est masochiste. Elle s'obstine à se demander pourquoi Steve n'a pas épousé une héritière en talons hauts. »

Evan fit une moue de dépit. « Je me demande si les femmes n'ont pas toujours besoin de se faire du souci pour des bêtises. »

Barbara offrit à Deborah un regard entendu. « Les hommes, bien sûr, ne s'inquiètent jamais de rien.

— Pas autant que vous, disons, répondit Evan en riant. Chaque jour que Dieu fait, Barbara que j'aime tant trouve au moins quarante nouvelles raisons de se faire du mauvais sang.

— Ce n'est pas vrai ! » protesta l'intéressée, presque furieuse. Le compliment amoureux, à peine déguisé, ne lui avait cependant pas échappé. Evan et elle sortaient ensemble depuis avril, et Barbara avait confié à son amie que les deux derniers mois avaient été houleux. « Il croit que je veux le mener à la baguette, parce que je suis plus âgée que lui. » « Ce n'est peut-être pas tout à fait faux », avait répondu Deborah assez abruptement. Barbara prit un air penaud : « Je sais. Je m'en rends compte, mais je ne peux pas m'en empêcher. »

Pour l'instant, Barbara, rayonnante, braquait un regard amoureux sur son compagnon. Blond, les yeux bleus, c'était un genre de Robert Redford avec quelques bonnes années de moins.

La ressemblance paraissait plus frappante, ce soir. Peut-être était-ce l'éclairage ou simplement Evan se laissait-il aller plus qu'à l'accoutumée. Sans doute les choses s'arrangeaient-elles entre les deux amants, ou bien les quelques verres de la soirée avaient-ils réussi à le détendre. Toujours est-il qu'il semblait plus joli garçon que jamais.

Il fronça un sourcil interrogateur vers Deborah, et elle se rendit compte qu'elle ne le quittait pas des yeux. « Je vous apporte un autre verre ? demanda-t-elle, empressée.

— Je crois que j'ai mon content, répondit Evan en levant vers elle un verre encore à moitié plein. Barbara ?

— Ce vin chaud est délicieux, mais j'en bois encore un, et je vous sors un chapelet de plaisanteries graveleuses.

— Surtout pas ça ! coupa Evan. Deborah, empêche-la, Barbara se trompe toujours de fin quand elle raconte ses blagues.

— Ce n'est pas vrai, rétorqua Barbara. J'en ai appris une bonne, aujourd'hui. C'est l'histoire d'un…

— Oh non, dit Evan avec une moue exagérée.

— Je vais voir où ils en sont à la cuisine, fit Deborah en se levant.

— Trouillarde », grommela Evan.

Steve était en train de refermer la porte du jardin derrière Pete quand Deborah arriva dans la cuisine. « Tout va bien ? »

Il la regarda un instant. Le soulagement se lisait dans ses yeux — ses yeux verts qui, récemment, paraissaient fatigués, même légèrement injectés de sang. « Quand même, il devrait fiche la paix un peu plus à son fils. On dirait une vieille fille avec un orphelin. »

Deborah lui passa un bras autour du cou. « Chéri, on ne dit plus *vieille fille*, c'est politiquement incorrect. Et pourquoi seules les mères auraient-elles le droit de couver leurs enfants ? »

Steve leva un sourcil : « Madame Robinson, vous avez bu et dites n'importe quoi. Mais j'accepte la critique.

— Merci, mille fois merci de faire attention à ce que je dis, répondit sèchement Deborah. Trop aimable de ta part.

— Mais non, je suis vraiment fatigué, c'est tout,

et Pete m'inquiète, en fait. Je me demande ce qu'il fera le jour où Adam s'en ira, et qu'il n'aura plus personne à couver.

— Barbara pense qu'il devrait se trouver une fille bien.

— Évidemment, ce serait parfait. Mais ça fait si longtemps qu'il est seul. Et Pete n'a jamais été un tombeur, même lorsqu'il était plus jeune. En revanche, dans les affaires, il s'est drôlement bien débrouillé. Il ne faudrait pas qu'une fille s'éprenne de lui pour son argent. Même si les mariages amoureux ne finissent pas toujours bien.

— C'est pour nous que tu dis ça ? »

Steve la prit par la taille et la serra contre lui : « Non, j'ai toujours su qu'on était faits l'un pour l'autre. »

Il avait beau sentir le tabac, ce qui réveilla chez Deborah le désir d'une cigarette, le geste la toucha. Steve n'étant guère démonstratif, s'il n'avait pas bu quelques verres, il n'aurait sans doute pas osé l'étreindre ainsi dans la cuisine, avec une vingtaine d'invités rassemblés dans le salon. À cet instant précis, elle regretta leur présence. Deborah se leva sur la pointe des pieds et l'embrassa doucement. « Je suis heureuse d'être ta femme.

— C'est vrai ? » demanda Steve.

Elle le regarda en se détachant de lui. Il paraissait inquiet.

« Mais bien sûr. Pourquoi en douterais-tu ?

— Parce que j'ai parfois l'impression que je te déçois », dit Steve.

Elle se sentait coupable de le penser, mais Deborah admit intérieurement que c'était vrai. Elle regrettait par moments de ne pas avoir épousé un homme passionnément amoureux, au lieu de Steve qui l'entourait bien sûr d'une affection constante, mais avec cette distance qui lui était si propre. Elle convint que c'était là le rêve d'une adolescente attardée. Il fallait faire maintenant avec la vie réelle, celle qui ne ressemble pas aux belles histoires d'amour des écrans de cinéma. Steve n'était pas Youri Jivago, et elle n'était pas Lara, étourdissante et romantique. Comme son père le lui avait suffisamment répété, elle n'était pas non plus une beauté et ne faisait montre d'aucun talent ou esprit particulier. Non, une femme ordinaire douée avant tout pour tenir la maison et faire bien la cuisine. Son père avait réprouvé qu'elle accepte ce poste de secrétaire au bureau du ministère à Charleston, au lieu d'épouser Billy Ray Soames, le prêcheur baptiste de leur petite bourgade de Virginie de l'Ouest. Lorsqu'elle lui annonça ensuite son intention d'épouser un homme qu'elle fréquentait depuis seulement deux mois, il s'était mis en colère au-delà de toute proportion. Les parents de Deborah n'étaient venus rendre visite à leur gendre et leur fille que deux fois en sept ans — après la naissance des jumeaux, Brian et Kimberly, puis l'année suivante, alors qu'ils devaient passer par la petite ville sur la route de leurs vacances. De son côté, Deborah ne leur avait amené les enfants qu'à trois reprises. Brian et Kimberly, par conséquent, connaissaient à peine leurs grands-parents maternels.

« Non, tu ne me déçois pas, dit Deborah en chassant ses pensées. Tu es un mari adorable. »

Les paupières de Steve se plissèrent légèrement lorsqu'il lui répondit : « Et toi, tu es une femme merveilleuse. »

Elle lui fit un clin d'œil. « Il vaudrait mieux arrêter ces effusions, tant que les invités sont là. » Steve rit et Deborah se sentit aussitôt soulagée qu'il se montre enfin détendu. Deux jours de suite, il avait paru distrait, irrité, maussade. Elle savait bien que quelque chose n'allait pas, mais Steve refusait d'aborder le sujet.

Elle l'étreignit de nouveau, de toutes ses forces.

« Hé, tu veux me briser les côtes ?

— Excuse-moi. » Elle le relâcha. « Tu sais que je suis toujours émotive à Noël.

— Oui, comme chaque fois qu'on a un peu de vacances. C'est justement parce que tu es sensible que je t'aime autant. Et pleine d'enthousiasme. Je trouve que c'est bien pour les enfants, d'ailleurs. J'aime que les fêtes soient de vraies fêtes, et je suis sûr qu'eux aussi.

— Moi, je me souviens, quand j'étais petite, mon père n'arrêtait pas de dire que Noël n'était rien d'autre qu'une opération de marketing, que les vraies valeurs disparaissaient, et ainsi de suite, c'était toujours la même rengaine. Alors, évidemment, il n'y avait jamais de père Noël, ni d'œufs de Pâques, ni rien de ce qu'il appelait “leurs inepties”.

— Eh bien, on ne peut pas dire que ton père avait le sens de la fête.

— Oui, c'est un doux euphémisme. »

Le téléphone sonna et Steve attrapa le combiné sans fil sur le comptoir de la cuisine. « Je le prends. Tiens, au fait, il n'y a plus de glaçons au salon, et le freezer est vide, ici. Tu veux aller en prendre au garage ?

— Oui, il y en a un plein sac au congélateur. Je m'en occupe. »

En ouvrant la porte qui, de la cuisine, donnait accès au garage, Deborah fut d'abord surprise par le froid. Elle se mit à respirer l'air frais et pur à pleins poumons. La chaleur et l'atmosphère enfumée n'avaient fait qu'aggraver sa migraine naissante. Elle alluma la lumière et regarda sa montre : onze heures et quart. Dans une trentaine de minutes, la soirée se terminerait. Certains des invités étaient déjà partis. Il resterait à ranger des tonnes de nourriture, mais d'ici une heure ou deux elle pourrait enfin ôter ses escarpins neufs, trop hauts et trop serrés, et se faufiler entre les draps. Deborah se sentait assez épuisée pour dormir jusqu'au lendemain midi.

Elle souleva le lourd couvercle du congélateur. Aussitôt des vapeurs glacées s'élevèrent, qui la firent hoqueter. En se penchant, elle remarqua un objet rouge posé sur les sacs de viande surgelée. Le camion de pompiers de Brian. Inquiète, elle retira le véhicule miniature. D'évidence, les enfants avaient joué dans le garage et réussi à ouvrir le congélateur. Et si, un jour, Kimberly ou Brian parvenaient à s'y hisser ? Il ne leur faudrait pas longtemps pour mourir asphyxiés, là-dedans. Deborah ne pouvait constamment garder un œil sur eux depuis qu'elle travaillait à la maison. Elle était pour l'instant en train de dactylographier le manuscrit d'un prétendu auteur — truffé de fautes d'anglais.

Et elle était obligée de passer des heures à feuilleter des livres de grammaire, faute de quoi le commanditaire s'obstinait à répéter qu'elle inventait les règles elle-même. Il fallait absolument trouver le moyen de fermer ce congélateur. Elle achèterait un cadenas dès demain.

Elle posa sur le sol le petit camion de pompiers, déjà garni d'une épaisse couche de givre, et sortit le sac de glaçons. Lorsqu'elle revint à la cuisine, Steve était encore au téléphone. Il l'accueillit d'un regard rapide, presque défensif. « D'accord. Merci de m'avoir prévenu », dit-il promptement avant de raccrocher. Puis, à Deborah :

« OK, je m'occupe de la glace.

— C'était qui ? » Elle lui tendit le sac de glaçons. Les mains de Steve tremblaient légèrement.

« Joe.

— Joe ? » Joe Pierce était l'un des enquêteurs du bureau. « Pourquoi appelle-t-il à une heure pareille ?

— Il avait du nouveau sur un dossier.

— Quoi, il travaille jusqu'à onze heures un samedi soir ? C'est pour ça qu'il n'est pas venu ?

— Je crois qu'il avait rendez-vous avec une jolie fille.

— On n'a pas interdit les dames, que je sache.

— J'ai l'impression qu'il n'avait pas envie de retrouver tout le bureau. Tu sais comme il est, de toute façon, conclut Steve d'un air absent en posant le sac de glace dans l'évier. Il travaille avec nous, mais il n'est pas très liant.

— Et alors, qu'est-ce qu'il voulait te dire ? Que sa copine le trouve mignon ?

— Non, non. Il a pensé à quelque chose qui m'éclairerait, selon lui.

— Et ça lui est venu pendant son rendez-vous ? Ça ne devait pas trop marcher, alors », plaisanta Deborah.

Steve ne répondit pas. Le front plissé, il déchira le sac de glace d'un geste exagérément agressif.

Tout sourire s'effaça sur le visage de Deborah. « C'est quoi, ce dossier sur lequel vous travaillez ?

— J'ai besoin du seau à glaçons. »

Interloquée, elle le regarda. N'était-il pas soudain plus pâle ? Son regard brusquement plus trouble qu'il ne l'avait été, ces deux dernières journées ?

« Steve, qu'est-ce qui…

— Je t'ai dit que j'ai besoin du seau à glaçons. Il est au salon.

— Je ne suis pas sourde. Peux-tu me dire ce qui t'arrive ? Il y a vraiment quelque chose qui ne…

— Il ne m'arrive rien du tout et tout va bien, coupa-t-il. Mais, au cas où tu ne le saurais pas, la glace, c'est gelé. Est-ce que tu veux bien aller me prendre ce seau ? »

Deborah ravala la réplique qu'elle allait lui servir. Elle ne lui posait en général que peu de questions sur son travail, mais Steve s'était montré très nerveux dernièrement et ce que Joe venait de lui apprendre, visiblement, ne faisait que l'inquiéter davantage. Il n'était pas moins clair, toutefois, qu'il n'avait aucune intention de le lui révéler.

Cela n'a sans doute pas d'importance, pensa-t-elle en revenant au salon chercher le seau à glaçons. Steve travaillait trop depuis un moment et le surmenage se paie. Dans une quinzaine de jours, une fois les fêtes oubliées, tout reviendra dans l'ordre et nous retrouverons la routine habituelle.

Malheureusement, elle n'y croyait pas une seconde.

DEUX

Malgré sa grande fatigue, Deborah ne parvenait pas à s'endormir. Allongé auprès d'elle, Steve ronflait tranquillement. Au bout de dix-huit ans passés dans la demeure familiale à endurer les ronflements d'un père qui semblaient secouer leur immeuble jusqu'aux fondations, elle avait grandement apprécié le calme de leur maison de Charleston. Peu de temps après le mariage, elle découvrit avec consternation que Steve ronflait lui aussi. Mais ce n'était rien en comparaison des grondements de bulldozer du pater familias.

Ce soir, en revanche, la respiration bruyante de Steve lui tapait sur les nerfs. Elle résista à l'impulsion de lui donner un coup de coude dans les côtes. Qui n'aurait provoqué qu'un grognement incompréhensible, suivi deux minutes plus tard par de nouveaux ronflements. Elle lâcha un profond soupir, roula sur le côté et se couvrit la tête d'un oreiller. Le confort moderne, pensa-t-elle amèrement. Et je l'entends toujours.

Oh, Deborah, mais que se passe-t-il vraiment ? se demanda-t-elle en reprenant place sur le dos.

Ressemblerais-tu à tes enfants, qui deviennent grincheux en cas de grosse fatigue ? En as-tu assez, chaque année, de préparer deux jours durant une réception pour des gens qui, dans leur ensemble, te sont presque inconnus ? Ou est-ce Steve qui t'a blessée en se repliant dans sa coquille après ce curieux coup de téléphone ? Oui, bien sûr que c'est ça, admit-elle. Le reste a joué, c'est clair, mais la raison est vraiment là.

Elle ne cherchait jamais spécialement à savoir où en étaient les choses au bureau, mais cet appel était étrange. Il avait quelque chose de *personnel*, se rappela-t-elle soudain. Et Steve avait raccroché si vite. Elle pensa un instant qu'il pouvait s'agir d'une maîtresse, mais repoussa l'idée tout aussitôt. Jamais une seconde depuis leur mariage elle n'avait douté de sa fidélité. Non, cela devait être ce dossier dont il parlait. Cela ne pouvait être une affaire commune. Elle avait déjà vu Steve irrité, même en colère en revenant du bureau, mais la tension qu'elle venait de sentir ce soir lui était inconnue. Ses mains avaient tremblé et il avait beaucoup bu au cours de la soirée, plus encore après ce coup de téléphone. Et s'il dormait maintenant, ce n'était pas un sommeil paisible. Le mot cuver aurait été plus juste.

Énervée à son tour, Deborah se leva, marcha jusqu'à la fenêtre et, écartant légèrement les stores, jeta un coup d'œil au-dehors. Sous la lumière blafarde du faible éclairage qu'ils gardaient allumé le soir, derrière le garage, le jardin ressemblait à une définition du froid. Nus, les arbres à feuilles caduques régnaient sur l'herbe brune et givrée.

Les fleurs avaient depuis longtemps déserté leurs parterres. L'élégante vasque aux oiseaux que Barbara leur avait offerte un été était pleine d'eau glacée. Seuls quelques conifères attestaient d'une vie au-dehors. Deborah sourit. Steve avait eu l'idée de toujours acheter à Noël un arbre en pot pour le planter après les fêtes. Le sapin qu'ils avaient choisi pour le premier Noël des enfants était aujourd'hui le plus grand, fier et vert tout au fond dans le jardin.

Elle entendit tinter au vent les petits carillons de cuivre installés sur l'auvent du porche de la cuisine. La brise s'intensifiant, leur douce mélodie prit un air inquiétant, strident. Les yeux de Deborah revinrent vers la petite rangée de sapins dont les branches ondulaient…

Quelque chose bougea près de l'arbre le plus élevé. Surprise, elle plissa les paupières, tendant le bras vers la table de chevet, près d'elle, où se trouvaient ses lunettes. Elle les chaussa et inspecta soigneusement le jardin pour bientôt distinguer une silhouette, haute d'un peu moins d'un mètre. Un chien ? Aucun animal dans le quartier n'était aussi grand, voire assez velu pour atteindre un tel gabarit. D'ailleurs, M. et Mme Vincent, les voisins, étaient partis passer leur Noël en Floride, emmenant avec eux leur caniche nain, et il n'y avait qu'un chien dans le voisinage : Scarlett, celui des enfants. De plus, le jardin derrière la maison était clôturé et, le mois dernier, Deborah avait acheté une grosse pince pour bloquer le portail que Scarlett était parvenue à ouvrir. Seul un être humain pouvait donc l'actionner.

La silhouette se leva. Deborah retint son souffle. C'était un homme vêtu d'une casquette à visière et d'un gros anorak. Observant la maison, il semblait même fixer la jeune femme dans le blanc des yeux.

La lampe s'alluma derrière elle. « Que se passe-t-il ? marmonna Steve.

— Il y a quelqu'un dans le jardin ! Il se cache sous les sapins. »

Steve se leva d'un bond et dévala l'escalier quatre à quatre. Elle se lança à sa suite. « Steve, mais que fais-tu ? Il faut appeler la police ! »

L'ignorant, il fonçait comme un dément. Arrivée à la cuisine, Deborah était déjà essoufflée. « Steve, il faut appeler la… » Elle ne put terminer sa phrase et le vit, horrifiée, ouvrir la porte du jardin. « Mais il est peut-être armé ! »

Steve ne l'écoutait pas. Comme hypnotisée, elle continua de le suivre. Une seconde plus tard, mus par une force irrationnelle, ils se retrouvaient tous deux sur le porche. La porte avait presque volé de ses gonds. Pieds nus, sans robe de chambre, Deborah grelottait. « Steve, tu es fou », criait-elle affolée, l'air glacial l'aidant à retrouver ses esprits. « Je te rappelle qu'on a deux enfants, en haut. S'il nous arrive quelque chose, et que…

— Rentre, siffla Steve.

— Mais…

— Rentre, je te dis ! »

Elle obéit, stupéfaite de le voir s'élancer à grandes enjambées vers la rangée de sapins. Il fit le tour de chacun d'eux, et elle crut un instant l'entendre dire quelque chose. Deborah frissonna, s'attendant malgré elle à quelque coup de feu, à voir Steve s'effondrer, un poignard dans le ventre, ou assommé par un bras invisible. Deux minutes plus tard, il revenait sur ses pas en haussant les épaules.

« Rien. Personne, cria-t-il.

— Mais si, il y avait quelqu'un.

— Peut-être une bestiole, est-ce que je sais ? dit-il, les bras croisés sur la poitrine, sans se rendre compte qu'il marchait pieds nus sur la pelouse gelée.

— Non, ce n'était *pas* un animal, protesta Deborah qui, de nouveau sur le porche, lui barrait la voie. C'était un homme. Je suis sûre qu'il s'est enfui quand tu as allumé la lumière.

— J'en doute. Il aurait fallu qu'il soit drôlement rapide et il n'y a aucune trace autour des sapins.

— Tu veux dire qu'il n'a pas laissé de camping gaz ou de sardines à l'huile, c'est ça ? rétorqua Deborah sur un ton défensif devant l'attitude faussement désinvolte de Steve. Et depuis quand tes bestioles font un mètre quatre-vingts ? C'était un ours, peut-être ? »

Steve se dandinait d'un pied sur l'autre. « Deb, ne monte pas sur tes grands chevaux. Et puis rentrons avant de geler sur place, je suis plutôt content qu'il n'y ait eu personne, moi. Ça devait être un chien abandonné, voilà. »

Rongée par l'inquiétude, parfaitement immobile, Deborah dévisageait son mari d'un œil noir de colère. Au nom du ciel, quel jeu était-il en train de jouer ? Elle entendit soudain le frottement bien reconnaissable du portail métallique. En un éclair, Steve se retourna vers celui-ci. Deborah n'eut pas besoin de lui dire que, largement ouvert, il battait maintenant sous la brise nocturne. Elle l'avait soigneusement refermé l'après-midi même.

TROIS

Deborah se réveilla pour trouver Brian, Kimberly et la chienne, couchés sur le lit de la petite fille. Kim l'avait baptisée Scarlett après avoir vu *Autant en emporte le vent* l'année précédente à la télévision. Si le sens général du film lui avait échappé — elle l'avait situé à l'époque où papa et maman étaient encore petits —, les grandes robes des dames et le nom de Scarlett O'Hara l'avaient enchantée. Brian, qui voulait nommer le chiot Lassie, avait renoncé suite à une méchante dispute avec sa sœur qui le menaçait de révéler tous ses petits secrets. Amusée, Deborah ne croyait guère en l'existence de trop nombreux secrets, mais Kim avait gagné.

« Mais pourquoi tu ne te lèves pas, maman ? » demanda Brian.

Deborah referma les yeux contre la lumière du jour qui inondait la chambre depuis la grande baie vitrée, et grommela : « Quelle heure est-il ?

— Midi. »

Quel que soit le moment, pour Kim l'heure était invariablement midi. Deborah rouvrit les yeux et sourit à la petite blonde aux yeux verts qui ressemblait tant à Steve. Brian avait, lui, les cheveux brun foncé et avait hérité des grands yeux gris-bleu de sa mère.

« Mais non, ce n'est pas midi, fit-il d'une voix sérieuse. Il est neuf heures trente et une. »

Brian était très fier de bien savoir lire l'heure. Kim n'avait pas appris et en nourrissait un vif ressentiment. Elle lui tira la langue. Scarlett — et ses vingt-cinq kilos — fit le tour du grand sommier en agitant vigoureusement ses grandes oreilles, puis sauta sur le lit et posa un bisou de toutou sur le nez de Deborah.

Elle grogna : « En voilà une façon de réveiller les gens. Où est papa ?

— À la cuisine. Il boit son café, annonça Brian. On veut du pain perdu. Il dit qu'il ne sait pas le faire et il a essayé de nous donner des céréales.

— Mais on n'a pas voulu en prendre, ajouta Kim d'un ton ferme et résolu. Pourquoi es-tu encore si tard au lit ? Tu étais saoule hier soir ? »

Deborah ouvrit, cette fois, de grands yeux. « Sûrement pas. Où es-tu allée pêcher ça ?

— Terry dit que sa mère et son mère sont toujours saouls quand ils invitent des gens. C'est quoi, être saoul ? »

Gentiment, Deborah repoussa chienne et enfants, et s'assit en gigotant sur son lit. « C'est quand on a la tête qui tourne, qu'on dit des bêtises et qu'on finit en général par être malade.

— Pourquoi les gens, ils se rendent malades, alors ? demanda Brian.

— Est-ce que je sais ? Mais ni papa ni moi

n'étions saouls hier soir. Seulement on est restés debout jusqu'à une heure. »

Brian fronça les sourcils. « Une heure ou treize heures ?

— Une heure, sourit Deborah. Une heure, c'est après minuit. Treize heures, c'est l'après-midi. »

Le petit garçon fixa un point dans l'espace comme s'il prenait le temps d'ajouter ces informations à sa base de données intime. Kim prit un air dégoûté, puis répéta : « On veut du pain perdu.

— OK. Si vous voulez bien me laisser un instant, je me réveille comme il faut et je suis en bas dans dix minutes.

— Elle pourra en avoir aussi, Scarlett ? fit Kim.

— Elle se débrouille toujours pour manger la même chose que nous, même si le vétérinaire dit qu'elle ne devrait pas. »

Kim plissa son petit nez. « Oui, mais lui, je suis sûre qu'il n'aimerait pas manger du canigou. »

Brian la regarda d'un air dédaigneux. « Eh, bien sûr, ce n'est pas un chien, lui.

— Les enfants, s'il vous plaît, dit leur mère. À la cuisine. Brian, tu sors les œufs et le lait du réfrigérateur, et toi, Kim, tu me trouves le pain, la cannelle et la noix de muscade. Vous me mettez tout sur le comptoir. »

Heureux de se voir confier une mission aussi importante, les enfants se ruèrent hors du lit. Scarlett sur les talons, ils fendirent la pièce et s'engagèrent dans l'escalier.

« Ne courez pas ! » cria Deborah, mais ses mots furent couverts par le martèlement des quatre petits pieds et des quatre grosses pattes. Elle soupira. À moins d'une semaine de Noël, les enfants étaient tellement excités qu'ils gigotaient, sautaient et gloussaient constamment. Elle se demanda si, à leur âge, elle avait été une petite fille aussi expansive et joyeuse. Elle en douta.

Elle repoussa les couvertures et posa les pieds sur cette moquette qu'elle n'aimait pas. La maison qu'ils avaient achetée peu après leur mariage avait plus d'une centaine d'années. Deborah avait voulu remettre à neuf les vieux planchers de chêne, tous dans un état lamentable, mais Steve s'y était opposé. « Trop compliqué, avait-il dit. Et je n'ai aucune idée de la façon dont il faut procéder.

— Moi si, et j'aimerais vraiment m'en occuper. Ce serait tellement joli.

— Moquette, avait conclu Steve d'un ton qui ne supportait pas de repartie. J'ai bien voulu supprimer la cloison, en bas, mais je n'irai pas plus loin. Je n'ai aucune envie d'avoir de la cire collée aux pieds toute l'année. Et puis je déteste les planchers de bois. Ça me rappelle trop la maison de mes parents. »

Deborah en était attristée. Steve semblait réfractaire à tout ce qui pouvait évoquer son enfance à Wheeling. Son sentiment était cependant compréhensible. Il avait dix-huit ans lorsque le jardinier, Artie Lieber, avait violé et frappé sa sœur cadette Emily avec un bout de tuyau. La jeune fille, alors âgée de seize ans, souffrait depuis de lésions cérébrales. Les médecins affirmaient que les séquelles étaient plus volontiers d'ordre psychologique que purement organiques, cependant Emily restait confinée dans une maison spécialisée. Les parents de Steve s'étaient absentés ce maudit week-end en lui demandant de ne pas laisser Emily toute seule, le jardinier lui ayant fait des avances une quinzaine de jours plus tôt.

Mais, insouciant comme un adolescent peut l'être, Steve avait abandonné sa sœur deux heures pour aller rendre visite à sa petite amie. En revenant, il vit Lieber penché sur Emily, pressant encore ses lèvres d'un baiser obscène. La jeune fille était inconsciente. C'est grâce au témoignage de Steve que Lieber fut condamné à une peine de cinquante ans de prison pour viol, coups et blessures. Mais le mal était fait et Emily vivait depuis dans un état quasi végétatif, ce que les parents de Steve n'avaient jamais pardonné au jeune homme. Ils s'efforçaient toutefois de garder le contact. L'événement avait profondément et durablement marqué l'existence de Steve, qui devait choisir bientôt le métier de procureur. C'est ainsi également qu'il était devenu un homme rigoureux et sérieux, parfois même beaucoup trop.

Deborah repoussa d'un geste ses mèches désordonnées et enfila sa robe de chambre. À quoi bon repenser à tout cela, se dit-elle. Si les parents de Steve lui avaient accordé leur pardon dans ce lointain passé, peut-être aurait-il su effacer l'accablante tristesse et la culpabilité qui le taraudaient, mais aujourd'hui plus rien n'y suffirait — ni les enfants ni Deborah elle-même. Elle avait appris à l'accepter. Elle ne ménageait pourtant pas ses efforts pour lui rendre l'existence aussi douce que possible, même s'ils n'étaient pas toujours bien récompensés. Steve était un bon mari. Leur vie était plutôt agréable, exempte d'infidélités et de réelles disputes. Comparée à l'existence de sa mère qui, toute sa vie durant, avait dû subir la domination de son mari et ses cris incessants, celle de Deborah tendait presque à la perfection.

Elle se lava le visage, brossa ses dents et ses cheveux, puis se passa un trait de rouge sur les lèvres pour effacer un peu la pâleur de ses traits. Elle repensa, désabusée, que se promener dehors, en pleine nuit et pieds nus par une température de moins deux degrés, n'était pas à proprement parler hygiénique. Ni l'insomnie persistante qu'elle avait supportée jusqu'au petit matin, suite à l'étrange attitude de Steve. Au moins les enfants ne s'étaient rendu compte de rien. Ou ils n'en avaient rien dit.

Lorsqu'elle arriva en bas, Steve lisait le journal, assis devant un bol de café, tandis que Brian et Kimberly, tout fiers, attendaient devant le comptoir de la cuisine.

« On a tout sorti, lança Brian, rayonnant.

— Sauf que tu as failli faire tomber les œufs », ajouta Kim.

Brian lui jeta une œillade assassine, mais Deborah sourit. Malgré leurs chamailleries, les deux enfants étaient totalement dévoués l'un à l'autre, et presque inséparables. À l'école maternelle, la maîtresse avait bien tenté de les placer chacun à une extrémité de la salle, mais Kim s'était mise à pleurer et Brian était rentré le soir même en annonçant qu'il ne voulait plus y aller.

« Bon, le petit déjeuner, dit-elle en regardant Steve. Combien de tranches veux-tu, chéri ? »

Levant les yeux de son journal, Steve afficha un sourire absent : « Je crois que je n'ai pas très faim, ce matin.

— Pas faim ? s'écria Kim. Mais papa, c'est du pain perdu ! Et c'est bientôt Noël ! »

Steve ouvrit la bouche, prêt à demander selon sa logique habituelle quel rapport il pouvait bien y avoir entre l'un et l'autre, mais se ravisa. « C'est vrai, Kim, tu as raison. Deux tranches pour moi.

— Moi, j'en veux huit, affirma Brian.

— Huit ? s'exclama Deborah. Si tu en mangeais d'abord deux et qu'on voyait après, plutôt ?

— D'accord, mais je suis sûr que je peux en prendre huit. »

Tandis que Deborah battait le lait et les œufs, Brian demanda à son père : « On peut installer le train sous l'arbre, ce soir ? »

Le grand sapin de Noël trônait dans le salon, avec boules et guirlandes, depuis vendredi. Mais on avait eu peur que l'un des invités trébuche sur le train électrique que Brian faisait circuler à toute vitesse, au milieu de villages miniatures et autres arbres de coton, c'est pourquoi on avait repoussé son installation jusqu'au lendemain de la réception.

« OK, fiston. J'irai le chercher cet après-midi au grenier.

— Je monte avec toi », proposa Brian.

Deborah refusa d'un signe de tête. « Pas question. Tu sais bien que les marches sont trop raides. Tu viens avec Kim et moi faire les courses.

— Mais je l'aide toujours à installer le train, protesta Brian.

— Je n'ai pas dit que tu ne pourrais pas l'aider. Mais je ne veux pas que tu ailles au grenier. Tu es tombé en descendant un carton, l'année dernière. »

Kim se mit à pouffer, tandis que Brian devenait écarlate au souvenir de l'hôpital où on lui avait posé cinq points de suture au milieu des cheveux, puisqu'il avait dévalé la tête la première les cinq dernières marches de l'abrupt escalier. « C'est Scarlett qui m'a fait tomber, dit-il.

— Ce n'est pas même vrai, on n'avait pas encore de chien, protesta Kim. Tu es maladroit, c'est tout.

— Non, je ne suis pas maladroit !

— Mais si !

— Mais non !

— Ça suffit ! coupa sévèrement Steve. N'oubliez pas que le père Noël est en train de se demander où sont les gentils petits enfants. Je ne vous trouve pas très gentils, moi. »

Ils se turent instantanément, terrifiés à l'idée de devoir renoncer à leurs jolis cadeaux. Deborah souriait en saupoudrant cannelle et muscade sur le mélange lacté. L'avertissement de Steve devrait au moins suffire à calmer les enfants une dizaine de minutes.

Ce fut Brian qui brisa le silence. « Il y avait quelqu'un qui se cachait dans le jardin, cette nuit », dit-il en regardant la serviette en papier qu'il s'efforçait de plier pour en faire un avion.

Deborah et Steve échangèrent un regard plein d'appréhension.

« Qu'est-ce qui te fait dire ça ? demanda Steve.

— Scarlett s'est mise à grogner. Elle est allée

regarder par la fenêtre de la chambre d'amis. Alors je me suis levé à mon tour pour voir. J'ai vu quelqu'un qui partait en courant. Après, tu es arrivé, papa. Toi aussi tu courais. Tu n'avais même pas mis ta robe de chambre ! »

Kim afficha sa vive inquiétude : « Il veut nous voler nos cadeaux ?

— Mais non, ma chérie. C'est juste quelqu'un qui faisait une blague, c'est tout, dit Deborah.

— Une blague ? Quel genre de blague, alors ? » demanda Kim.

Deborah hésita. « Il jouait à cache-cache. »

Brian parut perplexe : « Les grands aussi jouent à cache-cache ? »

Steve s'efforça de ne pas rire en voyant Deborah chercher une réponse plausible.

« Parfois. Quand ils font les idiots. » Elle adressa à Steve un regard furieux. « Et papa faisait l'idiot, lui aussi, à sortir comme ça dans le froid sans même une robe de chambre. Je suis certaine qu'il a attrapé un rhume.

— Tu es sûre que ce n'est pas un voleur ? s'enquit de nouveau Kim. Mme Dillman dit qu'il y a un “voiseur” dans le quartier.

— Un voyeur, corrigea Deborah. Mais Mme Dillman dit parfois n'importe quoi. Et, de toute façon, il n'y a pas de raison de s'inquiéter. »

Kim ne semblait pas rassurée pour autant. Pressée de changer de sujet, Deborah se tourna vite vers Steve pour lui demander : « Tu viens faire les courses avec nous ? Je crois qu'on va beaucoup s'amuser. »

Steve s'enfonça à nouveau dans son journal

avec une nonchalance très étudiée. « Je déteste les galeries commerçantes. En plus, il y aura des gens par millions.

— C'est pour ça qu'on s'amuse, dit Kim. Parce qu'il y a plein de monde.

— Toi, peut-être, mon bébé, mais pas moi. Je ne supporte pas la foule. »

Avant de répondre, Kim chercha Deborah du regard. La petite, encore troublée, demanda à son père : « Tu as déjà acheté tes cadeaux ?

— Oui, ma jolie. Ça fait un moment.

— Ah, ça, c'est bien, fit Kim, maintenant rassurée.

— Ils viennent, cette année, nos grands-parents ? » lança Brian d'une voix flûtée.

Penchée au-dessus de la cuisinière, Deborah était en train de coucher ses tranches de pain dans le beurre fondu, mais elle sentit quand même Steve se raidir. Elle se demandait parfois si l'une des choses qui les avait rapprochés n'était pas leur qualité d'enfants uniques, ou presque — elle n'avait ni frère ni sœur, et Emily, la sœur de Steve, avait cessé quinze années plus tôt de vivre comme une personne normale. Les deux époux s'étaient de plus l'un et l'autre distanciés de leurs familles. Les choses étaient légèrement différentes pour Deborah qui ne s'était jamais sentie proche de son père ou de sa mère, de sorte qu'elle avait peu souffert de leur froideur. Alors que Steve ne parvenait pas à dépasser la perte de leur amour et de leur respect. « Je ne pense pas que les grands-parents viendront, cette année, dit-il entre la gêne et le regret.

— Tant pis, fit Brian. Jimmy dit que son papy et sa mammie viennent toujours à Noël et qu'ils embêtent tout le monde.

— Parce qu'ils se *plaignent* tout le temps », expliqua Kim, toute fière d'user un mot nouveau pour elle.

Deborah posa sur la table une première assiettée de pain perdu. « Nous, on sera tous les quatre, comme ça tout ira bien.

— Cinq, dit Brian. Tu oublies Scarlett. »

La chienne guignait d'un œil contrit l'assiette fumante de pain perdu. « Comment pourrait-on l'oublier ? » dit Deborah en riant.

Plus tard dans la journée, les enfants étant presque prêts à l'accompagner en ville, Deborah fit irruption dans le salon où Steve était assis, les yeux rivés sur le match de football à la télévision. Elle lui connaissait cette expression, cependant. Il regardait sans voir.

« Steve, qu'est-ce qui te met dans cet état ?

— Rien du tout. »

Après sept années de vie commune, il refuse toujours de se confier à moi. Elle savait qu'il deviendrait irritable si elle insistait, mais elle ne put s'en empêcher. « Cela fait plusieurs jours que tu as une drôle d'attitude. Et je ne parle pas de cette nuit, où tu as pris des risques insensés.

— Mais non, c'était juste un chien. »

Deborah se raidit. « Tu veux bien arrêter d'essayer de me faire croire à cette histoire ridicule ? Je sais encore faire la différence entre un chien et un homme, non ?

— Il faisait nuit et tu es myope.

— Le jardin est éclairé et j'avais mes lunettes. Il y a des moments où je me demande si tu ne me prends pas pour une gamine.

— Mais non, pas du tout.

— C'est bien évident que si. Et le portail, qui est resté ouvert ?

— Ce n'est pas sûr.

— Si. Tu sais bien qu'il y avait quelqu'un. Tu l'attendais, même, j'ai l'impression. C'est pour cela que tu es parti bille en tête, sans rien pour te défendre.

— C'est ça, je suis extralucide. Je savais à l'avance qu'il y avait un rôdeur. »

Le sourire qu'il lui fit était mal accordé à la sécheresse du ton. Mais Deborah le fixait d'un regard glacial et il finit par baisser les yeux. « Écoute, je t'ai manqué de respect, d'accord, et je te demande pardon. Et je me suis conduit comme un imbécile, cette nuit, je le reconnais. J'avais trop bu, c'est tout.

— Steve, arrête de me parler comme à une idiote. »

Il la regarda d'un air las. « D'accord, il y avait peut-être un rôdeur, admettons. Mais je ne vois pas l'intérêt de nous rebattre les oreilles avec ça. Les enfants vont t'entendre et se faire du mauvais sang.

— Moi, je crois qu'on devrait faire quelque chose.

— À savoir ? Tu veux appeler la police et leur dire que tu as vu quelqu'un dans le noir, qui n'a pas essayé de rentrer et qui est parti sans laisser de trace ? Cela ne servirait à rien. Ils n'enverront personne pour surveiller les lieux. Tout ce que ça te vaudra, c'est de faire peur aux enfants. Si on voit à nouveau quelque chose, on appelle le commissariat. Mais, pour l'instant, oublie ça, tu veux bien ? »

Évidemment, elle n'avait pas besoin de lui pour prendre le téléphone, mais il avait raison. Tout cela ne servirait qu'à effrayer inutilement Kim et Brian. « D'accord, lâcha-t-elle à contrecœur. Mais si je vois quelque chose bouger ce soir…

— On fait venir la cavalerie…

— Si tu ne fais rien, moi j'agirai. »

Elle saisit l'expression fugitive de son regard — entre l'ennui, la honte et la défaite, voire les trois tout ensemble.

« On fera ce que tu voudras, conclut Steve d'une voix plate.

— Bien. » Espérant dissiper la tension, elle demanda : « Tu es sûr que tu ne veux pas venir avec nous ?

— Deb, tu sais bien que…

— … *je déteste la foule*. Bon, d'accord. Je pensais simplement que les enfants seraient fous de joie si tu nous accompagnais.

— C'est absolument nécessaire que tu y ailles ? »

Deborah le regarda un instant sans répondre. « Comment ?

— Ce ne serait pas plus simple d'y aller un jour de semaine ?

— Si, mais c'est aujourd'hui qu'il y a les attractions devant toutes les boutiques. Tu sais que les enfants adorent ça. » Elle fronça les sourcils. « Tu préfères qu'on n'y aille pas ?

— Je n'ai jamais dit ça. »

Elle se sentit submergée d'une vague d'irritation. « Tu éludes encore la question. Steve, au nom du Ciel, dis-moi ce qui ne va pas en ce moment.

— Rien du tout.

— Et il faut que je te croie. Si tu t'inquiètes pour nous, dis-moi pourquoi ou alors faisons les courses ensemble.

— Je ne m'inquiète pas.

— Il y a des gens qui savent mieux mentir. »

Steve prit un air défensif. « Deborah, arrête de me harceler avec tes questions. J'ai un rendez-vous cet après-midi, et puisque tu t'es mis en tête de faire ces courses aujourd'hui, *vas-y*. Je pensais simplement que cela te serait plus facile un jour où il y a moins de monde. »

Deborah se rappela brusquement l'étrange appel téléphonique de la veille. « Puis-je te demander avec qui tu as rendez-vous ?

— Non. » Elle plissa les paupières. « Et ne me regarde pas comme ça. C'est une... surprise... pour Noël, c'est tout. Pas de quoi appeler le FBI, OK ? »

Une surprise pour Noël, pensa-t-elle, en colère. Et puis quoi encore ? Cependant cette conversation n'aboutissait à rien. Deborah comprit que c'était le moment de jeter l'éponge. « Très bien, fit-elle, dans ce cas va à ton mystérieux rendez-vous. Tu sais pourtant à quel point les enfants seraient heureux que tu nous accompagnes.

— Une autre fois, peut-être, répondit Steve, comme si Noël devait avoir lieu tous les quinze jours. Amusez-vous bien.

— Qu'est-ce que j'y peux moi, si tu as décidé

de faire la tête toute la journée ? » lâcha Deborah, de nouveau révoltée contre ses réponses fuyantes. Quelque chose tourmentait Steve, c'était évident, Il n'y avait qu'à le laisser avec ses petits secrets. « On sera de retour vers cinq heures. N'oublie pas de monter au grenier prendre le train électrique. Enfin, si tu as encore le temps. »

QUATRE

Ravalant sa colère, Deborah installa les enfants à leurs places dans le break, actionna la marche arrière et s'engagea dans Woodbine Court. La petite impasse bordée d'à peine quatre maisons respirait son calme habituel. La voir si déserte semblait tout de même étrange. Au fond de l'impasse, la maison des Vincent était vide, ceux-ci passant les fêtes au soleil de la Floride. Celle des O'Donnell, juste en face, était à vendre depuis que son propriétaire avait été muté trois ans auparavant. C'était une élégante demeure de briquettes roses, avec un étage, dotée d'une grande baie vitrée dominant la pelouse. Selon Deborah, elle n'avait pas trouvé acquéreur à cause de sa grande taille et du prix trop élevé qu'on en demandait. Mais, à sa grande surprise, le panneau de l'agence immobilière avait disparu quelques mois plus tôt. Plus personne ne venait la faire visiter, et la maison restait vide. Elle espérait tout de même qu'un nouvel occupant apparaisse un beau jour, si possible avec des enfants du même âge que les siens, avec qui ils pourraient jouer.

Comme Steve l'avait prévu, le Town Center Mall était bondé. Deborah avait déjà fait la majeure partie de ses emplettes de Noël, ce qu'elle ne regrettait pas, mais les enfants avaient choisi précisément ce week-end pour s'occuper des leurs.

« Vous avez bien pris vos sous ? » demanda-t-elle d'une voix enjouée, tandis qu'elle s'engageait dans l'allée du parking, déjà encombrée par une longue file de voitures à la recherche d'une place. Les fenêtres avaient beau être fermées, les gaz d'échappement des autres véhicules trouvaient un chemin à l'intérieur de l'habitacle, et elle déplora l'entêtement des uns et des autres qui cherchaient à se garer le plus près possible des entrées. Tout le monde savait très bien que les seules places encore libres se trouvaient forcément aux étages supérieurs.

« Oui, moi, j'ai tous mes sous », dit Kim en montrant son petit porte-monnaie rouge. Deborah avait décidé que, cette année, elle laisserait les enfants prendre leur argent sur eux et qu'elle se contenterait de surveiller leurs achats. « Combien tu as dit que j'avais, maman ?

— La dernière fois que j'ai compté, dix-huit dollars soixante-quinze. » Toute l'année, elle leur avait donné de petites pièces à chaque fois qu'ils remplissaient une corvée ménagère. « Et toi, Brian ?

— Vingt dollars et dix cents, répondit fièrement celui-ci. J'ai travaillé plus que Kim, moi.

— Ce n'est pas vrai ! protesta la petite fille.

— Si, c'est vrai. Et moi, j'ai ramassé les feuilles pour Mme Dillman. »

Deborah grimaça au souvenir de cette journée. Mme Dillman était leur plus proche voisine.

Âgée de quatre-vingt-douze ans, sénile, elle avait confondu Brian avec le fils Vincent qui avait pourtant dix-sept ans. Sans le dire à sa mère, elle avait engagé l'enfant pour qu'il ratisse le jardin et qu'il jette les feuilles mortes. Deborah aperçut bientôt Brian muni d'un vieux râteau rouillé, beaucoup trop grand pour lui, avec lequel il s'efforçait de rassembler les feuilles de chênes qui, par milliers, encombraient la pelouse de la vieille dame. Elle alla sonner chez elle afin de lui expliquer poliment que Brian n'était qu'un petit garçon, et qu'elle avait peur qu'il ne se crève un œil avec l'immense râteau. Mme Dillman avait piqué une méchante colère, brandi un billet froissé d'un dollar sous le nez de Deborah, et prié celle-ci de repartir avec son petit crétin. Le lendemain, apparemment oublieuse de l'affaire, elle était venue sonner à son tour et offrir à la maisonnée un plat de petits gâteaux à moitié cuits. Deborah avait accepté gentiment l'immangeable pâtisserie, et remercié vivement la vieille dame en se demandant pourquoi sa famille ne s'occupait pas mieux d'elle. Elle ne pouvait tout de même pas continuer à vivre toute seule.

Enfin arrivés à l'intérieur de la galerie commerçante, les enfants se réjouirent du spectacle des jolies et abondantes décorations, tendant en même temps l'oreille aux cantiques qu'une chorale locale était venue entonner. Ils se renfrognèrent en apercevant un père Noël qui prenait d'autres enfants sur ses genoux en leur demandant quels cadeaux ils souhaitaient. « Ce n'est pas lui, déclara Brian.

— C'est vrai, renchérit Kim. Il n'est pas assez gros. »

Pourtant ils s'arrêtèrent le regarder une dizaine de minutes. Deborah pensa qu'eux aussi avaient sans doute envie de s'asseoir sur ses genoux, mais ni l'un ni l'autre ne voulut l'admettre. « Au moins celui-là est rigolo, dit Brian. Celui de l'année dernière avait l'air de ne même pas aimer les enfants. »

C'est lorsqu'ils commencèrent à s'occuper vraiment des courses que les ennuis survinrent. Kim ne parvenait pas à décider si elle voulait offrir à son père des clubs de golf ou une nouvelle serviette en cuir. Quand Deborah lui expliqua que tout cela était bien au-dessus de ses moyens, Kim changea d'avis et pencha pour un petit chat. « Kimberly, papa ne veut pas de chat, dit Deborah. Et, de toute façon, ce serait mieux d'aller en chercher un à la SPA, tu ne crois pas ?

— Si. On y va.

— Pas maintenant. Puisqu'on est venus ici, c'est ici qu'il faut trouver quelque chose. Que pensestu d'un joli stylo ?

— Encore ? grogna Kim. Je lui offre toujours des stylos.

— Non. L'année dernière, tu lui as donné cette bougie tordue que tu as faite à l'école, dit Brian.

— Elle n'était pas tordue !

— Elle tombait tout le temps. D'ailleurs, personne n'a besoin de bougies à la maison. Il y a plein de lampes.

— Bon, alors, je lui achète une lampe.

— Kim, une jolie lampe, ça coûte cher.

— Mais tout coûte trop cher, alors ! » Les yeux de la petite fille s'emplirent de larmes.

La journée allait être longue, pensa Deborah.

La radio annonçait six heures dix lorsqu'ils retrouvèrent l'allée de la maison. Deborah et les enfants étaient épuisés, mais au moins ils rentraient avec leurs cadeaux. Kimberly s'était mise à hurler deux fois et Brian avait boudé une vingtaine de minutes, sa mère refusant de le laisser partir faire ses achats tout seul.

Deborah n'avait réussi, elle, qu'à prendre un livre chez Waldenbooks. Le jeune patron sympathique qui la conseillait l'avait attirée à une table où un auteur local dédicaçait son dernier roman policier. Âgée d'une quarantaine d'années, l'écrivain, timide et fatiguée, signa très gentiment un exemplaire du livre que Deborah voulait offrir à Barbara. Tandis qu'elle faisait la queue devant la caisse, Brian n'arrêta pas de pousser de longs soupirs, et Kim faisait le tour du magasin à la recherche de toutes sortes de livres qu'elle voulait faire dédicacer. L'auteur lui répondit qu'elle ne pouvait apposer sa signature sur un ouvrage qu'elle n'avait pas rédigé. « Pourquoi ? Vous êtes bien écrivain ! » protesta Kim. « Oui, mais ces livres-là, je ne les ai pas écrits », expliqua patiemment la dame. Kim, qui ne comprenait pas, se remit à pleurer. Deborah ravala une fois de plus la colère qu'elle ressentait envers Steve, dont l'aide aurait été tellement précieuse cet après-midi-là. Elle se rendit compte qu'elle n'avait maintenant plus le courage de faire face en même temps aux enfants et à la foule de la galerie surpeuplée. Autant finir les courses demain, pensa-t-elle, les petits seront à la maternelle et il y aura moins de monde.

Le moteur arrêté, elle regarda sa grande maison blanche aux volets vert foncé qui lui sembla un paradis. La nuit étant déjà tombée, Deborah s'étonna que les lumières soient éteintes à l'intérieur. En revanche la double porte du grand garage était relevée, et la Chevrolet de Steve brillait par son absence. Il avait dû partir dans le courant de l'après-midi et ils rentraient avant lui. Où est-il ? se demanda-t-elle en déverrouillant la porte qui, depuis le garage, donnait sur la cuisine. Elle espéra qu'il avait bien pensé à descendre le train électrique, faute de quoi il y aurait une nouvelle bagarre avec Brian qui insisterait pour monter au grenier.

Scarlett les attendait avec impatience. Les enfants la retrouvèrent et lui offrirent force caresses, mais la chienne vint se poster devant la porte de la cuisine. D'évidence, elle avait vraiment besoin de sortir, ce qui impliquait que Steve était absent depuis un bon moment. Deborah ouvrit la porte et Scarlett se précipita dans le jardin.

« Pourquoi vous ne montez pas vos emplettes dans votre chambre, pour l'instant ? proposa Deborah, avant de passer dans chacune des pièces où elle alluma les lampes. On emballera vos cadeaux plus tard pour les mettre sous le sapin.

— On aura besoin de beaucoup de papier, dit Kim. Et plein de scotch aussi.

— Oui, je sais. On a tout ça. Vous n'avez pas faim, les enfants ?

— On a mangé deux fois cet après-midi, déjà. »

Nul besoin de me le rappeler, pensa Deborah, qui se sentait lourde après son hamburger trop gras de quatorze heures et le *burrito* tex-mex qui avait suivi trois heures après. Les enfants avaient été ravis de ces deux haltes dans les *fast-foods* de la galerie, mais leur mère à cet instant ne demandait rien de plus qu'un double Rennie.

« Enlevez vos manteaux et redescendez. Je vous prépare des gâteaux et un verre de lait.

— Je veux un Coca, dit Kim.

— Non, tu en as déjà bu deux. Un verre de lait ou rien. »

Kim grogna. « D'accord, mais juste un peu alors.

— Un demi-verre », répondit Deborah en revenant à la cuisine, où elle examina l'ardoise carrée accrochée près du téléphone mural. Steve n'avait rien écrit, ce qui ne fut pas une surprise. Jamais elle n'avait réussi à le convaincre de laisser un mot, lorsque c'était utile. En cas de retard, il ne téléphonait pas non plus, ce qui contrariait Deborah, notamment si elle l'attendait pour dîner avec les enfants. « Ma grande, ça pourrait être pire, va, dit-elle à haute voix. Au moins tu sais qu'il n'est pas en train de boire avec une fille quelque part. » L'intégrité morale de Steve était l'une des choses qui l'avaient attirée chez lui. Il pouvait lui arriver, sans le faire exprès, d'être vaguement négligent ou égocentrique, mais il était foncièrement honnête.

Un court aboiement, un bruit de griffes sur la porte, et Deborah sut que Scarlett voulait rentrer. La chienne se précipita à l'intérieur et monta à l'étage après avoir fourré son museau une seconde dans la main de sa maîtresse.

Deborah renouvela l'eau du chien et lui ouvrit une boîte. Elle installa ensuite deux verres de lait pour les enfants, et quelques biscuits secs sur la vieille table de chêne de leur grande cuisine. Le bois avait besoin d'être poncé et ciré, se dit-elle. Cependant il aurait fallu rénover et arranger la maison tout entière. Deborah gardait à cet effet l'argent qu'elle gagnait en dactylographiant des manuscrits. Steve manifestant peu d'intérêt en la matière tant que leur demeure était à peu près propre et rangée, c'est elle qui s'occuperait de tout. S'il ne tenait qu'à lui, les meubles s'effondreraient avant qu'il ne s'en rende compte. C'était bien, une fois de plus, le fils de sa mère, obsédée par la propreté, le rangement, et les visites chez le tapissier. Deborah ne lui en tenait pas rigueur, mais il ne fallait tout de même pas que la famille entière supporte ses caprices. C'est pourquoi elle avait décidé de prendre les choses en main dès les fêtes terminées. Elle avait appris avec les années que Steve avait beau se montrer rétif au changement, il finissait par s'y habituer et l'apprécier. L'astuce consistait à ne pas trop lui en parler.

Trois minutes plus tard, les enfants et le chien étaient revenus à la cuisine où tous trois mangeaient avec appétit. « Je croyais que vous n'aviez pas faim, commenta Deborah.

— Non, on n'a pas faim, persista Brian. Mais les gâteaux, ce n'est pas pareil. Et, toi, tu les fais bien, pas comme Mme Dillman.

— Elle est très âgée, répondit Deborah. Je suis sûre qu'elle faisait très bien la cuisine quand elle était plus jeune.

— Elle a des *arrière*-petits-enfants, dit Kim entre deux bouchées. Ça veut dire que ses petits-enfants ont aussi des enfants. »

Deborah sourit. « Bravo, ma fille. Et tu sais combien elle en a ?

— Plein. Il y a des photos partout chez elle.

— C'est vrai.

— Nos grands-parents, ils ont aussi des arrière-petits-enfants.

— Non. Pas avant que vous ayez des bébés.

— Oh, peut-être que je n'en aurai jamais, moi. Parce que je veux être funambule, plus tard, l'informa Kim.

— Ah bon ? s'exclama Deborah qui sirotait une tasse de ce café instantané qu'elle détestait. Je croyais que tu voulais tenir la caisse au supermarché ?

— Ça, c'était avant. Maintenant je veux être funambule et porter des habits dorés. »

Brian engloutit le reste de son chocolat au lait froid. « Moi, je veux être procureur comme papa.

— Il faut aller longtemps à l'école, pour ça.

— Et alors ? Je travaille bien à l'école, moi. »

Voilà qui est étonnant, considéra Deborah. Âgés d'à peine cinq ans, ils ont déjà l'intuition de leurs talents personnels. Brian, intellectuel, se voit faire des études ; Kim se sait douée pour les activités physiques. La petite fille, il est vrai, faisait preuve d'une grâce et d'un équilibre étonnants, ce que sa professeur de danse avait confié à Deborah — qui l'avait bien sûr remarqué.

Ils finirent de goûter et elle partit vérifier que Steve avait descendu le train. Soulagée, elle aperçut le carton posé sur le canapé du salon, auprès d'un grand sac de coton pour imiter la neige, et d'autres boîtes contenant les maisons, arbres et animaux miniatures au milieu desquels le train évoluait. « Quand c'est qu'il va rentrer, papa ? Il faut encore tout installer », demanda Brian qui observait le tout d'un œil à la fois réjoui et inquiet. Jamais les enfants n'avaient monté le train sans leur père.

Deborah consulta l'horloge. Sept heures. La nuit était tombée depuis plus d'une heure. Steve n'avait pas laissé de mot, et Scarlett d'évidence était déjà enfermée depuis longtemps lorsqu'ils étaient rentrés. Mécontente de voir Steve disparaître sans donner aucune indication, elle appela Evan Kincaid.

« Salut, Deborah. Que puis-je faire pour toi ? demanda ce dernier, désinvolte.

— Eh bien, il semble que mon mari se soit envolé dans la nature, dit Deborah, faussement nonchalante. Les enfants n'attendent plus que lui pour installer le train. Tu l'as vu, aujourd'hui ?

— Non. Depuis combien de temps est-il parti ?

— Je n'en sais rien. Je suis allée faire des courses avec les enfants et on s'est mis en route vers une heure de l'après-midi. Quand on est rentrés à six heures, il n'était pas à la maison. J'ai l'impression qu'il est parti depuis assez longtemps. Il n'y a pas de vaisselle dans l'évier, même pas un verre sale. Et la chienne attendait visiblement qu'on la fasse sortir.

— Il a laissé un mot ?

— Non, il le fait rarement. »

Deborah entendit Barbara, derrière lui, demander ce qui se passait. Evan posa une main sur le combiné et répondit que Deborah cherchait Steve. « Je ne l'ai pas vu de la journée », reprit-il une seconde plus tard, et Deborah sentit une pointe d'inquiétude dans sa voix. « Il est peut-être parti acheter des cadeaux.

— Il m'a dit qu'il avait rendez-vous, quelque chose à propos de Noël.

— Un rendez-vous ? Avec qui ?

— Je n'en ai pas la moindre idée. Et, pour ce qui est des cadeaux, il m'a affirmé qu'il s'en était déjà occupé. En revanche, où il les a rangés, mystère.

— Peut-être chez Pete. Il y a de la place chez lui. »

Ils se turent un instant et Deborah se sentit parcourue d'un frisson d'angoisse. « Evan, j'ai bien vu que Steve est préoccupé depuis deux ou trois jours. Sais-tu ce qui le tracasse ?

— Je… oui, j'ai remarqué aussi.

— Mais tu ne sais pas ce qu'il a ? »

Evan inspira profondément. « Deborah, je suis persuadé que Steve est simplement parti faire une course. »

Sa voix sonnait faux. Qu'est-ce que cela veut dire ? pensa Deborah, de plus en plus inquiète. Elle fut certaine qu'il savait quelque chose mais, comme Steve plus tôt, se refusait à parler.

« Tu me rappelles aussitôt qu'il rentre ? » demanda Evan. Tiens, donc, se dit Deborah. Il ne se ferait pas de souci s'il ne pensait pas aussi que tout cela est étrange.

Elle voulut lui poser d'autres questions mais, Evan se montrant peu loquace, elle finit par y renoncer. « D'accord, je te rappellerai. Dis bonjour à Barbara pour moi. Et merci.

— De quoi ? Je ne t'ai pas été d'un grand secours. En tout cas, ferme bien tes fenêtres et tes portes. Il y a toujours quantité de vols avec effraction à la période de Noël. »

Certes, Evan était gentil, aimable, mais elle ne lui connaissait pas ce côté protecteur. Elle sentit de nouvelles appréhensions lui nouer l'estomac. « Evan, qu'est-ce qui se passe, dis-le-moi !

— Rien du tout. Mais tu me rappelles quand même, d'accord ? fit-il, très déterminé. S'il ne rentre toujours pas, on viendra te tenir compagnie, avec Barbara. »

Deborah raccrocha et regarda par la fenêtre, plus nerveuse encore qu'elle ne l'avait été avant d'appeler Evan. D'épais nuages cachaient la lune et les étoiles. Seule la lampe du jardin s'opposait à la nuit profonde. Pas longtemps — au grand dam de Deborah, la lumière vacilla un instant et s'éteignit. La jeune femme étouffa un hoquet, puis se rappela que l'ampoule clignotait depuis des semaines. Il aurait fallu la remplacer bien avant. Il n'empêche, elle avait mal choisi le moment de s'éteindre définitivement. En l'absence de Steve, l'événement, pourtant anodin, prit un tour menaçant. Mais Deborah n'était pas superstitieuse. Cela ne voulait bien sûr rien dire.

La voix de Brian s'éleva : « Alors, Evan, il sait où est papa ? »

Elle sursauta. « Non, mon chéri. Mais je crois

qu'on devrait commencer à déballer le train. Comme ça, lorsqu'il rentrera, tout sera prêt à monter. »

À huit heures et quart, alors que tous les wagons, rails, locomotives, transformateurs, maisons et animaux miniatures étaient disposés aléatoirement devant l'arbre, Steve n'était toujours pas arrivé. Irritée, inquiète, Deborah remit un album de cantiques sur la chaîne stéréo. *Il est né le divin enfant* résonna dans le salon.

« Je déteste cette chanson, dit Kim. Moi je veux *V'là le bon vent.*

— On l'a déjà écoutée cent fois, protesta Brian. Moi, je veux MTV. »

Steve n'aimait pas que les enfants regardent la chaîne musicale dont les clips vidéo étaient parfois explicitement sexuels. Ce soir, cependant, Deborah pensa qu'ils étaient tous deux trop occupés par le train électrique pour vraiment regarder les images. Ils écouteraient seulement les tubes de rock and roll. Et elle se sentait prête à hurler si elle entendait encore un seul de ces sacrés cantiques.

Elle éteignit la chaîne et alluma la télévision. Steven Tyler et son groupe Aerosmith chantaient *Janie's Got a Gun*. Un corps étendu sur un brancard traversait un décor constellé de taches de sang. Deborah serra les dents mais, comme elle l'avait prévu, les enfants ne regardaient pas. Brian jouait d'une guitare imaginaire, pendant que Kim dansait autour de lui, ses longs cheveux blonds virevoltant derrière elle. Ils étaient tellement excités ce soir qu'un peu de défoulement ne leur ferait pas de mal, conclut Deborah. Mais elle ? Elle n'avait aucune envie de danser ni de jouer d'une guitare invisible. Que faire, maintenant ?

Elle ne résista pas à l'idée d'appeler Mme Dillman. La voix de la vieille dame lui parut éteinte à l'autre bout du fil. « J'espère que je ne vous réveille pas ?

— Je faisais une petite sieste.

— Oh, je vous prie de m'excuser, madame Dillman. Je voulais vous demander si vous n'auriez pas vu mon mari, cet après-midi ?

— À deux heures et demie, dit la vieille femme d'une voix plus vive. Je regardais par hasard chez vous, quand je l'ai vu partir en voiture. » Mme Dillman observait toujours leur maison par hasard lorsqu'elle ne dormait pas.

« À deux heures et demie, vous êtes sûre ?

— Parfaitement. Je sais encore lire l'heure. » Deborah en était moins sûre, toutefois Mme Dillman savait parfois se montrer aussi alerte et observatrice qu'un bon détective.

« Est-ce qu'il était seul ?

— Oui. Vous étiez partie avec les enfants. Une bonne heure avant lui.

— Il est allé acheter des cadeaux.

— C'est ce que j'ai pensé. » Mme Dillman s'interrompit, avant de poursuivre d'une voix plus douce : « Vous ne croyez tout de même pas qu'il vous aurait abandonnée, ma petite ? »

Deborah fronça les sourcils : « Quoi ? Qu'il m'aurait quittée ? Oh non ! madame Dillman, sûrement pas.

— C'est que le mien m'a fait ça, vous savez. Il

est un jour parti acheter du pain et n'est jamais revenu. Cela fait quarante ans, maintenant. »

Deborah savait bien que c'était faux, qu'Alfred Dillman était mort huit ans auparavant dans un accident de voiture.

« J'aime autant vous dire que cela a fait un drôle de scandale, poursuivait Mme Dillman, donnant libre cours à son imagination. Tout le monde est venu me réconforter. Mais quel idiot, disaient les gens, abandonner une femme de votre qualité. Pourtant, je dois bien l'avouer, je ne sais pas comment j'ai accusé le coup. Ma mère disait toujours que j'avais de la volonté, alors ça doit être ça. » Elle soupira. « Ah, je vous dis, les hommes. Tous les mêmes. »

Deborah se garda bien de polémiquer. Mieux valait acquiescer pour que la vieille dame reste aimable. « Vous devez avoir raison.

— C'est qu'il est peut-être parti à Las Vegas, votre mari, ajouta Mme Dillman, remontée. Je le vois d'ici avec mon Alfred, une poule sur les genoux, en train de jouer aux cartes. »

Malgré son vif émoi, Deborah faillit éclater de rire en imaginant la scène : Alfred Dillman, pasteur presbytérien, se livrant avec Steve à la débauche. « Oui, bien sûr, c'est possible, renchérit-elle gentiment. C'est une piste à suivre.

— Vous voyez. En tout cas, si vous trouvez Alfred, dites-lui surtout de ne pas revenir. Même s'il me le demande à genoux, je ne lui ouvrirai pas ma porte !

— Oui, je lui dirai. Et je vous remercie, encore, madame Dillman. »

Deborah reposa le combiné et se frotta les tempes, qui commençaient à lui faire mal. Ce dernier appel n'avait pratiquement servi à rien, et les autres maisons de l'impasse étaient en ce moment vides.

Que faire, maintenant ? Si Steve était réellement parti à deux heures trente, comme le prétendait la voisine, il était absent depuis six heures. Cependant il était peut-être parti plus tard...

Elle revint dans le salon. Avachis sur le canapé, Kim et Brian riaient encore de leur concert de rock improvisé. « Moi, je veux devenir comme elle ! » lança la petite fille en montrant à l'écran une jeune femme à la poitrine invraisemblable et aux longs cheveux ébouriffés.

« Tu es bien plus jolie », fit Deborah d'un air absent. L'image, soudain, la stupéfia. Que Steve rentre dans la pièce à cet instant précis, et il exploserait de colère en voyant les enfants assister à un tel spectacle. « Voyons ce qu'il y a d'autre. »

Elle actionna plusieurs fois la télécommande avant de trouver un programme inoffensif sur le Disney Channel. Kim et Brian perdirent aussitôt tout intérêt pour la télévision. « Où est papa ? demanda le second.

— J'aimerais bien le savoir. Et si on commençait à assembler les rails ? Ou vous préférez aller tout de suite au lit ?

— *Au lit ?* » répétèrent deux voix horrifiées, comme si on leur proposait de monter au bûcher. « C'est à huit heures et demie qu'on se couche. » Brian regarda l'horloge au-dessus du canapé marron rayé de gris. « Et il est seulement huit heures treize, annonça-t-il, triomphant.

— J'en ai assez de t'entendre lire l'heure, tempêta Kim. C'est fatigant, à la fin.

— C'est parce que tu n'y arrives pas, voilà.

— Mais si, j'y arrive. Ça ne m'intéresse pas, c'est tout. »

Grincheux, les enfants étaient en fait épuisés de leur après-midi. Ils avaient besoin de dormir, pourtant ni l'un ni l'autre ne semblait prêt à accepter la défaite et monter se coucher. Deborah trancha d'une voix tendue : « Bon, d'accord, vous veillerez un peu plus longtemps ce soir. Commencez à monter les rails. Vous savez comment il faut faire ?

— Bien sûr, dit Brian.

— Bon. Je vais passer d'autres coups de téléphone. »

Elle les entendit continuer à se chamailler, tandis qu'elle prenait le chemin de la cuisine où ils ne pourraient pas l'entendre. Ils n'étaient pas encore inquiets — certes pas autant qu'elle —, seulement déçus. Deborah composa le numéro du procureur, dans l'espoir que Steve, au bureau, ait simplement laissé passer les heures sans s'en apercevoir. Personne ne répondit.

Énervée, elle se prépara une autre tasse de café instantané, cette fois aromatisé à la vanille. Celui-ci était sucré et très parfumé. Manucurées et impeccablement coiffées, les actrices qui en faisaient la réclame à la télévision avaient toujours l'air de ne se soucier de rien. On ne voudrait sûrement pas que je prenne leur place, pensa Deborah en apercevant son image dans le miroir de la cuisine. Son rouge à lèvres était parti, sa grande tresse noire s'effilochait et ses yeux rougissaient sous les verres de contact. L'allure d'une femme fatiguée, presque négligée. Et elle mourait d'envie de fumer une cigarette.

Elle courut vers un tiroir qu'elle se mit à fouiller jusqu'à trouver un paquet de Salem à moitié vide. Elle l'observa un instant, humant l'odeur du tabac desséché. Mais — « Non », dit-elle résolument. Elle lâcha le paquet et referma le tiroir.

En tapotant du bout des doigts sur le comptoir, elle se posa de nouveau la question de savoir quoi faire. Ses yeux tombèrent sur le carnet d'adresses posé près du téléphone, où elle trouva rapidement le numéro de l'institut spécialisé où la sœur de Steve, Emily, était internée. L'infirmière décrocha et parut déconcertée que Deborah, après s'être présentée, lui demande si Steve n'était pas là.

« Mais non. M. Robinson était ici le week-end dernier. Il vient en général tous les deux ou trois mois, mais je ne l'ai *jamais* vu un dimanche soir. » Puis, manifestement curieuse : « Vous ne savez pas où il est ? »

Déprimée, énervée, Deborah eut envie de lui répondre : « Vous croyez que je vous appellerais, autrement ? » Mais elle garda son calme : « Non, je ne sais pas. Je n'ai pas bien compris ce qu'il m'a dit en début d'après-midi et j'ai pensé qu'il aurait pu aller revoir sa sœur, puisque c'est Noël.

— Il était là dimanche dernier. Dites-lui qu'Emily va bien. Elle a même parlé aujourd'hui.

— C'est vrai ? demanda Deborah, étonnée.

— Oui, oui. Elle a prononcé le nom de son frère, très distinctement.

— C'est encourageant, non ? Je croyais qu'elle ne disait jamais rien. »

L'infirmière sembla de nouveau surprise. « Mais si, madame. Pas bien souvent, mais cela arrive. Je m'étonne que votre mari ne vous l'ait pas dit. En fait, c'est surtout quand il est là qu'elle parle. »

Deborah n'était allée lui rendre visite qu'une fois, peu de temps après leur mariage. Emily ressemblait à une jeune adolescente. Elle avait pourtant vingt-trois ans. Ses cheveux bruns et brillants, qu'elle portait très longs, étaient bien plus sombres que ceux de son frère. Mais surtout Deborah se souvenait de ses yeux. D'un vert très clair, dotés de grands cils, ils rayonnaient d'une surprenante beauté, malgré le regard vide et absent qu'elle maintenait autour d'elle. Deborah avait proposé à Steve de revenir la voir avec lui, mais il avait décliné : « Ça ne sert à rien que tu sois là, elle ne s'en rend même pas compte.

— Tu y vas bien, toi.

— Je suis son frère. D'ailleurs, c'est à cause de moi qu'elle est comme ça. C'est mon devoir d'y aller. »

Elle raccrocha. Steve n'aurait certainement pas pris la route pour Wheeling, distante de deux cent soixante kilomètres, sans le lui dire. Elle pensa alors à appeler ses beaux-parents, mais elle se rappela qu'ils passaient chaque Noël à Hawaii. Et Steve ne leur avait pas rendu visite depuis dix ans.

Elle finit par téléphoner à Pete Griffin. Ce fut Adam, son fils, qui répondit. Un disque de rock hurlait en fond sonore, mais Adam lui apprit que son père était parti acheter un traîneau de Noël illuminé pour décorer le jardin. « Il croit encore que j'ai huit ans, grogna l'adolescent, avec une légère pointe d'ironie dans la voix. Le moindre arbre, la moindre touffe d'herbe dans le jardin brille déjà de mille feux, expliqua-t-il. Je m'attends à voir débarquer les pompiers d'une seconde à l'autre.

— Tu pourrais peut-être t'en réjouir. Sinon, c'est du charbon que tu vas trouver dans tes chaussures, le 25.

— Du charbon ? répéta Adam sans comprendre.

— C'est un vieux dicton.

— Pourquoi ces vieux trucs sont toujours aussi bizarres ? »

Deborah sourit. Sous un masque d'adolescent superficiel, Adam Griffin cachait en réalité une vive sensibilité, doublée d'une remarquable intelligence. Il avait admis une fois devant elle qu'il se destinait à la biophysique. « Mais ne le dites pas à papa, hein ? C'est trop drôle de le laisser croire de semaine en semaine que je veux faire tous les métiers du cirque. » Pete, pourtant intelligent, gobait tout ce qu'affirmait son fils.

« Tu n'as pas vu Steve aujourd'hui, Adam ? Je ne sais pas où il est passé.

— Non, je suis resté là toute la journée. Mais je demanderai à papa quand il reviendra. Lui n'a pas arrêté de faire des allers et retours. Il y a un problème ?

— Pas que je sache. Je me demande pourquoi

il a disparu comme ça… Enfin, bon. Demande à Pete de me rappeler quand il sera là.

— Bien sûr.

— Et puis fais semblant d'être content devant le traîneau du père Noël. C'est plus important que tu ne crois pour ton père. »

Adam s'esclaffa. « Je sais. Ne vous inquiétez pas. Je lui dirai que je n'ai jamais rien vu d'aussi chouette. Même si c'est complètement ringard. »

Pas de chance chez Pete non plus. La sensation de malaise qui avait traqué Deborah toute la journée devenait maintenant insupportable. En désespoir de cause, elle rappela Evan. « Toujours pas de nouvelles, dit-elle. Et il est neuf heures moins le quart.

— Il n'est pas au bureau.

— Je sais. J'ai essayé, aussi. Evan, tu n'as vraiment pas idée de l'endroit où il peut être ?

— Non. Mais je peux appeler quelques personnes. Ne bouge pas. »

Ne bouge pas. Une de ces expressions stupides, pensa Deborah. Comment ne pas bouger quand on a les nerfs en pelote ?

Elle chercha le numéro de Joe Pierce dans le carnet d'adresses. C'était Joe, après tout, qui avait téléphoné hier soir et mis Steve dans un tel émoi. Elle se demanda en composant son numéro pourquoi elle ne l'avait pas fait plus tôt. C'était occupé. Elle raccrocha sèchement. Et *maintenant* ?

Elle revint dans le living. « Tu as des paillettes partout, reprochait Brian à sa sœur qui vidait le contenu de la boîte de coton.

— Ce n'est *pas* vrai. Et ce n'est pas ma faute si elles tombent toutes seules.

— Ce n'est pas le moment de mettre le coton ! Maman, dis-lui qu'il faut attendre que le train soit installé pour mettre la neige autour !

— Mais je sais ! lança Kim, furieuse. J'enlève les petites boules chiffonnées, c'est tout. Et puis je n'y toucherai plus à ton coton idiot, voilà !

— Ça suffit, tous les deux ! » coupa Deborah en se passant une main sur le front. La migraine commençait à sourdre vraiment.

« Où est papa ? demanda Brian de nouveau.

— Je ne sais *pas*. »

Le petit garçon devint subitement tout rouge, comme c'était souvent le cas lorsqu'il se retenait de pleurer. Il brandit un rail au-dessus de sa tête. « Et comment on va faire pour tout monter, alors ?

— On se débrouillera », dit Deborah qui vint rejoindre le petit garçon pour lui ôter le rail des mains. Kim prit un air penaud en replaçant le coton dans sa boîte. Elle se blottit ensuite contre son frère. Scarlett arriva pour compléter le trio. Comme pour se faire l'écho de leurs propres émotions, elle posa sa tête sur les genoux de Brian et se mit à le regarder d'un air tellement triste que tous éclatèrent de rire.

« Nous voilà beaux, maintenant, dit Deborah. Même Scarlett va se mettre à pleurer.

— Ça ne pleure pas, les chiens », objecta Brian en essuyant une larme qui venait de quitter sa paupière.

Kim hocha la tête : « Bien sûr que si. Seulement ils le font dans leur tête, alors ça ne se voit pas. »

L'un après l'autre, Deborah leur passa une main affectueuse dans les cheveux. « Si on s'en occupait demain, de ce train ? Vous devriez être au lit depuis longtemps. » Les enfants lui jetèrent un regard hostile et elle ne se sentit pas l'énergie de lutter. « J'ai une idée. Je vais préparer un bon chocolat chaud avec de la cannelle et des marshmallows. »

Vingt minutes plus tard, les enfants arboraient de fières moustaches, mais leur père n'était pas revenu. « J'ai un peu sommeil, maintenant », admit Kim.

Merci mon Dieu, pensa Deborah, soulagée à l'idée de pouvoir enfin coucher les enfants et réfléchir une seconde au calme…

La sonnette retentit. Scarlett se mit à aboyer frénétiquement, et Deborah sentit comme une ivresse irriguer ses veines — Steve ! Le soulagement fut de courte durée. Car Steve rentrait toujours directement à la cuisine par la porte du garage. Et bien sûr ne sonnait jamais.

Elle alluma la lumière du perron et regarda au-dehors par l'un des carreaux supérieurs de la porte d'entrée. C'était Evan et Barbara, accompagnés d'une autre personne, légèrement en retrait.

Tandis que Brian maintenait Scarlett pour l'empêcher de bondir au-dehors, Deborah ouvrit. Evan affichait un sourire légèrement pincé. « Steve n'est toujours pas là ?

— Non. Mais entrez, je vous en prie. Oh, Joe, je ne vous avais pas vu. »

Joe Pierce, visage maigre et cheveux de sable,

avança en marmonnant quelque chose à voix basse qu'elle n'entendit pas.

« Qu'est-ce qui vous amène ? » bafouilla-t-elle, consciente que les enfants, brusquement silencieux, s'étaient rassemblés derrière elle. On ne percevait plus que le brouhaha distant de la télévision.

« Nous nous sommes dit qu'on viendrait te rendre visite », répondit Evan d'une voix maîtrisée.

Deborah regarda Brian et Kim. « Les enfants, si vous montriez votre train électrique à Joe et Barbara ?

— Ils l'ont déjà vu », dit le premier.

Joe s'avança : « Pas moi, non. S'il te plaît, Brian. J'aimerais savoir s'il ressemble au mien quand j'étais petit. »

Brian fit une moue dubitative. « Vous voulez qu'on ne soit pas là pendant qu'Evan dit à maman qu'il est arrivé quelque chose à papa.

— S'il lui est arrivé quelque chose, aucun de nous n'est au courant, répondit Joe. Allons, les enfants. Venez avec Scarlett. » Deborah s'étonna de voir Joe se souvenir du nom de la chienne. Il n'était pourtant venu à la maison qu'une fois ou deux. « Alors, on va le regarder, ce train ? »

Un sourire encourageant apparut sur les lèvres pâles de Barbara. « Eh bien, allons-y. Cela ne ferait pas plaisir à Steve de vous voir faire attendre vos invités comme ça. »

À contrecœur, Kim et Brian escortèrent les deux adultes vers le living-room. Scarlett, vaguement suspicieuse, fermait le petit cortège. Deborah guida Evan à la cuisine, puis lâcha d'une voix étranglée : « Qu'est-ce qui se passe ? »

Les mains jointes, Evan paraissait las et extrêmement inquiet. Les rides s'étaient creusées au milieu de son front. « Deborah, tu sais qui est Artie Lieber, je suppose ?

— Artie Lieber, fit-elle d'une voix plate. L'homme qui a agressé la sœur de Steve ? Oui, et alors ?

— Il est sorti de prison il y a deux mois.

Déjà ? Au bout de quinze ans ?

— Libéré sous condition. Il a bien joué son rôle de prisonnier modèle et ça lui a réussi. Apparemment, il n'y a pas eu de problème jusqu'à la semaine dernière. »

Deborah le regardait d'un œil implorant. « Je ne savais pas qu'il était libéré. Mais, je t'en prie, je ne vais pas t'arracher les mots de la bouche. Qu'est-il arrivé ? Où est Steve ?

— On ne sait pas. Quand tu m'as appelé la deuxième fois, j'ai téléphoné à Joe et on a cherché partout où on a pu. Finalement Barbara a pensé qu'on ferait mieux de venir te voir et de prévenir la police pour qu'elle poursuive les recherches. »

Deborah se figea : « La police ?

— Oui, la police.

— Je ne comprends pas. »

Sous le bronzage, le visage d'Evan se fit soudain plus sévère. Gêné, il détourna les yeux et la regarda de nouveau. « Tu dois savoir que c'est le témoignage de Steve qui a valu à Lieber d'être condamné.

— Oui, je sais.

— Mais tu ne sais peut-être pas que Lieber a

toujours prétendu que Steve avait menti — comme quoi *Steve* en réalité aurait agressé sa sœur.

— C'est complètement absurde », s'écria Deborah, doublement consternée. Une telle accusation lui parut ridicule, mais elle était surtout choquée que Steve ne lui en ait jamais rien dit. « Enfin, il est incapable de faire du mal à qui que ce soit. Encore moins à sa sœur !

— Je suis bien d'accord avec toi. Mais Lieber a maintenu sa version tout le temps de sa détention. Et il a été aperçu à Charleston hier. C'est pour cela que Joe a appelé Steve dans la soirée. Pour l'avertir que Lieber était en ville — à huit cents mètres de cette maison, pour être précis.

— Mon Dieu. » Elle ferma les yeux. « Mais ce n'est pas tout, je présume. Allez, va jusqu'au bout, maintenant.

— Tout ce que je sais, c'est que Lieber a affirmé à un autre détenu que le jour où il sortirait, il ferait payer à Steve ses années de prison. Et Steve a disparu. »

CINQ

Steve n'a pas disparu — il s'est perdu, c'est tout, faillit dire Deborah. Elle lâcha un petit rire. Evan la dévisageait, déconcerté. « Excuse-moi, fit-elle en hoquetant, je suis… c'est que… » La pièce se remplit d'encre noire, tandis que la jeune femme s'effondrait. Evan la rattrapa avant qu'elle touche le sol. « Mon Dieu, je ne m'étais jamais évanouie. »

Il l'assit sur le banc devant la grande table de chêne et ouvrit le placard dans lequel ils rangeaient les apéritifs. Deborah le vit remplir un verre d'un liquide ambré. Elle revit Steve annoncer à Pete : « Chivas Regal, douze ans d'âge. » Mon Dieu.

« Bois ça, ordonna Evan.

— Je déteste le whisky.

— Bois ! »

Elle vida le verre et faillit s'étouffer tandis que l'alcool lui brûlait la gorge. Barbara fit irruption dans la cuisine. « Deborah, ça va ?

— Ça va aller, répondit Evan.

— Je parie que Steve ouvre cette porte dans moins de dix minutes », dit Barbara.

Sous un brouillard de larmes, Deborah regardait son amie. « Non, il ne reviendra pas. Je l'ai compris tout de suite en rentrant des courses. Quelque chose me le disait au fond de moi.

— Arrête tes bêtises, coupa Evan comme on s'adresse à un enfant. Tu as peur, c'est tout. Il est peut-être au bord d'une route avec un pneu crevé.

— Steve sait changer une roue, Evan.

— Ça peut être le moteur.

— Tu n'y crois pas toi-même. Ou alors pourquoi es-tu venu ici me parler d'Artie Lieber ?

— Peut-être que je suis allé un peu vite et que j'aurais mieux fait de ne rien dire.

— Lieber ? » fit une voix.

Levant la tête, Deborah découvrit Pete Griffin à la porte, la peau rougie par le froid, sa mince chevelure toute chiffonnée. « Désolé d'arriver comme ça, mais Adam m'a appris que tu te faisais du souci pour Steve, et chaque fois que j'ai appelé, c'était occupé. C'est pour ça que je suis venu. Je me suis demandé s'il fallait que je donne mes papiers au type qui m'a ouvert. Maintenant dites-moi ce qui se passe, et ce que Lieber vient faire là.

— Artie Lieber est en ville. J'ai peur qu'il n'ait retrouvé Steve. »

Pete parut décomposé. « Comment ? Quand ?

— Cet après-midi. Comment, je n'en sais rien.

— Deborah, il a pu se passer autre chose, dit Evan. Tu m'as bien dit qu'il avait un rendez-vous dans l'après-midi. Tu ne sais pas avec qui ?

— Non, et je ne suis même pas sûre que ça soit vrai. J'ai eu l'impression qu'il mentait. Je me demande si ce n'était pas un prétexte pour avoir le champ libre pendant que j'allais faire les courses avec les enfants.

— Vous vous êtes disputés ?

— Non. Si on s'est disputés cinq fois depuis que nous sommes mariés, c'est un grand maximum. Pour des bêtises, d'ailleurs. Disons que j'ai mal pris le fait qu'il ne veuille rien me dire de son mystérieux rendez-vous. »

Evan se raidit. « Vous vous êtes donc fâchés.

— Pas exactement. Énervés, plutôt. On ne s'est jamais réellement disputés. Un mot une fois ou l'autre, mais vraiment rien. »

Deborah sentit de nouveau ses yeux noyés de larmes. Barbara la prit par les épaules. Sous les ongles courts, ses mains étaient fermes. « On n'aurait jamais dû venir et te faire peur inutilement.

— Non, je préfère savoir que Lieber est ici, et qu'il a peut-être vu Steve, dit Deborah d'une voix rauque. Mon Dieu, je comprends maintenant. Quelqu'un a rôdé autour de la maison, cette nuit. Et Steve était comme fou, il est carrément sorti pieds nus, à courir dans le jardin. Tout s'explique. C'est ce nom-là qu'il appelait en faisant le tour des sapins : Lieber. Steve se doutait que c'était lui. Mais Lieber préférait le trouver seul. Et maintenant il…

— Écoute, Deborah, interrompit Evan. La police est avertie. Normalement, ils attendent vingt-quatre heures avant de lancer un avis de recherche. Mais Steve est l'assistant du procureur, et vu les circonstances… ils ne vont sûrement pas attendre demain.

— Je suis sûre qu'il est déjà trop tard.

— Arrête de t'en convaincre, jeta Pete. Il ne s'est probablement rien passé du tout. Si ça se trouve, il est allé au cinéma.

— Pete, tu sais très bien que Steve n'y va *jamais*. Il déteste entendre les gens mâchonner du pop-corn et faire toutes sortes de bruits quand il regarde un film. » Deborah tendit son verre à Evan. « Donne-m'en un autre, s'il te plaît. » Evan hésita, puis obéit. Elle but cette fois plus lentement et ne semblait parler qu'à elle-même. « Steve est un homme réservé, sérieux, responsable. Il peut lui arriver de ne pas faire attention aux autres, mais jamais il ne s'est montré cruel. *Jamais.* Nous sommes mariés depuis sept ans, et pas une fois il ne s'est envolé comme ça. Quand il sait qu'il sera très en retard, il appelle.

— Il l'a toujours fait ? demanda Evan.

— Sauf une fois ou deux, peut-être…

— Donc ça pourrait être la troisième. »

Deborah récusa silencieusement. « S'il n'appelle pas, c'est qu'il a un travail à finir le soir. Ce qui n'était pas le cas aujourd'hui. Mme Dillman affirme qu'il a quitté la maison à deux heures et demie.

— Mme Dillman ? reprit Barbara. La vieille folle d'à côté ?

— Parfois elle sait très bien ce qu'elle dit.

— Mais elle déraille la plupart du temps. Deborah, Steve est peut-être parti peu avant que tu ne reviennes. Dans ce cas, il n'est absent que depuis…

— Environ trois heures, répondit Deborah. Mais s'il est bien parti à deux heures et demie, ça fait plus de sept heures maintenant. Et s'il a simplement attendu qu'on s'en aille, ça en fait huit. Quelqu'un a appelé les hôpitaux ?

— Oui. Nous, répondit Evan. Personne qui corresponde à sa description. »

Joe arriva dans la cuisine. Plus grand, plus mince qu'Evan, c'était également un bel homme, toutefois d'un genre moins classique. Déjà marqué par le temps, il portait une cicatrice de quelque cinq centimètres au-dessus de l'œil droit. Il souriait moins facilement aussi, contrairement à Evan, presque toujours rayonnant. Né au Texas, il représentait pour Deborah une sorte de cow-boy transplanté, rude, nerveux — un de ces hommes qui parcourent la prairie sous les tempêtes, ou malgré la sécheresse. Il portait communément des jeans, comme Evan. Toutefois, quand ce dernier arborait une veste de daim faite sur mesure, Joe s'affichait en perfecto, bottes et T-shirt. Par-dessus sa barbe courte, Deborah remarqua les pattes d'oie inscrites au bord de ses yeux gris, ceux d'un homme qui aurait regardé le soleil trop longtemps.

« Joe, demanda-t-elle, Steve vous a-t-il dit quelque chose hier soir qui puisse nous éclairer ?

— Rien du tout. Je lui ai seulement appris qu'on avait aperçu Lieber à Charleston. »

Deborah se frotta le front un instant. « Je n'y comprends rien. Pourquoi il ne m'a pas parlé de Lieber, puisqu'il le sait dangereux et qu'il traîne par ici ?

— Il ne voulait pas vous inquiéter. C'est ce qu'il m'a dit.

— *M'inquiéter ?* reprit Deborah à pleine voix. Alors qu'on a passé toute la journée dehors et qu'il n'a même pas voulu nous accompagner? C'est comme ça qu'il s'inquiète ?

— Steve a eu peur, affirma Joe. Evan m'a dit que vous étiez au centre commercial dans l'après-midi. Steve a sûrement pensé que vous seriez plus en sécurité dans la foule. Il m'a aussi demandé de prendre contact avec un ami qui enquête pour une boîte privée de la région. Ils sont chargés d'assurer votre protection vingt-quatre heures sur vingt-quatre à partir de demain. Lieber a déjà failli tuer sa sœur et Steve avait bien plus peur pour vous trois que pour lui-même.

— Vous saviez donc tout cela ?

— Oui.

— Et toi ? demanda Deborah à Pete.

— Je savais que Lieber était libéré, pas qu'il était en ville, ni que Steve se faisait du mauvais sang. Je l'ai trouvé bien, l'autre soir, ici.

— Je n'arrive pas à croire que Steve ne t'ait rien dit à propos de Lieber», lâcha Evan en s'adressant à Deborah.

Joe jeta vers Evan un regard en biais : « Il t'a fait la même remarque, je crois. » Sa diction, lente et voilée, était fort différente de celles de Steve ou Evan, autoritaires et emphatiques. Ceux-ci, il est vrai, avaient l'habitude de plaider au tribunal. « Il ne voulait pas l'effrayer. Pourtant, c'est exactement ce que vous faites.

— Il vaut peut-être mieux qu'elle ait peur, plutôt que la laisser dans l'ignorance, répliqua Evan en repoussant quelques mèches de son front. C'est vrai, on en vient presque à se disputer alors que Steve a disparu et que Deborah est dans tous ses états. Excuse-moi, Deborah, les avocats ont tendance à parler tout le temps.

— Je ne suis pas avocat », dit Joe.

Mouché, Evan serra les dents, mais ne releva pas. « Deborah, on a besoin de certains éléments.

— De quoi ?

— Eh bien, l'immatriculation de la voiture de Steve, son numéro de permis de conduire, celui de ses cartes bancaires, et ce genre de chose. Il faut voir aussi ce qu'il a pris comme affaires.

— Comme affaires ?

— Oui, des vêtements, par exemple.

— Pourquoi en aurait-il pris ? »

Evan parut embarrassé. « C'est la procédure habituelle. La police voudra savoir ça.

— Ils chercheront à savoir si le départ de Steve n'a pas une autre raison, dit Joe. Si, par exemple, il était parti de son plein gré. »

Deborah était stupéfaite : « De son plein gré ? Mais enfin, bien sûr que non ! Quelle raison aurait-il eu de partir ? »

Elle imagina brusquement son mari à Las Vegas en compagnie d'Alfred Dillman, devant une table de jeu, en train de boire du champagne, une « poule » sur les genoux. Deborah sourit un instant, et les larmes lui montèrent aux yeux. Si seulement ce scénario grotesque pouvait être vrai. C'était tellement plus rassurant de se le représenter ainsi que de savoir Steve à la merci d'Artie Lieber.

Elle répondit en tremblant : « Tous les détails utiles sont inscrits sur une feuille dans son bureau. Tu sais qu'il est méticuleux. Si tu veux y aller,

Barbara, je crois que ça se trouve dans le tiroir du haut, à droite. Moi, je monte regarder la penderie, dans la chambre. »

De type ancien, les placards de la maison étaient plutôt étroits. Deborah pleura presque en ouvrant celui de Steve. C'était bien le mot — méticuleux. Tout était parfaitement rangé, pantalons et costumes alignés sur leurs cintres, chemises proprement empilées, chaussures impeccablement cirées. Le costume gris qu'elle avait rapporté vendredi de la blanchisserie était encore couvert de son film de plastique, comme s'il devait éternellement rester propre et repassé.

« Arrête, s'ordonna-t-elle tout haut. Il le remettra. Occupe-toi seulement de ce que tu as à faire. »

Elle ferma les yeux un instant, en essayant de se rappeler ce que Steve portait au matin. Un blue-jeans, son col roulé bleu marine, une paire de Nike. Tout, autrement, était à sa place.

Elle inspecta ensuite le tiroir de la commode. Ses sous-vêtements étaient soigneusement pliés — presque ceux d'un soldat. Steve, en fait, avait gardé certaines des habitudes que lui avait inculquées sa mère. Il y avait sept tricots de corps, sept caleçons courts, onze paires de chaussettes noires et trois autres de blanches. Ne manquaient que ceux de la journée.

Elle jeta un coup d'œil sur le dessus. Steve avait pris sa montre, cependant son alliance était posée près d'un flacon d'eau de Cologne dont il ne se servait jamais. Deborah s'en étonna tout d'abord, mais se souvint que Steve s'était plaint quelques jours plus tôt d'une poussée d'urticaire, sans doute allergique, causée par le métal. C'est pourquoi il avait retiré l'anneau. Elle ne put quand même s'empêcher d'y voir une sorte de signe, la preuve éventuellement de la fin de leur union.

Elle revint à la cuisine où elle trouva Pete, Evan et Barbara. Joe et Adam tenaient compagnie aux enfants dans le salon. « Il ne manque rien, sauf ce qu'il portait ce matin.

— Qu'est-ce qu'il a pris comme pardessus ? » demanda Evan.

Deborah tendit un doigt vers le portemanteau à l'entrée de la cuisine. « Sa gabardine bleue, elle n'est plus là.

— Rien d'autre ?

— Apparemment pas.

— Il y a de l'argent liquide dans la maison ?

— Deux ou trois cents dollars, peut-être.

— Où le rangeait-il ?

— Dans un tiroir de son bureau.

— J'ai inspecté tous les tiroirs, dit Barbara malgré elle. Je n'ai pas trouvé d'argent. »

Pete fronça les sourcils. « Il s'en est peut-être servi pour les achats de Noël. »

Evan ne répondit pas. Il examinait la feuille dactylographiée où figurait une série de numéros. « Bon, je vais porter ça à la police.

— Merci », murmura Deborah. Elle eut l'impression de parler dans un aquarium. Tout semblait étouffé, confiné, irréel.

« Je reste dormir ici, dit Barbara.

— Non, ce n'est pas la peine, répondit son amie presque automatiquement.

— Je ne veux pas te laisser seule, ni toi ni les enfants.

— Elle a raison », intervint Joe, sur le pas de la porte. Ce type est une apparition, pensa Deborah. Il s'éclipse un instant, mais en fait il est là. « Je reste, moi aussi. »

Surpris, Barbara, Deborah et Pete se tournèrent vers lui.

« Tant que Lieber traînera dans le coin, je trouve impensable de laisser deux femmes seules avec deux enfants en bas âge, expliqua-t-il de sa voix mesurée. Alors ne me sortez pas de grandes théories façon MLF, je reste et c'est tout. Steve serait de mon avis. »

Evan le regarda durement : « Je suis parfaitement capable de rester moi-même.

— Je peux le faire aussi », offrit Pete.

Deborah lui sourit : « Merci, Pete, mais je sais que tu n'aimes pas laisser Adam tout seul chez toi.

— Ce n'est plus un bébé, Deborah. Je crois que, pour une nuit, il peut se débrouiller sans moi. »

Joe les interrompit : « Ne prenez pas cette peine, *monsieur*...

— Griffin, termina Pete. Mais Pete suffit.

— Ne prenez pas cette peine, Pete. J'ai dit que je resterais, insista fermement Joe. Vous avez un enfant, et Evan pourra aller à la police. »

Une fois de plus, Evan serra les mâchoires. Deborah savait qu'il n'aimait pas beaucoup Joe. « Evan pense qu'il devrait porter un costume, comme les hommes du FBI », lui avait dit Steve un jour. Ce à quoi Deborah avait répondu : « Je croyais qu'Evan se moquait des apparences.

— En fait, ce qui se passe, c'est qu'Evan ne lui fait pas confiance.

— Pourquoi ?

— Il pense que Joe est dangereux.

— Tu dis pourtant que c'est un excellent enquêteur.

— C'est vrai, mais c'est parfois comme ça entre les gens. Il y en a qui ne s'aiment pas, c'est tout. C'est comme l'eau et le feu. »

Ce fut la voix d'Evan qui ramena Deborah à la situation. « Bien, je ne vais pas me quereller avec vous. Restez donc avec Barbara. Je téléphonerai en revenant du commissariat. »

Je connais à peine cet homme, Evan se méfie de lui et il va dormir cette nuit dans ma maison, pensa Deborah. Steve, cependant, aimait bien Joe. Ce qui, vu les circonstances, paraissait suffisant.

La porte d'entrée claqua une minute plus tard. Pete et Evan étaient partis ensemble, mais Deborah n'eut pas de mal à deviner qui avait fermé. Barbara leva les yeux vers Joe. Son expression accusait la sécheresse de ses traits : « Vous pourriez peut-être vous comporter autrement.

— Comment, autrement ? Je pense qu'il est normal que je veille sur vous et les enfants, quand Steve et Evan ne sont pas là.

— Ce n'est pas ça. Vous avez bien compris ce que je voulais dire. »

Joe s'adossa contre le chambranle de la porte. « Vous me reprochez de ne pas laisser Evan prendre toutes les décisions ? fit-il de sa voix lente. Je ne voudrais pas vous mettre de mauvaise humeur, Barbara, mais ce n'est pas parce que votre ami est issu d'une famille aisée et qu'il est diplômé en droit — ce que je ne suis pas, je le sais — que c'est l'homme de toutes les situations. Je crois même avoir remarqué que vous lui donnez des ordres vous-même, parfois. » Elle rougit. Il poursuivit plus doucement, arborant un genre de sourire modeste. « De plus, j'ai été flic, je suis entraîné aux arts martiaux et je porte une arme. C'est à moi de jouer les durs, donc laissez-moi faire et tout ira bien, OK ? »

Deborah comprit soudain pourquoi Evan n'aimait pas Joe. Car, derrière son sourire, on sentait une sorte de sauvagerie, de mutinerie, une vraie témérité perçant dans ses yeux gris. Elle eut le sentiment que, malgré son allure tranquille, quelque chose de dangereux pouvait saillir, une force à laquelle on n'aimerait pas se mesurer, provocante, celle peut-être d'un voyou. Elle frissonna de nouveau à la pensée qu'il allait passer la nuit ici. Que savait-elle de lui ? Bien peu de chose en dehors du fait qu'il faisait bien son métier. Mais Barbara lui souriait maintenant, toute tension évanouie : « OK, Joe, vous avez raison. Je suis contente que vous soyez là.

— Moi aussi, dit Brian, qui apparut soudain entre Barbara et Joe. Maman, il a installé le train, viens voir. »

C'était bien la dernière chose à laquelle pensait Deborah, mais elle s'arracha de son siège et se dirigea vers le salon. La petite locomotive sinuait bravement au milieu d'un ensemble de collines cotonneuses, de villages miniatures, même d'un petit miroir censé représenter la surface gelée d'un lac. « Ce n'est pas super ? s'exclama Brian.

— Super », répéta Deborah d'une voix rauque. Pour la première fois, quelqu'un d'autre que Steve avait monté le train électrique, et l'installation semblait plus réussie que jamais. Elle se sentit coupable de penser une telle chose et se dépêcha de tout éteindre. « Au lit, maintenant. »

Blottie sur un coin du canapé, Kim dormait déjà à poings fermés. Une de ses chaussures était tombée par terre. Scarlett, elle aussi épuisée, s'était effondrée en bas sur la moquette. Elle ouvrit un œil en les voyant, s'étira de toute sa longueur et s'en retourna à son somme. Enfin Brian, échevelé et les paupières mi-closes, semblait à peine tenir debout.

Prêt à la prendre dans ses bras, Joe s'agenouilla devant Kim, puis regarda Deborah : « Je la porte en haut ? »

Elle se raidit légèrement en voyant cet homme, presque inconnu, sur le point de toucher sa fille. Mais il la souleva délicatement sans la réveiller. « Oui, s'il vous plaît. »

Les enfants dormaient encore dans la même chambre, face à celle de leurs parents. Du moins cela devait-il durer jusqu'à l'été suivant, puisqu'il était prévu d'arranger, pour Brian, la petite pièce au fond du couloir juste au-dessus de la cuisine. Selon les anciens propriétaires, personne n'y avait touché depuis 1930. Par un après-midi d'été, Mme Dillman avait déclaré par-dessus sa clôture, sur le ton de la confidence, qu'elle était hantée. « Un jeune homme s'est tué dans cette chambre, avait-elle susurré. À l'arsenic, à cause d'une fille qui ne voulait plus de lui. Comme il était catholique et qu'il s'est suicidé, il n'a pas pu être enterré, c'est pourquoi son esprit est resté dans la pièce. Il paraît qu'on l'entend encore gémir de douleur sous l'effet du poison. » Steve avait éclaté de rire en écoutant Deborah lui rapporter l'histoire : « Voilà pourquoi la maison n'était pas très chère, c'est parce qu'elle est hantée. Il va falloir endurer les cris du fantôme et les bruits de chaîne la nuit. » Deborah n'était jamais parvenue à savoir si un suicide avait bien eu lieu ou si l'événement — et le reste — était encore le fruit de l'imagination de Mme Dillman. Elle était certaine, en revanche, que la petite pièce sombre, ni isolée ni insonorisée, restait inoccupée depuis des années. Elle servait pour l'instant de débarras, on y entrait rarement, et sa porte restait fermée.

Deborah déshabilla Kimberly, à peine réveillée, et la coucha sur le lit du bas, tandis que Brian se préparait tout seul. Scarlett dormait toujours dans la chambre des enfants. Elle était assoupie sur son grand coussin à carreaux quand Deborah referma la porte pour descendre retrouver Barbara et Joe.

« Evan a téléphoné ? » demanda-t-elle.

Ils étaient assis devant le beau sapin de Noël dont l'éclairage jetait sur leurs visages tendus d'intermittents reflets de couleurs.

« Oui, il doit y avoir dix minutes, répondit Barbara. La police veut une photo récente de Steve. Et son passeport.

— Son passeport ?

— Ils n'écartent pas l'hypothèse que Steve soit

parti de son plein gré, expliqua Joe. S'il voulait quitter le pays, il aurait besoin d'un passeport.

— Mais c'est ridicule ! Steve, quitter le pays ? protesta Deborah, véhémente. Qu'est-ce qui leur fait penser qu'il ait pu abandonner sa famille ?

— Quantité d'hommes le font, dit Joe d'une voix calme. De femmes aussi, d'ailleurs, même si c'est moins fréquent.

— En tout cas, pas Steve. En plus, il n'a même pas de passeport. Il n'a jamais quitté les États-Unis.

— Et pour la photo ?

— Steve n'aime pas se faire prendre en photo. Mais je regarderai l'album de famille demain, je trouverai peut-être quelque chose. » Deborah était dans un tel état de fatigue qu'elle était prête à se laisser tomber par terre. Il fallait cependant s'occuper de ses deux hôtes. « C'est ennuyeux, il n'y a qu'une chambre d'amis, dit-elle.

— Pour qui alors ? demanda Joe avec une pointe d'ironie bienveillante. On tire à pile ou face ? »

Barbara lui tapota gentiment le dos de la main. « Vous avez dit qu'on oublie le MLF, ce soir, alors je la prends. Le canapé est pour vous.

— Les couvertures et les oreillers sont en haut », dit Deborah.

Barbara se leva. « Je sais où c'est. Je m'occupe d'installer "super-macho" ici. Toi, va te coucher avant de dormir debout. »

Deborah sourit faiblement : « Merci, Barb. Je ne sais pas ce que je ferais sans toi.

— Ne te pose pas la question. »

Arrivée dans sa chambre, Deborah quitta d'un

geste las ses pantalon et col roulé, et enfila la première chemise de nuit qu'elle trouva dans le tiroir — trop longue, en coton et à fleurs, Steve la lui avait offerte pour son anniversaire. Elle se regarda dans la glace. Avec sa longue natte et sa chemise fleurie, elle ressemblait à l'un des personnages de *La Petite Maison dans la prairie*. Mais elle était frigorifiée, et au moins le vêtement était chaud et doux sur la peau. Deborah était trop épuisée pour se démaquiller et ce soir elle se moquait bien des problèmes de pores bouchés et des cernes que le mascara ne manquerait pas de creuser dans la nuit.

Elle se posta à la fenêtre et observa le jardin : la balançoire double, la niche de Scarlett, rarement utilisée, la petite remise en aluminium — tout semblait blanchi par la lune hivernale à peine démasquée sous les épais nuages. Difficile de se rappeler le jardin exubérant de l'été, avec ses capucines cerise, ses jolis soucis jaunes, ses roses mousseuses de toutes les couleurs, et le muguet fleurissant à l'ombre du pommier. Le dimanche, les enfants jouaient à la balançoire tandis qu'elle s'allongeait au soleil avec un citron pressé et un roman policier. Steve, doué d'un talent rare, s'occupait des fleurs.

Elle finit par se coucher et tira la couette jusqu'au menton. Exténuée comme elle l'était, elle savait pourtant qu'elle ne parviendrait pas à s'endormir. Elle resta un instant étendue, immobile et, priant le sommeil d'occulter momentanément le souvenir de cette pénible soirée, elle finit par sombrer dans une torpeur agitée.

Elle rêva qu'elle était assise dans un rocking-chair, devant une grande fenêtre aux rideaux de dentelle sale. La nuit tombait et il faisait de plus en plus froid. Le fauteuil à bascule restait curieusement fixe. Elle ne bougeait pas, prêtant l'oreille aux bruits d'une maison trop vieille, redoutant également la fraîcheur nocturne qui l'envahissait. Peu à peu toute image disparut et seuls les bruits restèrent — grincements, craquements. Le bois qui craque et gémit. À moitié consciente, bientôt exaspérée, elle répéta plusieurs fois « non » en voulant repousser ces nuisances sonores qui l'empêchaient de dormir.

Elle se réveilla en sursaut. Parfaitement immobile, effrayée sans en comprendre la raison, elle finit par entendre de nouveaux craquements. Cette fois, elle ne dormait plus. Parfaitement alerte, elle se rendit compte que le bruit provenait de la pièce adjacente — celle qui, au-dessus de la cuisine, servait de débarras.

Steve ? se demanda-t-elle aussitôt. Était-il possible qu'il fût resté enfermé toute la journée dans cet espace étroit ? S'y était-il rendu à la recherche de boules ou de guirlandes, et s'était-il blessé ? Pour rester inconscient, assommé peut-être, des heures durant ? Impossible, sa voiture avait disparu avec lui.

Le récit abracadabrant de Mme Dillman lui revint en mémoire. « Ne sois pas ridicule », se dit-elle. Même petite, elle n'avait jamais cru aux histoires de fantômes et, depuis six ans qu'ils habitaient ici, Deborah n'avait rien remarqué à propos de cette pièce. Soudain, d'autres craquements déchirèrent le silence. Artie Lieber ? Non, la pièce était à l'étage et Joe dormait au salon. Personne n'aurait pu s'introduire dans la maison sans qu'il ne s'en aperçoive.

Elle pensa bien à aller le chercher, mais elle ne voulait surtout pas qu'on la prenne pour une hystérique. En outre l'idée de descendre en laissant les enfants l'arrêta net.

Elle se glissa hors du lit, puis ouvrit rapidement la porte et traversa le couloir vers la chambre des enfants. Jetant un coup d'œil à l'intérieur, elle s'assura que tous deux dormaient paisiblement. Brian était blotti contre Scarlett, sur son coussin à carreaux, l'un et l'autre protégés par la même couverture. Il est vraiment perturbé par l'absence de son père, pensa Deborah avec une pointe au cœur, en remarquant ses petits bras enroulés autour de la chienne. Celle-ci, en revanche, était réveillée, les oreilles dressées. Elle aussi avait donc entendu quelque chose.

Deborah fit signe à l'animal qui se détacha délicatement de l'étreinte de Brian. « Surtout pas de bruit, chuchota-t-elle. Il ne faut réveiller personne. »

Scarlett observait sa maîtresse d'un regard intelligent, comme si elle comprenait le moindre de ses mots. Deborah referma derrière elle et partit dans le couloir en direction de la chambre d'amis. Elle entrouvrit la porte de celle-ci et aperçut, soulagée, Barbara allongée sur le dos, la bouche légèrement arrondie sur un souffle régulier. Bien, tout le monde est là, pensait la jeune femme lorsqu'elle perçut un nouveau craquement. C'était cette fois, sans le moindre doute, un bruit de pas — qui venait du débarras. Scarlett se raidit, les poils hérissés.

Il y avait quelqu'un.

Hésitant encore à laisser l'étage sans surveillance, elle se faufila vers le haut de l'escalier pour appeler Joe à la rescousse. Mais il ne répondit pas. Bon sang ! Comme Barbara, il devait dormir profondément. Si Deborah criait assez fort pour le réveiller, tout l'étage l'entendrait et c'était bien ce qu'elle voulait éviter. Il ne manquerait plus que les enfants, affolés, fassent maintenant irruption dans le couloir. Peut-être qu'après tout, il n'y avait pas de raison de s'inquiéter. Que Scarlett, par mimétisme, ne faisait que répondre à l'angoisse de sa maîtresse.

À contrecœur, elle se replia un instant dans sa chambre où elle se munit d'un lourd trophée que Steve avait gagné lors d'un tournoi à l'université et dont il se servait pour bloquer la porte. Puis elle traversa de nouveau le couloir jusqu'à la petite pièce et colla son oreille sur la porte. Rien. Évidemment. Elle n'avait entendu que les bruits normaux de cette vieille maison, auxquels elle ne faisait généralement pas attention. Il avait fallu que ce soir, dans son état d'épuisement et de vive inquiétude, elle leur trouve un aspect menaçant, effrayant. Elle ferait mieux de retourner se coucher et de ne plus y penser. Elle tourna la poignée et poussa lentement la porte.

Aussitôt le rayon d'une torche vint se braquer sur elle, tandis qu'elle percevait un mouvement flou et l'éclat plus distinct d'un second objet — sans le moindre doute une arme — dont le canon la tenait en joue. Scarlett se précipita dans la pièce dans un concert d'aboiements. Deborah poussa un cri, puis c'est une voix d'homme qui lança : « Bon Dieu, vous m'avez fichu une de ces trouilles ! Hé, Scarlett, lâche mon pantalon ! »

Joe. Deborah sentit son cœur battre à tout rompre, et elle eut bien l'impression qu'il s'était arrêté. L'angoisse au cœur — voilà une expression qui prenait tout son sens. Elle se mit malgré elle à pleurer de soulagement. « Mais que faites-vous ici ? » mâcha-t-elle, cramponnée à son trophée.

Dieu merci, Scarlett avait arrêté de hurler. Comme s'il prenait seulement conscience de tenir la jeune femme en joue, Joe baissa son automatique et le garda collé derrière sa cuisse, pour que Deborah ne le voie plus. « Je n'arrivais pas à dormir, je suis allé dans la cuisine boire un verre d'eau, et j'ai cru entendre du bruit. »

Deborah alluma la lumière — une ampoule nue et sale qui tombait du plafond — puis balaya du regard la pièce encombrée de cartons et de valises. « J'ai moi aussi entendu quelque chose, mais ce devait être vous, puisque les enfants et Barbara dorment.

— Que se passe-t-il ? fit soudain cette dernière dans le dos de Deborah.

— C'est le fantôme du petit garçon qui n'est pas enterré ! » gémit alors Kim, également réveillée.

Mme Dillman lui avait donc raconté cette absurde histoire de suicide. Grands dieux ! « Il n'y a pas de fantômes ici, dit Deborah en faisant de son mieux pour paraître calme.

— Qu'est-ce que tu en sais ?

— Ils se cachent quand il fait trop froid, affirma Joe. Votre maman a cru entendre quelque chose, c'est tout.

— *Quoi ?* demanda Kim, affolée.

— Rien du tout, un volet mal fermé. » Aussi oiseuse fût-elle, ce fut la première explication qui vint à l'esprit de Deborah. Peut-être suffirait-elle à rassurer les enfants. « Je suis désolée d'avoir réveillé tout le monde.

— Je vais coucher les petits », offrit Barbara, gratifiant toutefois son amie d'un regard appuyé qui signifiait *mais tout à l'heure je veux savoir ce qui s'est réellement passé.* Elle avait pour l'instant retrouvé le sourire. « Allons, les enfants. La fête est finie.

— Je ne crois pas aux fantômes, mais je ne retournerai pas me coucher sans Scarlett », déclara Brian.

Barbara regroupa dans leur chambre les jumeaux et le chien, et Deborah se tourna finalement vers Joe. « C'est vous que j'ai dû entendre dans cette pièce depuis ma chambre. Qu'êtes-vous venu y faire ?

— Je voulais savoir qui était passé là avant moi.

— Mais vous étiez debout. » Deborah sentit sa voix partir dans les aigus. « Personne n'aurait pu monter ici sans que vous ne le voyiez ?

— Sauf qu'il y a d'autres voies d'accès. » Il pointa sa torche vers l'étroite fenêtre au fond de la petite pièce. Elle était ouverte.

« Vous voulez dire que quelqu'un serait passé par là ? »

Il hocha la tête.

« Non, reprit Deborah en réprimant un frisson. On est à l'étage, c'est trop haut. C'est sans doute Steve qui est venu cet après-midi. Il aura ouvert la fenêtre.

— Dans une pièce non chauffée alors qu'il fait moins de zéro dehors ? Et il y a une échelle, posée contre le mur sous la fenêtre.

— Une échelle ? fit Deborah, incrédule.

— Oui. Regardez, si vous ne me croyez pas. »

Deborah n'avait pas de raison d'en douter, toutefois elle s'en assura, malgré la sensation glacée du parquet poussiéreux sous ses pieds nus. Quelques centimètres à peine séparaient l'extrémité de la haute échelle du rebord de la fenêtre. « C'est la même que la nôtre.

— Non, Deborah, c'est *votre* échelle. Je le sais, parce que je l'ai empruntée à Steve l'été dernier et qu'il y a une entaille sur le dernier échelon.

— Oui, Steve l'a fait tomber sur la clôture, admit-elle distraitement. Mais qu'est-ce qu'elle fait là ?

— C'est simple, elle sert à accéder à l'étage, dit platement Joe. Et moi, ce que je veux savoir, c'est *qui* est venu se cacher ici, juste à côté de votre chambre. »

SIX

Deborah ne ferma plus l'œil de la nuit qu'elle passa à se tourner et se retourner dans son lit, partagée entre l'angoisse et le désespoir. Joe ne dormait pas non plus, elle le savait. Chaque demi-heure, elle l'entendit faire le tour de la maison, inspecter pièces et fenêtres comme une sentinelle. À six heures, elle décida de se lever et descendit dans la cuisine faire du café. Barbara ne tarda pas à la rejoindre et, sept heures arrivant, les deux femmes, maintenant avec Joe, en étaient à leur deuxième cafetière. Brian et Kim regardaient les dessins animés du matin à la télévision. Devant leurs bols de flocons d'avoine, ils n'arrêtaient pas de demander : « Où est papa ? »

« Vous voulez du pain grillé ? » demanda Deborah à Barbara et Joe. Son estomac était noué au point qu'elle se savait incapable d'avaler quoi que ce soit.

« Tu ne tiens pas debout, Deborah, dit Barbara en se levant pour l'aider. Je ne vaux rien à la cuisine, mais je sais quand même me servir d'un grille-pain. Assieds-toi. »

Ses cheveux noirs et courts bien coiffés, Barbara avait retrouvé ce matin son aspect familier. Mais aussi le rouge à lèvres dont elle se servait habituellement, dont la teinte discrète, légèrement cuivrée, remplaçait avantageusement le rose criard dont elle s'était accoutrée l'avant-veille. Deborah, en revanche, les paupières gonflées, avait vaguement rejeté ses cheveux en arrière, maintenus par un vulgaire élastique. Steve aimait la voir ainsi coiffée. Cependant, elle fit brusquement claquer l'élastique, comme si elle n'en pouvait plus, et libéra les longues mèches noires et brillantes qui vinrent danser au milieu de son dos. Joe l'étudia d'un œil à la fois curieux et surpris, comme s'il la découvrait. Pleine de défiance, elle lui retourna son regard et lâcha : « Je sais que j'ai l'air d'une déterrée.

— Pas du tout. Mais je ne vous avais jamais vue comme ça, répondit-il calmement. Je ne savais pas que vous aviez les cheveux si longs. »

Maintenant gênée de s'être montrée défensive, elle murmura : « Un peu trop, même. Il vaudrait mieux que je les coupe. »

Il n'eut pas l'air de cet avis. « Quand j'étais petit, au ranch, on avait une gouvernante aux cheveux très longs, noirs et brillants comme vous. J'ai toujours trouvé ça joli — quand ils n'étaient pas attachés.

— Je ne savais pas que vous aviez grandi dans un ranch, dit Deborah, embarrassée par le compliment déguisé.

— Eh bien, si. Il faisait près de cent vingt hectares, près de la frontière mexicaine. On élevait des chevaux. On vendait du coton, aussi.

— Ça ne vous manque pas ?

— Un peu. »

Non, chaque jour qui passe, corrigea intérieurement Deborah, à en juger par le ton de la réponse. Joe se servit rapidement une nouvelle de tasse de café et l'on parla d'autre chose.

Evan arriva à huit heures, avec l'air lui aussi de ne pas avoir dormi. Ses yeux étaient légèrement gonflés, et son teint n'avait pas sa fraîcheur habituelle. Il posa son manteau sur l'une des chaises de la cuisine, prit la tasse de café que Barbara lui offrit, et regarda Deborah d'un œil grave. « Les enfants sont en haut ?

— Oui. Ils vont partir à l'école. Joe les emmène.

— Bien, ils ne nous entendent pas. »

Deborah sentit l'angoisse lui parcourir l'échine. « Pourquoi ? Qu'est-ce qu'il y a ?

— La police a retrouvé la voiture de Steve vers cinq heures ce matin, à proximité de l'aéroport de Yeager. » Il hésita. « Il y avait du sang à l'intérieur. »

Barbara comprima un haut-le-cœur et Deborah sentit le sien résonner sourdement. Sa vision s'obscurcit, puis se rétablit. « Du sang ? »

Evan confirma. « Pas beaucoup. Un filet. Sur le siège arrière.

— Mon Dieu, non !

— Calme-toi. Essaie de réfléchir, plutôt. Steve a quel groupe sanguin ?

— B plus. J'ai perdu beaucoup de sang en accouchant, c'est comme ça que je le sais. Parce que Steve voulait me donner le sien. Il avait trop peur que je contracte le sida, malgré toutes les précautions qu'ils disent prendre. Seulement je suis AB plus, c'est le groupe le plus rare, et il n'a pas pu. »

Deborah se trouvait en même temps à bout de mots et de souffle. L'air lui donnait la sensation d'écorcher ses poumons. Elle renversa sa tasse de café. Barbara se leva aussitôt, essuyant le liquide noir avec une serviette en papier, murmurant ses mots les plus rassurants à l'oreille de son amie — comme s'il s'agissait d'une enfant, aurait-on dit. « Deb, ne t'inquiète pas. Chérie, ce n'est pas si grave, cela ne veut rien dire du tout.

— Ça ne veut rien dire ? » cria Deborah, insensible à sa main déjà rouge, et au café brûlant gouttant sur son peignoir éponge. « Mon mari a disparu depuis bientôt vingt-quatre heures, on retrouve sa voiture abandonnée avec des traces de sang, et ça ne veut rien dire ? »

Les paupières sévèrement plissées sur ses yeux gris, le visage de Joe venait de prendre la couleur de la pierre. Pourtant, ce fut d'une voix maîtrisée, presque atone, qu'il demanda à Evan : « À quelle distance la voiture se trouvait-elle de l'aéroport ? »

Contrairement à Joe, ce dernier voilait difficilement son émotion : « Huit cents mètres.

— Aucune trace d'accident ?

— Rien. Pas une éraflure.

— Et à l'aéroport, ils contrôlent les départs ?

— Oui. Jusque-là, ça n'a rien donné. »

Deborah explosa : « Mais qu'est-ce qu'ils s'imaginent ? Que mon mari a laissé sa voiture à huit cents mètres de l'aéroport pour prendre l'avion ? Alors qu'il y a du sang sur la banquette arrière ! »

Affligé, Evan répondit : « Deborah, le contrôle des départs, c'est juste…

— La routine, je sais, finit-elle à sa place. Tu sais aussi bien que moi qu'il n'a emporté aucune affaire.

— En revanche, il a pris l'argent qu'il gardait dans son bureau…

— Deux cents dollars. Où veux-tu qu'il aille avec ça ? À Rio ? À Rome ? Et pourquoi aurait-il fichu le camp, d'abord ?

— Deborah, je t'en prie, calme-toi, dit Evan.

— Que je me calme ? » Deborah criait carrément. « Mais ce n'est pas évident, ce qui lui est arrivé ? Il s'est fait descendre par Artie Lieber, voilà ce qui s'est passé

— Quelqu'un a tué papa ? »

Consternés, tous se retournèrent vers Brian et Kimberly qui, sur le pas de la porte, écarquillaient les yeux, la bouche ouverte. Ils étaient depuis longtemps prêts à partir pour l'école. « Oh, mon Dieu, les enfants », s'écria Barbara malgré elle. Puis : « Non, personne n'a tué votre père. Maman ne se sent pas bien, c'est tout.

— C'est qui, Artie Lieber ? demanda Brian.

— Personne de spécialement important.

— C'est un sale type qui a tué papa, voilà qui c'est ! hurla Kim. Seulement vous ne voulez rien nous dire, à nous. »

Deborah s'en voulait au-delà du concevable de ce qu'elle venait d'affirmer, et l'expression horrifiée des enfants lui interdisait tout mouvement.

Ce fut Evan qui passa à chacun un bras autour des épaules. « Personne n'a tué papa.

— Comment tu le sais ? répliqua Brian d'une voix tremblante.

— Je le sais. C'est mon instinct qui me le dit, et, crois-moi, il ne m'a jamais trompé.

— C'est vrai, intervint Barbara. Votre père est l'un des plus proches amis d'Evan, sinon son meilleur ami. Et quand on se connaît aussi bien, on ressent ces choses profondément. On ne sait pas où est Steve pour l'instant, mais on est tous sûrs qu'il va revenir d'un moment à l'autre. Et qu'on aura tous envie d'écouter ce qu'il aura à nous dire. »

Kim porta immédiatement son pouce à sa bouche, alors qu'elle en avait définitivement perdu l'habitude un an plus tôt. Sans l'enlever pour autant, elle demanda : « Il sera revenu pour Noël ? »

Barbara, maître de la situation, répondit d'une voix assurée : « Chérie, ne suce pas ton pouce comme les bébés. Il n'y a aucune raison d'avoir peur. Papa sera rentré à Noël. Maintenant, est-ce qu'on est prêts à partir à l'école ? »

Les enfants étaient blêmes. Deborah remarqua la chemise de Brian, boutonnée de travers, puis celle de Kim, carrément enfilée le dos à la place du ventre. Ils ne savaient toujours pas s'habiller tout seuls, c'est pourquoi elle les aidait la plupart du temps. Ce matin, elle était trop bouleversée. Elle avait souhaité, il est vrai, que pour une fois ils n'aillent pas à l'école. Mais Barbara avait pensé que les garder à la maison n'aurait fait qu'attiser leurs angoisses : « Il ne faut rien changer au train-

train habituel. Ils n'y restent qu'une demi-journée et, comme Joe les emmène, il expliquera la situation au directeur pour qu'on fasse attention à eux. Moi, je prendrai mon après-midi pour les chercher à midi. »

Deborah avait accepté à contrecœur. Barbara, bien sûr, avait eu raison. Toutefois les enfants avaient entendu leur mère évoquer la possibilité d'un meurtre. Elle s'en voulait furieusement. Elle réussit pourtant à afficher un semblant de sourire, une apparence de normalité. « Il n'y a aucune raison de s'inquiéter. Amusez-vous bien à l'école et n'oubliez pas que c'est Noël. Tout ira bien.

— Tu ne dis pas ça pour nous faire plaisir ? » demanda Brian, suspicieux.

Elle n'avait jamais menti aux enfants. Comment pouvait-elle demander leur confiance tandis qu'elle entretenait l'illusion ? La situation l'exigeait. Il aurait fallu être cruel pour leur transmettre l'angoisse qu'elle ressentait au fond d'elle-même. « Non, je le dis parce que c'est vrai. Ce n'est pas Noël aussi, à l'école, aujourd'hui ?

— Si, admit Kim en ôtant lentement son pouce de sa bouche.

— Eh bien, c'est le moment de se réjouir. J'ai posé sur la table les cadeaux que vous donnerez à vos petits camarades. Et Barbara vérifiera que vous êtes habillés comme il faut, avant que Joe vous emmène. » Sans attendre, Barbara arrangea la chemise de Kim et reboutonna celle de son frère. « Cet après-midi, on aura des nouvelles de papa et on saura quand il reviendra », conclut Deborah sur un ton faussement enjoué. Brian et

Kim, loin d'être dupes, la regardèrent avec de grands yeux.

Dehors, il faisait mauvais. Le vent qui fouettait sans répit les branches nues des arbres s'en prit également aux cheveux des enfants. Joe les fit monter rapidement dans sa jeep. Ils se montrèrent d'une obéissance singulière. Leur maman avait mal pour eux, mais que pouvait-elle faire pour les réconforter ?

Joe démarra, et Deborah put alors parler à Evan des événements de la nuit.

« Mais à quelle heure ça s'est passé ?

— Vers une heure du matin. J'ai entendu le plancher craquer.

— Le chien n'a pas aboyé ? »

Elle fit signe que non. « Pourtant, Scarlett l'a entendu comme moi. Elle était réveillée quand je suis arrivée dans leur chambre. Je suis sûre qu'elle aurait aboyé si le bruit avait été plus fort.

— Joe lui aussi a entendu du bruit, et il était en bas, dit Evan en fronçant les sourcils.

— Joe était dans la cuisine, expliqua Deborah. Le débarras est juste au-dessus.

— Hum, répondit Evan en buvant une gorgée de café. C'était bien votre échelle, posée contre le mur ?

— Oui. On la range toujours dans la remise du jardin.

— Elle ferme à clé ?

— Non. Mais c'est un quartier tranquille, Evan. Rien n'a jamais été volé. Jusqu'à la nuit dernière, quand on a vu cet homme se cacher sous les sapins, il n'y a jamais eu de problème. Il ne manque rien non plus. Enfin, on n'a pas vérifié. Mais je doute qu'on soit venu là pour prendre les sécateurs.

— Il ne manque rien non plus dans le débarras ?

— Je ne crois pas. Il est mal éclairé et je n'y vais pas souvent, donc s'il manquait quelque chose, je ne l'ai peut-être pas vu. Mais ça m'étonnerait.

— Tu dis pourtant que ces craquements ont duré une dizaine de minutes. Joe pense que ça a duré plus longtemps. » Vaguement suspicieux, Evan leva les yeux au-dessus de sa tasse. « *Pourquoi* prendrait-on la peine de monter à l'échelle dans cette pièce pour le seul plaisir de s'y cacher ? »

Deborah passa une main dans ses cheveux. « Je n'en sais rien. C'est une histoire de fous.

— Complètement, répéta Evan. J'en parlerai à la police. Ils viendront chercher des indices. Si du moins Joe n'a pas tout effacé, cette nuit.

— Il connaît ce genre de chose, c'est un vrai professionnel, interrompit Barbara, impérieuse. Il a certainement fait attention. Et il a déjà appelé la police.

— Oh, toutes mes excuses », répondit Evan, glacial.

Barbara rougit en comprenant qu'une fois de plus elle venait d'y aller trop fort.

Deborah s'empressa de rompre le silence. « Ils nous ont dit qu'ils viendraient ce matin, et surtout de ne toucher à rien. C'est vrai qu'on n'avait pas encore retrouvé la voiture de Steve. » Sa voix se brisa. Barbara, le front plissé, s'efforçait de trouver quelque chose d'intelligent ou de rassurant à dire. Mais son amie respira profondément, se forçant en même temps à ne pas se laisser happer par son imagination. « Je ferais mieux de monter m'habiller avant l'arrivée de la police. S'ils sont là avant que je sois prête…

— Je m'occuperai de tout, dit Barbara.

— Comme d'habitude », conclut Evan d'un ton acide.

Il y a de l'eau dans le gaz chez ces deux-là, pensait Deborah en quittant la cuisine. Mais ce n'était pas le moment de s'inquiéter de leurs conflits. Elle avait déjà bien à faire toute seule.

Dédaignant de se maquiller ou de tresser comme d'habitude ses longs cheveux, elle enfila rapidement une paire de jeans et un épais chandail. Lorsqu'elle redescendit, Barbara était en conciliabule avec deux policiers. La voiture de Steve ayant été retrouvée en dehors de la ville, l'enquête avait été transférée de la police municipale à celle de l'État de Virginie. « L'échelle est toujours contre le mur, disait Barbara. On n'a pas laissé sortir le chien pour que tout reste en place.

— Bien, on va d'abord regarder dehors, dit l'homme en adressant un sourire forcé à Deborah au bas de l'escalier. Et vous êtes ?

— Mme Robinson, répondit-elle, comprenant brusquement que les agents avaient dû prendre Barbara pour la maîtresse de maison. C'est mon mari qui a disparu.

— Ah, d'accord. Eh bien, restez au chaud. Ça gèle aujourd'hui, hein ? »

Deborah eut l'impression que l'homme s'efforçait de dédramatiser la situation, tout comme elle l'avait fait elle-même envers ses enfants, mais l'attention ne fit que l'irriter. Comme si elle n'était pas capable toute seule de se rendre compte qu'il faisait froid. Barbara, admit que, oui, il gelait, et referma la porte derrière eux.

« Heureusement que tu es là, soupira Deborah, Je ne sais pas quoi faire dans ce genre de situation. »

Barbara sourit affectueusement. « Je crois que personne n'a l'habitude de ce genre de chose. Et ce n'est pas mon mari qui a disparu, ni ma maison qu'on est venu visiter. Arrête de te sous-estimer. Vu les circonstances, tu es parfaitement à la hauteur. »

Merci, pensa Deborah. Au fil des années, Barbara s'était révélée une amie fidèle, malgré une certaine propension à commander les autres. Ce trait de sa personnalité était parfois énervant, moins pour Deborah que pour Evan sans doute, mais aujourd'hui il convenait plutôt bien à la situation. Barbara disposait d'une assurance à toute épreuve. Dont son amie, en revanche, croyait souvent manquer.

« Où est Evan ? demanda-t-elle.

— Au bureau. Joe a pris une journée de congé, comme moi, et on ne pouvait quand même pas s'absenter tous les trois. De plus, Evan a une audience au tribunal à dix heures. Il faut bien que quelqu'un s'occupe des malfrats.

— J'aimerais surtout qu'on s'occupe d'Artie Lieber, moi », répondit tristement Deborah.

Barbara vint la rejoindre et posa les mains sur ses épaules en la regardant. « Ne conclus pas trop vite. Rien ne prouve que la disparition de Steve soit liée à ce type.

— Que veux-tu que cela soit d'autre ?

— N'importe quoi. Steve peut rentrer à tout moment.

— Tu n'arrêtes pas de le dire, mais tu ne le crois pas plus que moi. »

Barbara détourna les yeux.

Elle pense bien la même chose, se dit Deborah. Et elle n'est guère plus convaincante que je ne le suis avec les enfants.

« Je vais refaire du café, lança brusquement Barbara. Je ne sais pas où tu le trouves, mais il est excellent.

— C'est une marque suédoise. Je l'achète par correspondance.

— Je crois que je vais t'imiter. Evan a l'air de l'aimer, aussi. Ça serait agréable, le matin. Ce n'est pas qu'il dorme souvent chez moi, pourtant. Il prétend que le matelas est trop dur. Et je ne vais pas souvent chez lui non plus. » Elle parut gênée et Deborah craignit qu'elle ne lui confie quelque détail intime de ses relations. Le genre de chose qu'elle n'était décidément pas d'humeur à écouter ce matin. Barbara se tut et repartit dans ses considérations sur le café. « Je peux peut-être lui en faire livrer. Je crois que ça lui fera plaisir. »

Elle versa le moût dans un filtre, puis mit en marche la cafetière automatique. Les deux femmes conversèrent de manière décousue, attentives aux allées et venues des policiers au fond du jardin. Barbara, mal à l'aise, finit par se lever d'un bond au bout de quelques minutes et annonça d'une voix faussement gaie : « Le café est prêt ! »

Il semblait assez fort pour vriller des nerfs déjà bien assez éprouvés, pensa Deborah qui accepta en souriant la grande tasse que lui offrait son amie. De fait, il était fort et amer. Barbara avala une gorgée et remarqua à son tour : « J'aurais pu mettre un peu plus d'eau, je crois.

— Non, ça va.

— Bien tassé, quand même, hein ? Il y a de quoi réveiller un régiment. »

Deborah pouffait gentiment lorsque les policiers rentrèrent. Ils se présentèrent. Muller, le plus jeune des deux, était insignifiant, tandis que l'autre, Cook, nettement plus âgé, était mince et assez bel homme. « Nous allons monter à l'étage, m'dame », dit le premier tandis que Scarlett lui tournait autour, à la recherche d'une caresse. Il se pencha et la lui donna. « Il est mignon, ce chien. Un bâtard, non ?

— C'est une chienne, dit Deborah. Sa mère est un terrier beagle, et son père un berger allemand.

— Joli mélange, commenta le policier en souriant.

— Moi, je préfère les chiens de race, dit l'autre d'une voix trop forte, comme si la chose intéressait quiconque. Je pense que les chiens n'ont pas leur place dans une maison.

— Pensez ce que vous voulez, coupa Barbara. Venez, que je vous montre le débarras. »

L'officier Cook lança un regard dur à Deborah. « En tout cas, je ne veux pas de ce chien dans nos pattes. Il faut que la pièce soit comme vous l'avez trouvée ce matin.

— Je vais l'enfermer dans le garage. »

Scarlett regardait sa maîtresse d'un œil lourd de reproche, pendant que celle-ci étendait un vieux couvre-lit sur le sol gelé en lui faisant signe d'y prendre place. « Ce qu'il a l'air mal embouché, ce policier », marmonna-t-elle. La queue entre les jambes, se sentant indûment punie par sa maîtresse, Scarlett s'installa. « Je reviens te chercher tout de suite », dit Deborah en la rassurant d'une caresse. La chienne se détendit et afficha bientôt ce que Steve appelait son « air idiot » — lorsque son expression semblait parfaitement vide. « Exactement comme si son cerveau se vidait », riait Steve. Deborah ne put s'empêcher de sourire en voyant la chienne se laisser tomber sur le côté, parfaitement sans défense. « Oui, tu es un bon chien, ma jolie. Surtout ne fais pas de bêtise, je suis là tout de suite. »

Joe arriva peu après. « Les enfants sont à l'école. J'ai dit un mot au directeur. Il a donné son accord pour qu'ils restent à la fête, l'après-midi, mais il préférerait qu'ils finissent la semaine à la maison. L'école pense que c'est une trop grande responsabilité pour elle.

— Je suppose qu'on ne peut pas leur en vouloir, admit Deborah.

— Les flics sont en haut ?

— Oui.

— Vous avez leurs noms ?

— Cook et Muller.

— Muller est un type bien. Pratiquement un copain. Cook est un crétin. »

Sans rien ajouter, Joe partit à l'étage. Deborah entendit ses bottes claquer sur les marches. L'esprit toujours plus agité, elle s'assit devant l'imbuvable café. Steve, mais où es-tu ? pensa-t-elle. Elle murmura : « Mon Dieu, je donnerais dix ans de ma vie pour qu'il nous revienne sain et sauf. » La mère de Deborah lui avait dit, bien longtemps auparavant, qu'il ne fallait pas tenter de marchander avec Dieu. « Tout ce qui se passe dans ce bas monde procède de sa volonté », expliqua-t-elle sans quitter des yeux son ouvrage de couture, ou les recettes de cuisine qu'elle collait dans un grand album comme des photos de famille. « Tout a sa raison d'être. Les voies du Seigneur sont ce qu'elles sont, et nous n'y pouvons rien changer.

— Alors, si nous ne pouvons rien changer, à quoi cela sert-il de prier ? » avait demandé Deborah.

Sa mère, contrariée, avait levé les yeux. « Enfin, qu'est-ce que cela signifie, ma fille ? Nous prions pour le remercier.

— Pas toujours, répliqua Deborah du haut de ses huit ans. Souvent, on lui demande de les *exaucer*, nos prières. D'ailleurs, dimanche dernier, à la messe, le prêtre a demandé au bon Dieu d'aider M. McCallister à guérir son poumon malade.

— Tu ne comprends pas ce que je veux dire.

— Non. Il faut que tu m'expliques.

— Je ne saurais pas. C'est trop compliqué. Mais surtout, ne répète pas ce genre de chose à ton père.

— Pourquoi ? Quand on ne sait pas, il faut bien poser des questions.

— Eh bien, garde-les pour toi. Ton père déteste les questions. »

Surtout si c'est moi qui les pose, avait pensé la petite fille — elle qui était bien vivante, alors que ses deux frères aînés étaient morts en bas âge. Voilà un père qui n'aimait pas sa fille, comme si les deux garçons, prématurés, avaient disparu par sa faute, tandis qu'à la naissance elle pesait quatre bons kilos. Bien avant d'avoir l'âge de comprendre pourquoi, Deborah avait toujours senti qu'on lui en voulait.

Elle avait donc gardé ses questions pour elle, sans pour autant oublier la contradiction patente de ce qu'on tentait de lui inculquer. Encore aujourd'hui, assise à la table de la cuisine, elle se sentait partagée entre le désir de prier pour le retour de son mari et le sentiment que cela ne servait à rien.

De penser à ses parents, elle en vint à ceux de Steve. Il faudrait les mettre au courant, cependant elle ne savait pas où les appeler à Hawaii. D'ailleurs, que leur importait ? Si, bien sûr, Steve était leur seul fils. Ils devaient tout de même avoir gardé quelque affection pour lui. Toutefois, à supposer qu'elle découvre où les joindre, elle ne pouvait rien dire sans mentionner le nom d'Artie Lieber, et elle n'était pas sûre de vouloir aller jusque-là. Et si ce dernier avait décidé de s'en prendre encore à Emily ? Pouvait-il trouver le moyen de s'introduire dans la maison de santé ? Il faudrait peut-être aussi alerter le personnel ?

Ses pensées furent interrompues par les policiers qui redescendaient l'escalier, Barbara et Joe à leur suite. « Vous laissez toujours la fenêtre ouverte, dans cette pièce ? demanda Muller.

— Non, sinon par mégarde. Pourquoi ?

— Parce qu'il n'y a pas d'effraction.

— Donc elle était juste poussée, pas fermée.

Ce n'est pas impossible. On n'entre presque jamais dans cette pièce. L'un de nous a pu ouvrir la fenêtre cet été et oublier de la refermer correctement. Mon mari est en général très attentif à ce genre de chose.

— Vous avez quand même dit que la remise du jardin n'était pas verrouillée, fit remarquer Joe.

— La remise, oui. Mais les portes de la maison — non. Steve y veillait. Après ce qui s'est passé avec Emily...

— Qui est Emily ? demanda Cook.

— La sœur de mon mari, dit Deborah. Elle a été violée et rouée de coups alors qu'elle n'était encore qu'une adolescente. Son agresseur a été libéré il y a environ deux mois et on l'a vu à Charleston, avant-hier. Je pensais qu'Evan Kincaid vous en avait informé. »

Cook eut l'air embarrassé. « Il a déposé dans un commissariat d'ici, pas chez nous. Personne ne nous a parlé de l'affaire de la sœur, et on n'est pas extralucides. »

Joe leva les deux mains d'un geste qui se voulait conciliant. « OK. Pas de quoi s'énerver. Mme Robinson n'est pas censée connaître les attributions de juridiction. »

Tout cela commence à m'irriter au plus haut point, pensa Deborah. « Vous avez trouvé des empreintes ? demanda-t-elle.

— Non, il faut attendre l'équipe spécialisée, dit Cook. Ils vont avoir un sacré boulot, d'ailleurs, avec ce pince-fesse que vous avez organisé samedi dernier, à ce qu'il paraît.

— On fait toujours une réception avant Noël,

et ce n'est pas ce que j'appelle un *pince-fesse*, jeta Deborah, hérissée. De plus, on reçoit rarement dans le débarras, voyez-vous…

— Enfin, bref, répondit Cook, insensible au sarcasme. Ils devraient arriver d'ici une heure. Ils prendront aussi vos empreintes, madame Robinson. Malheureusement, à ce que dit M. Pierce, nous n'avons pas celles de votre mari.

— Mais celles de Lieber, si, intervint Joe. S'il est entré ici cette nuit et qu'il a eu l'imprudence de venir mains nues, il est cuit.

— Je ne vois pas bien ce qu'Artie Lieber chercherait dans la maison, dit Deborah. Steve a disparu dans l'après-midi. À quoi bon s'introduire ici s'il a déjà la main sur lui ?

— Rien ne nous dit que ce Lieber en a après votre mari, ou qu'il soit responsable de sa disparition », assura Muller.

Les yeux froids de l'agent Cook revinrent vers Deborah. « Ou peut-être M. Robinson ne lui a pas suffi. »

Deborah se figea. « Vous voulez dire qu'il pourrait s'en prendre aux enfants et à moi ? »

Dédaigneux et imbu de lui-même, Cook haussa les épaules. « Allez savoir. Lieber doit haïr de toutes ses forces l'homme qui l'a fait coffrer. M. Robinson s'est trouvé une belle situation, une maison, une femme, deux enfants, pendant que l'autre moisissait dans sa cellule.

— Mon Dieu, murmura Deborah qui se sentait faiblir. Dans ce cas, nous sommes tous en danger. *Sérieusement* en danger. »

Joe la jaugea longuement, fixement. « Vous ne

pouvez craindre quelque chose que si Lieber a *vraiment* décidé de se venger, et s'il a *vraiment* mis la main sur Steve. Nous n'avons absolument aucune preuve de tout cela.

— Non, c'est juste un hasard que Lieber soit venu se promener à Charleston et qu'à la fin de la semaine Steve disparaisse dans la nature, répliqua Deborah, amère. Je n'ai pas besoin d'autres preuves. »

Les policiers partirent une demi-heure plus tard avec les empreintes digitales de Deborah et une photo assez récente de Steve. Elle leur confia également un de ses chandails et sa brosse à cheveux — le premier pour que les chiens policiers reconnaissent son odeur, la seconde pour comparer son empreinte ADN avec celle du sang dans la voiture.

À la porte, Cook déclara : « S'il se passe quoi que ce soit, prévenez-nous aussitôt. » Puis il jeta un regard accusateur à Deborah, comme si elle devait lancer quelque objection perfide. Muller resta un court instant de plus, marmonnant un genre d'excuse au sujet de son collègue : « Il a bien des problèmes chez lui, m'dame. Ne lui en veuillez pas.

— Ce n'est pas grave », dit Deborah en pensant toutefois que, si elle devait revoir l'un ou l'autre, les jeux cette fois seraient faits.

Barbara revint du garage avec le chien qui passa cinq bonnes minutes à frissonner : « Ma parole, mais on croirait qu'elle est partie en Alaska, dit-elle en riant.

— Kim a vraiment trouvé le nom qu'il lui fallait, commenta Deborah. Elle a tout le pathétique de Scarlett O'Hara. »

La sonnette retentit peu après. « J'y vais, offrit Barbara.

— Non, fit Deborah d'un signe. Je ne suis pas encore complètement invalide. »

Un homme de taille moyenne aux cheveux châtain très courts l'attendait sur le perron. Son regard bleu était direct, insistant, ses yeux flanqués de profondes pattes d'oie. « Madame Deborah Robinson ? »

Elle hocha la tête.

« Charles Wylie, du FBI.

— Du FBI ? » Deborah était stupéfaite. L'homme tendit son étoile. « On vous envoie pour mon mari ?

— Oui. Puis-je entrer ? »

Joe et Barbara étaient assis dans le salon. « C'est un agent du FBI », dit Deborah. Barbara prit un air également ébahi, cependant que Joe paraissait soucieux. « C'est à propos de Steve qu'il est là. Monsieur Wylie, voici Barbara Levine et Joe Pierce qui travaillent tous deux pour la justice avec mon mari. »

Wylie les salua brièvement, puis se tourna vers Deborah. « J'aimerais vous parler seul à seule quelques minutes.

— Barbara et Joe sont au courant de tout ce qui concerne sa disparition.

— Sans doute, mais j'ai besoin de vous poser certaines questions, et à vous seule.

— Avez-vous la preuve que Steve ait franchi les limites de l'État ? » demanda Barbara, aucunement intimidée par les manières du nouvel arrivant. Deborah se demanda si le FBI obligeait ses agents à afficher ce visage de pierre.

« J'ai appris la disparition de M. Robinson il y a quelques heures seulement, répondit Wylie. Je n'ai de preuves de rien pour l'instant.

— Par quel biais avez-vous appris sa disparition ? demanda Deborah.

— La police de Virginie a lancé un avis sur le réseau fédéral et nous l'avons enregistré.

— Cela ne m'explique toujours pas la raison de votre présence.

— Je vous l'ai dit, j'ai des questions à vous poser, madame Robinson.

— Bien, admit Deborah. Dans ce cas, puisque M. Wylie veut me parler seul à seul, vous voulez bien m'attendre dans la cuisine ? »

Joe et Barbara se levèrent en même temps. L'agent du FBI s'assit et, balayant la pièce d'un œil rapide et entraîné, se munit d'un petit carnet. Deborah se sentit bizarrement coupable et se demanda pourquoi. À cause du regard froid et insistant de son interlocuteur ? Ou simplement parce qu'elle ne s'était encore jamais trouvée en présence d'un agent du FBI ?

« Il semble que votre mari ait disparu hier après-midi ? commença Wylie.

— Oui. Je suis partie faire des courses avec les enfants vers treize heures. La voisine affirme que Steve est parti à quatorze heures trente, mais il ne faut pas toujours se fier à ce qu'elle dit. »

L'agent leva les yeux.

« Elle a quatre-vingt-douze ans. Parfois elle

mélange tout, ou bien elle raconte des histoires, mais ce n'est pas systématique.

— Je vois. A-t-elle remarqué si votre mari était seul ?

— Oui. Selon elle, il était seul.

— Manque-t-il certaines de ses affaires ?

— Rien d'autre que ce qu'il avait sur lui. Et son manteau. Et sa voiture, bien sûr. » Elle ne fit pas mention de l'argent pris dans le bureau.

« On a retrouvé sa voiture ce matin, pas loin de l'aéroport.

— Oui, répondit Deborah, mal à l'aise. On dit qu'il y a du sang sur la banquette arrière. »

Prenant des notes sur son carnet, Wylie hochait la tête. Il ne manifestait aucune sorte d'émotion, ni de compassion, et cette froide efficacité irritait Deborah. Pourquoi, d'ailleurs, cet homme était-il là ?

Il leva soudain les yeux. « Votre mari partait rendre visite à sa sœur dans l'établissement de Wheeling tous les deux mois environ, c'est bien ça ?

— Sa sœur ? répéta Deborah, surprise. Oui, c'est exact. Mais quel rapport y a-t-il avec la situation ?

— Il partait le samedi et passait la nuit à Wheeling ?

— Oui. C'est assez loin par la route, et il lui rendait deux visites — le samedi après-midi et le dimanche matin.

— Aviez-vous l'habitude de l'accompagner ?

— Non. Je n'y suis allée qu'une fois, juste après notre mariage. Il y a sept ans de cela.

— Pourquoi n'y êtes-vous pas revenue ?

— Steve ne voulait pas. Il prétendait que c'était trop déprimant — Emily ne dit rien, elle reste prostrée, toujours immobile. Et puis il y a les enfants. Je restais ici avec eux.

— Votre mari vous appelait-il le samedi soir depuis Wheeling ?

— Non. Quoique. Si, il m'a appelée plusieurs fois à l'époque où j'étais enceinte.

Et, donc, depuis cinq ans il ne vous a plus appelée de là-bas ? Cinq ans, c'est l'âge de vos enfants, n'est-ce pas ? »

Pourquoi cet homme savait-il déjà autant de choses sur la famille ?

« Oui, ils vont avoir six ans en avril. Mais Steve m'a appelée aussi après leur naissance.

— Pas souvent ?

— Disons, pas à chaque fois.

— Et vous, lui avez-vous téléphoné au motel où il passe la nuit à Wheeling ?

— Peut-être trois ou quatre fois. En général, ça le déprime de voir sa sœur, et il n'est pas vraiment d'humeur à bavarder. Et puis il ne dort pas toujours au même endroit, là-bas. Monsieur Wylie, pouvez-vous me dire pourquoi vous me posez ces questions, je vous prie ? »

Wylie ne répondit pas et poursuivit son interrogatoire avec le même détachement, la même détermination. « À Wheeling, votre mari rendait-il visite à ses parents ?

— Non. Il s'est brouillé avec eux. Il ne les a pas vus depuis des années.

— Il pouvait peut-être tomber sur eux à la maison de santé ?

— Pas à ma connaissance. Ils savent que Steve vient voir sa sœur tous les deux mois. Comme c'est toujours le deuxième week-end du mois, ils évitent d'y aller à ce moment.

— Pour quelle raison sont-ils brouillés ? »

Deborah hésita. L'arrogance de Wylie lui déplaisait. Cela le regardait-il de savoir pourquoi Steve et ses parents s'évitaient ? Toutefois le ton était impérieux, et elle répondit. « Emily, la sœur de Steve, a été violée par un homme du nom d'Artie Lieber. C'était le jardinier de la famille, qui a fini par le mettre à pied quand ils se sont aperçus qu'il tournait autour de la jeune fille. » Deborah s'étonna de la sécheresse de ses propos, mais elle ne parvenait pas à se sentir naturelle devant cet homme distant et froid. « Les parents de Steve étaient partis en week-end et lui avaient demandé de veiller sur sa sœur. Steve ne s'est absenté que deux heures. Quand il est revenu, Lieber l'avait violée, frappée, étranglée.

— Elle a été gravement blessée ?

— Lieber l'a frappée au visage avec un bout de tuyau. Je crois qu'ils ont parlé de lésions cérébrales. »

Wylie continuait de l'interroger du regard.

« C'est ce que Steve m'a dit. Que les médecins ont parlé de lésions, mais qu'il n'y avait rien d'irréparable. Selon eux, le problème est avant tout psychologique. C'est de toute façon le résultat de l'agression. Mais vous le savez déjà, n'est-ce pas ?

— J'avais besoin de l'entendre de votre bouche. »

De plus en plus énervée, Deborah lui lança un

regard furibond. « Eh bien, c'est fait. Maintenant c'est vous que j'aimerais entendre. À commencer par les raisons de votre présence.

— Je ne peux rien vous dire pour l'instant. »

Elle en eut le souffle coupé. « Vous me demandez de répondre à toutes vos questions, mais je n'ai pas le droit de savoir pourquoi ?

— Votre coopération m'est précieuse.

— Je suis prête à coopérer de toutes les manières possibles pour retrouver mon mari, mais je ne vois pas en quoi vos questions font avancer les recherches. Vous devez déjà savoir qu'Artie Lieber a été condamné à cause du témoignage de Steve, et qu'il a juré de se venger.

— Lieber sait que, s'il s'en prend à votre mari, on le remettra en prison. Pourquoi prendrait-il le risque ?

— Je n'en sais rien. Ce type est fou, de toute façon. Mais je ne vois toujours pas ce que le FBI vient faire là.

— Si Lieber, comme l'a remarqué M. Levine, a emmené votre mari dans un autre État, cela n'intéresse plus le FBI. Mais c'est loin d'être prouvé.

— C'est loin d'être prouvé ? Que voulez-vous qu'il se soit passé ?

— Toutes sortes de choses.

— Qui concerneraient le FBI ?

— Oui.

— À savoir ? demanda Deborah avec autorité. Pourquoi le Bureau s'intéresse-t-il à mon mari ?

— Je ne peux pas répondre pour l'instant. » Wylie fronça les sourcils en regardant la plante posée sur la grande cheminée. « C'est bien du laurier-rose ?

— Quoi ?

— Cette plante, là, c'est du laurier-rose, non ? »

Désorientée, Deborah observa Wylie. « Oui.

— Qui a la main verte, ici ?

— Mon mari.

— Et il aime spécialement le laurier-rose ?

— Je suppose. Ce n'est pas une plante qui pousse facilement. Il en était plutôt fier.

— Je vois.

— Moi pas. Au nom du ciel, quel rapport cela peut-il avoir avec…

— Merci infiniment pour votre aide, coupa Wylie en se levant. J'aurai peut-être besoin de revenir vous parler. »

Deborah était parvenue jusque-là à se contrôler. Cette fois, elle éclata : « Je ne répondrai plus à une seule de vos questions tant que je n'aurai pas de réponses aux miennes !

— Merci de votre coopération, madame Robinson, répondit l'agent d'une voix égale. Je retrouverai le chemin. »

*

Encore sous le coup de la colère, Deborah retrouva Barbara et Joe attablés à la cuisine. Impatiente, Barbara demanda aussitôt : « Alors ? Qu'est-ce qu'il voulait ?

— Je n'en sais rien, répondit calmement Deborah. Mais Joe va nous le dire. »

Leurs regards se croisèrent. Joe baissa les yeux un instant en faisant claquer ses ongles sur la table.

« Joe, savez-vous quelque chose qu'on ne nous a pas dit ? » s'exclama Barbara, surprise.

Il inspira profondément et Deborah craignit qu'il ne soit en train de composer un pieux mensonge. Mais il finit par la regarder. Le regret, pour une fois, se lisait dans ses yeux impassibles. « Deborah, asseyez vous.

— Je crois que je préfère rester debout.

— Ma mère disait toujours cela avant d'annoncer une mauvaise nouvelle à quelqu'un, pensa-t-il à haute voix. Bon. Steve ne voulait pas que vous le sachiez. Mais il avait vraiment trop peur, c'est pourquoi il nous en a parlé, à Evan et à moi. Pour qu'on puisse l'aider. »

Deborah avala difficilement sa salive. « Et que vous a-t-il dit ? »

Joe joignit ses mains et elle remarqua pour la première fois la bague de turquoise qu'il portait. Le bijou, en argent et probablement indien, brillait sous la pâle lueur hivernale qui filtrait par la fenêtre. « Vous avez entendu parler de l'étrangleur des ruelles ? »

Deborah cligna deux fois. « L'étrangleur des ruelles ?

— Le meurtrier en série ? demanda Barbara.

— Oui. Au cours des trois dernières années, il a tué huit femmes en Pennsylvanie et dans l'Ohio. Dans la nuit de samedi dernier, il s'en est pris à une dénommée Sally Yates. À Wheeling. »

Barbara se tenait parfaitement immobile, tandis que son amie, abasourdie, continuait de fixer

Joe. « J'ai vu les articles des journaux. La fille était dans le coma, mais ils pensent qu'elle s'en tirera. Mais je ne vois pas le rapport. En quoi cela concerne Steve ?

— Toutes ces femmes ont été assassinées dans un rayon de cent soixante kilomètres autour de Wheeling. Elles ont été violées, étranglées et battues, et chaque fois un week-end alors que Steve rendait visite à sa sœur. »

Deborah ouvrit la bouche, puis se mit à rire. « Est-ce que vous essayez de me dire que, selon le FBI, Steve est l'étrangleur des ruelles ? Je n'ai jamais rien entendu d'aussi absurde ! Mon Dieu, on dirait une de ces histoires qu'invente Mme Dillman. »

Joe baissa les yeux. « Un agent du FBI est venu parler avec Steve vendredi matin, Deborah. Il semble que la veille un témoin se soit déclaré. Quelqu'un qui se trouvait dans un bar, “Chez Kelly”, celui où Sally Yates s'était rendue le samedi précédent, le soir où on l'a agressée. Le témoin n'a rien vu de la scène, mais il, ou elle, qu'importe, prétend avoir vu un type sortir d'une petite rue peu après l'heure présumée du crime. Le type aurait bu un verre dans le même bar plus tôt dans la soirée, mais là, il semblait très pressé. Il marchait vite et parlait tout seul en ricanant. Le témoin n'était pas au courant du viol, mais ce type bizarre qui sortait d'une rue noire l'a inquiété, et il est resté un instant à regarder. Pour le voir monter dans une voiture blanche. Il n'a pas tout noté, mais elle était immatriculée en Virginie de l'Ouest, et les premiers chiffres étaient 8E-7. » Joe leva les yeux. « Steve a une Chevrolet blanche immatriculée 8E-7591. »

SEPT

Consternée, Deborah fixait toujours Joe. Sa bouche était devenue sèche, ses mains gelées. Elle finit par murmurer : « Vous ne parlez pas sérieusement.

— Il n'y avait pas un agent du FBI ici, tout à l'heure ? demanda doucement Joe.

— Mais il est peut-être venu pour une autre raison. Si la disparition de Steve est liée à une affaire fédérale, et que... »

Joe hochait la tête. « Non, Deborah. »

Elle s'assit sur le banc près de lui. Le choc l'avait comme privée de ses esprits. « Je n'arrive pas à le croire.

— Moi non plus, admit Barbara dans un souffle.

— Pourquoi Steve ne m'en a rien dit ? dit Deborah.

— Il était complètement abasourdi. Et terrifié.

— Mais il vous en a parlé, à vous et à Evan.

— Il pensait que nous pourrions l'aider. Deborah, ce ne sont que des preuves indirectes mais, contrairement à ce que l'on voit dans les films, cela peut suffire à condamner quelqu'un. »

Barbara se pencha au-dessus de la table. Elle avait retrouvé son assurance et c'est maintenant l'avocate qui parlait : « Le témoin dont vous parlez, là, il l'a vraiment regardé de près, le type qui sortait de la ruelle ?

— Apparemment assez pour se rappeler qu'il était "Chez Kelly" le même soir, répondit Joe.

— Et pourquoi a-t-il attendu aussi longtemps avant de se manifester ? » demanda Deborah.

Joe la regarda. « C'est assez fréquent. Pour une raison ou une autre, les gens hésitent à venir parler à la police. Soit qu'ils aient quelque chose à cacher, ou qu'ils préfèrent ne pas se mêler à ce genre d'affaire. Finalement c'est le remords qui les pousse.

— Vous ne connaissez pas son nom ?

— Les flics ne sont pas idiots au point de mettre une vie de plus en danger, c'est pourquoi ils le gardent secret. Cela étant, le suspect mesurerait environ un mètre quatre-vingts, avec des cheveux brun foncé, une silhouette mince, sportif, la moustache. Ce n'est pas un habitué du bar.

— Et la couleur des yeux ? demanda Barbara.

— Il portait des verres fumés.

— Steve ne met pas de lunettes, dit Deborah. Il n'a pas les cheveux foncés, et encore moins de moustache.

— Le FBI n'exclut pas les déguisements. Les fausses moustaches, ça existe, les verres, ça s'achète. Et le type pouvait porter une perruque, même s'être teint les cheveux pour la soirée.

— Et ils sont absolument sûrs que l'agresseur de Sally Yates est bien l'étrangleur des ruelles ?

— Oui. C'est sa technique. Il guette les filles à la sortie des bars et les attire dans une ruelle. Ensuite il les frappe, il les étrangle et il les viole. Mais on n'a jamais pu prélever de sperme pour faire l'analyse génétique.

— Pas de cheveux, de poils ?

— Rien. »

Barbara parut perplexe. « Bon, supposons qu'il mette des préservatifs. Mais s'il viole les filles, on trouve forcément des poils.

— L'idée, je crois, c'est qu'il se sert d'un objet pour les…

— Vous ne voulez pas dire que…

— Si, coupa Joe. Comment être absolument sûr, sinon, de ne laisser ni sperme ni poils ? Ils n'ont jamais décelé de traces de son sang, non plus. Il faut croire qu'il assomme ses victimes pour les empêcher de se débattre. Tout ce qu'ils ont pu trouver, c'est de minuscules bouts de tissu. Le type est prudent. Et costaud. Il a aussi l'habitude d'arracher les bijoux, les boucles d'oreilles en particulier. Les filles ont toutes les lobes déchirés. »

Deborah restait ramassée sur elle-même, tandis que son amie, perplexe, fronçait les sourcils. « Et la voiture, reprit-elle. Le témoin a pu se tromper en lisant la plaque ?

— C'est possible. Mais ce serait une drôle de coïncidence qu'il se soit trompé pour aboutir à un numéro proche de celui de Steve. N'oubliez pas non plus que la voiture est blanche. »

Deborah le regardait, incrédule, révoltée. « On dirait que vous y croyez, vous, qu'il puisse être cet étrangleur. Mais enfin, vous n'imaginez pas Steve en train de tuer quelqu'un, quand même !

— Nous ne parlons pas de ce que je crois ou pas, dit calmement Joe. Nous parlons des déductions faites par le FBI, qui se base sur des éléments plutôt confondants. D'autant plus ennuyeux que ces pauvres filles ont été frappées, violées et étranglées de la même façon que la sœur de Steve.

— Dieu du ciel, lâcha Deborah. Mais c'est pourtant Lieber qui a violé Emily.

— Selon le témoignage de Steve. Il était le seul témoin. »

Deborah posa son front dans ses mains et ses longs cheveux noirs vinrent couvrir son visage. « C'est abominable.

— C'est pour cela que Steve ne voulait rien vous dire. »

Barbara prit un air courroucé. « Pourquoi faut-il que les hommes s'obstinent à jouer les héros solitaires ? Il ne croyait quand même pas qu'il parviendrait à le lui cacher éternellement ?

— Si, à tort ou à raison, il le croyait. C'est pourquoi il nous a demandé de l'aider, Evan et moi. Pour démêler tout ça et trouver la vérité avant que Deborah n'apprenne quoi que ce soit. Seulement, maintenant qu'il a disparu…

— Disparu, répéta lentement Deborah. En fait, le FBI ne croit pas une seconde qu'Artie Lieber ait quelque chose à voir avec ça, je suppose ? Ils pensent qu'il a disparu parce que le filet était en train de se resserrer sur lui. »

Joe posa sur elle un regard grave. « Vous ne penseriez pas la même chose, si vous n'étiez pas intimement concernée ? Sa disparition ne fait que renforcer l'hypothèse de sa culpabilité. La maison doit être surveillée, d'ailleurs.

— Dans ce cas, ils devraient savoir où Steve est parti hier ?

— Non, ça n'a dû commencer que ce matin. C'est ce qu'avait prévu Steve.

— Bon sang, lâcha Barbara. Steve vous apprend que la maison sera surveillée dès le début de la semaine, et il disparaît le samedi. C'est vrai que ça la fout mal. »

Joe regardait toujours Deborah. « Ils pensent que vous savez plus de choses que vous ne voulez dire. Que Steve vous appelle, même qu'il est déjà revenu ici. »

Elle répondit avec une férocité non feinte : « S'il s'est donné tout ce mal pour faire semblant de disparaître, ce n'est pas pour revenir le lendemain. De toute façon, Steve n'a pas fait semblant. Je le sais. Mon Dieu, si on le soupçonne d'être l'étrangleur, qu'est-ce qui le poussait à vous en faire part ? Il vous a quand même demandé de l'aider ?

— Nous étions là, Evan et moi, quand Wylie est venu l'interroger au bureau. À voir sa réaction, c'était évident que le FBI ne s'intéressait pas à lui par simple routine ou vérification. Ils vous répondraient qu'il ne pouvait rien nous cacher à nous, et ils auraient raison.

— En revanche, il a réussi à me cacher à quel point il avait peur, répondit Deborah, affligée. D'ailleurs, il m'a toujours caché des choses. J'ai eu quelquefois l'impression de ne pas le connaître. » Voyant Barbara et Joe échanger un regard, elle se raidit. « Je ne veux pas dire que je ne me serais aperçue de rien s'il était le genre de type qui assassine tout le monde. Mais je sais qu'il gardait de petites choses pour lui, le genre de chose qu'on se confie entre époux. »

Joe braquait sur elle un regard d'une rare intensité : « Deborah, ne répétez *jamais* cela au FBI. Ils ne vous lâcheraient plus. Ils s'obstineraient à creuser la faille, sans chercher à comprendre ce que vous venez réellement de dire.

— Je... oui, bien sûr que non », dit Deborah comme si elle venait de faire une gaffe. De fait, où en serait-elle si elle avait tenu un discours semblable à l'officier Wylie ? Cette pensée la terrifia et elle reprit mentalement le fil de leur conversation. Avait-elle dit ce qu'il ne fallait pas ? Quelque élément de nature à confondre Steve ? Elle ne put se souvenir. Tout l'entretien avait maintenant la teneur d'un rêve à moitié oublié. Comme, de fait, les deux dernières journées, bien que le mot cauchemar eût certes été plus juste. À l'heure qu'il était, Steve aurait dû se trouver au bureau, et elle, en train de taper son manuscrit. Mais non, Steve avait disparu, l'homme qui s'était juré d'avoir sa peau parcourait librement les rues de Charleston, et le FBI était persuadé que Steve était un *serial killer*. La situation était bien trop absurde pour qu'elle parvienne à l'accepter. Toutefois c'était la réalité et elle ne pouvait y faire face toute seule. Elle se tourna vers Joe.

« Vous étiez d'accord pour aider Steve ?

— Oui.

— Donc, ni vous ni Evan n'avez cru, même une seconde, que Steve pouvait être coupable ?

— Non. »

Elle hocha la tête. « Dans ce cas, je vous demande à tous deux de bien vouloir continuer. Je ne sais pas quoi faire. Je n'ai aucune idée de la façon dont je pourrais aider Steve. Mon Dieu, je ne peux même pas être sûre qu'il soit encore vivant. » Les larmes perlaient dans ses yeux. « Je ne sais *plus rien du tout* ! »

Barbara plaça un bras sur l'épaule de son amie. « Tout ira bien. D'une façon ou d'une autre, tout s'arrangera et ta vie reprendra avec Steve comme elle a toujours été. »

Mais Deborah savait, quelle que soit l'explication finale de la disparition de son mari, que les choses ne seraient plus jamais pareilles.

*

Dans la cour à l'heure de la récréation, Kimberly avait les doigts gelés par l'âpre vent de décembre. Elle venait d'oublier ses gants bleus. Maman les lui avait achetés en remplacement des rouges, eux aussi perdus, en lui expliquant que les nouveaux devraient lui faire l'année. Ce n'était peut-être pas définitif, toutefois Kim ne se sentait pas prête à lui annoncer qu'elle avait encore oublié ses gants à l'école, où un autre enfant les aurait probablement récupérés. Maman lui répéterait qu'il faut faire attention, qu'on est responsable de ses affaires, que l'argent ne pousse pas sur les arbres, ce que la petite savait déjà. Maman croyait-elle Kim trop bête pour comprendre qu'on fabriquait les sous à la « Banque » avant de le distribuer aux gens qui, à l'extérieur, venaient taper leur code sur la petite machine ? Elle hocha la tête. Décidément, maman ne se rendait pas compte à quel point Kim était intelligente, même si elle perdait parfois ses gants.

Elle enfonça ses mains gelées dans les poches de son manteau. Comme le vent échevelait ses longues mèches blondes, elle se rappela avoir laissé à l'intérieur son écharpe de grosse laine. Mais elle n'avait pas envie d'aller la chercher. Elle regarda un instant ses camarades en train de sauter à la corde. Elles lui avaient demandé de se joindre à elles, mais Kim avait décliné. Elle se sentait trop triste pour papa. Maman pensait que quelqu'un l'avait *tué*. Elle avait affirmé plus tard qu'elle ne parlait pas sérieusement, mais Kim ne la croyait pas, pas vraiment. Même si, toutefois, maman *devait* se tromper. Papa ne laisserait personne le tuer, surtout à quelques jours de Noël. N'empêche, maman pleurait, alors que cela n'arrivait jamais.

Ses jolis yeux maintenant eux aussi perlés de larmes, Kim examina la cour jusqu'à repérer Brian. Il était suspendu la tête en bas dans la cage aux écureuils. Maman lui interdisait d'aller y jouer, puisqu'il en ressortait toujours avec des égratignures. Essuyant ses larmes, Kim partit le retrouver. « Descends, lui ordonna-t-elle.

— Fiche-moi la paix, répondit Brian.

— Tu n'as pas le droit de monter à la cage, poursuivit la petite fille de la voix la plus adulte qu'elle pût trouver. Maman a dit qu'un jour tu tomberais et que tu t'ouvrirais le crâne. »

Les autres petits garçons, escaladant à qui mieux mieux, se mirent à ricaner. Brian fixa sa jumelle d'un air menaçant : « Si tu ne me fiches pas la paix, je dirai à maman que tu as encore perdu tes gants. »

Kim en considéra l'éventualité et décida qu'elle préférait voir son frère tomber sur la tête plutôt qu'être dénoncée. D'ailleurs, si vraiment il devait se briser le crâne, le docteur le réparerait comme il avait fait à Noël dernier, quand Brian avait glissé sur les marches du grenier.

Elle lui fit une grimace et s'en revint vers le grand arbre où Mlle Hart, son institutrice, avait dit que des rouges-gorges bâtiraient leur nid au printemps. Au printemps dernier, justement, papa était allé chercher sa grosse échelle pour leur montrer, à Brian et elle, un nid de rouges-gorges dans un arbre au fond du jardin. Il les avait hissés en haut, l'un après l'autre, et ils avaient admiré quatre petits œufs tout bleus. Kim en fut ravie, surtout le jour où les œufs avaient éclos. On avait ensuite maintenu Scarlett en laisse dans le jardin, le temps que les oisillons apprennent à bien voler, au cas où l'un d'eux serait tombé et que le chien ne lui laisserait pas le temps de repartir.

De repenser aux bébés oiseaux, et surtout à papa, Kim eut de nouveau envie de pleurer. Elle se détourna pour regarder la clôture et le portail de la cour. Elle se figea. Un homme se tenait là qui lui faisait signe de venir vers lui. Il portait un manteau bleu comme papa, pourtant il avait revêtu la capuche et Kim ne distinguait pas bien son visage. Elle se mit à plisser les paupières, comme maman. Était-ce papa ? De si loin, impossible d'être sûre.

Elle avança lentement vers la silhouette. L'homme était grand comme papa. Ses cheveux paraissaient de la même couleur. Mais il avait chaussé des lunettes noires. Elle ne voyait pas ses yeux.

« Kimberly, viens. »

Sa voix semblait douce et gentille, mais une nouvelle rafale avait presque couvert ses mots, et Kim n'était pas certaine de la reconnaître. Le vent de plus rendait ses petits yeux larmoyants. L'homme lui fit de nouveau signe. Kim hésita, et réfléchit. Si c'était bien papa, et qu'elle le retrouvait, tout le monde serait si heureux. Pourtant si c'était lui, pourquoi ne rentrait-il pas tout simplement à la maison ? Le pouce de Kimberly retrouva derechef le chemin de sa bouche. Elle était vraiment désorientée. Oui, l'inconnu ressemblait beaucoup à papa, mais papa ne viendrait jamais ainsi à l'école, planté derrière le portail la figure à moitié recouverte par sa capuche. À moins que…

Elle retira son pouce de sa bouche en se souvenant d'une émission à la télévision où l'on parlait d'un homme qui avait oublié qui il était. Maman avait dit que le monsieur était… comment, déjà ? *Am* quelque chose. Qu'importe. Il s'était cogné très fort et ne se rappelait plus son nom, ni où il habitait. Peut-être que papa s'était fait mal et avait lui aussi oublié.

« Kimberly, viens me voir, s'il te plaît, répéta

l'homme. Viens, ma chérie. J'ai apporté un cadeau pour toi, avant tout le monde. »

Kim sourit. « Papa ! » Elle s'élança vers le portail, par-dessus lequel l'homme lui tendait les bras.

Elle n'était plus qu'à une dizaine de centimètres de celui-ci lorsqu'elle entendit brusquement Mlle Hart hurler : « Kim ! Non ! »

La petite sursauta et s'arrêta. L'inconnu se redressa aussitôt, la tête levée vers l'institutrice.

« Kim, n'approche pas de cet homme ! » cria encore Mlle Hart, soudain livide, les yeux écarquillés.

Déroutée, Kim obéit. Mlle Hart paraissait effrayée, comme l'homme qui cependant tendit les bras pour attraper la petite. Elle eut subitement peur — une peur brutale, instinctive — en voyant les doigts de l'inconnu effleurer son manteau, et recula d'un pas incertain. « Mais viens *ici* », sifflait maintenant l'homme d'une voix peu amène. Kim, qui commençait à émettre de petits cris plaintifs, trébucha sur une motte d'herbes sèches et tomba pour de bon. L'homme se pencha sur elle.

Il était sur le point de la cueillir lorsque Mlle Hart, arrivant en courant, la lui arracha pratiquement des mains. Elle s'écria : « Vous, laissez-la ! Au secours, vite, aidez-moi ! »

L'homme tourna les talons et partit dans la rue d'une allure si vive que son capuchon retomba. Il avait malheureusement le dos tourné. Kim éclata en sanglots tandis qu'un groupe d'enfants excités se rassemblait autour d'elle.

*

Joe ne fut pas long à partir après les deux policiers — et l'homme du FBI. « J'ai quelques courses à faire, dit-il soudainement, mais je serai à l'heure à l'école pour les enfants. »

« Je me demande ce qu'il lui a pris ? » commenta Barbara une fois la porte fermée.

Deborah haussa les épaules. « Aucune idée. Il faut quand même reconnaître qu'on lui prend tout son temps. Il a peut-être besoin de chercher des affaires chez lui. »

Vingt minutes plus tard, le téléphone sonna. Deborah courut répondre.

« Madame Robinson ? »

C'était une voix féminine, vaguement familière, mais chevrotante. Pas celle d'une journaliste ou d'un officier de police.

« Oui, c'est bien moi, répondit Deborah sur ses gardes.

— C'est Lois Hart, la maîtresse de Kim et de Brian. »

Une vague de panique lui souleva le ventre. « Qu'y a-t-il ? répondit Deborah, presque en criant. Où sont les enfants ?

— On a eu un problème à la récréation…

— Quoi ? Est-ce qu'ils sont blessés ?

— Non, ils n'ont rien. Kim est un peu perturbée, c'est tout. C'est-à-dire que… il y avait cet homme et… J'étais en train d'empêcher deux petits de se battre et je n'ai pas vu tout de suite… Je veux dire, ça ne m'a pris qu'une minute… et alors…

— Vous êtes en train de l'affoler. Laissez-moi lui parler. »

Deborah reconnut la voix puissante et impatiente de Howard Morton, le directeur de l'école. Le cœur battant à tout rompre, elle l'entendit se munir du récepteur, puis entonner sur un ton faussement détendu : « Madame Robinson, l'homme qui a accompagné vos enfants ce matin, M. Pierce je crois, m'a informé de votre situation délicate. Croyez bien que nous sommes navrés pour vous. J'ai donc demandé à tout le monde de bien faire attention à Kimberly et à Brian, notamment à Mlle Hart. À l'heure de la récréation, il s'est trouvé un homme devant le portail qui a tenté d'enlever Kimberly.

— *Quoi ?* hurla Deborah.

— Rassurez-vous, madame, tout va bien. Mlle Hart a compris ce qui se passait, et elle a réussi à sauver Kimberly.

— À sauver Kimberly ? répéta Deborah d'une voix blanche.

— Oui, au moment où l'homme allait nous la ravir. »

Nous la ravir, pensa Deborah malgré elle. Qui d'autre que cet imbécile pompeux de Howard Morton utiliserait un mot pareil ? « Elle n'a rien au moins ? demanda-t-elle, angoissée.

— Non, non. Rien du tout, madame Robinson. Elle est un petit peu remuée, disons. Cependant, vu les circonstances, nous préférerions que Brian et elle rentrent plus tôt à la maison.

— Je suis là dans dix minutes.

— Je vous remercie. Je tenais également à vous

faire savoir que nous avions alerté la police. Mlle Hart leur fournira une description complète du ravisseur.

— Comment, elle sait qui c'est ?

— Non, mais Kimberly a cru un instant qu'il s'agissait de son père. Elle en doute maintenant. Mlle Hart ne connaît pas votre mari, elle ne sait donc pas s'il lui ressemble. »

Deborah raccrocha d'un geste lent. Un homme venait d'essayer de kidnapper Kim, un homme que la petite avait pris pour son père. Cela pouvait-il être Steve ? Ou un individu *en liberté* qui en voudrait aux enfants ?

*

Calé contre ses deux oreillers, Artie Lieber gardait les yeux fixés sur le petit poste de télévision à côté de son lit. Il était midi vingt, et le journal de la mi-journée prenait fin avec le flash de la météo. On prévoyait un temps plus doux pour le lendemain, « avec un maximum de cinq degrés », annonça le présentateur avec force sourire. Tu parles comme il fait chaud, pensa amèrement Artie. C'est ça, faisons la fête. Mais plutôt à Miami Beach.

Le journal n'était pas tout à fait fini. Les deux présentateurs revinrent pour interviewer la vedette d'une nouvelle série. Selon la jeune et nouvelle star, le lieu de tournage, l'équipe technique et le scénario étaient absolument formidables, extraordinaires, pour ne pas dire fantastiques. Mais pourquoi n'admettent-ils jamais qu'ils tournent ces stupidités pour de l'argent ? « Parce qu'ils perdraient leurs rôles, et leurs salaires extravagants », fut la réponse silencieuse d'Artie. Et ces prétendus journalistes, déjà à genoux devant la jeune actrice blonde, bêtes à hurler, dégoulinant de flagornerie. Ils finirent par annoncer le prochain flash d'actualités, avant de laisser l'antenne à une autre série. Artie s'allongea sur son lit pour contempler le plafond, ignorant une nouvelle blonde, parfaitement coiffée et maquillée, en train de déambuler dans son immense manoir en butte à quelque insurmontable névrose.

Mais on n'avait rien dit aux nouvelles à propos de Steve Robinson. Artie serra les mâchoires. Il ne pouvait penser à cet homme sans qu'une vague de dégoût lui parcoure tout le corps — ce corps pourtant trop frêle qu'il s'était efforcé de muscler, au moins deux heures par jour, d'un bout à l'autre de sa détention. Robinson n'était pas rentré de la nuit et la police était venue enquêter chez lui au matin. Il était encore trop tôt pour le porter disparu et lancer la procédure d'enquête. C'était sans doute pour cette raison qu'on n'en avait rien dit au journal.

En repensant à ce qu'il avait vu ce matin, Artie se sentit oppressé. La police s'était bien rendue au domicile de Steve où se trouvait en outre une femme aux cheveux courts, presque noirs. Pas vraiment une beauté. Il y avait aussi deux hommes. L'épouse de Robinson avait dû appeler du secours.

Artie avait également aperçu les deux jeunes enfants, Brian et Kimberly. Il connaissait leurs noms comme s'ils étaient les siens. Ils lui parurent bouleversés en prenant place dans la Jeep avec laquelle l'un des hommes les avait conduits à l'école. Pearl, la propre fille d'Artie, avait parfois une expression semblable. C'était d'ailleurs ainsi qu'elle lui avait paru, la dernière fois qu'il l'avait vue, juste avant d'être incarcéré, alors que son ex-femme — il l'appelait maintenant la Chienne — avait amené la petite au tribunal. Jamais Artie n'avait pu oublier la peur et l'incompréhension perceptibles dans les grands yeux bruns de sa petite fille, tandis qu'ils l'entraînaient, lui, les menottes aux poings, hors de la salle d'audience. Pearl devait être aujourd'hui âgée de vingt-deux ans, mais il ne l'avait plus vue depuis ce jour. La Chienne l'avait emmenée avec elle en Floride. Lieber avait appris qu'elle était mariée, même qu'elle avait eu un enfant — un petit garçon. Incroyable, il était grand-père ! Il avait pris contact avec elle en sortant de prison, mais Pearl avait affirmé qu'elle ne le considérait plus comme son père, et raccrochait systématiquement depuis.

Tout d'abord effondré, Artie avait bientôt conclu que Pearl aurait besoin d'un peu de temps. Ce n'était pas le genre d'homme à abandonner aussi facilement une partie. Avec suffisamment de patience, il se sentait capable de réparer les dégâts commis par son ex-épouse. Elle avait monté sa fille contre lui, lui faisant croire à toutes sortes d'horreurs. Ensuite, une fois les choses arrangées avec Pearl, et dès qu'il aurait fait la connaissance de son petit-fils, le moment viendrait de s'occuper de la Chienne.

Mais pour l'instant, c'était Steve Robinson qui l'intéressait. Que pouvait-il bien se passer chez lui ? Tout le monde savait qu'il avait disparu — il n'y avait aucun doute. Artie aurait voulu tout comprendre dans le détail. Que lui était-il arrivé ? Qu'en savait-on exactement ? Ils avaient retrouvé sa voiture ? Pensaient-ils qu'on l'avait assassiné ? Savait-on que lui, Artie, se trouvait à Charleston ? Était-il au nombre des suspects ? Quelqu'un avait-il joint l'officier qui l'avait libéré sous condition ? Car Artie aurait dû se rendre ce matin-là à la prison. Et bien sûr ne l'avait pas fait. Mon Dieu, ce qu'il ne donnerait pas en échange de micros dans la maison, qui lui permettraient de mieux apprécier la situation. Il voulait savoir ce que les autres avaient appris sur son compte. Il le fallait, sa sécurité en dépendait. Au début, Artie n'avait pas eu l'intention de rester si longtemps à Charleston. Il avait également décidé de ne rater aucune des visites régulières que sa liberté conditionnelle lui imposait de rendre à l'officier désigné. De plus, il s'était fait remarquer comme un imbécile, samedi après-midi, puisqu'un agent l'avait arrêté en voiture et lui avait collé une amende. Mais pourquoi n'était-il pas rentré aussitôt chez lui ? Pourquoi se laissait-il manipuler par cette obsession, quand il savait instinctivement que ce n'était pas le moment de s'en prendre à Steve Robinson ? Maintenant, il ne pouvait plus bouger. La police l'arrêterait sur la route bien avant qu'il n'atteigne Wheeling.

Ses idées défilaient à toute vitesse, sans lui donner toutefois l'impression d'aller nulle part. Il pensa subitement à la jeune épouse de Robinson, Deborah. Il l'avait aperçue tandis que, sur le porche, elle embrassait ses enfants sur le point de partir à l'école. *Elle*, en revanche, était jolie fille, pas comme l'autre, plus âgée, avec les cheveux courts. Ce salopard de Robinson l'avait envoyé moisir quinze ans en prison, le séparant de sa fille, tandis qu'il se forgeait une belle situation et épousait une chouette petite, sexy et tout. Lieber avait beau être joli garçon, l'idée lui vint malgré lui qu'il n'en aurait jamais été capable, prison ou pas.

Soudain furieux, il bondit hors du lit pour éteindre la télévision. La matinée avait été impossible. Il était nécessaire qu'il reprenne sa surveillance de la maison — à condition que les flics ne tournent plus autour. Il était sûr de repartir sans délai derrière les barreaux, si on le surprenait à espionner les Robinson. Certes, c'était une idée stupide d'être venu ici, mais il était trop tard pour repartir. Impossible aussi de passer l'après-midi enfermé sans rien faire dans ce motel minable. Cette oisiveté l'insupportait. Il se sentait comme un lion en cage. Depuis quelques années, Artie était victime d'un tic à l'œil droit, qui empirait maintenant de jour en jour. Non seulement il avait le cœur lourd, mais de plus ses nerfs étaient mis à rude épreuve.

Il déboucha la bouteille de vodka posée sur la table de nuit écaillée et versa une nouvelle dose dans le verre qu'il biberonnait depuis une heure. Voilà qui devrait le calmer. Ensuite il irait jeter encore un coup d'œil à la maison des Robinson. Avec son col relevé, les lunettes noires qu'il avait achetées la veille, personne ne le reconnaîtrait au volant de la vieille carriole blanche « empruntée » dans le garage resté ouvert d'une maison vide, près de l'école des enfants. Cependant rien ne disait qu'on ne l'arrêterait pas à nouveau. Et il fallait espérer que l'on n'avait pas annoncé la disparition de la voiture. La conduire revenait à prendre des risques, mais il n'avait pas le choix. Tout, sauf rester là sans savoir ce qui se passait chez les Robinson. Bon Dieu, c'était insupportable.

HUIT

Barbara était partie chez elle boucler une valise — elle insistait pour rester auprès de Deborah jusqu'à « ce qu'on en sache un peu plus », avait-elle dit avec tact. Dans le jardin, les enfants jouaient au ballon avec Joe et Scarlett. Deborah s'accouda à la table de la cuisine, en proie au sentiment d'accablement qui venait de s'ajouter à son angoisse profonde. Pourquoi Steve ne lui avait-il rien dit de cette affaire de tueur en série ? Il ne lui avait pas parlé non plus d'Artie Lieber. Il s'était confié à Evan et à Joe, pas à elle, sa propre femme. Ils avaient beau, l'un et l'autre, lui répéter que Steve avait surtout cherché à ne pas l'inquiéter, elle se sentait malgré tout blessée, exclue. Elle se blâmait en outre d'entretenir ces pensées égoïstes, immatures, alors qu'au même moment Steve était peut-être mort. Cela ne changeait rien, Deborah en voulait de toute façon profondément à son mari d'avoir été aussi secret. Loin d'y voir quelque volonté de protection, elle interprétait son choix comme une distance supplémentaire, un fossé de plus creusé entre eux.

Elle soupira, passa une main dans ses cheveux pour la millième fois peut-être, eut envie d'une cigarette, et vérifia la cuisson des spaghetti sur la cuisinière. Une petite casserole de sauce tomate en conserve frémissait sur le feu à côté. Deborah se laissait rarement aller à des préparations aussi rudimentaires, mais les enfants aimaient les repas simples, « rigolos ». En l'absence de Steve, ils joueraient probablement à celui qui aspirerait le spaghetti le plus long en faisant le maximum de bruit. Il lui importait peu ce soir, de toute façon, qu'ils fassent les imbéciles, tant que leurs pitreries aideraient à oublier leur père disparu et l'inconnu de l'école. Une fois rentrée, Kimberly avait évoqué l'incident une bonne heure durant, affirmant tour à tour que l'homme était bien son papa, puis qu'il ne l'était pas. Ce après quoi elle était montée jouer avec ses poupées et n'avait plus rien dit.

Deborah s'approcha de la fenêtre qui donnait sur le jardin. Les enfants riaient avec Joe qui leur renvoyait le ballon. Kimberly le rattrapait régulièrement, tandis que Brian le ratait à chaque fois, même si Joe le lui adressait sans feinte. Elle vit la frustration s'emparer peu à peu de sa petite tête ronde. Il avait peut-être besoin de lunettes. Cela faisait déjà quelques mois qu'elle se le demandait, et il faudrait lui faire passer un examen bientôt. Elle s'inquiéta de sa réaction au cas où l'oph talmologiste devait confirmer ses craintes. Brian n'avait que cinq ans. Deborah, elle, avait commencé à en porter à l'âge de dix — une horrible monture bleue que sa mère avait choisie pour elle. Et il avait fallu supporter les railleries à l'école, le ravissant quolibet de « quatre-œil », et le dédain de quelque « petit ami » soudain plus attiré par d'autres. Mais Brian avait du ressort. Il ignorerait sans doute les commentaires le concernant. Les deux jumeaux, d'ailleurs, faisaient preuve d'une assurance dont Deborah avait beaucoup manqué, petite. Une confiance en elle qu'elle ne possédait toujours pas.

Elle se détacha de la fenêtre et regarda les étagères sur lesquelles Steve alignait ses plantes d'intérieur. Elle aimait ces violettes qui fleurissaient si bien. Il y en avait cinq pots sur l'étagère du haut, et elle se demanda s'il fallait les arroser, ou mettre de l'engrais. Steve serait tellement déçu s'il rentrait pour s'apercevoir qu'elle ne s'en était pas occupée. S'il rentrait…

Elle frissonna. Étudia les deux pots de laurier-rose à côté des violettes, bien hors de portée des enfants. Pourquoi l'agent Wylie l'avait-elle interrogée à propos du laurier-rose ? Avait-il lui aussi la main verte ? Non, sûrement pas.

Ses yeux dérivèrent vers le philodendron, aux belles feuilles bien dessinées, puis vers le lierre anglais, les plantes vertes et, bien sûr, le grand poinsettia que les parents de Steve envoyaient à Noël tous les ans. Jamais ils ne leur rendaient visite, ils téléphonaient très rarement, mais leur poinsettia arrivait sans faute chaque année, une semaine avant Noël, par l'intermédiaire du même fleuriste. Deborah s'était rendu compte que, contrairement aux autres plantes, Steve ne s'en occupait guère. En mars, le poinsettia était le plus souvent mort.

Elle se rappela alors que ses beaux-parents, justement, n'étaient pas encore au courant. Plus tôt dans la journée, elle avait eu l'idée de demander à la maison de santé s'ils n'avaient pas laissé une adresse et un téléphone pour les joindre en cas de problème. C'était le cas. Elle avait appelé leur hôtel. Personne n'avait répondu dans la chambre. Quelqu'un à la réception lui avait appris qu'ils étaient partis en bateau visiter les îles voisines d'Hawaii, dont ils ne rentreraient pas avant deux ou trois jours. Elle avait hésité à leur laisser un message, et renoncé. Des amis de la famille, éventuellement informés par la télévision, étaient susceptibles de leur annoncer la disparition de Steve à leur retour. Mais tant pis. Ils s'étaient injustement détournés de leur enfant bien des années plus tôt. C'était leur tour de souffrir maintenant, s'il leur restait cependant quelque once de sentiment pour lui.

Joe et les enfants firent irruption dans la cuisine, soufflant avec eux le parfum de l'hiver. « Quand est-ce qu'on mange ? demanda Brian en se débarrassant de son manteau.

— Dans cinq minutes. Tout le monde va se laver les mains.

— Viens, Joe, dit Brian. On monte à la salle de bains. »

Il offrit à Deborah un sourire sympathique, et elle le lui rendit. Joe savait bien s'y prendre avec les jumeaux — mieux qu'elle, pensa-t-elle. Jamais elle ne l'aurait cru si patient. Elle le savait célibataire et sans enfants, mais il devait certainement avoir des neveux et des nièces pour être aussi habile. Joe refermait déjà le petit cortège mené dans l'escalier par Scarlett. C'était un miracle que les enfants n'aient pas posé de nouvelles questions sur leur père. En revenant de l'école à midi, ils avaient demandé : « Papa n'est pas rentré ? » Et ils le demanderaient encore probablement vingt fois avant d'aller se coucher.

Lorsqu'ils redescendirent, Deborah avait installé pour chacun une assiette fumante, et sorti du four une miche bien chaude de pain à l'italienne. Comme prévu, les enfants firent leur concours du plus long spaghetti, et Joe se prit au jeu, au point que Deborah elle-même finit par s'amuser. Ce fut Kim la gagnante, qui annonça : « J'adore les *s'ghetti.* Et j'aime bien tes cheveux comme ça, maman. Tu ressembles à Rapunzel. »

Deborah sourit. « Je ne pense pas qu'ils soient assez longs pour toucher terre depuis la fenêtre de la tour. Et je n'ai aucune envie de voir quelqu'un se cramponner à mes cheveux pour monter tout en haut. »

Kim pouffa : « Mais si c'est le prince charmant ? » Son visage s'assombrit : « Ou papa.

— Ton papa n'a pas besoin de grimper le long de ses cheveux pour rentrer, dit Joe aussitôt. Il a la clé, lui. »

Kim retrouva son angoisse du matin : « Et si c'était papa qui était à l'école, et que maintenant il venait à la maison avec sa clé pour m'enlever ?

— Ce n'était pas ton père, affirma Joe. Steve ne chercherait jamais à t'effrayer comme ça. C'était seulement quelqu'un qui lui ressemblait un peu.

— Tu es sûr ?

— Parfaitement. Mais si vous le voyez encore,

ou même un autre comme lui, il ne faut pas s'approcher.

— Compris, répondit Kim avec résolution.

— Et ne vous inquiétez pas. Papa rentrera bientôt.

— J'espère. »

Brian posa sa fourchette. « Ça fait drôlement longtemps qu'il est parti, maintenant.

— Non, dit Deborah. C'est parce qu'il nous manque beaucoup qu'on a cette impression. Mais il va revenir. »

Brian afficha soudain une expression curieusement adulte, empreinte d'une profonde tristesse. « Je ne crois pas. Je crois qu'il ne reviendra plus. »

*

Pete Griffin poussa la porte de la chambre de son fils et parcourut l'intérieur d'un regard. Le jeune homme était là, élancé, le visage mince, les yeux bleu foncé, les cheveux noirs mi-longs, avec cette grâce particulière qui ne ressemblait qu'à lui. Assis sur son lit, il regardait un cadre doré. Pete ressentit une fois de plus un pincement familier au cœur. Trois ans avaient passé et Adam n'avait certainement pas oublié Hope, sa mère qui, sur la photo, lui renvoyait un même regard marine par-dessus un sourire parfait et d'ado rables fossettes. « Il y a un bon moment que l'on n'a plus de nouvelles », dit Pete.

Adam sursauta en affichant un air vaguement coupable, puis offrit à son père un de ses sourires charmeurs, comme pour repousser l'éclat blessé qu'il venait de lire dans ses yeux gris. « Tu ne trouves pas qu'elle ressemble un peu à Deborah Robinson ? »

Pete regarda la photo d'un air critique. « Elle n'a que vingt-trois ans sur cette photo. Hope était plus alerte, plus vivante que Deborah. Plus jolie aussi, je pense, mais elles ont la même couleur de cheveux. Oui, je vois une légère ressemblance. C'est peut-être pour cela que tu as toujours bien aimé Deborah.

— C'est possible. Je n'y avais jamais pensé. »

Pete en douta. Il s'était plusieurs fois demandé si son fils n'était pas secrètement amoureux de l'épouse de Steve. Non qu'une telle éventualité comporte le moindre danger — Deborah avait treize ans de plus qu'Adam et elle n'était pas du genre à corrompre un adolescent. Mais la réponse d'Adam avait quelque chose de touchant. Comme s'il était gêné par ce penchant certain.

Adam étudiait la photographie. « Elle n'a pas l'air de quelqu'un qui abandonnerait sa famille ?

— Elle avait une façon bien à elle de voir les choses, surtout, dit doucement Pete en prenant place sur le lit. Elle était très douce. Elle aimait bien les fleurs, les animaux, la poésie... » Il s'interrompit et sourit. « Et Judy Collins. Tu connais Judy Collins ?

— La chanteuse ? Bien sûr. J'ai trouvé quelques-uns de ses disques, en bas, et je les ai écoutés. Il y a une chanson que j'aime bien : *Suzanne.* »

Pete le regarda, étonné. « C'est celle que préférait ta mère. Je n'aurais jamais cru que tu pourrais écouter ne serait-ce qu'une minute de ce genre de musique. »

Adam haussa les épaules avant de répondre, sur le ton de la dérision : « Que veux-tu ? Je suis l'éclectisme incarné, papa.

— Ha, ha. Cela dit, Hope était une fille bien. Elle avait de grands idéaux. Et elle voulait laisser une trace derrière elle, quelque chose qui lui survive. Tu sais à quel point elle était engagée — pour l'environnement, les baleines, les bébés phoques…

— Et maintenant, c'est les loups. »

Pete et Adam échangèrent un sourire.

« Tu crois que je pourrais aller la voir, au Montana ? »

Pete se montra subitement inquiet. « Je ne pense pas que cela soit le meilleur moment de l'année.

— Non, je veux dire, cet été. »

D'un regard, Pete inspecta la pièce, comme à la recherche de quelque inspiration. Il se tordit les mains, un geste qui chez lui trahissait l'embarras. Il portait toujours son alliance.

« Qu'est-ce qu'il y a, papa ?

— C'est que… Je ne suis pas sûr qu'elle vive toujours au Montana. »

Adam posa sur lui un regard fixe. « Comment ? Elle m'envoie des cartes pour Noël et mes anniversaires. Elle n'écrit presque rien d'autre que "je t'embrasse, maman", mais elle n'oublie jamais. Et moi je lui écris tous les deux ou trois mois. »

Pete baissa la tête. « Je savais bien que ce jour viendrait. J'ai peur d'être un petit peu brutal, mais je n'ai jamais été très doué pour ce genre de chose. Tes lettres reviennent depuis des années avec la mention “n’habite pas à l’adresse indiquée”. Je me suis toujours débrouillé pour que tu ne les trouves pas. »

Adam écarquillait les yeux. « Mais les *cartes postales*...

— C’est un ami, au Montana, qui te les envoie depuis deux ans. Tu étais trop petit, je ne voulais pas que tu aies de la peine. » Les yeux de Pete imploraient le pardon et la compréhension. « Je suis vraiment désolé, mon vieux. »

Resserrant ses mains sur le cadre doré, Adam étudia le visage de sa mère. Il regarda de nouveau son père. « Je me fais l’effet d’un vrai crétin. Mais je comprends ce que tu as fait, papa. Tu as voulu me protéger. Et si elle était *morte* ?

— À moins qu’elle n’ait brûlé tous ses papiers, j’aurais fini par le savoir. Ses parents m’en auraient informé, ils m’auraient envoyé la note des obsèques. Je ne crois pas qu’elle soit morte. Je pense que je le saurais, *d’instinct*, si cela veut dire quelque chose pour toi.

— Tu l’aimais vraiment, hein ?

— Oui. Je l’adorais. Mais je doute qu’elle ait jamais éprouvé le même sentiment pour moi. Je suppose qu’à l’époque elle recherchait surtout une certaine stabilité. Elle venait d’une famille impossible. Ses parents ont mis sa sœur à la porte le jour où elle avait décidé d’épouser un athée. Son père souffre d’une maladie incurable.

— Quand a-t-elle quitté le Montana ?

— Il y a près de deux ans. Et par ma faute, en plus. Je lui avais écrit pour lui dire que je voulais venir la voir. En fait, c'était pour toi, vraiment. Je lui promettais que je ne chercherais pas à la ramener chez nous. Je voulais juste lui montrer qu'elle était mère d'un jeune gars merveilleux. » Pete partit d'un petit rire désabusé. « Résultat, elle est partie sans laisser d'adresse.

— Donc elle ne veut plus jamais nous voir, lâcha platement Adam qui retenait ses larmes. Je ne la comprends pas. Pourtant, elle riait tout le temps. Tout le monde disait que j'avais la mère la plus géniale du monde — elle était jolie, gaie, et elle ne passait pas son temps à me reprocher des bêtises, comme je vois faire chez les copains. Et j'ai toujours cru qu'elle m'aimait. » Il prit une expression plus dure. « Faut croire que je me suis trompé. »

Pete s'efforçait de se contenir. Puis, d'une voix brisée : « Non, je ne veux pas te laisser croire cela. Mais je pense que tu es en âge de savoir la vérité, maintenant. Enfin, si tu le souhaites. »

Adam ne répondit pas tout de suite, visiblement effrayé. Il hocha néanmoins la tête.

Pete détourna les yeux. « Bien, c'est sordide, embarrassant et d'une banalité affreuse, mais bon… Il y a eu une période pendant laquelle j'ai eu l'impression qu'elle me cachait des choses. Ensuite, il y a eu tous ces coups de téléphone où on me raccrochait au nez. Ce qui n'arrivait jamais à Hope. Je suis rentré un jour à midi prendre des papiers que j'avais oubliés le matin, et je me suis rendu compte que j'arrivais mal. Elle était au lit, plutôt gênée, et… enfin, sans rentrer dans le détail, quelqu'un d'autre venait de s'en aller. »

Adam ouvrit de grands yeux : « *Qui ?*

— Je n'en sais rien. Elle ne me l'a jamais dit. En revanche, elle m'a bien avoué qu'elle avait une liaison. J'étais effondré. On a quand même essayé de discuter. Au bout du compte, cet homme — dont elle disait être follement amoureuse, et qui affirmait l'aimer en retour — a décidé de ne plus la voir, dès que j'ai eu vent de l'affaire. Hope a vu ses illusions s'écrouler. En fait, il se fichait bien d'elle. Donc, vu les circonstances, pourquoi ne pas rester avec ce vieux Pete, n'est-ce pas ? »

Sa voix venait de prendre un ton amer, qu'il réussit cependant à museler. « Excuse-moi. J'ai de toute façon décidé que je ne jouerais jamais les victimes, et je ne suis pas du genre à me plaindre sur les toits. Et puis, j'avais compris que ce qui était arrivé était inévitable, et que cela recommencerait. Je n'étais tout simplement pas l'homme qu'il lui fallait — trop prévisible, trop sage, trop tranquille. »

Adam ne disait rien.

« C'est alors qu'elle s'en est aperçue : elle était enceinte. » Pete continua d'une voix atone. « Cela ne pouvait pas être de moi. Cela faisait des semaines que… qu'on ne se touchait plus. Et moi qui étais assez stupide pour croire qu'elle ne voulait plus de moi parce qu'elle en aimait un autre. Enfin… Seulement, elle ne voulait pas avorter, et j'y étais également opposé.

— Alors tu l'as poussée à partir.

— Jamais ! Bon, je n'ai sans doute pas été extrêmement aimable. J'ai fait la gueule, j'ai râlé, enfin, je me suis conduit comme le stéréotype du mari amoureux et trompé. Mais pas un instant je n'ai pensé à la mettre dehors — enceinte, sans travail et sans rien que cette famille bornée qui n'aurait rien voulu comprendre à sa situation. Parce qu'elle leur aurait tout dit un jour ou l'autre, bien sûr. Sa mère lui aurait fait des reproches pendant des semaines, et *elle*, je suis certain qu'elle aurait fini par la mettre à la porte. Tes grands-parents, tout catholiques qu'ils soient, et contrairement à ma grand-mère, ne pardonnent pas très facilement. Cela dit, moi j'aimais toujours Hope, et Hope est ta maman. Tu avais besoin d'elle. Un mois a passé, et rien finalement ne semblait trop dramatique. Même si elle ne disait plus grand-chose. » Pete parut hésitant, troublé. « Enfin, c'est une façon de voir les choses. En réalité, elle passait ses journées assise à regarder le vide. Je lui ai conseillé d'aller voir un psychologue, quelqu'un, quoi, et pour le coup, là je l'ai entendue. Et puis, un jour, plus personne, plus rien. Je suis rentré un soir du travail et elle m'avait réservé un autre genre de surprise. Elle était carrément partie avec toutes ses affaires.

— Je me souviens de ce soir-là, fit Adam dans un souffle. Selon toi, elle venait de partir voir ses grands-parents au Québec. Mais je ne t'ai jamais cru. D'ailleurs j'ai appelé mammie et elle ne comprenait rien de ce que je lui disais. J'avais bien vu que ça n'allait pas depuis des semaines. Maman dormait dans le salon. Et je m'étais mis dans la tête que c'était ta faute, que tu l'avais forcée à partir. J'ai même parcouru toute la ville à vélo dans l'espoir de la retrouver. »

Pete avait l'air misérable. « Oui, tu es rentré à

dix heures du soir et tu t'es effondré devant la porte. Tu étais trop fatigué pour pleurer. Je t'ai pris dans mes bras pour te porter au lit. Après, pendant des semaines, tu ne m'as plus adressé la parole, ni regardé. Et puis, un jour, tu as compris que je n'y étais pour rien.

— Ce que j'étais bête.

— Non, tu étais un petit gars qui ne pouvait pas comprendre ce qui se passait. Parce que tu avais mal. J'ai essayé de la retrouver, Adam, vraiment, et j'ai abandonné au bout de six mois. J'ai payé un détective, et je préfère ne pas te dire ce que ça a coûté. Et puis, à peu près un an après son départ, elle m'a envoyé une carte, du Montana, pour m'apprendre que le bébé, une petite fille, était mort-né. Elle disait que Dieu l'avait voulu, ce qui m'a plutôt étonné de sa part, vu qu'elle aussi se proclamait athée. On aurait cru qu'elle sortait d'une dépression nerveuse, qu'elle répétait je ne sais quel sermon. Et ensuite, plus de nouvelles.

— Tu n'as pas essayé de la revoir, après ça ?

— Non, Adam, c'était fini. Il y a maintenant deux ans qu'elle a disparu sans laisser de traces, alors que je voulais t'emmener la voir. Puisqu'elle ne veut plus avoir affaire à son fils, ni à son mari, moi j'aime autant ne pas chercher à la retrouver. » Pete inspira profondément. « Écoute, Adam, je n'y crois plus. Je n'ai plus d'espoir. Ce n'est plus la femme que j'ai épousée, je le sais. Cela fait trop longtemps, maintenant, qu'elle est partie, sans se préoccuper de son propre enfant… Je ne sais pas si tu me comprends, mais j'aimerais bien rencontrer une autre femme. Et si je revois ta mère, je demande le divorce. »

Adam sentit ses poumons se vider. Il garda un moment les yeux rivés sur le mur, tandis que son visage se durcissait lentement. Pete pensa intérieurement, l'espace d'un instant, qu'il ne ressemblait plus guère à celui d'un adolescent.

« Ça serait sûrement mieux que tu divorces », finit par dire Adam d'une voix rêche et lourde que son père ne lui connaissait pas. Le jeune homme ouvrit le tiroir de la table de nuit et y glissa le cadre de sa mère, le verre contre le bois. Le joli sourire de Hope disparut. « Je pense qu'il est temps de laisser certaines choses derrière nous. »

*

Assis sur le lit, Evan regardait Barbara en train de placer une petite pile de vêtements dans une vieille valise cabossée. « Tu es vraiment sûre de vouloir rester avec Deborah jusqu'à je ne sais quand ? »

Elle le dévisagea avec surprise. « Mais oui, pourquoi ? C'est ma meilleure amie.

— Parce que cette maison est dangereuse.

— À cause de Lieber, tu veux dire ? »

Il hocha la tête. Ses cheveux blonds flamboyaient sous la lumière crue du plafonnier. « Il s'est déjà débarrassé de Steve et je ne crois pas qu'il va s'arrêter là. »

Barbara en était aux culottes et collants. « Qu'est-ce qui te fait penser qu'il veut aussi s'en prendre à Deborah et aux enfants ?

— J'ai lu son casier judiciaire. Avant le viol d'Emily Robinson, sa femme avait déjà porté plainte contre lui pour coups et blessures. Il l'avait tabassée un soir parce qu'elle était en retard. Nez fracturé, deux doigts cassés. C'est un violent.

— Raison de plus pour ne pas laisser Deborah toute seule avec les enfants.

— Et qu'est-ce que tu vas faire si Lieber vient vous agresser ? Lui tirer dessus ? Tu ne sais même pas te servir d'une arme. C'est un homme qui doit rester là-bas.

— Il y a Joe.

— Joe ! » railla Evan qui se leva pour rejoindre son amie devant la commode. Il remit d'aplomb le vieil ours pelucheux que la grand-mère de Barbara avait donné à sa petite-fille bien des années plus tôt. « Boo Bear » trônait devant le miroir du meuble, en souvenir de cette digne femme qui avait encouragé Barbara à mener la vie qu'elle voulait, tout en lui prodiguant une affection dont la maman de Barbara, toujours trop fatiguée, trop occupée, était incapable. « Je fais autant confiance à Joe qu'à Artie Lieber. »

Barbara lui jeta un regard irrité. « Enfin, Evan, tu te rends compte de ce que tu dis ?

— Oui, parfaitement. Tu sais pourquoi il a quitté la police de Houston ? Parce qu'il couchait avec une prostituée qui a fini par se faire trancher la gorge.

— C'était une call-girl, pas une prostituée.

— Oh, mille excuses. Ça n'est pas la même chose, peut-être…

— Et Joe en était amoureux, c'est pour ça qu'il couchait avec elle.

— C'est sa version des choses. Il dit aussi qu'il n'est pour rien dans le meurtre de la fille, alors qu'elle racontait partout qu'elle avait peur de lui.

— Cette fille était accrochée à la cocaïne et elle disait n'importe quoi. Et Joe avait un alibi. Tu sais ce que ça veut dire, je suppose ?

— Un peu bancal, son alibi.

— La police de Houston l'a trouvé valable, elle.

— Normal, ils voulaient protéger un de leurs hommes.

— Oh, Evan. » Venant se placer dans son dos, elle plaça ses bras autour de sa taille et posa sa tête contre son épaule. « Evan, qu'est-ce qui te travaille, dis-moi ? Tu ne crois quand même pas que Joe puisse nous tuer, Deborah ou moi ?

— Ça ne serait pas impossible. Et je n'arrive vraiment pas à comprendre comment vous faites pour dormir toutes les deux avec ce type dans la maison. Il me fiche la trouille. »

Elle fronça les sourcils. « Il n'y a bien qu'à toi, alors. Et de toute façon, que veux-tu qu'elle fasse, Deborah ?

— Me demander de venir à la place de ce type, évidemment. Tu crois que Steve accepterait qu'il dorme dans sa maison, à côté de ses *enfants* ?

— Joe et Steve étaient bons amis. Et toi, tu as ton travail.

— Comme toi.

— Joe rattrape les congés qu'il n'a pas pris

l'année dernière. Il peut passer toutes ses journées là-bas, pas nous. »

Evan se retourna vers elle : « Il y a autre chose qui me tarabuste. Personne n'a jamais vu Joe Pierce se mettre en quatre pour qui que ce soit.

— Et alors ?

— Alors, je veux dire que ce type est toujours tout seul. Qu'il préfère rester à l'écart des autres. Et aujourd'hui il joue les chevaliers servants auprès de la pauvre Deborah. Qu'est-ce que cela veut dire ? »

Barbara haussa les épaules. « Tout simplement qu'il était l'ami de Steve, voilà. Et qu'il veut protéger sa femme et ses enfants.

— Ça ne serait pas plutôt lui qu'il cherche à protéger ? »

Elle plissa les paupières. « Comment ça ? Pourquoi ? »

Evan inspira profondément. « Barbara, il y a un tueur psychopathe qui traîne quelque part, non ?

— Oui ?

— Et on est bien d'accord que ce n'est pas Steve, n'est-ce pas ?

— Mais oui, bien sûr. Arrête de jouer aux devinettes, tu veux ?

— Alors quelqu'un s'est quand même plutôt bien débrouillé pour porter les soupçons sur Steve. Pour cela, il fallait justement qu'on travaille avec lui, qu'on connaisse parfaitement son emploi du temps… »

Barbara le regarda, incrédule. « Tu ne penses quand même pas que l'étrangleur des ruelles puisse être Joe Pierce ? C'est complètement absurde. Et je te ferai remarquer que, toi aussi, tu es un ami de Steve et que tu travailles dans le même bureau.

— La différence, c'est que je connais Steve depuis bien plus longtemps. Ce qui n'est pas le cas de Joe Pierce. Et qu'est-ce qu'on sait de lui, sinon qu'il a quitté la police de Houston à cause du meurtre de cette fille plutôt louche, qu'il a commencé à collaborer avec Steve deux mois avant les premiers viols du tueur en série, que son affection subite pour Deborah et ses enfants est pour le moins curieuse, et qu'il sait vraiment des tas de choses sur l'étrangleur des ruelles ? » Evan fixait Barbara d'un regard pénétrant et lourd d'inquiétude. « Tu as un esprit logique. Réfléchis un peu, Barbara. Et tu me diras ensuite si mes soupçons sont si absurdes que ça. »

NEUF

Joe proposa à Deborah de débarrasser et de faire la vaisselle, mais elle refusa. « J'aimerais mieux que vous alliez avec les enfants regarder la télévision au salon. Ne les laissez pas voir les nouvelles. C'est peut-être un peu tôt, mais il se pourrait quand même qu'on parle de Steve aux actualités.

— Ils regardent le journal ?

— Non, mais ils changent de chaîne tout le temps. »

Joe comprit. « Ne vous inquiétez pas. Je garderai la télécommande. »

Un quart d'heure plus tard, tandis que Deborah essuyait les dernières assiettes, Joe réapparut dans la cuisine. « Pete Griffin et son fils viennent d'arriver. Ils sont dans le salon. »

Deborah regarda son vieux chandail informe et ses cheveux négligemment jetés en arrière. Il ne lui était encore jamais arrivé de prendre aussi peu soin de son apparence. Comme si son état intérieur devait se refléter sur son physique. « Je vais faire du café. Pete aime les infusions et le sucre artificiel, mais je n'en ai plus, ce soir. Et je n'ai pas de Coca pour Adam. À moins qu'il ne préfère le Pepsi, je ne sais plus ? » Se rendant compte qu'elle babillait, elle s'arrêta brusquement et rougit.

Joe sourit. « Ne vous faites pas de souci. Les enfants sont en train de leur montrer le train électrique. Et je suis encore capable de préparer une cafetière et un verre de soda, même si je ne connais pas bien les lieux. Allez rejoindre vos amis. »

Deborah émergea enfin de la cuisine pour trouver Kim en train de détailler, au bénéfice d'Adam, les décorations du sapin. « Ça, c'est le traîneau du père Noël. Et ça, c'est une église, et ça, c'est un cheval à bascule, et... »

Adam écoutait attentivement, comme s'il n'était pas capable de mettre un nom lui-même sur chacun des ornements. Brian leva les yeux au ciel en apercevant sa mère. Elle réprima un sourire. Parfois il semblait bien plus mûr que sa sœur.

« Il est vraiment beau, ce sapin », dit Adam quand Kimberly eut fini d'en faire l'éloge. « Mais j'ai apporté la cerise sur le gâteau. » Il sortit de la poche de son manteau une superbe boule de verre soufflé, dotée à l'intérieur d'un angelot aux ailes d'or.

« Comme c'est joli ! » s'exclama Kim.

Adam accrocha la boule sur une des branches du milieu. Kim ne la quittait pas des yeux, et Deborah non plus. Lorsqu'elle finit par la reconnaître, ses yeux vinrent aussitôt se poser sur Pete qui, lui aussi, examinait l'angelot. Son regard avait quelque chose d'étrange. Le petit globe de verre, délicat, à tous points de vue cher et précieux, avait appartenu à Hope Griffin. Deborah eut un de ces sentiments instinctifs qui révèlent d'invisibles tourbillons. Quelque chose s'était passé entre Pete et son fils, et cela concernait Hope. Avaient-ils enfin obtenu de ses nouvelles après un silence aussi long ? Était-elle… morte ? Hope et Steve ont l'un et l'autre disparu, et pourtant ils habitent nos pensées chaque instant, se dit-elle. Pourquoi la présence d'êtres aimés nous paraît-elle normale, et leur brusque absence, irréelle ?

Joe revenait de la cuisine, tenant d'une main peu assurée le plus vieux plateau qu'il ait trouvé. La cafetière, la canette de Coca et les tasses ne semblaient garder leur équilibre que par la grâce divine. Deborah vint aussitôt aider le policier à poser le tout sur la table basse. « Il nous manque certaines choses, mais enfin il y a plein à boire, dit-elle. Il y a aussi des alcools, si ça vous dit. »

De sa voix la plus sérieuse, Adam répondit : « Oui, je prendrai un scotch. Double. Et sans glace, s'il vous plaît.

— Va te coucher, sale gamin », lança Pete.

Ils échangèrent un genre de sourire caustique que Deborah ne sut interpréter. Elle se demandait encore pourquoi Adam avait amené cet objet particulier que sa mère aimait tant, fabriqué, disait-on, au siècle dernier en France — cependant tout semblait aller bien entre Pete et son fils.

Elle servait le café quand Barbara et Evan arrivèrent. « Nous n'avons pas voulu téléphoner avant de venir, dit Evan. Pas la peine de donner du travail inutile à la police. »

Barbara regarda gravement son amie. « Pas d'informations… nouvelles ? » demanda-t-elle de la manière la plus neutre possible, puisque Kim et Brian se trouvaient dans le salon. Deborah fit non d'un signe de tête. Depuis qu'on avait retrouvé la voiture de Steve, il lui semblait logique qu'on lui annonce bientôt la découverte du corps, et elle s'attendait d'heure en heure à ce que le téléphone sonne.

Elle savait de toute façon qu'on parlerait de Steve à un moment ou un autre, c'est pourquoi elle regarda l'horloge avec ostentation. « Les enfants, voulez-vous qu'on monte le magnétoscope dans ma chambre pour que vous puissiez regarder en haut la cassette d'*Aladdin* que papa vous a achetée ? Vous avez juste le temps avant de vous coucher.

— On ne peut pas rester avec vous ? objecta Kim.

— Si vous la regardez ici, vous n'entendrez rien pendant qu'on discute. »

Brian sembla hésiter un moment, mais Deborah savait à quel point il avait envie de voir le dessin animé. « On pourra boire un Coca en haut, aussi ?

— Même un chocolat chaud, si vous faites attention à ne pas en renverser. »

Les jumeaux échangèrent un de ces regards muets et lourds de sens qui impressionnaient tant leur mère.

« OK, dit Brian.

— Je vais leur installer le magnétoscope », offrit Adam qui débranchait déjà le câble de l'appareil derrière le récepteur du salon.

Deborah se leva. « Je prépare le chocolat pendant ce temps. »

Un quart d'heure plus tard, Scarlett et les enfants étaient installés dans la chambre de Deborah et le film commençait. Elle ferma la porte et redescendit l'escalier. « Tout est en ordre, dit-elle en bas où les regards convergeaient sur elle. Steve avait promis de leur passer *Aladdin* ce soir. »

Elle entendit sa voix fléchir et se racla la gorge. Barbara lui sourit. Les hommes semblaient mal à l'aise.

« Excusez-moi, dit Deborah. Je pense à lui chaque seconde.

— Bien sûr, répondit Pete. C'est la même chose pour nous. Il y a aussi de quoi se faire du souci avec cette histoire à l'école. »

Deborah le dévisagea, perplexe. « Mais qui t'en a parlé ?

— Howard Morton, le directeur, habite la maison à côté de chez moi. Il m'a tout raconté. Il dit qu'il est intervenu à temps. »

Deborah hocha la tête : « Non, c'est Mlle Hart qui a fait ce qu'il fallait.

— Je m'en doutais. Mais qui était cet homme ? Ça ne pouvait pas être Steve ?

— Kimberly n'en sait rien. Il cachait son visage avec des lunettes noires et le capuchon de son anorak.

— Je ne vois vraiment pas Steve faire ce genre d'idiotie.

— Non, moi non plus.

— Ce n'était pas lui, c'est évident, trancha Pete. Il faudrait être dérangé pour faire peur à sa propre fille.

— Complètement », renchérit Barbara.

Deborah afficha un sourire fatigué en prenant place sur le canapé. « Non, moi non plus, je ne le vois pas faire ça, même dans ces circonstances. Et puis, il y a cette histoire avec le FBI. Comme s'il ne suffisait pas que Steve ait disparu. Encore heureux qu'ils n'aient rien dit à la télévision sur le tueur en série.

— Le FBI sait se montrer discret, commenta Evan. Ils ne sont pas du genre à lâcher ce genre d'informations.

— Le FBI ? s'étonna Pete. Qu'est-ce qu'ils viennent faire là-dedans ? »

Les yeux de Deborah se posèrent sur Evan. Pete et Adam ignoraient encore que la police fédérale suspectait Steve d'être l'étrangleur des ruelles. Elle chercha un instant à inventer quelque chose, mais conclut rapidement que mentir à Pete était absurde. C'était le plus vieil ami de Steve. Elle lui narra donc l'entrevue avec l'agent Wylie, aussi succinctement, aussi placidement qu'elle put. Evan et Joe se joignirent à elle pour les détails. Pete eut tout d'abord la même réaction qu'elle — il s'esclaffa. Puis, comprenant que ce qu'on venait de lui dire était sérieux, il s'exclama d'un air perplexe : « C'est insensé. Comment peut-on croire à une théorie aussi absurde ?

— Steve Robinson, procureur le jour, étrangleur la nuit », dit Adam.

Pete le regarda d'un air solennel. « Adam !

— Il a raison, reprit Deborah. C'est ridicule.

— Pourquoi poursuivent-ils cette piste, dans ce cas ? demanda Pete.

— Parce qu'elle est cohérente, expliqua Evan.

Si je ne connaissais pas Steve, je penserais qu'ils ont raison. Il suffit de regarder les faits. Les dates des agressions coïncident avec les visites chez sa sœur, les meurtres ont tous été commis à proximité de Wheeling, et il y a un témoin qui a vu ce type partir dans une voiture blanche après le viol de Sally Yates. Dont l'immatriculation, en plus, commence comme celle de Pete. Il faudrait être bouché pour ne pas faire le rapport.

— Et vous *croyez* que Steve puisse être coupable ? fit Pete.

— Non. Mais il est vraiment dans de sales draps.

— S'il est encore vivant, dit Deborah. La situation a beau être impossible, je ne crois pas une seconde que Steve aurait décidé de fuir. Ne serait-ce que pour les enfants, jamais il ne les abandonnerait. »

Du bout des lèvres, Adam murmura : « Il ne voulait peut-être pas qu'ils apprennent que leur père est accusé de meurtre.

— Adam ! » gronda de nouveau Pete.

Deborah inspira profondément. « Il n'a pas dit que Steve *était* un assassin, il a juste parlé d'accusation. Et il a raison. Steve n'aurait pas voulu qu'ils l'apprennent. Pourtant, si je connais quelqu'un capable de faire face à n'importe quelle situation, c'est lui. À sa place, bien des gens auraient préféré oublier Emily, alors qu'il lui rendait visite tous les deux mois.

— Quand je pense que c'est justement à cause de ces visites que le FBI en est venu à le soupçonner, dit Joe. Ils se demandent peut-être même si Steve n'est pas en fait l'agresseur de sa sœur.

— Quoi ? » lâcha Pete.

Deborah hocha la tête. « J'avais oublié ça, aussi. »

Pete sembla perturbé. « L'hypothèse, à l'époque, avait circulé. Mais c'est parce que Lieber répétait que Steve était l'agresseur.

— Cela, on ne me l'a pas dit ! », coupa Deborah, stupéfaite.

Pete la regarda bien en face. « Bien sûr, Deborah, cela remonte à si longtemps et personne n'a jamais cru la version de Lieber.

— Ce n'est pas si sûr, dit Evan. Les victimes de ce psychopathe ont toutes été violées, battues et étranglées exactement comme Emily. Le FBI doit faire le rapprochement.

— En revanche, contrairement à Emily, ces filles étaient toutes mariées », fit Joe.

Pete, une curieuse grimace à la bouche, baissa les yeux.

« Qu'y a-t-il ? lui demanda Deborah, inquiète.

— C'est que… Emily *était* mariée. »

Deborah se figea. « Comment ?

— Steve ne te l'a jamais dit ? »

Incapable d'articuler un mot, elle fit non de la tête.

« Je n'avais pas l'intention de dévoiler quoi que ce soit, balbutia Pete. Elle n'avait que seize ans, c'était donc illégal. Mais il y a eu mariage. Je suppose qu'Emily a menti sur son âge. Elle avait semble-t-il l'intention de n'en parler à personne, sauf que ce week-end-là, celui de l'agression, Steve l'a entendue le dire au téléphone, en riant, et *avec* le type — son mari. C'est pour cette raison qu'il l'a laissée seule un moment. Il était fou de rage et il est parti chercher le type.

— J'ai toujours pensé qu'il devait y avoir une bonne raison pour qu'il la laisse ce jour-là. Steve est l'homme le plus sensé et le plus responsable que je connaisse. Surtout qu'il savait bien que Lieber tournait autour d'elle », admit Barbara.

Pete hocha la tête. « Il m'a dit après qu'il était tellement abasourdi, tellement furieux que, pendant deux heures, il était incapable de penser normalement.

— Il a pourtant déclaré être allé voir sa petite amie, releva Deborah, perplexe. Pourquoi n'a-t-il pas dit la vérité ?

— Parce que les Robinson voulaient que personne ne soit au courant de ce mariage. Non seulement c'était illégal, mais en plus le mari d'Emily était un type peu fréquentable. » Sous le regard insistant de Deborah, Pete ajouta aussitôt : « C'est la seule chose que Steve n'a pas voulu me révéler — l'identité du mari. Je sais seulement qu'il était plus âgé qu'elle.

— C'est le genre de choses qui finissent au tribunal, commenta Evan.

— Encore fallait-il savoir qu'il y avait eu mariage. Je l'ai toujours ignoré.

— Mais la copine de Steve a quand même soutenu son alibi ? Elle a bien dit qu'elle était avec lui au moment de l'agression ? demanda Barbara.

— Oui, c'est vrai, admit Pete comme à contrecœur. Steve dit être passé chez elle lui demander si elle était au courant de cette histoire de mariage. Mais il n'est pas rentré tout de suite chez lui. Il s'est arrêté en chemin quelque part où il pensait trouver le mari. Le type n'y était pas et personne n'a vu Steve. Cependant Lieber criait sur tous les tons que c'était Steve, pas lui, qui avait violé Emily. Steve n'avait aucun alibi et il était le seul témoin contre Lieber. Le témoignage était facile à réfuter, c'est pourquoi l'amie de Steve a menti pour le protéger.

— Menti, répéta Deborah dans un souffle. Steve, demander à une fille de mentir pour lui ?

— Il ne le lui a pas demandé. Elle l'a fait de sa propre initiative et il ne l'a pas contredite. Deborah, il faut se rappeler que Steve n'avait alors que dix-huit ans. Ce n'était pas l'adulte que tu as épousé. Il était paniqué, et innocent. Ses parents lui ont dit en plus que, s'il n'était pas capable de protéger sa sœur, la moindre des choses était quand même de sauver leur réputation. Steve était tellement affligé, il se sentait tellement coupable que je ne suis pas bien sûr qu'il savait ce qu'il faisait. Ne lui jette pas la pierre s'il a laissé quelqu'un le sortir d'une situation impossible dont il n'était pas responsable. »

Mais cela ne change pas les faits, pensa tristement Deborah. La réalité est que Steve a permis à quelqu'un de mentir à son profit. Pis encore, il n'avait aucun alibi au moment précis où Emily a failli être tuée.

DIX

Ils eurent beau objecter qu'ils n'étaient pas fatigués, Deborah mit les deux enfants au lit à la fin de la cassette. « Une fois couchés, vous verrez bien que vous avez sommeil.

— Je suis sûr que non », insista Brian.

Deborah soupira. « Je ne suis pas d'humeur à discuter. C'est l'heure de dormir et c'est tout.

— Mais c'est presque Noël, protesta encore Kim.

— Raison de plus pour bien se reposer. Maintenant, au lit, et pas un mot de plus.

— D'accord, mais laisse la porte ouverte, dit Kim. Je n'arriverai jamais à m'endormir dans le noir. »

La petite fille était encore bouleversée par les événements de la matinée, c'est pourquoi sa mère accepta en craignant toutefois que les voix dans le salon ne les tiennent éveillés. Elle embrassa les deux jumeaux, puis resta un instant dans le couloir d'où elle les entendit rouspéter. « Je n'ai pas sommeil, répétait Brian. Ça ne sert à rien d'aller au lit quand on n'a pas envie. » « Et c'est presque Noël », renchérissait sa sœur.

De retour en bas, Deborah s'efforça de se montrer alerte, de prendre part à la conversation — en vain. Rien ne pouvait la détacher du maelström de mensonges et d'omissions qui occultaient la vraie histoire d'Emily et qui étaient, finalement, le fait de Steve. Steve au sujet duquel elle admettait tragiquement savoir si peu de choses.

Pete, conscient du désarroi de la jeune femme et manifestement gêné d'y avoir contribué, s'excusa maladroitement et prit congé en compagnie d'Adam. Deborah se rassit avec Joe, Barbara et Evan, et réfléchit aux éléments nouveaux qui venaient d'être révélés. « Pourquoi Steve ne m'en a-t-il jamais rien dit ? demanda-t-elle à haute voix. Pourquoi m'avoir caché la raison pour laquelle il avait laissé Emily toute seule ?

— Parce que ça l'obligeait à te dire également que sa petite amie avait menti pour lui, répondit platement Barbara. D'évidence, il ne voulait pas que tu le saches.

— Comme dit Pete, il a paniqué, rappela Evan. Il était peut-être jeune, mais sûrement pas idiot. Il savait très bien ce qu'il risquait dans cette histoire.

— Mais enfin, qui aurait voulu croire qu'il était l'agresseur de sa propre sœur ? reprit Deborah. Je ne vois aucune raison de donner crédit à une hypothèse aussi monstrueuse.

— Peut-être y a-t-il une raison, peut-être pas, dit doucement Joe. En tout cas, comme dit Pete, Steve a probablement voulu que cette affaire de mariage reste un secret de famille. »

Deborah hochait lentement la tête. « Emily, mariée... Et à qui donc ? Pourquoi cet homme était-il, selon eux, “peu fréquentable”, à ce que dit Pete ?

— C’est plutôt vague, en effet, admit Joe. Cela peut vouloir dire mille choses. Entre autres que le mari n’était pas du même monde que les Robinson. Ou qu’il avait des démêlés avec la justice. De toute façon, on n’en sait rien, et Pete ne connaît même pas son identité, ce qui ne nous avance guère.

— Je me demande où peut être cet homme, maintenant ? avança Deborah. Peut-être qu’il rend visite à Emily ?

— Je doute que les Robinson l’accepteraient, dit Barbara. Il ne figure sûrement pas sur le carnet de visiteurs.

— Je voudrais quand même bien savoir qui c’est. Qu’est-ce qu’il a dû penser en apprenant ce qui était arrivé à Emily ? Et ensuite, quand ils l’ont empêché de se manifester ? »

Evan leva un sourcil. « Qui te dit qu’ils l’ont empêché ? Les Robinson ne *pouvaient pas* l’en empêcher.

— Oui, c’est exact, répondit Deborah, songeuse. Il aura sans doute préféré rester à l’écart. Belle histoire d’amour en tout cas. »

Evan déclara qu’une tonne de travail l’attendait et s’excusa. Barbara l’accompagna à la porte et lui souhaita bonne nuit. « S’il y a le moindre problème, vous m’appelez aussitôt, dit-il avant de partir.

— Entendu, répondit Deborah. Mais Barbara et Joe sont là, je n’ai pas de souci à me faire. »

Joe fit la grimace en chuchotant tout bas pour qu'Evan n'entende pas :

« Evan se croit indispensable, quoi qu'il arrive.

— Pourquoi vous faites-vous la guerre, tous les deux ? demanda Deborah, également à voix basse.

— Je ne peux pas le supporter et il me déteste.

— Eh bien, c'est ce qui s'appelle ne pas mâcher ses mots.

— Pourquoi se voiler la face ? C'est une évidence. »

Une demi-heure plus tard, Deborah tendit l'oreille vers l'étage. Kim s'était remise à tousser, de cette toux grasse et traînante qui reprenait chaque hiver. Le médecin avait convaincu sa mère qu'à cet âge un bon sirop suffisait largement. Deborah monta inspecter son armoire à pharmacie pour découvrir que le flacon était pratiquement vide. S'il restait de quoi la calmer momentanément, la petite avait parfois au milieu de la nuit des quintes plus violentes et il en faudrait d'autre. Elle redescendit pour aviser Barbara et Joe de la situation.

« Je vais aller en chercher, dit Barbara en se levant. La pharmacie reste ouverte jusqu'à dix heures.

— Sûrement pas, coupa Joe. Ce n'est pas une heure pour vous promener toute seule. »

Elle afficha un sourire sarcastique. « Joe, que cela vous plaise ou pas, non seulement je suis capable de me promener toute seule, mais je rentrerai ici sans me tromper de chemin.

— Barbara, j'aimerais que vous arrêtiez de reprendre la moindre de mes paroles, rétorqua

Joe. Vous savez très bien pourquoi il ne vaut mieux pas que Deborah ou vous-même sortiez à une heure comme celle-ci. En plus, il fait très froid. Dites-moi la marque de votre sirop, Deborah, j'y vais. »

Une fois Joe parti, Deborah se retourna vers son amie. « Pourquoi joues-tu toujours les féministes convaincues devant ce garçon ? »

Barbara soupira. « Je ne sais pas. J'ai l'impression que ça le gêne qu'une femme puisse garder son autonomie.

— Je ne dirais pas ça. Et il y a des moments où ça ne vaut pas la peine de monter sur ses grands chevaux. Artie Lieber est peut-être là à rôder dans le coin, et je préfère vraiment que ça soit Joe, plutôt que toi ou moi, qui ait affaire à lui. »

Barbara s'esclaffa. « Tu as raison. Evan m'a dit la même chose, d'ailleurs. Je ne sais pas me servir d'une arme et je n'ai jamais pratiqué les arts martiaux. Donc, tu as gagné, je la boucle. »

Préoccupée par Kim, Deborah remonta à l'étage.

« Je peux descendre, maman ? demanda la petite fille.

— Non, je veux que tu restes bien au chaud dans ton lit.

— Mais je n'ai pas sommeil.

— Ça ne fait rien, allonge-toi et repose-toi, c'est tout. »

Kim se remit à tousser et prit cet air boudeur et têtu qu'elle affichait devant sa mère lorsqu'elle était malade, comme si celle-ci en était responsable. Deborah revint à la porte. « Ne ferme pas ! ordonna la petite.

— Je t'ai dit que je ne fermerais pas. Maintenant reste tranquille. »

« Ça va, là-haut ? demanda Barbara quand son amie fut redescendue.

— Kim en veut à la terre entière. J'espère que Joe ne tardera pas avec le sirop.

— Il devrait déjà être rentré.

— Il y avait peut-être du monde.

— À cette heure ci de la soirée ?

— C'est bientôt Noël, dit Deborah en se rendant compte qu'elle parlait comme sa fille. Il y a encore des gens qui viennent acheter des boules et des guirlandes. C'est plus un drugstore qu'une pharmacie, et… »

Un hurlement de terreur l'interrompit. Deborah et Barbara se figèrent, les yeux écarquillés. Deborah monta quatre à quatre les marches de l'escalier.

Arrivée à la chambre des enfants, elle resta un moment sur le pas de la porte. Kim, allongée par terre sur le ventre, continuait de hurler. Médusé, horrifié, Brian regardait sa sœur depuis le lit du haut. Scarlett donnait de petits coups de patte à Kimberly. La chienne avait les poils hérissés par le danger.

Repoussant cette dernière, Deborah se précipita sur sa fille. « Kim, que se passe-t-il ? »

La petite fille babillait entre deux sanglots. La lumière se fit dans la chambre, Barbara venait d'arriver.

« Ma chérie, je ne comprends pas un mot. Tout va bien. Je suis là, avec Barbara. Allons, dis à maman ce qui s'est passé. »

Kim recula et regarda sa mère comme si elle ne la connaissait pas. Ses yeux verts semblaient aveugles, fixes, comme ceux de sa tante Emily. Deborah en eut des sueurs froides. « Kim, c'est *maman*, dit-elle d'une voix ferme. Regarde-moi. Je suis là, tu n'as rien à craindre. »

Kimberly revint peu à peu à elle et son regard retrouva son allure normale. « Maman ?

— Oui, ma chérie, c'est maman, je suis là. N'aie plus peur. »

Kim se jeta brusquement dans les bras de sa mère, enfouissant sa tête sous son cou. Deborah la serra contre elle en la berçant doucement. Elle leva les yeux vers Brian, toujours immobile, assis sur son lit, les mains serrées sur la couverture. « Que s'est-il passé ?

— Je ne sais pas, répondit l'enfant sur la défensive. J'étais en train de m'endormir. Je ne lui ai rien fait, moi.

— Je sais bien que tu ne lui as rien fait, Brian. » Elle repoussa gentiment Kimberly de quelques centimètres pour pouvoir la regarder. « Kim, il faut que tu me dises ce qui t'a fait peur. »

Kim renifla puis, d'une voix minuscule et tremblante : « Je me suis levée pour regarder à la fenêtre et j'ai vu…

— Quoi ?

— Une *chose*, souffla la petite. Une chose avec des grands yeux brillants. Comme du fer. Et elle me regardait. Elle voulait venir me prendre, m'man ! »

ONZE

Mme Dillman frotta le savon entre ses mains jusqu'à le faire mousser, puis commença à se laver la figure. Elle se rinça abondamment à l'eau froide et se sécha à l'aide d'une serviette décolorée. Elle avait lu dans un magazine féminin que, pour ne pas dessécher la peau, il valait mieux ne pas se laver le visage au savon. Ridicule. Cela faisait quatre-vingt-dix ans qu'elle procédait ainsi et elle n'en était pas morte. Elle se posta plus près du miroir et étudia cette peau pâle et ridée qui fut jadis fort douce. Alfred la comparait à des pétales de rose. Certes, le savon n'avait sans doute pas entretenu ce teint aimable, mais maintenant il était trop tard.

Elle retourna dans sa chambre où elle défit maladroitement les boutons de son gilet. Elle le suspendit à un cintre, derrière la porte, puis retira la robe de coton qui s'était révélée trop fine pour cette journée d'hiver. Enfin elle ôta son jupon, de coton lui aussi, dont l'ourlet de dentelle commençait à s'effilocher.

En culotte et soutien-gorge, elle s'agenouilla

devant son lit en joignant les mains. « Notre père qui êtes… », commença-t-elle. Elle s'interrompit et fronça les sourcils. « Mais non, ce sont les petits qui prient ainsi. Je voulais en fait vous remercier, mon Dieu, pour cette nouvelle journée. Protégez mes enfants, même s'ils ne viennent pas me voir. Et bénissez Alfred, aussi, qu'il sache bien que je l'aime. » Elle marqua un temps. « Mais qu'il ne revienne jamais à la maison. Faites-le-lui savoir. Même s'il rampe devant ma porte, je ne lui ouvrirai pas. Vous le savez et je sais que vous ne m'en voudrez pas. » Puis elle ne dit plus rien et fronça de nouveau les sourcils. « Ah oui, je me souviens, maintenant. Priez pour cette pauvre femme, à côté, et ses jeunes enfants. Je sais que son mari les a abandonnés. Je ne l'ai pas vu de la journée, donc il n'est pas revenu, mais j'ai vu la police, par contre. Quelle pitié. Non, elle ne mérite pas cela. Ah, les hommes, vraiment ! Vous ne pourriez pas les aider à se comporter mieux ? » Elle hocha tristement la tête. « Bon, ça suffit, bonne nuit et à demain. »

Elle grogna en se relevant. Baissa les yeux. « Bonté divine ! Voilà que je priais à moitié nue. Où est ma robe de chambre ? Mais où ai-je la tête ? » Elle leva les yeux au plafond. « Cher Dieu, post-scriptum. Je vous en prie, rendez-moi ma mémoire. Cela devient humiliant. »

En se dirigeant vers sa commode, elle passa devant la fenêtre dont elle n'avait pas tiré les rideaux. Ses yeux encore assez vifs perçurent un éclair lumineux. Elle tourna aussitôt la tête et elle l'aperçut, nimbé de lumière, en train de l'épier.

Mme Dillman sentit son cœur battre à tout rompre. L'homme de la maison en face l'observait tandis qu'elle traversait sa chambre en sous-vêtements. Elle resta un instant figée, blême, et l'homme éclata de rire en renversant la tête.

*

« Tu as dû rêver », dit Barbara, assise sur le canapé près de Deborah. Kim gardait la tête posée sur les genoux de sa mère.

« Non, fit cette dernière. Je ne dormais même pas.

— Elle fait rarement des cauchemars, admit Deborah.

— Oui mais, après ce matin... » Barbara ne finit pas sa phrase.

« Je ne dormais pas, répéta Kim.

— C'était peut-être les yeux d'un animal qui reflétaient la lumière, reprit Barbara.

— Non, s'entêta Kim. Ce n'était pas un animal. C'était une *chose.* »

Deborah fit un signe discret vers son amie, lui demandant ainsi de ne plus poser de questions. Elle ne croyait pas que Kim ait pu rêver. Il était en revanche possible qu'un chat, juché sur l'un des arbres, ait pu refléter quelque lumière dans ses yeux. Cette hypothèse semblait incertaine, mais si Kim maintenait que la *chose* « brillait en l'air ».

La petite se remit à tousser.

« Mais que diable peut bien faire Joe ? s'impatientait Barbara.

— Aucune idée, répondit Deborah. Je me

demande si je ne devrais pas emmener Kim aux urgences.

— Je ne veux pas aller dehors », coupa cette dernière.

Sa mère soupira. Ce n'était pas une bonne idée de partir à l'hôpital. Cette toux était encore bénigne, et traîner l'enfant dehors par ce temps était susceptible d'aggraver les choses. Toutes trois restèrent un instant silencieuses, à regarder au-dehors la lumière des réverbères au travers des fins rideaux.

« Dieu du ciel, mais c'est Mme Dillman », s'écria brusquement Barbara. L'instant d'après, on frappa à la porte. « Je vais ouvrir », dit Barbara.

Une seconde plus tard, la voisine était au milieu du salon. Étonnée par son allure, Deborah l'étudia. Les longs cheveux blancs de la vieille dame tombaient, désordonnés, sur ses épaules. Ses yeux brillaient d'une lueur inquiétante. Elle portait une paire de pantoufles roses et usées, et un épais manteau mal fermé par-dessus une chemise de nuit à fleurs.

« Mais asseyez-vous, madame Dillman, je vous en prie, dit Deborah. Vous avez un problème ?

— M'asseoir, certainement pas, répondit la voisine, les yeux gonflés dans ses orbites. Je suis là à cause de votre mari.

— Mon mari ? répéta Deborah, déconcertée.

— Votre mari était là à m'épier alors que j'allais me coucher. J'étais en *sous-vêtements*, madame ! Oh, mon Dieu, jamais de ma vie je ne... » Le souffle coupé, elle frappait à petits coups sur sa poitrine.

« Madame Dillman, voulez-vous vous asseoir, je vous prie, pendant qu'on vous prépare quelque chose de chaud », dit Deborah — la vieille femme avait les jambes nues et la chair de poule.

« Mon mari n'est pas ici.

— Je le sais bien, qu'il n'est pas ici ! Puisqu'il est dehors en train d'épier les gens. »

Kim se redressa. « Papa est là ?

Tais-toi, ma chérie. » Deborah aurait préféré que la petite soit couchée, toutefois il fallait essayer de savoir où la vieille dame voulait en venir. « Madame Dillman, je n'y comprends rien. À quel moment cela s'est-il passé ?

— Je viens de vous le dire. Il n'y a pas dix minutes. J'étais en train de faire mes prières avant de me coucher.

— Je croyais que vous dormiez au premier étage ?

— Bien sûr que oui ! Mais il n'a pas réussi à me donner le change avec ses yeux luisants.

— Ses yeux luisants ? répéta Deborah.

— C'est comme ça que je m'en suis rendu compte. C'est qu'il m'a fichu une peur bleue.

— Madame Dillman, je me souviens de vous avoir entendue vous plaindre d'un voyeur. Mais pourquoi cet homme serait Steve, maintenant ? Comment pouvez-vous l'affirmer ? Il fait nuit.

— Mais il était éclairé, bien sûr, répondit la voisine sur un ton méprisant, comme si Deborah était vraiment stupide. Vous l'avez bien vue, cette lumière !

— Quelle lumière ?

— Sapristi, vous êtes en train de le protéger, ou

quoi ? Et vous croyez que ça va se passer comme ça ? Sûrement pas, ma petite dame ! J'ai un fusil et je sais m'en servir. Vous feriez mieux de le prévenir ! »

Deborah inspira profondément. « Madame Dillman, mon mari a disparu depuis samedi…

— Bien sûr, pour se rincer l'œil devant la fenêtre des honnêtes gens ! Votre mari est un pervers, voilà ! Je pense que vous devriez demander le divorce sur-le-champ. Quand j'aurai raconté tout ça au juge, il vous rendra votre liberté, croyez-moi. »

Deborah ferma brièvement les yeux. Il ne manquait plus, ce soir, que les inventions hystériques de la voisine. « Madame Dillman, vous avez sûrement vu de la lumière se refléter sur une vitre, conclut-elle d'une voix lasse. Je vous assure que mon mari ne vous regardait pas pendant que vous vous déshabilliez.

— Vous êtes aussi bête que je l'ai été avec mon Alfred, rétorqua tristement la vieille dame. J'ai toujours voulu croire que c'était un homme intègre. Mais quand il m'a quittée pour partir en Europe avec sa chanteuse d'opéra, il a bien fallu que j'accepte la vérité. »

Pauvre Alfred Dillman, pensa Deborah. On l'accuse d'abord de dilapider sa retraite à Las Vegas, puis de parcourir l'Europe avec une cantatrice.

« Madame Dillman, que pouvez-vous me dire d'autre à propos de cet homme ? » Elle savait que sa voisine était souvent victime d'hallucinations mais y aurait-il finalement quelque rapport, aussi lointain fût-il, entre ces « événements » et Steve... « Était-il dans votre jardin ?

— Bien sûr que non. On ne peut pas voir ma chambre depuis le jardin, puisque je dors à l'étage.

— Alors, où pouvait-il se trouver ?

— Ah, vous êtes vraiment impossible. C'est insupportable ! s'exclama Mme Dillman qui tourna les talons et reprit le chemin de la porte.

— Madame Dillman, attendez ! Je vous raccompagne chez vous, dit Deborah.

— Je saurai bien rentrer toute seule, figurez-vous ! »

Tandis que la vieille dame trottinait dans l'allée, Deborah confiait à Barbara, revenue au salon : « Il faut croire que Steve a appris à voler, et qu'il plane dans les airs comme une chauve-souris.

— Elle a vu la même chose que moi, dit soudain Kim dont le petit corps s'était remis à trembler. Je te l'ai dit que ça brillait en l'air. »

Deborah se mordit la lèvre. Quelle probabilité y avait-il qu'une fillette de cinq ans et une dame d'un âge respectable, vivant dans deux maisons distinctes bien que fort proches, soient toutes deux témoins d'une paire d'yeux brillants suspendus dans le jardin ?

Joe arriva vingt minutes plus tard. « J'ai crevé un pneu », grommela-t-il avant qu'aucune des deux femmes n'ait le temps de poser de question. « Il fait moins cinq et il faut que je crève. Ensuite, il n'y avait pas le sirop que vous vouliez au drugstore, et je suis allé le prendre au centre-ville.

— Je suis vraiment navrée », répondit humblement Deborah. Joe semblait énervé, courroucé.

« Vous auriez peut-être pu nous téléphoner pour nous dire ce qui vous arrivait. Nous étions inquiètes.

— Désolé. Je n'en ai pas eu l'idée. L'habitude de vivre seul, sans doute. » Il tendit le flacon à Deborah. « Et ne me dites pas que ce n'est pas le bon, ou je profère des horreurs.

— Gardez votre salive. C'est le bon. Et au bon moment. » Kim avait justement une nouvelle quinte. « Je vais lui en donner une autre cuillerée. »

Tandis qu'elle montait à la salle de bains avec la petite fille, elle entendit Barbara demander brutalement à Joe : « Vous l'avez changée vous-même, cette roue ?

— Vous croyez peut-être que les gens s'arrêtent pour vous aider ?

— Non, mais je vous trouve bien propre pour quelqu'un qui vient de serrer des boulons. »

Mais quelle mouche l'a piquée ? se demanda Deborah. À en croire le ton de sa réponse, Joe se faisait manifestement la même remarque.

DOUZE

Le lendemain matin, Deborah fut réveillée par Scarlett qui ne cessait d'aboyer derrière, dans le jardin. Elle ouvrit les yeux, irrités par le manque de sommeil, et jeta un coup d'œil au réveil : il était six heures dix. Scarlett ne sortait pas d'ordinaire avant que les enfants ne se lèvent, environ une heure plus tard. Ces aboiements n'auguraient rien de bon.

Elle sortit aussitôt du lit, enfilant sa robe de chambre sur le palier. Arrivant au salon, elle vit que Joe était également levé. Dans la cuisine, la porte du jardin était ouverte. Une aube grisâtre dissipait à peine les noirceurs de la nuit. Deborah s'arrêta sur le perron et aperçut Scarlett, dans le jardin de Mme Dillman, où la chienne tournait en rond autour de ce qui ressemblait à une pile de linge. Elle vit alors Joe sauter par-dessus la clôture et se précipiter vers les vêtements. Il se pencha, posa doucement une main sur la « pile », puis regarda en direction de Deborah.

« C'est Mme Dillman, cria-t-il. Appelez une ambulance.

— Elle n'est pas morte ? fit Deborah, épouvantée.

— Non, mais il faut faire vite. Dépêchez-vous. »

Les minutes suivantes ressemblèrent à un rêve. Deborah saisit le téléphone, s'étonna elle-même de parler calmement, attrapa une couverture sur le canapé du salon, et revint dans le jardin où Joe était agenouillé près de la vieille dame.

« Mon Dieu, que s'est-il passé ?

— Vous êtes pieds nus, répondit Joe en couvrant Mme Dillman.

— C'est devenu une habitude, déclara la jeune femme sans y prêter attention. Je vous ai demandé ce qu'il s'est passé.

— Je n'en sais rien. Scarlett est venue me réveiller. Elle n'arrêtait pas de courir vers la cuisine, puis revenait. J'ai pensé qu'elle demandait à faire ses besoins, et que c'était urgent, alors je lui ai ouvert la porte. Puis je l'ai refermée, j'ai commencé à préparer du café, et je me suis dit qu'elle aboierait pour rentrer. Ça, on peut dire qu'elle a aboyé, oui. J'ai jeté un coup d'œil dehors et elle était en train de creuser comme une folle sous la clôture. Le temps que j'arrive à mon tour, elle était de l'autre côté, dans le jardin, en train de lécher le visage de Mme Dillman. Je n'ai pas voulu toucher à la pince, sur le portail, alors j'ai sauté par-dessus. C'est à ce moment que je vous ai vue.

— Que lui est-il arrivé ?

— Elle a une grosse bosse et une entaille au sommet du crâne. Et je n'ai aucune idée du temps qu'elle a passé ici à geler sur place.

— Mon Dieu. J'ai toujours redouté qu'elle ne s'assomme en tombant quelque part. »

Joe leva les yeux. « Deborah, elle ne s'est pas fait cette bosse en tombant. Je ne suis pas médecin, mais je peux vous dire qu'on l'a frappée. Avec un nerf de bœuf, une batte de base-ball ou quelque chose comme ça.

— Frappée ?

— Absolument. »

Plus tard, Deborah devait à peine se souvenir d'être rentrée en courant chercher le blouson de Joe. Grelottant et transie, elle ne pouvait ôter de son esprit l'image de Mme Dillman allongée sur le sol, gelée, vêtue seulement de la robe de chambre et des vieilles mules roses avec lesquelles elle était apparue au milieu de la nuit pour accuser Steve.

Que s'était-il passé ? se demandait Deborah en revenant à la maison, où elle enfila une paire de jeans, un chandail, et chaussa des souliers plats. Bouleversée, furieuse, Mme Dillman était convaincue qu'un homme l'avait épiée. Était-elle ensuite sortie pour faire son enquête, et... Et puis quoi ? Joe ne pouvait être certain qu'on l'avait assommée. Peut-être était-elle seulement tombée. Mais si Joe avait raison ? S'il s'était bien trouvé un voyeur qui l'avait frappée à la tête ?

À la tête. Les mots entamèrent un sinistre ballet dans l'esprit de la jeune femme. Frappée à la tête, comme Emily ? Comme toutes les victimes du psychopathe ? Celles-là avaient été également étranglées et violées. Deborah n'avait pas examiné le cou de Mme Dillman. Étranglée et violée, aurait-elle réussi à survivre ? Bien des gens pensaient que le viol était l'expression d'une sexualité, aussi révoltante soit-elle, mais Deborah savait qu'il s'agissait en fait d'une volonté de domination. Âgée, Mme Dillman était incapable de se protéger d'un acte aussi sauvage, barbare.

Barbara ouvrit sa porte au moment où Deborah revenait sur le palier. Elle la regarda d'un œil vague : « Qu'est-ce qui se passe ?

— Mme Dillman a été agressée. On vient de la trouver inconsciente dans son jardin. Joe est auprès d'elle et l'ambulance arrive.

— Ce n'est pas vrai ? Que lui est-il arrivé ?

— On n'en sait rien. Joe pense qu'on l'a frappée à la tête. »

Barbara écarquilla les yeux. « Mais qui ferait une chose pareille ? Deborah, tu dois penser qu'il y avait vraiment quelqu'un en train de l'épier, cette nuit ?

— Il y avait quelque chose, c'est sûr. Kim et Mme Dillman l'ont vu toutes les deux.

— *Quelque chose ?* Quelqu'un, plutôt ?

— Oh, je n'en sais plus rien, répondit nerveusement Deborah. Je dois redescendre dans le jardin.

— Je m'habille. Qu'est-ce que je peux faire ?

— Arrange-toi pour que les enfants ne sortent pas, s'ils se réveillent », répondit Deborah qui s'engageait déjà dans l'escalier, satisfaite pour une fois, qu'il y ait de la moquette pour étouffer ses pas. Elle espérait surtout que les enfants ne voient rien de cette scène, dehors. Ils en avaient déjà bien assez supporté.

L'ambulance arriva cinq minutes plus tard. Avec

son blouson, Deborah avait apporté à Joe la laisse de Scarlett qu'ils enfermèrent dans la maison des Robinson, où elle continua de gémir et d'aboyer. De retour dans le jardin, Deborah observa les infirmiers en train d'examiner Mme Dillman. Ils vérifièrent qu'en sus de sa blessure au crâne, elle n'avait ni os cassés ni autre signe de contusion, tandis que Deborah retenait son souffle. « Il n'y a pas trace de strangulation, dit une infirmière, mais elle est en état de choc. Il faut l'amener à l'ambulance, lui mettre les pieds en l'air et essayer d'élever sa tension artérielle. » Elle regarda Joe et Deborah. « L'un de vous peut-il venir à l'hôpital ?

— Oui, je viens, dit Deborah. Son fils m'a laissé une clé de sa maison, il y a plusieurs mois. Je vais prendre ses papiers d'assurée sociale et j'arrive.

— Je vous emmène, intervint Joe.

— Je ne préfère pas. Barbara va partir au travail et quelqu'un doit rester avec les enfants. »

Joe fit la grimace. « Je n'aime pas vous savoir toute seule.

— Il fait jour, Joe. Et je vais directement à l'hôpital.

— En tout cas, je vous accompagne chez Mme Dillman. C'est peu probable, mais il peut y avoir quelqu'un à l'intérieur. En plus, votre clé ne servira sans doute à rien. Elle est encore en robe de chambre et je ne pense pas qu'elle ait refermé derrière elle. »

En effet, la porte du jardin n'était pas verrouillée. « Vous aviez raison, dit Deborah, elle a dû voir ou entendre quelque chose et sortir pour voir ce que c'était. »

Ils passèrent par la cuisine où le plafonnier était encore allumé, puis se dirigèrent vers le salon. Si la pièce était propre et bien rangée, les meubles semblaient usés et il régnait malgré tout une odeur de vieille poussière. « Ça date de 1955, tout ça, non ? » fit Joe en montrant un fauteuil bedonnant avec têtière et dentelles sur les bras.

« C'est sans doute plus vieux.

— Cette maison est vétuste. Il faudrait vraiment repeindre. Mme Dillman a des problèmes d'argent ?

— Elle n'est pas pauvre, mais elle ne roule pas sur l'or. Elle n'a tout simplement pas envie de refaire quoi que ce soit. Steve est venu faire des bricoles jusqu'à ce que, l'année dernière, elle lui dise que c'était plutôt à Alfred — c'était son mari — de s'en occuper. Et elle l'a remercié. Steve a expliqué à un de ses enfants qui vit à Huntington qu'il fallait engager quelqu'un pour rester avec elle, ou la placer dans une maison de retraite. Mais le fils de Mme Dillman s'est contenté de nous donner une clé. C'était il y a trois mois. Personne n'est revenu la voir depuis.

— Si ce n'est pas malheureux, dit Joe. Vous avez au moins son numéro de téléphone pour qu'on l'avertisse ?

— Non, mais je suis sûre qu'on le trouvera dans un agenda. Il s'appelle Fred Dillman. Vous voulez bien regarder pendant que je cherche où est son sac ? Sa carte de sécurité sociale est sûrement dans son portefeuille. Enfin, j'espère. »

Deborah était rarement entrée dans cette maison, mais chaque fois elle avait été étonnée de constater que, malgré l'imagination fantaisiste de la vieille dame et ses pertes de mémoire, elle était ordonnée et organisée. Elle payait ses factures à l'heure et envoyait toutes sortes de carte de vœux ou d'anniversaire qui, selon Fred Dillman, arrivaient au moment voulu.

« Voilà, les papiers sont là, cria Deborah, soulagée de les avoir trouvés rapidement.

— Moi, j'ai le numéro de téléphone, répondit Joe dans l'autre pièce.

— Bon. Vous voulez bien appeler Fred depuis chez moi ? Comme cela, vous pourrez surveiller les enfants pendant que Barbara se prépare. Je pars tout de suite à l'hôpital.

Vingt minutes plus tard, Deborah remplissait les formulaires de l'hôpital du mieux qu'elle pouvait, en laissant quelques cases blanches dont les enfants de Mme Dillman s'occuperaient plus tard. Puis, en attendant le diagnostic des médecins, elle appela Joe. Il lui dit avoir joint Fred, qui serait là dans l'après-midi.

« Pas avant cet après-midi ? Mais il vit à une heure d'ici.

— C'est lui qui a décidé, pas moi. Il avait l'air ennuyé. Une femme semblait râler dans son dos.

— J'espère qu'on sera plus gentils avec nous, quand nous serons vieux, Steve et moi. »

Joe ne répondit rien et Deborah se sentit intérieurement couler. Il n'imagine déjà plus Steve en train de vieillir, pensa-t-elle tristement.

Elle buvait une troisième tasse de café amer devant le distributeur de boissons lorsque le médecin revint dans le couloir. « Mme Dillman a une commotion cérébrale et souffre d'hypothermie, dit celui-ci. Elle est encore dans le coma. Elle a pris un sacré coup sur la tête.

— Elle s'en sortira ?

— Franchement, je ne peux encore rien dire. Le scanner montre qu'il n'y a pas d'hémorragie cérébrale, ce qui n'est déjà pas mal. Elle a une forme physique étonnante pour une femme de son âge. Mais enfin, ce genre d'accident à quatre-vingt-douze ans… Savez-vous ce qui s'est passé ?

— Non. On l'a trouvée étendue par terre dans son jardin. » Elle hésita. « J'étais avec un ami qui pense qu'elle ne s'est pas cognée en tombant. Qu'on l'aurait frappée avec quelque chose.

— Elle est blessée au sommet du crâne. En général, les gens qui tombent ont des hématomes sur le front, sur le côté, ou plus bas vers la nuque. On a aussi trouvé des éclats de bois sur la blessure.

— Il n'y a pas de bois dans son jardin, dit lentement Deborah. Est-ce qu'elle aurait pu se cogner à l'intérieur de la maison avant de sortir ? »

Le médecin hocha la tête. « C'est improbable. La blessure est profonde et elle a sûrement perdu conscience aussitôt. »

Joe avait donc raison, pensa Deborah en frissonnant. Quelqu'un avait agressé la vieille dame et l'avait laissée mourir de froid.

*

De retour à la maison, Deborah trouva les enfants et Joe en train de composer un puzzle à grandes pièces. Kim toussait encore, toutefois moins que la nuit passée. Brian leva les yeux vers sa mère :

« Elle est morte, Mme Dillman ?

— Ils ont vu l'ambulance partir, dit Joe.

— Non, mon chéri, elle n'est pas morte. Elle a une grosse bosse sur la tête, et elle a pris froid en restant dehors. »

Kim semblait nerveuse.

« Joe dit que c'est Scarlett qui l'a trouvée.

— C'est vrai.

— Mme Dillman aime bien Scarlett, dit Brian à Joe. Mais elle n'aime pas Pierre.

— Qui est Pierre ? demanda-t-il.

— C'est le caniche des Vincent, les voisins », répondit Deborah.

Brian regarda Joe. « Elle dit que c'est une petite vermine. Maman dit que les vermines, c'est comme les rats.

— Il lui a déterré tout un parterre de fleurs il y a trois ans et elle ne le lui a jamais pardonné, expliqua Deborah.

— Scarlett aussi a fait un trou sous sa clôture, remarqua Kim, inquiète. Peut-être qu'elle ne l'aimera plus, maintenant. »

Deborah caressa les cheveux de l'enfant. « Je ne pense pas, ma jolie. Elle comprendra que Scarlett voulait l'aider. »

Apparemment satisfaits de la réponse, les enfants reprirent l'assemblage de leur puzzle, qu'ils achevèrent bientôt. Ils voulurent ensuite sortir, mais Kim toussant encore, Deborah refusa. Ils partirent jouer à la buanderie, au sous-sol, où Kim gardait sa dînette, et Brian, son « atelier », à côté du lave-linge et du séchoir. Joe s'enquit de Mme Dillman.

« Le médecin pense comme vous qu'on l'a frappée. Ils ont trouvé des échardes dans la plaie. Pourtant on n'a rien vu dans le jardin.

— L'agresseur n'est pas assez fou pour avoir oublié son arme.

— Ça me rend malade d'imaginer quelqu'un en train de la... » Deborah ferma les yeux. « Pourquoi ? Qui peut bien lui en vouloir ?

— Elle a peut-être vu un rôdeur, comme vous-même l'autre soir.

— Et elle serait sortie pour s'en assurer ?

— Deborah, elle n'a pas toujours toute sa tête. Elle s'est bien imaginé que Steve l'épiait, et ça ne l'a pas empêchée de venir ici en robe de chambre presque au milieu de la nuit.

— C'est vrai. Mais je suis sûre qu'elle a vu quelque chose. Comme Kim. Même "dans les airs", comme elles le prétendent.

— Barbara m'en a reparlé ce matin. Elle pensait avoir une idée sur ce que ça pouvait être. Elle m'a dit qu'elle s'en occuperait.

— Mais elle n'a pas dit à quoi elle pensait ?

— Non. On verra bien ce soir. »

*

Barbara trouva une place dans le parking de l'agence immobilière Capital Realty. Une jeune réceptionniste l'accueillit d'un sourire resplendissant. « Vous cherchez une maison ?

— On pourrait dire ça. »

Le sourire de la jeune femme s'effaça. Barbara reprit :

« Roberta Mitchell est là aujourd'hui ?

— Je l'appelle. Qui dois-je lui annoncer ?

— Barbara Levine.

— Merci. » La réceptionniste composa un numéro et annonça après quelques mots à voix basse que Roberta était au téléphone, mais qu'elle recevrait Barbara dans une dizaine de minutes. « Voulez-vous vous asseoir en attendant, madame Levine ? » demanda-t-elle en retrouvant son immense sourire.

Barbara prit place dans la petite salle d'attente aux teintes gris et bleu. Sur un grand tableau au mur étaient affichées une série de photographies de maisons à vendre. Barbara les étudia l'une après l'autre sans trouver celle qu'elle cherchait. Elle s'assit et commença à tapoter nerveusement du pied. Une tonne de travail l'attendait aujourd'hui et elle espérait n'avoir pas à traîner trop longtemps.

Moins de dix minutes plus tard, la réceptionniste lui dit : « Mme Mitchell peut vous voir maintenant. Au fond du couloir, troisième porte à droite. »

Barbara frappa avant d'entrer. Roberta était assise derrière un superbe bureau en noyer massif. Noire, d'apparence bien plus jeune que ses cinquante ans, elle sourit et se leva. « Barbara Levine ! Je n'ai pas de vos nouvelles depuis au moins un an. Vous êtes-vous enfin décidée à quitter votre triste appartement pour acheter une maison décente ?

— Je crains que non. Du moins pas pour l'instant.

— Les gens comme vous n'arrangent pas mes affaires.

— Vous ne donnez pas l'impression d'être à ce point dans le besoin.

— Ce n'est pas toujours Byzance, mais je réussis à garder la tête hors de l'eau. Que puis-je faire pour vous ?

— J'ai besoin d'un renseignement.

— Voulez-vous un café d'abord ?

— Avec plaisir. »

Roberta se leva et partit vers le distributeur, laissant à Barbara le temps d'admirer son joli tailleur vert tendre, et le carré de soie topaze posé avec une négligence feinte par-dessus le vêtement. Je ne serais jamais capable de m'habiller ainsi, pensa-t-elle. C'est à peine si j'arrive à mettre une paire de boucles d'oreilles.

« Crème ? Sucre ? demanda Roberta.

— Crème, s'il vous plaît. »

Roberta lui servit son café dans une tasse en faïence au liseré doré. Pas de gobelets en carton ici, pensa son interlocutrice. Mme Mitchell s'assit au bord de son bureau. « Bien, dites-moi ce qui vous amène.

— Vous voyez cette maison de Woodbine Court qui était sur vos listes ? Jolie, grande, un étage, baies vitrées...

— Oui, celle des O'Donnell.

— Voilà. Je sais que vous avez tenté pendant presque trois mois de la vendre pour eux, mais il n'y a plus de pancarte et personne ne vient plus la visiter. Pourquoi ?

— C'est une enquête officielle ?

— Non. J'ai une amie très proche qui habite en face, et nous avons l'impression qu'il se passe de drôles de choses dans cette maison. »

Roberta étudia la visiteuse. « Je vous connais assez bien pour savoir que vous ne posez pas ces questions par hasard. Pour être franche, je m'interroge aussi.

— Au sujet de la maison ?

— Non. De son occupant. Disons l'homme qui l'a louée. »

Barbara reposa tasse et soucoupe sur le bureau. « Je suis tout ouïe. »

Roberta sourit : « C'est pour cela que vous êtes là. » Elle reprit son siège. « C'est moi qui avais la charge de cette maison. Il y environ quatre mois, un homme s'est renseigné qui voulait la louer un semestre. Je lui ai dit qu'elle était à vendre. Il m'a priée quand même de transmettre son offre aux propriétaires. À ma grande surprise, ils ont accepté. Évidemment, cela faisait un bon moment qu'elle était sur le marché, et je sais que les O'Donnell avaient besoin d'argent. Cela dit, l'homme insistait pour qu'on ne fasse pas visiter la maison tant qu'il y serait. Je n'y étais pas favorable, mais les O'Donnell n'y ont pas vu d'inconvénient. La maison est donc louée depuis le mois de septembre.

— Roberta, tout indique que personne ne l'habite.

— Je *sais*. C'est bien cela qui me préoccupe. Pourquoi louer ce genre de maison et ne pas y mettre les pieds ? Parce qu'en plus, ça lui a coûté cher, à ce monsieur. »

Barbara se pencha vers elle : « Comment s'appelle-t-il ? »

Roberta hésita. « Edward King.

— De quoi vit-il ?

— Profession libérale, c'est du moins ce qu'il a dit. J'en doutais. J'ai voulu vérifier ses antécédents bancaires, mais je n'en ai pas eu le temps. Il a payé *d'avance* les six mois de location, et les O'Donnell, qui ne demandaient pas mieux, m'ont demandé d'arrêter mes recherches. Ils pensaient qu'il finirait par acheter la maison et ils ne voulaient pas le vexer.

— Pourquoi cela le vexerait-il ? Toutes les agences vérifient ce genre de chose, non ?

— Absolument. Mais les O'Donnell ne sont pas très organisés. Et je ne peux pas les liguer contre moi.

— Comment a-t-il payé, ce M. King ?

— Par chèque. Tiré sur une banque de Charleston. » Roberta s'interrompit. « Barbara, que savez-vous de cette maison ? Il s'en sert pour revendre des drogues ?

— C'est peu probable. Mon amie n'a jamais vu personne y entrer.

— Que se passe-t-il, alors ?

— Il y a une dame plutôt âgée qui habite elle aussi de l'autre côté de la rue, et mon amie a une petite fille de cinq ans. L'une et l'autre, d'après ce que je comprends, affirment avoir vu quelqu'un au premier étage de cette maison.

— S'il s'agit d'Edward King, il a parfaitement le droit de s'y trouver.

— Seulement Steve, le mari de mon amie, a disparu il y a quelques jours. Et la petite dit avoir vu *quelque chose* avec de grands yeux luisants. De son côté, la vieille dame prétend que Steve l'épiait, et qu'il avait aussi des yeux brillants.

— C'est une histoire de fantômes que vous me racontez ?

— Non, je crois qu'on les surveillait à la jumelle, et que celle-ci renvoyait des éclats de lumière. »

Roberta s'enfonça dans son fauteuil. « Et qu'est-ce que vous pensez ? Qu'il s'agit du mari de votre amie, ou que j'ai loué cette maison à un pervers ?

— Je n'en ai aucune idée, mais j'aimerais en savoir plus sur ce M. King. Parlez-moi de lui. »

Roberta parut troublée. « Ce type me gênait. Non qu'il ait dit ou fait quoi que ce soit de bizarre, mais je ne pouvais pas m'empêcher de le trouver curieux. Vous avez déjà eu ce genre de sentiment

— Bien des fois. À quoi ressemble-t-il ?

— C'est justement à cause de cette impression désagréable que je m'en souviens bien. » Elle ferma les yeux pour se concentrer. « Grand et mince, environ un mètre quatre-vingts. Bien habillé, mais sans ostentation. Les cheveux bruns, une moustache. Il portait des lunettes à verres fumés. Je dirais, plus ou moins la quarantaine. Pas de signe particulier. »

Barbara chercha dans son sac un cliché Polaroid datant de l'été précédent, qui la représentait en compagnie d'Evan, de Steve et de Deborah.

Elle le tendit à Mme Mitchell. « Reconnaissez-vous Edward King, sur cette photo ? »

Roberta plaça le cliché sous la lampe de son bureau — la pièce était déjà bien éclairée — et se mordit la lèvre. « Difficile d'être certaine, mais avec des cheveux bruns, une moustache et des lunettes, ça pourrait bien être ça. »

TREIZE

Assis au bord de son lit, Artie Lieber essayait de maîtriser sa respiration, en retenant son souffle une bonne dizaine de secondes avant d'inspirer à nouveau. Un médecin lui avait expliqué bien des années auparavant que cette méthode l'aiderait à se dominer, en cas de surmenage nerveux. Et surmené, Artie l'était vraiment.

Il avait été incapable, le matin même, de renoncer à longer une fois de plus la maison des Robinson. Les policiers postés devant celle-ci dans un véhicule banalisé l'avaient repéré à coup sûr. Artie savait que c'était des flics. Il les reniflait de loin. L'officier assis sur le siège de droite s'était redressé pour suivre sa voiture. Certain qu'ils allaient démarrer et le prendre en chasse, Artie avait paniqué et résisté de toutes ses forces à l'envie d'écraser l'accélérateur et de fuir à toute allure. Non, il avait maintenu son gentil quarante kilomètres-heure jusqu'à la sortie de l'impasse. Il avait sans arrêt regardé derrière lui dans le rétroviseur. Les policiers ne l'avaient pas suivi. Quand il se retrouva de nouveau dans son hôtel miteux, il suait abondamment malgré le froid glacial.

Ça suffira comme ça, se dit-il en retenant son souffle pour la cinquième fois. On l'avait maintenant vu trop souvent traîner autour de la demeure des Robinson. La police était probablement en train de chercher déjà le propriétaire de sa voiture. Ils avaient eu tout le temps de noter le numéro d'immatriculation. Artie en avait bien sûr « emprunté » une nouvelle, mais le subterfuge serait vite découvert. Et il faudrait en trouver une autre, puisqu'il avait laissé la vieille Buick blanche dans un parking. Cela, en revanche, était facile. Incroyable le nombre de personnes assez bêtes pour laisser leurs clés sur le tableau de bord. Mais ils l'avaient peut-être vu d'assez près ? Depuis un mois, Artie se laissait pousser la barbe et portait cette casquette idiote enfoncée jusqu'aux oreilles. S'il détestait couvrir son abondante chevelure noire, ce quasi-déguisement offrait quand même une forme de protection.

Enfin, il avait eu plutôt chaud ce matin, se dit-il en se versant une nouvelle rasade de vodka. Il fallait venir à bout du besoin irrésistible d'épier cette maison. Cela faisait une semaine qu'il s'y rendait régulièrement, et ce n'était plus possible. Les flics devaient forcément le rechercher puisque Steve Robinson avait disparu. Artie ne s'était pas présenté à son rendez-vous, mettant en péril sa liberté conditionnelle, et on l'avait repéré à Charleston. Il ferait mieux de se présenter maintenant de lui-même à la police, avant qu'ils ne se mettent à le rechercher. « Je trouverai bien une explication, pensa-t-il en se regardant dans le rétroviseur. Je suis le roi des menteurs et ils me croiront. » Mais l'image de ses yeux lui affirmait l'inverse et on ne peut pas toujours se mentir à soi-même. Jamais il ne trouverait d'autre explication à sa venue à Charleston. Et il ne pouvait pas s'en aller. Pas encore.

*

Les enfants jouaient encore dans la buanderie lorsqu'on sonna à la porte. Deborah vint ouvrir et trouva l'agent Wylie sur le perron. Elle se raidit devant les yeux froids de l'officier qui plongèrent dans les siens.

« J'ai besoin de parler avec vous, madame Robinson. Puis-je entrer ? »

Sans mot dire, Deborah s'effaça devant lui. Ils arrivèrent au salon où Joe, en train de lire un magazine, leva les yeux.

« Wylie ? Qu'est-ce qui vous amène ?

— J'aurais besoin de parler seul à seule avec Mme Robinson.

— Wylie, j'aimerais que Joe reste », demanda-t-elle, déjà sur les nerfs. La présence de l'agent n'augurait rien de bon.

« Je ne préfère pas.

— OK, Wylie, fit Joe, irrité, en reposant son magazine. Comme vous voudrez. De toute façon, elle me répétera votre entrevue.

— C'est son affaire », répondit l'agent d'une voix égale. Opiniâtre, impassible, il restait debout à la porte du salon. Joe haussa les épaules et sortit.

Deborah prit place sur le canapé. « Que se passe-t-il, monsieur Wylie ? Avez-vous retrouvé Steve ? »

L'agent choisit un fauteuil en face d'elle. « Non, mais nous avons trouvé quelque chose d'intéressant. Nous avons procédé à l'examen de vos comptes bancaires.

— Nos comptes bancaires ? »

Acquiesçant silencieusement, il sortit son petit carnet de sa poche, l'ouvrit d'un geste sec à la bonne page, la relut, puis : « Vous disposez de mille trente-trois dollars et quarante-cinq cents sur votre compte chèques. Est-ce exact ?

— Je n'en connais pas le solde au dollar près, mais cela me semble juste. En quoi est-ce important ?

— Ça ne l'est pas. En revanche, ceci l'est : votre chéquier est au double nom de Steven J. Robinson *ou* Deborah A. Robinson. Ce qui implique que vos deux signatures ne sont pas nécessaires en cas de retrait.

— Oui, je sais, dit Deborah, à bout de patience. Et alors ?

— Alors, vendredi dernier à la fermeture des guichets votre solde était de sept mille vingt-trois dollars et cinquante et un cents. » Il releva les yeux. « Le lendemain, samedi, votre mari a retiré six mille dollars. »

Deborah gardait les yeux braqués sur lui. « Six *mille* dollars ?

— Six mille dollars.

— Ce n'est pas possible.

— J'ai peur que si. Vous n'étiez pas au courant de ce retrait ?

— Non, fit-elle d'une voix faible.

— Cette somme n'était pas destinée à des réparations chez vous ou quoi que ce soit de ce genre ?

— Non. Nous avions pour projet d'arranger le débarras en haut, mais pas avant l'été. Et c'est tout. » Elle réfléchit un instant à ce que Wylie venait de lui annoncer, puis demanda : « Qu'est-ce qu'il faut en penser ?

— Il semble que votre mari ait eu besoin de retirer d'urgence une forte somme d'argent.

— Pour prendre la fuite, selon vous ?

— Ça y ressemble. »

Sans regarder Wylie qui, impassible, continuait de la fixer, Deborah se mit de l'ongle du pouce à jouer avec son alliance. « Je me fiche que ça y ressemble. Ce n'est sûrement pas pour cela qu'il a retiré cet argent.

— Pour quoi, alors ? Il n'est parti que dimanche. Pourquoi ne vous a-t-il rien dit de ce retrait ? Avait-il l'habitude de s'occuper tout seul des questions d'argent ?

— Parfois. » Sous le regard terriblement insistant de Wylie, Deborah se souvint du conseil de Joe. Ne jamais reconnaître en face du FBI le moindre doute concernant Steve. « Je veux dire qu'il ne me rendait pas compte de chaque dollar dépensé. Nous discutions ensemble des achats importants. Je ne vois pas pourquoi il ne m'a rien dit de ce retrait. Tout ce que je sais, c'est qu'il devait avoir une bonne raison, mais qu'il n'avait certainement pas l'intention de partir. Mon mari ne ferait jamais une chose pareille.

— Vous en êtes sûre ?

— Parfaitement. »

Wylie referma son carnet. « Eh bien, dans ce cas vous savez disposer de six mille dollars de moins. »

Deborah ne sut s'il s'agissait d'une remarque désinvolte ou d'une nouvelle astuce pour étudier ses réactions. « On s'en arrangera, dit-elle brièvement. Jusqu'à ce que Steve soit rentré. »

Après le départ de l'agent, elle resta un instant dans l'entrée — immobile, angoissée, à trembler. Elle venait de clamer haut et fort que son mari n'était pas le genre d'homme à solder ses comptes avant de prendre la fuite. Pourtant, la veille encore, elle n'aurait jamais cru non plus que Steve laisserait une adolescente produire un faux témoignage à son avantage. Et maintenant elle se demandait si elle avait encore quelque certitude à propos de l'homme qu'elle avait épousé sept ans plus tôt.

*

« J'ai un secret, annonça Kim pendant que sa mère boutonnait le haut de son pyjama.

— Et tu vas me dire ce que c'est ? demanda Deborah.

— Non. »

Brian fit une moue boudeuse. « Même moi, elle ne veut pas me le dire.

— Tu me mets sur la piste, chérie ? poursuivit distraitement Deborah en remplissant une cuiller de sirop.

— Je déteste ce sirop, dit Kim. Brian, il n'a pas besoin d'en prendre, lui.

— Oui, mais Brian ne tousse pas. »

Kim avala le remède et fit une horrible grimace.

« Allons, Kimberly, ça n'a pas si mauvais goût.

— Si. Berk.

— Fais-lui dire son secret, demanda Brian.

— Si c'est un vrai secret, elle n'a pas le droit de le dire. »

Kimberly parut déçue. « Peut-être que je le dirai demain. »

Deborah fit un clin d'œil à Brian. « Comme tu voudras, répondit-elle nonchalamment à la petite fille.

— C'est un beau secret, reprit celle-ci tandis que sa mère remontait ses couvertures. Un vrai grand secret.

— Je n'en doute pas, ma chérie. » Deborah l'embrassa sur le front pendant que Brian grimpait sur le lit du dessus. Il avait décidé deux mois plus tôt qu'il était trop âgé pour qu'on l'embrasse. Deborah lui passa une main affectueuse dans les cheveux. « Je vais laisser la porte ouverte pour entendre Kim, au cas où elle tousserait encore. Dormez bien, tous les deux. » Scarlett venait de prendre place sur son coussin. « Tous les trois. »

En bas, elle trouva Joe en train d'ouvrir à Evan et Barbara. « Je vous ai vus vous garer », expliqua-t-il.

Barbara se débarrassa vite de son manteau. « On voulait arriver plus tôt, mais le service n'en finissait pas, dans ce restaurant. On a failli partir avant d'avoir mangé. »

Deborah remarqua qu'Evan, le front constamment plissé, paraissait fatigué, irritable. Elle se demanda si cette disposition n'avait pas poussé Barbara à s'éloigner de lui les deux derniers soirs.

« Il y a du neuf ? » demanda-t-il tandis que le petit groupe prenait place dans le salon.

Deborah et Joe échangèrent un regard. « Oui. Wylie, l'agent du FBI, est revenu. Il semble que samedi matin Steve ait retiré six mille dollars sur notre compte joint. Il a presque tout pris.

— Dieu du ciel ! lâcha Barbara. Mais c'est terrible ! Comme s'il avait retiré cet argent pour déguerpir ?

— C'est ce qu'a pensé Wylie. Je n'en savais rien, mais il n'avait pas l'air de le croire. Dans l'intérêt de Steve, j'aurais peut-être mieux fait de dire que j'étais au courant — qu'il avait besoin de cette somme pour je ne sais quoi.

— Non, ç'aurait été une très mauvaise idée, insista Evan. Wylie aurait ensuite voulu savoir à quoi c'était destiné, tu aurais été obligée de trouver un autre mensonge, et ça t'aurait amenée à une situation impossible. Maintenant, rien ne dit qu'il a pris cet argent parce qu'il voulait partir. Il peut y avoir une autre raison.

— À savoir ? demanda Joe.

— Un cadeau de Noël un peu plus important que d'habitude, par exemple ?

— Dimanche, avant qu'il ne disparaisse, Steve a refusé de venir avec nous au centre commercial parce qu'il pensait, soi-disant, à une surprise pour Noël, admit Deborah. Mais je ne l'ai pas cru et je n'y crois toujours pas. C'était un prétexte. Et je peux te le garantir, Evan, Steve ne mettrait jamais toutes nos économies dans un cadeau de Noël.

— S'il avait décidé de finir de payer sa voiture ?

— Alors qu'il est dans une situation difficile et qu'il lui faudra peut-être payer un avocat si on l'arrête et qu'il se retrouve devant le tribunal ? fit Joe d'une voix incrédule. Ça m'étonnerait. »

Evan lui jeta un regard glacial, mais acquiesça d'un hochement de tête. « Deborah, tu ne vois vraiment pas à quoi cet argent aurait pu servir autrement ?

— Non. Vraiment pas.

— Mince, grommela Evan. C'est vraiment très gênant. »

Barbara finit par rompre le silence. « Cette hypothèse me révolte, mais peut-être que finalement il a choisi de partir. Que la situation lui semblait ingérable et qu'il a pris la fuite, dit-elle lentement.

— Il y a deux jours, je t'aurais affirmé que c'était impossible. Maintenant je ne sais plus », convint Deborah.

On frappa à la porte. Deborah alla ouvrir. Pete Griffin l'attendait sur le perron, les bras chargés de deux grands sacs. « Je n'ai pas voulu sonner pour ne pas réveiller les enfants, au cas où ils seraient couchés. J'ai pensé que tu n'aurais sans doute pas eu le temps de faire des courses, ces derniers jours. Alors je suis passé au supermarché.

— Pete, c'est vraiment trop gentil ! s'exclama Deborah.

— Il y en a encore dans la voiture. Joe pourrait peut-être me donner un coup de main.

— J'arrive », dit ce dernier en enfilant son blouson.

Cinq minutes plus tard, Deborah rangeait cinq bons sacs de provisions. Elle sourit en remarquant que Pete avait acheté des sachets de tisanes et des sucrettes. Elle revint au salon, où Joe rendait compte à Pete du triste sort de Mme Dillman.

« Mon Dieu, pourquoi s'en prendre à une vieille femme, comme ça ? s'écria Pete. Quand je pense à ma grand-mère, elle aussi vulnérable. Mme Dillman a-t-elle repris conscience ?

— Elle était encore dans le coma il y a deux heures, dit Deborah. Il se pourrait bien qu'elle n'en sorte pas. Le médecin était pessimiste. »

Pete fronça les sourcils. « Elle ne pourra donc pas décrire son agresseur.

— Même si elle devait reprendre conscience, elle n'en serait pas forcément capable. Elle n'a pas les idées très claires. L'autre soir, elle était convaincue que Steve était venu l'espionner et qu'il planait au milieu des nuages.

— Justement, elle ne s'est peut-être pas trompée autant que ça, intervint Barbara. Je n'ai pas arrêté de penser à son histoire, et à ce que Kim disait. Et j'ai eu une idée. La personne qui les regardait n'était pas dans le jardin, ni ici ni à côté. Parce qu'elle les épiait depuis une fenêtre élevée.

— On y a pensé, mais aucune fenêtre ici ne donne sur la chambre de Mme Dillman.

— Ici, non. En revanche, la maison des O'Donnell est juste en face. Ses fenêtres donnent sur la chambre de Mme Dillman, et on peut aussi y apercevoir la chambre des enfants. Et pour ce qui est des "yeux d'argent", cela pouvait très bien être quelqu'un qui s'est muni de jumelles. Les verres ont réfléchi l'éclairage de la rue.

— Mais elle est vide, cette maison, objecta Deborah.

— Pas vraiment. J'ai vérifié. Tu m'as dit que le panneau *À vendre* avait disparu il y a quelque temps. Je connais la fille de l'agence immobilière et je suis allée la voir aujourd'hui. Elle m'a dit que les propriétaires avaient besoin d'argent et qu'ils ont fini par louer la maison. Il y a six mois qu'un bail a été signé par un certain Edward King. »

Deborah la regarda, médusée. « Mais personne n'y a emménagé. À quoi bon louer une grande maison comme ça pour la laisser vide ? Qui est ce type, où est-il ? »

Barbara haussa les épaules. « Mon amie Roberta n'en a aucune idée. Il a payé six mois d'avance avec un chèque d'une banque de Charleston.

— C'est insensé, dit Pete. Et ce type, elle l'a vu ? À quoi il ressemble ?

— Elle ne sait pas grand-chose, admit Deborah. Profession libérale, à ce qu'il dit. Grand, mince, moins de quarante ans, les cheveux bruns. »

Deborah déglutit. « Comme Steve. »

QUATORZE

Pete partit à neuf heures et demie, suivi rapidement par Barbara et Evan. Barbara souhaitait rester, mais Deborah l'avait prise à part : « Evan a l'air tendu comme une corde de piano.

— Je le vois bien. Il se fait déjà un sang d'encre pour Steve, et cette histoire de compte en banque n'arrange rien. Et il y a Mme Dillman, maintenant.

— Je comprends. Tu dois lui manquer, aussi. Passe la nuit avec lui, fais-lui un peu oublier tout ça. » Barbara voulut insister. « Ne dis rien. On ne craint rien. Joe est là, et dehors il y a sans doute la police ou le FBI — sinon les deux.

— Ah, Joe… » Barbara semblait embarrassée. « Quoi, Joe ?

— Une chose qu'Evan m'a dite, à son propos.

— Oui. Alors ?

— Rien de vraiment concret. Il ne lui fait pas confiance, c'est tout. Tu sais, les histoires qu'il a eues à Houston.

— Steve m'en a parlé. Joe a été blanchi, entièrement. Quel est le problème ?

— Je ne sais pas. » Barbara semblait regretter

de s'être ainsi exposée. « Je suppose qu'ils ne s'aiment pas, l'un et l'autre. Oublie ce que je viens de dire. »

Irritée, Deborah s'apprêtait à répondre que ce n'était pas très intelligent, de la part de son amie, de mettre en cause l'homme qui restait chez elle, puis de faire comme si elle n'avait rien dit. Mais Evan les rejoignait, le manteau de Barbara à la main, et elle se tut.

« On peut rester tous les deux, si tu veux, proposa ce dernier d'un ton appuyé. Tu n'as qu'un mot à dire et tu as deux autres chiens de garde. »

Deborah pensa un instant à accepter. La déclaration de Barbara l'avait légèrement ébranlée. L'inimitié entre les deux hommes était décourageante, mais Deborah faisait de plus en plus confiance à Joe. Si elle se mettait à douter de tout le monde, elle perdrait vite le contrôle de cette situation déjà dangereuse, et cela, il n'en était pas question — deux enfants étaient là qu'il fallait protéger.

Elle repensa alors à ce que son père lui avait dit, bien des années plus tôt : « Pour ce qui est de choisir tes amis, tu as autant de cervelle qu'un moineau. » Mary Linn, la meilleure amie de Deborah, venait de se faire prendre en train de voler à l'étalage d'un magasin. « J'ai vu tout de suite qui c'était, cette petite, criait le père. On dirait que tu es aveugle. Un de ces jours, ma fille, ça te perdra. » Deborah venait de découvrir qu'elle avait fait confiance à un homme, Steve, dont elle savait si peu de choses. Aujourd'hui elle se fiait à Joe. Était-ce encore une erreur ? Une grave erreur ?

*

Accoudé à la fenêtre, Evan fixait depuis le second étage la nuit froide de décembre. « On devrait acheter un sapin de Noël, dit-il.

— Tu as déjà oublié ? répondit Barbara qui, arrivant derrière lui, passa ses bras autour de sa taille. Je ne fête pas Noël.

— Tu n'irais quand même pas en en fer à cause d'un sapin ?

— Les juifs ne croient pas non plus à l'enfer.

— Et, selon toi, où est-ce qu'il ira, l'étrangleur des ruelles, le jour où il mourra ? »

Les sourcils froncés, Barbara força gentiment Evan à se retourner vers elle. « Que me vaut cette humeur ? Cela fait presque un an que nous nous voyons et on n'a jamais parlé de religion.

— C'est aussi notre premier Noël ensemble et, vu les circonstances…

— Quelles circonstances…

— Je veux parler de Steve.

— Je ne vois pas le rapport avec ton sapin de Noël.

— Oui, c'est vrai. Il n'y en a pas. »

Barbara mit ses mains sur les épaules d'Evan et le regarda droit dans les yeux. « Si. Dis-moi à quoi tu penses.

— Disons que j'ai peut-être envie de maintenir les traditions. Puisque tout semble aller à vau-l'eau.

— Tu crois que Steve est mort ?

— Non. J'ai peur qu'il soit coupable.

— Evan ! Comment peux-tu dire cela ?

— Les faits. Ça devient plus évident chaque jour.

— Ce sont des coïncidences.

— Sauf qu'elles s'accumulent, tu ne crois pas ?

— Jusque-là, tu te méfiais de Joe. Aujourd'hui, tu soupçonnes Steve. » Elle retira ses mains des épaules d'Evan. « Je sais que tu n'aimes pas Joe et je reconnais m'être aussi posé des questions à propos de son attachement soudain pour Deborah. Mais je n'arrive pas à croire que tu suspectes Steve, alors que tu le connais depuis si longtemps. Comment imagines-tu qu'il puisse être capable de ces meurtres brutaux ?

— Il n'est pas blanc comme neige, Barbara. Pense un peu à ce qui s'est passé avec sa sœur.

— C'était encore un gamin.

— Un gamin de dix-huit ans.

— Parce que tu crois que tu étais adulte, au même âge ?

— Sans doute plus que lui.

— C'est à voir. Je pense qu'il a paniqué, Evan. Et ses parents ne lui rendaient pas la vie facile. »

Il fit un geste nerveux de la tête et quitta Barbara pour aller s'installer sur le canapé de skaï noir. Les coussins couinèrent sous son poids. « Quand vas-tu te décider à acheter des meubles décents ? demanda-t-il, irrité.

— Je te rappelle que l'appartement est meublé, Evan.

— Eh bien alors, déménage et arrange le suivant comme tu veux. Que ça soit un peu plus agréable. On se croirait dans une salle d'attente de la sécu, ici. »

Elle répondit d'une voix sèche : « Tu sais très bien que ça m'est égal de vivre n'importe où, tant que c'est propre. Pourquoi tiens-tu autant à ce que je déménage ? Tu as envie qu'on prenne un appartement ensemble ? »

Evan sursauta presque : « Non.

— Je le savais.

— Barbara, ce n'est pas le moment. Ni de nous marier ni d'entamer une vie commune.

— Et pourquoi ça ne serait pas le moment ? » Elle prit conscience de son ton impérieux, incisif. Evan s'était raidi, mais cela ne l'arrêta pas. « Il faudra bien qu'un jour on y pense. On n'a jamais abordé le sujet.

— Un mariage, ça se prépare, surtout à l'église. Et ça prend du temps.

— À l'église ? Je n'ai aucune intention de me marier à l'église. »

Il explosa : « Mais qu'est-ce qui te prend de jouer les mécréantes, comme ça ?

— Parce que monsieur s'est brusquement mis dans la tête qu'il voulait un mariage religieux ? Je ne savais même que tu allais à l'église ! Tout ça, c'est pour tes parents. Parce que tu ne veux pas leur faire l'affront d'un mariage civil.

— Ils sont âgés, Barbara. Ça compte, pour eux.

— J'ai une famille moi aussi, et ils ne voient peut-être pas les choses de la même façon.

— C'est plutôt des enfants qu'il faudrait parler. Je veux dire que, si on veut en avoir, il est temps d'y penser. Tu ne pourras bientôt plus.

— Merci de me le rappeler», fit Barbara de sa voix la plus acide.

Evan leva les yeux au ciel. «Je n'ai pas dit cela pour te manquer de respect. Et je ne serais de toute façon jamais sorti avec toi si l'âge était un obstacle. Mais c'est la vérité.

— Je sais. Et c'est tout aussi vrai que tu n'as aucunement l'intention de m'épouser.

— Il faut y réfléchir. C'est une décision prématurée.

— Je me demande à quel moment elle ne le sera pas.»

Evan la fixa de ses yeux bleus : «Tu me fais penser à une directrice d'école. Et moi au freluquet qui vient de sortir du rang. Quand c'est que tu sors ta règle pour me taper sur les doigts ?»

Barbara s'empourpra. «Je ne supporterai jamais que tu me parles sur ce ton.»

Il se leva. «Mais écoute-toi toi-même, j'ai l'impression d'entendre mes parents, certainement pas la fille de mes rêves.» Il attrapa son manteau sur le bras du canapé. «Je crois que je ferais mieux de partir.

— De partir ? Mais on avait prévu de rester ensemble, ce soir.

— Oui, eh bien, le match est reporté.

— Le match... Tu n'as rien de mieux dans ton vocabulaire ?

— J'ai bien pire, au contraire.»

Toute colère brusquement oubliée, Barbara se rapprocha de lui : «Evan, fit-elle d'une voix plus douce. J'ai laissé Deborah toute seule pour qu'on puisse être ensemble.

— Elle n'est pas seule. Elle a Joe Pierce, le cowboy de ces dames, pour assurer sa garde.

— Evan, je t'en prie, l'implorait Barbara en le suivant jusqu'à la porte. S'il te plaît, ne t'en va pas comme ça.

— Je préfère partir avant que les choses n'aillent trop loin. »

Elle le retint par le bras. « Evan…

— Ah, ne t'accroche pas, j'ai horreur de ça, lança-t-il en se dégageant. Ça ira mieux demain. Bonne nuit. »

Elle referma la porte derrière lui et s'y adossa. Les larmes se pressaient dans ses yeux. Que s'était-il passé ? Qu'avait-elle donc fait pour gâcher la soirée ? Ou alors était-ce Evan qui avait sauté sur l'occasion pour la laisser seule ?

*

Evan sortit à grands pas de l'immeuble de Barbara et s'installa au volant de sa Toyota rouge, où il resta assis un moment, immobile. Il se demanda si Barbara n'allait pas arriver en courant pour lui faire une autre scène. Si elle approchait de sa fenêtre et qu'elle se rendait compte qu'il était encore là, c'est de toute façon ce qui l'attendait. Il mit le contact et quitta le parking.

Il alluma l'autoradio et choisit une station de musique classique. Barbara détestait la musique classique — ce n'était que l'une de leurs nombreuses divergences. Elle ne manifestait aucune sorte d'intérêt non plus pour le cinéma d'art et d'essai, la gastronomie ou les chevaux. Le jour où

Evan l'avait emmenée à Fairfax chez ses parents, Barbara avait semblé perdue dans l'immense maison, ses vingt pièces et ses six hectares de terrain. Elle n'avait rien trouvé à dire à sa mère, une personne délicate et cultivée, ni à sa sœur, pourtant si facile et courtoise. Puis, lorsqu'elle se retrouva dans la bonne société locale, avec son lot de couples richissimes, d'hommes et de femmes tous brillant du vernis des fortunes anciennes ou de l'aristocratie, Barbara donna l'impression d'un coquelicot perdu dans un vase de roses-thé.

Evan était honteux de se laisser aller à de telles pensées, mal à l'aise également de remarquer que ses amis, contre leurs excellentes manières, s'étaient montrés ouvertement surpris qu'il ait pu choisir cette *femme-là* pour compagne. Quant à ses parents, s'ils n'en avaient pas dit mot, leur réprobation avait été aussitôt visible.

Avaient-ils d'ailleurs vraiment tenté de masquer leur opinion ? se demanda-t-il. L'un et l'autre maîtrisaient avec brio l'art précieux de diffuser leur ressentiment sans même ouvrir la bouche. Ils n'avaient par exemple jamais exprimé leur consternation devant le choix d'Evan qui avait préféré se mettre au service de l'État, plutôt que reprendre les rênes du cabinet d'avocats que son arrière-grand-père avait fondé au siècle dernier. Mais ils avaient bien trouvé le moyen de le lui faire savoir. Evan les ayant déjà déçus sur ce plan, ils s'attendaient tout de même à ce qu'il épouse quelqu'un de « convenable » — une femme élevée dans l'opulence, qui aurait fréquenté les meilleures écoles, aurait visité l'Europe, et serait prête à quitter son travail pour endosser le rôle respectable de maîtresse de maison qui lui était destiné. Une personne en tout cas suffisamment jeune pour donner à Evan le nombre d'enfants voulu, et surtout un garçon pour préserver le nom. Après tout, Evan était le seul mâle de leur progéniture. En l'absence, après lui, d'un nouvel héritier, la lignée était condamnée.

« Bon Dieu, avait-il dit bien fort, mais on n'est quand même pas à Buckingham Palace ! » Toutefois, pour ridicule que cela pouvait paraître, Evan avait été élevé en connaissance de cause et savait ce qu'on attendait de lui. Son père s'y était conformé et c'était maintenant son tour. Soudain le prétendu rebelle de la famille n'était plus si sûr de vouloir continuer à brandir le drapeau anarchiste.

Jurant, il éteignit la radio. Ce dont il avait maintenant besoin, c'était un de ces bars louches, où la fumée des cigarettes, l'alcool et le bruit sauraient lui faire oublier son désarroi subit, et l'entêtant conflit qui se réveillait en lui.

*

Je vais me faire *assassiner*, pensa Toni Lee Morris en sortant du bar. Elle resta un instant immobile sur le trottoir, prit une mèche de ses cheveux entre ses doigts et sentit leur odeur. Ouh ! Elle empestait la fumée de cigarette. Les vêtements iraient au sale. Elle pouvait prendre une douche avant de se coucher, cependant il lui faudrait aussi laver ses cheveux. Daryl s'en apercevrait et trouverait cela étrange. Elle serait à peine rentrée dans la caravane, puis couchée en silence dans leur petit lit, que Daryl se réveillerait de son sommeil de plomb et la harcèlerait de ses questions. Même si depuis trois nuits il convoyait Dieu sait où les chargements de Nitro & Co. et qu'il devait repartir au matin. Et jamais elle ne lui ferait croire que cette odeur de tabac était celle de ses propres cigarettes, d'autant plus que Toni était censée avoir gardé les enfants de sa sœur Brenda.

Il y avait aussi la question de l'argent. Sa sœur lui en donnait toujours, comme à une vraie baby-sitter. Brenda avait promis de mentir au cas où Daryl appelait (« Salut, Daryl, oui je suis rentrée un peu plus tôt et je suis vraiment crevée, alors j'ai demandé à Toni d'aller me prendre une pizza »), et de téléphoner au bar pour l'avertir. Ce qui ne résolvait pas le problème de l'argent. Daryl voudrait sûrement vérifier. Il lui demanderait cinq dollars au matin pour acheter ses cigarettes et, après quelques verres au bar, Tony n'en avait plus que deux en poche. Il faudrait inventer quelque chose. Que Brenda n'avait pas eu de liquide et qu'elle avait promis de payer plus tard ? Oui, ça n'était pas mal. Quoique pas génial non plus.

Épouser Daryl une fois quitté le lycée était la plus grosse bourde qu'elle avait jamais faite. Toni était jolie. Mieux que jolie, même, et de l'avis de tout le monde. Elle aurait pu séduire n'importe qui. Un de ces play-boys pleins aux as. Un jour elle aurait fait la couverture de *Points de vue Images du monde* peut-être. Mais non, elle avait épousé Daryl Morris, parce qu'elle se croyait enceinte.

C'était juste un retard de règles, mais maintenant elle était coincée. Jamais il ne la laisserait partir. Il était trop fou d'elle. En prime, elle ne savait rien faire. Comment gagnerait-elle sa vie ?

Elle avait garé sa voiture dans une petite rue au cas où, méfiant, il serait venu la chercher. Tout cela n'était vraiment pas malin, se dit-elle en s'engageant dans la ruelle mal éclairée. J'aurais mieux fait de sortir demain soir, après le départ de Daryl. Seulement elle avait rencontré ce mignon petit représentant, le lundi précédent, qui lui avait dit être souvent là le lundi. Manque de chance, il n'était pas venu. Elle avait donc pris des risques pour rien. Et il n'y avait eu personne d'intéressant. Enfin, si, elle avait aperçu ce type au bar, plutôt timide quand même. Il s'était éclipsé à peine la blonde décolorée l'avait laissé pour aller aux toilettes. Pas étonnant, pensa-t-elle. Cette fille devait déjà avoir quelques bonnes heures de vol.

Souriant intérieurement à sa propre remarque, Toni Lee ouvrit son sac pour y prendre ses clés de voiture et les trouva aussitôt, accrochées à un gros porte-clés à pompons. Ses amies se moquaient de celui-ci, mais c'est elle qui riait la dernière lorsqu'elle les voyait chercher les leurs pendant des heures au fond de leurs sacs. Certes, leurs porte-clés étaient d'un meilleur goût, mais de loin moins commodes.

Excepté le camion de livraison vide garé à l'angle du bar, la Fort Escort était le seul véhicule dans la ruelle. Les hauts talons de la jeune femme résonnaient sur le béton. Elle avait horriblement mal aux pieds, après avoir passé toute la soirée debout devant le comptoir, avec sa minijupe et ses escarpins noirs qui mettaient ses jolies jambes en valeur. Bien sûr, à peine montée dans la Fort, elle les retirerait pour enfiler une paire de jeans et des tennis, au cas où Daryl ne dormirait pas. C'était peut-être mieux, finalement, qu'il n'y ait personne dans la ruelle, même si elle n'était guère engageante à cette heure. Toni aurait ainsi tout le temps de se changer à l'aise.

Elle avait à peine inséré la clé dans la serrure qu'un homme sortit de l'ombre près du camion de livraison. Toni se raidit. Il avança vers elle, nonchalamment. « Salut, fit-il sur un ton amical. Vous ne trouvez pas dangereux de vous garer dans ce genre de rue ?

— Pas si on est armé, répondit-elle d'une voix malgré tout chevrotante.

— Vous êtes de la police ?

— Quoi ? répondit Toni en fouillant dans son sac, comme à la recherche de son revolver.

— Il faut avoir un permis pour porter une arme.

— Ah, oui, bien sûr. Je suis officier de police. »

L'homme sourit. C'était un sourire franc et sincère. « Je ne crois pas. Je crois que vous avez peur, plutôt. Pourtant il n'y a pas de raison. Je vous ai aperçue au bar. » Toni plissa les paupières dans la demi-lumière, et le reconnut. « J'étais en train de me décider à venir vous dire un mot, lorsque cette blonde m'a accosté. » Il hocha la tête en souriant. « Elle devait se prendre pour Dolly Parton, ou Madonna... »

Toni se détendit légèrement. « Ça doit être mal éclairé chez elle, dans ce cas-là.

— Peut-être qu'elle s'habille devant une chandelle.

— Ça doit être ça, plutôt. Dites-moi, qu'est-ce que vous faites, planqué dans l'allée ?

— Je ne me cache pas. La nuit est belle, claire, et j'avais envie de fumer une cigarette, c'est tout. Pour être plus honnête, je jetais quand même un coup d'œil à la porte. Je m'étais dit que, si la blonde partait, je rentrerais engager la conversation avec vous. Je n'aurais peut-être pas eu la chance que vous le fassiez vous-même. »

Toni rougit légèrement de plaisir, ce qui ne se vit pas dans l'obscurité. « Je vois. Et pourquoi vouliez-vous me parler ?

— Vous vous êtes vue dans un miroir, je pense ? Je me demandais ce que vous faisiez dans un endroit pareil. Les autres y sont plutôt à leur place, mais vous… On aurait dit une rose au milieu des chardons. »

Toni était ravie. « Une rose au milieu des chardons ?

— Oui. Vous seriez plus à votre place au TriBeCa Bar and Grill.

— C'est quoi, ça ?

— Un restaurant à Manhattan, qui appartient à Robert De Niro.

— *J'adore* Robert De Niro », dit-elle, sans pouvoir se rappeler en revanche un seul de ses films. Mais Toni avait lu qu'il avait beaucoup de classe. « Vous y êtes allé, vous ?

— Oui, plusieurs fois.

— Vous le connaissez ?

— Non, je lui ai dit bonjour, comme tout le monde. En fait, il a plutôt l'air timide.

— C'est génial, d'avoir autant de succès. » Mince, ce type n'est pas mal, se disait Toni. Il devait avoir quelques bonnes années de plus qu'elle — sans doute une dizaine — et il était difficile de voir comment il était bâti sous son épais imperméable, mais il avait de beaux cheveux bruns et un sourire agréable. Avec quelque chose d'encore adolescent, ce qui le rendait sexy. Il lui rappelait quelqu'un. Si elle avait pu voir ses yeux, elle se serait souvenue de qui, mais il portait de petites lunettes d'écaille aux verres teintés. « Vous habitez New York ?

— Non, mais je voyage beaucoup.

— Vous êtes représentant ? »

Il rit. « Dieu merci, non. Je n'ai pas la bosse du commerce. Je suis médecin — pédiatre, en fait — mais mes parents ont disparu l'année dernière et m'ont laissé de l'argent. Alors j'ai décidé de prendre un peu de temps pour moi et de profiter de la vie. C'est dur, parfois, de voir des enfants malades chaque jour. »

Un *docteur*, s'écria intérieurement Toni. Bien de sa personne et suffisamment riche. Maintenant qu'elle le savait mener une existence aisée, elle décida qu'il était vraiment beau garçon, avec ou sans lunettes. Mais était-il marié ? Elle jeta un coup d'œil rapide vers ses mains. Elles étaient gantées. L'homme saisit le regard de la jeune femme et dit : « Je suis divorcé. Depuis deux ans. Vous êtes mariée ? »

Elle pensa répondre également qu'elle était

divorcée, mais se contenta de : « Pas encore. Séparée, pour l'instant.

— Ah. J'en suis navré pour vous.

— Il n'y a pas de quoi. C'était une erreur dès le départ. » Elle eut subitement envie de partir n'importe où et de parler des heures avec l'inconnu. Mais il fallait penser à Daryl, et elle revint à la triste réalité.

« Bon, je dois y aller, maintenant.

— Vous devez geler sur place.

— Oui, il fait un froid de canard. Mais ça me ferait vraiment plaisir de discuter. »

Il sourit. « Oui, moi aussi. Y a-t-il un endroit que vous aimiez, par ici ?

— Hum, oui, un restaurant. Ça s'appelle le Fifth Quarter », répondit-elle en hésitant. C'était risqué de lui donner rendez-vous dans un endroit fréquenté, mais aucun des amis de Daryl n'allait jamais au Fifth Quarter. « C'est en face de la galerie marchande.

— Oui, je sais où c'est. C'est un très bon restaurant. Quel soir ?

— Demain, pourquoi pas ?

— D'accord. Vers huit heures ? »

Toni dînait généralement sur un plateau, en regardant à la télévision l'émission de *Geraldo* à dix-sept heures trente. Elle serait morte de faim à huit heures du soir, mais elle répondit : « Entendu. Parfait. » Elle pourrait toujours avaler un sandwich léger en s'habillant après son bain. Pas question d'avoir le ventre gonflé sous la robe verte serrée qu'elle avait déjà décidé de porter.

« Super, dit-il avec enthousiasme. À demain, alors.

— OK, à demain. » Elle chercha quelque chose de spirituel à dire mais, comme elle ne l'était pas, elle se contenta d'afficher un sourire radieux.

Elle inséra de nouveau sa clé dans la serrure et se rendit compte qu'elle ne lui avait pas demandé son nom. « Au fait, dit-elle en se retournant. Je m'appelle Toni Lee. Et vous, c'est... »

Une corde s'enroula autour de son cou et la tira si brutalement que ses talons quittèrent le sol. Elle eut à peine le temps de lâcher un petit cri. Le cordon était déjà solidement ancré dans sa gorge. Toni Lee se débattit en tentant vainement d'agripper l'ignoble chose qui l'étouffait, si profondément enfoncée sous la peau que même ses longs ongles ne parvenaient pas à trouver prise. Elle lança ses bras par-dessus ses épaules, mais l'homme réussit à les esquiver. Ses mains retombèrent progressivement le long des manches de l'agresseur. Une masse vint soudain s'abattre sur sa tempe. La douleur jaillit comme un éclair blanc au fond de ses yeux. Elle leva une main vers son front, mais un nouveau coup lui fracassait la joue. Elle entendit sa pommette se briser.

Tandis qu'elle chancelait, l'homme saisit ses deux mains et les attacha étroitement dans son dos. Puis, la traînant derrière lui, il l'éloigna de la voiture. Les cordes vocales de Toni émettaient toutes sortes de bruits étranges. Ses poumons s'efforçaient de respirer, cependant l'air ne venait plus.

Sa vision se troubla. Elle eut un instant l'impression de se retrouver dans la caravane où elle vivait avec Daryl. Elle s'entendit même vaguement prononcer son nom. Mais le grand Daryl n'était pas là pour flanquer une raclée à l'agresseur. Grossier et possessif, lui n'avait jamais levé la main sur elle. Il sera furieux contre moi, pensa Toni. Il comprendra très bien pourquoi j'étais sortie. Et, malgré l'abominable douleur physique qui la torturait, elle sentit une tristesse indicible s'emparer d'elle. Ses yeux se remplirent brusquement de larmes à la pensée de cet homme qu'elle n'avait jusque-là pas cru aimer. C'était bien le moment de comprendre à quel point cet imbécile comptait. Daryl, aide-moi, au secours, criait-elle sans voix. Oh, Daryl, s'il te plaît, je t'en supplie, *au secours*.

Elle se débattait encore faiblement quand l'homme, après l'avoir traînée derrière le camion de livraison, lui administra un dernier coup qui lui fracassa la mâchoire. Sans voix, agonisante, elle sentit qu'il lui ouvrait la bouche pour y fourrer elle ne savait quoi — des brindilles ? des feuilles ? Puis il remonta sa jupe et commença à déchirer ses collants. Je regrette, Daryl, pensa-t-elle sourdement. Mais son esprit refusait de supporter plus longtemps l'indicible douleur, ni les atrocités qui allaient suivre. Je regrette, Daryl, comme je regrette.

*

Tournant une nouvelle page de sa version de poche de l'autobiographie de Michael Caine, Deborah regarda son réveil. Il était une heure vingt du matin. Elle soupira et reposa le livre. Elle était arrivée à un tel point de fatigue que les mots finissaient par danser devant ses yeux. Elle avait beau s'être levée très tôt le matin précédent, quand Scarlett l'avait réveillée en trouvant Mme Dillman inanimée dans son jardin, elle n'arrivait toujours pas à trouver le sommeil. L'image du corps maigrelet de la vieille dame allongée sur le sol lui revenait sans cesse en mémoire. Elle ne pouvait s'empêcher non plus de repenser à la raison pour laquelle Steve avait pratiquement soldé leur compte en banque. La vie simple et tranquille de la jeune femme était bouleversée depuis la soirée de dimanche, et son esprit était saturé par une avalanche d'événements sans cesse plus inquiétants — quand ils n'étaient pas simplement horrifiants. Deborah se demanda combien de temps encore elle saurait supporter une telle situation.

Elle repoussa ses couvertures d'un geste impatient et enfila sa robe de chambre. Peut-être une tasse de lait chaud lui ferait-elle du bien. Avec une dose généreuse de bourbon. Je vais sortir de cette histoire parfaitement alcoolique, pensa-t-elle. Ce qui donnerait une fois de plus l'occasion à mon père de réprouver mon mariage. Évidemment, si j'avais épousé Billy Ray Soames, je n'aurais sans doute jamais bu un seul verre d'alcool.

La porte de la chambre d'amis était restée ouverte. Deborah espéra que Barbara et Evan passaient au moins une bonne soirée ensemble. Il lui avait paru si tendu. Evan était certainement prêt à apporter son aide, mais sans doute n'appréciait-il pas que Barbara reste trop longtemps éloignée de lui. Barbara semblait s'en lasser aussi. Après tout, elle continuait de travailler ses dix heures quotidiennes, et la maison, en ce moment, ne se prêtait sûrement pas à la détente.

Deborah inspecta d'un regard la chambre des enfants. Tous deux étaient profondément endormis. Scarlett ouvrit à peine un œil ensommeillé.

En ajustant sa robe de chambre, elle s'engagea silencieusement dans l'escalier. Une semaine plus tôt, elle ne se serait jamais imaginée en train de déambuler chez elle, en chemise de nuit, alors qu'un quasi-inconnu dormait dans le salon. Une telle pudeur lui paraissait maintenant idiote.

Joe avait refusé de prendre la chambre d'amis en l'absence de Barbara. « Il vaut mieux que je reste en bas, avait-il expliqué. Si quelqu'un rôde autour de la maison, je serai obligé de l'entendre. » Cependant, en passant devant le salon, elle vit que le canapé était vide. Il semblait d'ailleurs que Joe ne s'était pas couché. Elle arriva à la cuisine où elle s'attendait à le trouver devant une tasse de café. Il n'y était pas non plus. Joe avait-il entendu un bruit et était-il sorti ?

Ses mains commencèrent à trembler. Inspirant profondément, elle se dirigea vers la porte du jardin. Elle était solidement verrouillée, comme celle du garage. Deborah regarda par la fenêtre et ne remarqua rien. Elle alla ensuite vers la porte de l'entrée. Qui était elle aussi parfaitement fermée. Poussant légèrement les rideaux, elle regarda dans la rue. Celle-ci paraissait vide, bien qu'un véhicule de police dût être stationné à proximité. Deborah ne se sentit pourtant pas plus en sécurité.

Où était Joe ? Pas question de sortir pour s'en rendre compte, mais impossible non plus de revenir au lit comme si de rien n'était. Elle retourna à la cuisine où elle versa du lait dans une tasse, avant de la placer dans le four à micro-ondes. Non qu'elle en ait encore envie, mais cela occuperait ses mains.

La sonnerie du four retentit exactement en même temps que celle du téléphone. En décrochant celui de la cuisine, Deborah se préparait à entendre la voix rauque et familière de Joe. Ce fut celle d'un autre homme, très distordue, qui demanda : « Deborah ? »

Elle hésita : « Oui ?

— J'aime la beauté de ton visage, ce soir. »

Elle garda le combiné un instant à l'oreille, puis raccrocha sèchement. Une nouvelle vague de panique la submergea. Ses yeux vinrent fixer la fenêtre au-dessus de l'évier. Le store était baissé. Personne ne pouvait la voir. Elle eut cependant l'impression qu'un millier d'yeux l'épiaient.

Fragile et vulnérable, elle croisa ses bras sur sa poitrine. Que faire ? Partir à la recherche de la voiture de police ? L'idée de courir dans la nuit la terrifia. Quelqu'un d'autre, quelque part, surveillait ses mouvements.

« Et peut-être pas », dit-elle soudain à haute voix, juste pour briser le silence. « Il n'a rien dit de spécial sur mon apparence. Rien ne prouve qu'il m'ait vue. » Appeler la police ne servirait à rien. On lui dirait qu'elle venait d'être victime d'une mauvaise plaisanterie, c'est tout. Et si le téléphone était bien sur écoute, l'appel avait duré moins de trente secondes, pas assez longtemps pour qu'on puisse l'identifier. Elle avait été bête de raccrocher si vite.

Elle ressortit la tasse du four. Le lait avait tiédi. Sans prendre la peine de le réchauffer, elle ouvrit la porte du placard et saisit la bouteille de bourbon, dont elle versa une mesure dans sa tasse. Puis elle s'assit à la table, les mains toujours tremblantes, et ne put s'empêcher de regarder le téléphone. Comme par hasard, il se remit à sonner.

Elle resta immobile, hésitante. Valait-il mieux ne pas répondre ? Ou décrocher et tenter de maintenir l'interlocuteur en ligne le plus longtemps possible ? Elle ferma les yeux. La sonnerie continuait de retentir.

Elle se leva et décrocha d'un geste : « Allô ?

— Tu m'as l'air bien nerveuse, dit la même voix. On se fait du souci parce qu'on est toute seule avec les enfants ?

— Qui est à l'appareil ? » répondit-elle sans réfléchir. Combien de fois s'était-elle moquée des acteurs qui, dans un film de série B, posaient la même question idiote ? C'était instinctif, voilà tout.

« Un de tes admirateurs. »

Il raccrocha.

Deborah recula en tremblant jusqu'à la table, déjà prête à entendre le téléphone se remettre à sonner. Dix minutes passèrent. Elle s'assit et avala sa tasse de lait sans en sentir le goût. Elle se demanda si elle n'allait pas se servir une nouvelle rasade de bourbon, mais elle eut peur de seulement se lever. Ce qui s'appelle être paralysée, pensa-t-elle.

La poignée de la porte du jardin grinça. Deborah retint son souffle et se figea, collée à son siège. Ses yeux bondirent vers la poignée. La porte craqua. Puis s'ouvrit entièrement.

Joe entra. Elle lâcha un méchant soupir. « Mais où étiez-vous ? fit-elle d'une voix cassée par l'émotion.

— Dehors.

— Je m'en doute, lâcha-t-elle, la terreur cédant brusquement à la colère. *Où ça* dehors ? »

Joe referma la porte derrière lui et la verrouilla soigneusement. « J'ai cru voir de la lumière dans la maison des O'Donnell. Alors je suis allé voir.

— Et alors ?

— Alors, rien. Tout était éteint et je ne suis même pas sûr d'avoir vu quoi que ce soit. C'était peut-être un reflet, quelque part.

— On a appelé deux fois pendant que vous n'étiez pas là. C'était un homme. Il a dit qu'il me trouvait adorable, ce soir. »

Joe fronça les sourcils et elle vit son regard s'attarder sur elle, ses cheveux ébouriffés et la robe de chambre chiffonnée. « Qu'est-ce qu'il voulait dire, par là ? »

Malgré la terreur qui s'était emparée d'elle quelques instants plus tôt, Deborah ne put retenir un sourire. « Vous n'avez pas l'air d'être de son avis.

— Excusez-moi. Je ne voulais pas insinuer que…

— Ce n'est pas grave. Croyez-le ou pas, mais j'ai aussi de jolies choses à mettre. Ce n'est pas le moment, je sais, mais je ne ressemble pas toujours à… » Elle s'interrompit et se passa une main sur le front. « Mais qu'est-ce que je raconte ? Enfin, bref, il a appelé la première fois il doit y avoir un quart d'heure. Et j'ai commis l'erreur de lui raccrocher au nez. »

Sans enlever encore son blouson, il s'assit devant elle. « Sa voix était familière ?

— Non. Elle était rauque, masquée, distordue. La deuxième fois, il a dit que je semblais nerveuse et que je devais être inquiète, toute seule avec les enfants. Il s'est présenté comme un de mes admirateurs. » Deborah marqua un temps. « Joe, vous croyez qu'il aurait pu me voir à l'intérieur ?

— Non, répondit-il sérieusement. Mais comme il devait savoir que vous étiez seule, il a choisi ce moment-là pour vous effrayer. Je ne pense pas qu'il ait pu vous voir, pourtant je mettrais ma main au feu qu'il était en train d'observer la maison.

— Mais d'où ?

— Forcément à proximité d'un téléphone pour pouvoir vous appeler avant que je ne sois rentré. Votre maison est la seule qui soit actuellement occupée dans l'impasse. Il pouvait se trouver dans l'une des autres. À moins qu'il ne se soit servi d'un téléphone portable, il n'est peut-être pas loin. De toute façon, on arrive à identifier tous les appels, maintenant. Je tâcherai de voir ça demain. »

Ce que fit Joe. L'homme avait téléphoné depuis la cabine d'une station-service située à une centaine de mètres. Aucun des employés ne se rappelait avoir vu personne.

C'est bien ce que je pensais, remarqua amèrement Deborah. La police a beau disposer d'un arsenal technologique, personne n'est capable de m'aider. Je reste finalement toute seule dans ce cauchemar.

Plus tard dans la nuit, alors qu'elle était enfin revenue se coucher — avec une couverture supplémentaire, tant elle avait froid — elle se demanda pourquoi Joe était sorti par la porte de la cuisine au lieu de celle de l'entrée, et comment il s'était procuré la clé.

QUINZE

Le lendemain, Deborah se réveilla très tôt. Elle trouva Joe en bas devant une tasse de café. « Quand est-ce que vous dormez ? demanda-t-elle. Vous êtes toujours debout avant moi.

— Je me levais à cinq heures du matin, au ranch, quand j'étais petit.

— Pour traire les vaches ? »

Il sourit. « On élevait des chevaux et on cultivait du coton.

— Ah oui, excusez-moi. Vous me l'avez dit, je me souviens. Je n'ai pas ma tête à moi, en ce moment. » Elle se servit une tasse de café et s'assit. « Vous éleviez des pur-sang ?

— Des chevaux de course. Vous en avez déjà monté ?

— Je ne suis jamais allée à cheval. J'ai même peur de regarder le Kentucky Derby, au cas où un des chevaux tomberait et qu'il faudrait l'achever à cause d'une jambe cassée.

— On n'achève plus les chevaux aujourd'hui.

— Tant mieux. C'est un si bel animal, et je trouvais ça stupide. »

Joe sourit. « Vous plairiez à ma mère. Vous lui ressemblez.

— Vraiment ? Parlez-moi d'elle. » Parlez-moi de tout, en fait, sauf de Steve, pensait-elle.

Joe recula sur son siège. « Elle s'appelle Amanda. Elle a grandi au Massachusetts. Mon père est mort quand j'avais neuf ans et tout le monde s'attendait à ce qu'elle vende. Comme j'ai un frère et deux sœurs plus jeunes, les gens pensaient qu'elle n'arriverait pas en même temps à nous élever et à s'occuper du ranch. Qu'elle plierait bagages et repartirait au Massachusetts. Mais elle a appris. C'était dur au début. On a dû céder une centaine d'hectares. Mais il nous en reste à peu près autant et l'exploitation est toujours rentable.

— Ça a dû la changer de vivre au Texas.

— C'est peu dire. Elle est issue de la bonne bourgeoisie de Boston, du beau monde, quoi. Vous la croiriez sortie d'un roman de Henry James. » Deborah contint sa surprise. Apparemment la culture de Joe ne se limitait pas aux romans de gare. « Ses parents auraient préféré qu'elle revienne, d'ailleurs, pour servir le thé dans les galas de charité. Quand ils l'ont vue garder sa vie de cow-boy, ils ont même refusé de l'aider financièrement.

— Elle doit avoir un sacré caractère. »

Le fierté se lisait dans ses yeux : « Oui, mais ça ne se voit pas. Elle en a étonné plus d'un d'ailleurs, car elle fait toujours très lady, avec ses bonnes manières et sa voix douce, et c'est une jolie femme. Un jour que mon frère Bob avait une dizaine d'années, il est parti tout seul à cheval et il est tombé. Seulement il s'est fait mordre par un serpent à sonnettes. Il est rentré à toute vitesse à la maison. On avait du monde, ce jour-là. Quand il est arrivé, il s'est écroulé par terre en criant : "M'man, je crois que je vais mourir." Les jolies dames et les beaux messieurs se sont mis à pousser des hurlements et à courir dans tous les sens. Maman, elle, n'a pas paniqué. Elle a envoyé quelqu'un prévenir le médecin. Pendant ce temps, elle s'est munie d'un couteau pour inciser la jambe de mon frère et elle a sucé le venin.

— Et Bob s'en est sorti.

— Parfaitement. Il vit toujours au ranch, il s'est marié et il a une petite fille.

— C'est vraiment quelqu'un, votre mère. Je crois qu'à sa place, je me serais mise à hurler avec les autres. »

Joe la regarda un instant. « Je ne crois pas. Vous avez plus de cran que vous ne croyez, Deborah.

— Ça ne s'est pas vu hier soir.

— C'est assez déstabilisant, ce genre de coup de fil. Je suis navré de ne pas avoir été là. »

Deborah passait un doigt nerveux sur le bord de sa tasse. « Joe, où avez-vous pris la clé de la porte du jardin ?

— Sur le crochet à côté de celle-ci, répondit-il nonchalamment. Vous aviez oublié son existence ?

— Oui, reconnut-elle, embarrassée.

— Et vous m'avez soupçonné de je ne sais quoi ?

— En quelque sorte. Excusez-moi.

— Il n'y a pas de quoi. Je me serais sans doute posé les mêmes questions, à votre place.

— Vous dites cela pour me rassurer.

— Evan Kincaid serait le premier à vous dire que je ne cherche jamais à rassurer personne. Je dis seulement ce que je pense, et je pense que vous avez du courage.

— Merci pour le compliment », répondit-elle en se sentant à la fois immature et en colère contre elle-même. Elle changea aussitôt de sujet. « J'ai toujours voulu vous demander pourquoi vous aviez cette cicatrice au front ? »

Il posa une main au-dessus de son sourcil. « Moi aussi, ça m'est arrivé de tomber de cheval. Au même âge, d'ailleurs. Et sur le seul rocher dans un rayon d'un kilomètre. J'en ai tiré une sorte de fierté, en fait, parce que ça me donnait l'air plus dur.

— Pourquoi n'êtes-vous pas resté auprès de votre famille ? »

Joe afficha un sourire mi-figue, mi-raisin. « C'est mon grand-père paternel qui a acheté le ranch. Avant de devenir propriétaire, il était Texas Ranger. J'ai grandi en écoutant le récit de ses aventures. Vous connaissez la devise des Texas Rangers ? » Deborah fit non de la tête. « "Une émeute, un Ranger !" J'ai voulu y croire. Devenir un genre de cavalier solitaire au service de la justice. » Il émit un petit rire amer. « Au lieu de ça, je me suis retrouvé dans les bras d'une call-girl et j'ai dû quitter la police, pratiquement déshonoré. »

Elle l'étudia un instant. « Joe, vous pouvez me raconter ce qui s'est passé avec cette fille, à Houston ?

— Steve ne vous en a pas parlé ?

— Juste un mot ou deux, si. Il m'a dit que, de toute façon, vous étiez blanchi. »

Sans la regarder, il prit son temps et commença : « Quand j'étais encore au lycée, j'étais amoureux fou de cette fille qui s'appelait Lisa. On est sortis ensemble deux ans. Jusqu'au jour où ses parents ont divorcé et il a fallu qu'elle s'en aille. Nous nous sommes écrit un moment, mais vous savez comment c'est, ça ne dure pas. Dix ans plus tard, je la croise dans la rue, à Houston. Nous avons recommencé à nous voir. Elle prétendait travailler pour une banque, aux investissements.

— Et vous l'avez crue.

— Je n'avais pas de raison de douter d'elle. Je la savais intelligente, et tout semblait lui réussir. Elle s'habillait bien, son appartement était superbe. » Sourire pincé. « Mais au bout de quelques semaines, je me suis rendu compte qu'elle ne parlait jamais de son travail. Sans compter qu'il n'y avait chez elle ni ordinateur, ni dossier, ni rien. Elle n'avait même pas de cartable, ou d'attaché-case. Elle avait constamment des sautes d'humeur, des périodes d'hyperactivité, et ensuite de déprime. Je me suis demandé si elle ne se droguait pas.

— Là, vous vous êtes posé des questions. »

Il hocha la tête. « Il ne m'a pas fallu longtemps pour découvrir quel genre d'affaires elle menait. J'aurais dû prendre mes distances, mais j'étais amoureux. J'ai tenté de lui faire changer de vie. Je lui ai même proposé de payer une partie de ses études, si elle se décidait à en faire. Elle m'a ri au nez. J'ai poursuivi ma petite enquête et j'ai compris qu'un de ses clients n'était autre qu'un gros bonnet de la drogue qu'on recherchait depuis des mois. Je ne travaillais pas sur cette affaire, mais je me suis aperçu que Lisa me faisait souvent parler des dossiers. À ce stade-là, je n'avais plus le choix : il fallait vraiment la quitter. Mais je me suis entêté et j'ai voulu jouer les sauveurs. J'ai essayé de la forcer à ne plus voir ce type — il était vraiment trop dangereux. Du coup, elle a commencé à devenir agressive. Quand j'y repense maintenant, je pense qu'elle se savait déjà acculée. Le type exigeait qu'elle lui donne des informations, faute de quoi… pas de drogue ou pire. Et elle s'est mise à raconter autour d'elle que je la menaçais. Peut-être d'ailleurs avait-elle vraiment peur que je me serve d'elle comme elle le faisait de moi, après tout. Ou que je commence à en savoir trop. Je me suis finalement décidé à la quitter. Je ne l'avais plus vue depuis quinze jours lorsqu'on l'a retrouvée avec la gorge tranchée. »

Joe avait parlé d'une voix calme et froide, cependant ses mains tremblèrent un instant.

« Ils ont découvert l'assassin ? demanda Deborah.

— Ils ont commencé par me passer un savon — que je devais mériter sans doute — et ils ont fini par arrêter un pauvre type qui passait son temps à lui courir après. Mais je suis bien certain que ce n'est pas lui. Elle s'est fait tuer par l'autre, parce qu'elle prenait trop de cocaïne et qu'elle parlait trop.

— Celui-là, on ne l'a pas arrêté.

— Non, malheureusement. Le type était malin, il a brouillé les pistes. À l'heure qu'il est, il court toujours. Seulement moi, j'ai dû rendre mon tablier et sortir par la petite porte. Une histoire stupide, en somme, tragique et stupide.

— Pourquoi stupide ?

— Parce que Lisa a vécu une vie idiote. Et que j'ai été obligé de démissionner comme un imbécile. Enfin, c'est la vie.

— Je suis navrée pour vous.

— Oui, moi aussi. »

Suivit un silence embarrassé. « Vous avez pris le journal ? dit finalement Deborah pour dissiper le malaise.

— Non, je vais aller le chercher. »

Il se leva et sortit par la porte d'entrée, tandis qu'elle se servait une seconde tasse de café. Elle était assise lorsqu'il revint — blême, le regard plein d'appréhension.

« Qu'est-ce qu'il y a ? s'écria la jeune femme. Ils ont retrouvé Steve ?

— Non. Ils vous l'auraient dit avant que ça soit imprimé.

— Alors, c'est quoi ?

— L'étrangleur a fait une nouvelle victime. Cette fois ici, à Charleston. »

*

Deborah le regardait fixement, comme si en fait elle ne voyait plus rien. « Lisez-moi l'article. »

Joe s'exécuta. Deborah tressaillait à chaque nouveau détail. La victime s'appelait Toni Lee Morris. Vingt-deux ans, mariée, sans enfants. Elle avait été agressée dans une ruelle à proximité d'un bar — violée, battue, étranglée. Moins résistante que Sally Yates, elle avait été trouvée morte vers une heure du matin par un ivrogne qui avait trébuché sur son cadavre. Boucles d'oreilles arrachées. Le médecin légiste situait l'heure du décès entre vingt-trois heures et minuit. Selon les clients du bar, c'était une habituée et elle avait quitté les lieux vers vingt-trois heures trente. Elle laissait derrière elle un mari, Daryl, et une sœur, Brenda Johnson.

Joe leva les yeux. « Ce n'est pas conforme à ses habitudes. Il a toujours laissé passer plusieurs mois avant d'agir à nouveau. Et c'était chaque fois un samedi soir.

— Tandis que là, c'était un soir de semaine et son dernier meurtre date d'il y a quinze jours. Cela veut-il dire quelque chose ?

— Peut-être. Les tueurs en série sont toujours extrêmement prudents au début. Ensuite, ils prennent de l'assurance et agissent souvent de façon moins préméditée. Ils s'emballent.

— Ils s'emballent ?

— Ils tuent. Plus souvent.

— Pourquoi ? Parce qu'ils veulent se faire prendre ? »

Joe sourit tristement. « C'est peut-être ce que recherchent certains de ces types, mais pas celui-là, Deborah. L'étrangleur est un psychopathe, et ces gens-là n'ont pas de conscience. En revanche, il peut perdre le contrôle de lui-même. »

Steve, perdre la tête et tuer toutes les jeunes femmes qu'il trouve au coin de la rue ? Déchirer leurs lobes d'oreilles, briser leurs pommettes, avant de les violer et de les étrangler ?

Deborah eut envie de vomir. Elle inspira profondément et reprit ses esprits. « C'est Lieber, dit-elle férocement. Lieber est à Charleston et c'est *lui* qui a assassiné cette fille, hier soir. Pas Steve. Pas Steve ! »

*

Deux fois encore ce matin-là elle lut l'article du journal, pour ressentir le même effroi à l'idée que l'étrangleur des ruelles ait pu frapper à Charleston. Joe finit par lui retirer le journal des mains. « Arrêtez, Deborah. Ce n'est pas parce que vous connaîtrez ces lignes par cœur que vous changerez quoi que ce soit. Ça ne sert à rien de vous remuer les sangs. Je regrette presque de vous l'avoir donné.

— Parce que vous pensez peut-être que je n'aurais pas fini par le trouver ? De toute façon, j'ai besoin de savoir ce qui se passe. Et d'en savoir le plus possible. Si quelqu'un est au centre de cette sinistre histoire, c'est bien moi. Quand je pense au FBI qui me soupçonne en plus de protéger mon mari. »

Joe ne répondit pas, et elle savait qu'il n'avait rien à ajouter. Peut-être Wylie n'était-il pas le seul à penser que Steve était l'étrangleur des ruelles, et que Joe commençait lui aussi à se poser la question.

Elle était en train de terminer la vaisselle du déjeuner lorsque le téléphone sonna. Elle décrocha, la main encore mouillée.

« Est-ce que c'est Deborah ? fit une voix féminine, pointue et impérieuse.

— Deborah Robinson, oui, répondit-elle en craignant qu'il ne s'agisse d'une journaliste.

— C'est Lorna Robinson à l'appareil, la mère de Steve. »

Deborah se demandait depuis un moment comment elle réagirait si les parents de Steve l'appelaient brusquement. Maintenant elle savait : elle était sans voix.

« Vous êtes toujours là ? reprit sa belle-mère.

— Oui. Bonjour, madame Robinson.

— Bonjour, oui. Je suis à Hawaii avec mon mari. Des amis viennent de nous apprendre, hier soir, que Steve était porté disparu depuis plusieurs jours. Pourquoi ne nous avez-vous pas prévenus ?

— J'ai bien essayé de vous appeler, répondit-elle, mais vous étiez partis visiter les îles, m'a-t-on dit.

— Vous auriez pu laisser un message.

— Madame Robinson, j'ai pensé que ces choses-là se disent de vive voix et qu'on ne laisse pas ce genre de message. » Deborah ne put se retenir d'ajouter : « Je ne m'attendais pas, d'ailleurs, à ce que vous soyez si inquiète.

— Trop aimable de votre part. »

Cela fait à peine deux minutes que nous sommes au téléphone et les noms d'oiseaux vont voler, pensa-t-elle. Il fallait reprendre le contrôle de cette conversation. « C'est une situation vraiment affreuse, madame Robinson. Nous n'avons pas la moindre idée de l'endroit où Steve peut se trouver. Et il faut s'attendre au pire, avec Artie Lieber qui traîne en ville depuis quelques jours.

— Lieber ! Bon sang, j'en étais sûre !

— Comme je viens de vous le dire, il est ici. Ou du moins il l'était quand Steve a disparu.

— Je vois. La police n'a retrouvé ni l'un ni l'autre ?

— Non. »

L'anxiété rendit la voix de l'interlocutrice plus déplaisante encore : « Vous ne pensez pas qu'il puisse s'en prendre encore à Emily, dites-moi ? »

S'il était normal qu'une mère s'inquiète pour sa fille, Deborah sentit cependant sa colère redoubler. Mme Robinson paraissait plus préoccupée par Emily, somme toute à l'abri du danger derrière les murs de la maison de santé, que par l'absence de Steve à qui n'importe quoi avait pu arriver. « J'ai tout de suite téléphoné à Wheeling pour les avertir. Ils ont promis de prendre les mesures nécessaires pour assurer la sécurité d'Emily, et ils m'auraient appelée s'il s'était passé quelque chose.

— C'est toujours rassurant. De toute façon, nous allons rentrer dès que possible, avec mon mari. Malheureusement il vient d'attraper froid et il ne pourra sans doute pas prendre l'avion avant un ou deux jours. » Son ton était méprisant et elle semblait presque l'accuser. Deborah se surprit à plaindre son beau-père.

« Vous pourriez rentrer avant lui ? suggéra-t-elle.

— Mais vous n'y pensez pas, répondit sèchement l'autre. Mon mari a besoin de moi. »

Votre fils a disparu, il est peut-être mort, mais vous ne bougez pas parce que je viens de vous dire qu'Emily est hors de danger et que rien d'autre n'importe.

« Vous m'appelez, n'est-ce pas, si on retrouve Steve ?

— Bien entendu.

— Et, Deborah, je compte sur vous pour ne rien dire aux journalistes. Cette famille a déjà assez souffert de voir son nom dans les journaux. »

Deborah comprit soudainement ce que signifiait voir rouge. Sa fureur était à cet instant devenue si intense qu'elle en était presque aveuglée. C'était bien le moment de se soucier de ce que pouvait dire la presse. « Je parlerai aux journaux si j'ai le sentiment que cela peut nous aider à retrouver Steve. »

Soupir à l'autre bout de la ligne. « Bien sûr, je ne peux pas vous empêcher, mais je suis la mère de Steve et j'ai le droit de vous le demander. » Deborah leva les yeux au ciel sans répondre. L'autre poursuivit : « Si je n'ai pas de vos nouvelles avant notre retour, je vous appellerai depuis Wheeling. Nous déciderons alors de ce qu'il faudra faire. »

Nous déciderons de ce qu'il faudra faire ? répéta mentalement Deborah. Dieu du ciel, que pouvait-on encore décider ? D'arrêter les recherches ?

Mme Robinson grommela un au revoir, et Deborah remarqua en raccrochant qu'elle n'avait pas pris de nouvelles de ses petits-enfants.

*

Linda Amato, infirmière diplômée d'État, consulta sa montre-bracelet et lâcha un profond soupir de soulagement. Dans quarante-cinq minutes elle pourrait enfin rentrer chez elle. Bien sûr, deux bonnes machines l'y attendaient si elle voulait que les enfants aient quelque chose de propre pour partir le lendemain à l'école. Et l'évier serait certainement encombré de vaisselle sale. À la limite, les assiettes pouvaient attendre le matin, mais alors elles seraient pleines de restes secs, pétrifiés. Non, il valait mieux tout laver aussitôt. Avec ça, elle pourrait s'estimer heureuse d'être au lit à minuit. Ces horaires flottants étaient exténuants, mais elle n'avait pas d'autre choix puisque la pension alimentaire des enfants était encore en retard.

Dieu merci, M. Havers dans la chambre 201 s'était calmé après son Valium, et Mme Weston avait enfin arrêté de demander qu'on la conduise aux toilettes toutes les dix minutes pour rien. Les couloirs de l'unité de soins intensifs venaient de s'imprégner d'un calme inquiétant. Curieux, pensa Linda, certaines nuits, le bruit et l'urgence ont de quoi vous rendre fou, mais lorsque le silence s'installe, fantomatique, le pire semble toujours à venir.

Elle ouvrit doucement la porte de la chambre de Sally Yates et se rapprocha de la forme immobile allongée sur le lit. Linda avait envie de pleurer chaque fois qu'elle regardait la jeune femme. Lorsque Sally avait pris son service d'infirmière six mois plus tôt à l'hôpital, Linda s'était trouvée en face de la plus jolie fille qu'elle avait jamais vue. Aujourd'hui sa mâchoire brisée était couverte de points de suture, le côté gauche de son visage était horriblement meurtri, défiguré par d'autres points à l'endroit où le maxillaire avait troué la peau. On lui avait à moitié rasé la tête autour de sa blessure au crâne, de sorte qu'une chevelure triste parait maintenant un énorme hématome. Enfin, ses bras n'avaient plus de couleur suite aux innombrables piqûres de sédatifs qu'on lui avait administrées. Un support à perfusion se dressait près du lit, et Sally portait un cathéter. Miraculeusement, son cou avait désenflé autour de la corde qu'ils avaient retrouvée nouée et elle avait pu rapidement se passer du respirateur. Les médecins affirmaient que le psychopathe n'avait pas réellement tenté de l'étrangler. En revanche, les coups portés au visage avaient bien été destinés à la tuer, et il s'en était fallu de peu.

On était maintenant sûr que l'agresseur était l'étrangleur des ruelles. Jamais événement plus odieux n'avait perturbé à ce point l'existence banale, souvent décevante, de Linda. La chose avait curieusement éveillé en elle une violence féroce qui l'avait surprise. Pour la première fois de sa vie, elle s'était sentie capable de tuer quelqu'un, froidement, sans remords. Au moins cette ordure avait pris soin d'enfiler un préservatif, et le risque d'une contamination du virus du sida était réduit. Saignant toutefois abondamment, la jeune femme avait pu être infectée par une autre voie.

La mère de Sally rapportait que la petite Amy demandait sans arrêt sa mère. Elle aurait eu plus de huit mois, on ne lui aurait de toute façon pas permis de lui rendre visite. Pour dire les choses ainsi, Sally n'était pas un spectacle pour un enfant, quel qu'en soit l'âge. Cependant Amy était en de bonnes mains. Son acerbe grand-mère avait la langue bien pendue, mais elle aimait profondément sa petite-fille et sa fille. Trop réservée pour pleurer ouvertement lorsqu'elle vit cette dernière, elle avait tout de même révélé d'un regard l'ampleur de sa détresse. En revanche, le mari de Sally était une autre affaire. Jack Yates avait fait irruption à l'hôpital le lendemain de l'agression et avait regardé sa femme d'un œil imbécile et buté pour ne poser qu'une question : « Elle va s'en sortir ?

— Je l'espère », répondit le Dr Healy. Linda était admirative devant celui-ci. Beau garçon, intelligent, jamais il n'élevait le ton auprès des infirmières, ce qui n'était pas le cas de la plupart de ses collègues. Tandis que Jack Yates continuait de fixer sa jeune épouse défigurée, comateuse, mais sans aucunement l'approcher, le Dr Healy ajouta avec compassion : « Je dois quand même vous le dire, monsieur Yates. Nous faisons tout ce qui est en notre pouvoir, cependant il est difficile de vraiment se prononcer. »

Yates braqua sur lui un regard froid. « On récolte ce qu'on sème, dit-il d'un ton solennel. Il faut être une traînée pour fréquenter ces bars. Si elle sort d'ici vivante, je demande le divorce. Et je vais vous dire autre chose, ne comptez pas sur moi pour payer la facture de l'hôpital. Vous enverrez tout ça à sa mère. Si elle l'avait un peu mieux élevée, Sally n'en serait pas là. »

Il partit à grands pas, sous le regard pour une fois furieux du médecin qui lâcha à haute voix : « Pauvre type. » Yates se raidit mais ne releva pas et continua sur sa lancée. Il ne revint jamais.

Linda hochait la tête de colère en se remémorant la scène. Elle se pencha au-dessus de Sally, leva son bras droit et lui prit le pouls. Elle réprima un cri quand la voix de la jeune femme rompit le triste silence. « Linda ?

— Mon Dieu, Sally ! » s'écria-t-elle dans un hoquet. Se penchant plus bas, elle examina son visage. « Sally, mais tu reviens à toi ? Peux-tu ouvrir les yeux, ma petite ? »

Pas de réponse. Sally restant parfaitement immobile, Linda se demanda si elle ne venait pas de rêver. Elle n'était cependant pas du genre à renoncer aussi facilement. Elle serra gentiment le bras inerte de Sally et reprit d'une voix douce : « Tu es vivante, ma jolie. Tu es à l'hôpital et tout le monde prend soin de toi. » À part ton crétin de mari, pensa-t-elle. « Sally, je t'en prie, dis quelque chose. »

Sally finit par entrouvrir l'œil droit. L'autre était encore trop enflé. « Amy ? »

Rayonnante, Linda leva les yeux : « Oh, merci mon Dieu ! » Elle regarda Sally. « C'est ta mère qui la garde. Elle va bien, et tu lui manques beaucoup. Ne t'en fais pas, personne ne laisse Jack s'en approcher », ajouta l'infirmière qui savait son amie inquiète des mauvais soins du père. « Écoute, Sally, tout ira bien, maintenant. Tu es vivante. »

Sally émit un soupir douloureux. « Quand ?

— Depuis quand tu es dans le coma ? Oh, quelques jours », répondit Linda, faussement désinvolte. Cela en faisait en réalité onze, mais la jeune femme aurait été terrifiée de l'apprendre. Un coma de plus de trois jours se révélait, de fait, souvent définitif.

Sally inspira avec la même difficulté. « Doigt ?

— Ton doigt ? répéta Linda avant de se souvenir de l'annulaire blessé de la jeune femme. On l'a recousu. Tu ne pourras sans doute plus t'en servir comme avant, mais ce n'est pas bien grave. Tu auras une petite cicatrice, c'est tout, conclut-elle presque gaie.

— Arrêté ? »

Linda se renfrogna. Elle avait tant envie de dire : « Oui, ils ont mis la main sur cette espèce de monstre », mais ce serait alors un vrai mensonge, pas un petit arrangement comme le précédent. Elle détestait mentir. « Non, ma chérie, pas encore. » Une vive angoisse transparut dans la jolie pupille de Sally. « Mais ça ne tardera pas. La police est en train de se mettre en quatre, et il paraît qu'il y a un témoin. » Sally braquant sur elle le même regard craintif, Linda ajouta : « Je vais te laisser une seconde pour appeler le docteur. Healy est de service, ce soir. Tu ne sais pas à quel point il s'est occupé de toi. Il va être fou de joie. »

La main de Sally serra celle de sa collègue. « Non ! Pas le docteur !

— Mais enfin, que dis-tu ? Bien sûr que si, il faut qu'il vienne te voir. »

Sally resserra encore son étreinte. « *Non !* » reprit-elle d'une voix rauque et sifflante, entre les points de suture qui maintenaient sa mâchoire. C'est maintenant la terreur qui se lisait sur son regard. « Pas arrêté.

— Oui, je t'ai dit qu'ils ne l'avaient pas arrêté. Seulement tu vas pouvoir renseigner la police. Tu les aideras à l'identifier, n'est-ce pas ?

— … ne sais pas. » Sally avait manifestement la

gorge sèche sous ses lèvres enflées. Linda versa un peu d'eau dans un gobelet, puis guida la paille vers sa bouche. Sally but de petites gorgées et se mit à tousser. L'infirmière posa le verre. « Enfin, il faudra quand même que tu essaies. De le reconnaître, je veux dire.

— *Non !* »

Linda eut un mouvement de recul, tant le ton était vif. « Mais pourquoi ? Je ne comprends pas.

— S'il croit que je peux...

— Que tu peux quoi ? »

Le visage meurtri de la jeune femme affichait une expression de complet désarroi. « Il court toujours. Il va revenir.

— Ah, dit lentement Linda. Mais tu es en sécurité, ici.

— Non !

— Ma petite, ce n'est pas Superman. Il y a du monde partout, ici.

— Écoute. »

Totalement perplexe, Linda la regardait. « Écoute quoi ? Il n'y a aucun bruit.

— *Personne.* »

Soudain elle comprit. Quelques instants plus tôt, elle s'était elle-même fait la remarque que le silence des couloirs avait quelque chose d'oppressant. Vrai, on aurait parfois cru que l'hôpital était désert. Jamais longtemps, bien sûr. Souvent aussi, les infirmières étaient très affairées dans les chambres des patients, ou occupées à remplir les nécessaires formulaires. C'était après tout possible, concevable, que l'on puisse s'introduire dans l'hôpital sans attirer l'attention.

« Que veux-tu que je fasse, alors ? demanda Linda aux prises avec un sentiment d'impuissance.

— Rien dire. Toujours coma.

— Oh, Sally, comment puis-je faire semblant ? Tu as besoin d'être vue par le médecin !

— Non, s'il apprend, tout le monde saura. Les journaux. Il court toujours. Il *viendra*. Linda, pour l'amour de moi. »

Oubliant un instant la main serrée autour de la sienne, Linda ferma les yeux. Ce n'était pas raisonnable de ne rien dire au Dr Healy. Pas raisonnable du tout. Pourtant elle aimait Sally comme une vraie petite sœur et elle avait tant souffert.

« D'accord, lâcha-t-elle finalement. Ça me gêne vraiment, mais je ne dis rien pour l'instant.

— Promis ?

— Promis », répéta Linda à contrecœur.

Une larme perla sur la paupière tuméfiée de la jeune femme. Elle semblait essoufflée, épuisée. « Merci.

— Ne me remercie pas, ma chérie. » Linda l'embrassa rapidement sur le front.

À peine quitté la chambre, elle se sentit la proie d'un terrible dilemme. Linda se savait dénuée d'imagination, c'est pourquoi elle respectait toujours scrupuleusement le règlement. Pas d'improvisation, pas d'opinion personnelle, elle manquait bien trop d'assurance pour cela. Et voilà qu'elle venait de promettre de se taire à propos d'une patiente en situation critique. Non, il ne fallait pas. Le mensonge se retournerait forcément contre elle. Elle pourrait même en perdre son travail. Pis encore, Sally pourrait en pâtir. Linda croisait et décroisait nerveusement les doigts. Il valait peut-être mieux oublier cette promesse. D'ailleurs, la petite devait être extrêmement perturbée. Au sortir d'un coma de onze jours, provoqué par une agression d'une rare violence, elle ne pouvait pas jouir de toutes ses facultés. Et elle mettait sa santé en péril, sa *vie*, à cause de quelque angoisse paranoïaque.

Quelque part dans l'esprit de Linda, une voix s'éleva, une voix qu'elle s'efforçait le plus souvent d'ignorer, parce qu'elle semblait *toujours* apporter avec elle son lot de complications et de problèmes insolubles. Cette voix disait : « Non, Sally n'est pas la victime de sa paranoïa. Et si tu renies ta promesse, c'est toi Linda, et personne d'autre, qui mets sa vie en danger. » Elle frissonna en se rappelant les mots torturés de la jeune femme : « Il court toujours. »

SEIZE

D'heure en heure les enfants continuaient de demander des nouvelles de leur père, pourtant Deborah venait de remarquer que l'espoir s'était pratiquement évanoui de leur regard. Elle semblait elle-même avoir finalement accepté l'idée que Steve ne reviendrait plus, et cette conclusion l'accablait d'une tristesse insupportable. Elle aurait voulu rassurer Brian et Kim, leur dire que papa, bien sûr, serait là pour Noël, mais cela aurait été plus cruel encore. Si Steve ne se montrait pas — ce qui s'affirmait peu à peu comme une certitude — ils seraient dévastés. Enfin, Deborah souffrait d'une sensation de froid, constante, revêche, dont rien ne venait à bout, ni le chauffage à plein régime ni ses innombrables pull-overs.

Elle était en train de régler le thermostat une nouvelle fois lorsqu'on sonna à la porte. Elle se raidit et hésita. Joe était parti deux heures plus tôt prendre des affaires propres et consulter son répondeur. Dehors c'était la tempête, et Deborah avait sursauté à plusieurs reprises au bruit des branches nues des forsythias qui frappaient à la fenêtre sous les assauts du vent. Après s'être disputés une bonne partie de la matinée, les enfants jouaient maintenant au sous-sol, et un silence pesant régnait dans la maison.

La sonnette retentit encore. Deborah s'en voulut de se laisser gouverner par la peur. Il était onze heures du matin. Artie Lieber ne se présenterait certainement pas à la porte en pleine lumière, alors que la maison était surveillée de près.

Elle ouvrit. Fred Dillman, le fils de la voisine, frissonnait sur le perron. « Madame Robinson ? J'espère que je ne vous dérange pas. Je voulais appeler avant de venir, mais j'arrive de l'hôpital, et…

— Entrez, entrez, dit-elle. Je m'inquiète beaucoup pour votre mère. Comment est-elle ?

— Toujours dans le même état », répondit-il. De forte corpulence, Fred Dillman mesurait presque deux mètres. Ses épais cheveux bruns étaient striés de longues mèches blanches. L'année précédente, sa mère avait affirmé qu'il était pilote d'essai. Il exerçait en réalité la profession d'optométriste. « Je ne pense pas qu'elle s'en sortira. »

Il paraissait très triste, et Deborah se demanda pourquoi il négligeait sa mère s'il lui était si attaché. Comme lisant dans ses pensées, il avança : « Si maman avait accepté de partir en Floride chez ma sœur, rien de tout cela ne serait arrivé. »

Deborah ne put s'empêcher de répondre : « Elle pouvait aussi vivre chez vous. »

Il rougit, embarrassé. « Ma femme s'y oppose. Elle ne s'est jamais entendue avec sa belle-mère. Vous savez peut-être ce que c'est. » Oh oui ! « Et puis avec son caractère, impossible de la forcer à faire ce qu'elle ne veut pas. Elle s'en irait tout simplement.

— Sans doute.

— Elle arrive à se débrouiller encore assez bien toute seule, avec votre aide, je dois dire, et celle de votre mari. Je voulais en profiter pour vous remercier. Je ne peux pas venir souvent la voir — j'ai tellement de travail. En plus, elle s'est mis dans la tête que j'essayais de l'empoisonner. Vous vous rendez compte ?

— Ah, ça je ne savais pas. C'est vrai qu'elle a une imagination fertile. »

Fred sourit. « Elle a dû vous raconter des tas de choses au sujet de mon pauvre père.

— Si on écoute votre mère, c'est la grande vie qu'il mène. » Deborah se rendit compte qu'ils étaient encore debout dans l'entrée. Elle invita Fred à la suivre au salon, mais il déclina. « En fait, je suis venu vous demander encore un service. J'ai pris une chambre dans un motel mais, comme je vais rester plusieurs jours, je préfère m'installer chez elle. Maman est inconsciente, seulement je ne supporte pas de la voir dans ces vêtements d'hôpital. Je voudrais lui apporter sa robe de chambre, une chemise de nuit, des pantoufles, des affaires de toilette, enfin ce dont une femme a besoin, quoi. J'ai pensé que vous sauriez mieux que moi ce qu'il faut prendre, si vous voulez bien m'accompagner une minute. »

Fred paraissait bien intentionné, pourtant Deborah eut envie de lui dire qu'il arrivait somme toute un peu tard, et qu'une brosse à dents ou à cheveux ne changerait pas grand-chose. Mais était-ce le moment de faire la morale ? Elle hésita, puis dit : « Je peux prendre mes enfants avec moi ? Nous aussi, nous avons des ennuis et…

— Oui, je suis au courant. » Fred rougit à nouveau. Cette allure constamment embarrassée avait quelque chose d'énervant, mais il était compréhensible que des gens se trouvent désorientés devant sa situation. « La télévision en a parlé, s'empressa d'ajouter le visiteur. Je suis navré pour vous. Vous n'avez pas de nouvelles ?

— Rien de bon », fit-elle prudemment. Elle avait besoin à chaque fois de fournir un effort pour se rappeler que le FBI tenait encore secret le rapprochement qu'il faisait entre Steve et l'étrangleur des ruelles. Les journaux, écrits ou diffusés, n'avaient parlé que de sa disparition. Elle poursuivit : « J'espère toujours qu'on le retrouvera. Il a disparu sans laisser de traces…

— C'est désolant, vraiment. Vous ne pensez pas qu'il y aurait un rapport entre sa disparition et ce qui est arrivé à ma mère, dites-moi ? »

Elle hésita de nouveau, puis décida de jouer franc jeu. « Je n'en ai aucune idée, mais il y a une chose que vous devez savoir. La nuit où elle a été agressée, votre mère est venue ici en prétendant que mon mari était en train de l'épier pendant qu'elle se couchait. Elle disait qu'il la regardait d'en haut, pas depuis le jardin, et qu'il y avait de la lumière dans son dos.

— C'est absurde, commenta Fred.

— C'est ce que j'ai dit aussi, avec mon amie Barbara. Seulement, quand on a retrouvé votre mère, on a pensé qu'il avait pu y avoir quelqu'un dans la maison en face, qui l'épiait depuis le premier étage. Cette maison est vide depuis des années, du moins c'est ce qu'on croyait. Barbara s'est renseignée et elle a appris qu'elle était louée depuis quelques mois par un homme qu'on n'a jamais vu. »

Fred parut incrédule. « Et ce quelqu'un pourrait être à la fois le voyeur et le type qui l'a agressée ?

— C'est une possibilité. Comme je vous l'ai dit, on ne sait pas qui a loué cette maison.

— Vous en avez parlé à la police ?

— Oui.

— Ils sont allés voir ?

— Ils n'ont rien trouvé. » Deborah omit d'informer Fred Dillman que les policiers avaient produit un mandat de perquisition pour la seule raison qu'ils soupçonnaient Steve d'être le mystérieux locataire. « Et on peut aller voir, nous ?

— Non. Vide ou pas, ça reste une propriété privée. Mais un ami de la famille, qui travaille pour le ministère de la Justice et qui vit avec nous depuis quelques jours, est allé se rendre compte un soir. Il n'a vu personne.

— C'est plutôt la journée qu'il faudrait y aller.

— Cette maison, comme la nôtre, est sous le contrôle de la police. Ils surveillent tous nos faits et gestes, et je ne pense pas qu'ils laisseraient Joe y entrer de sa propre initiative. C'est pour ça qu'il y est allé la nuit, afin qu'on ne le remarque pas.

— C'est la nuit aussi qu'on a agressé ma mère. Je me demande vraiment qui pourrait lui en vouloir ? Elle ne fait de mal à personne, que je sache.

— Allez savoir, répondit Deborah. Elle garde un œil sur tout ce qui se passe, ici, même si elle n'est pas toujours capable de dire précisément ce qu'elle voit. Et comme je pense que cette maison est plutôt mystérieuse, je me suis dit que votre mère avait peut-être été témoin de quelque chose qu'elle n'aurait pas dû voir. » Elle haussa les épaules d'un air penaud. « Vous penserez que je vais trop au cinéma, mais je n'écarte pas cette possibilité. »

Il fronça les sourcils. « Cela ne me paraît pas extravagant. C'est peut-être une bonne idée que je passe quelques jours dans sa maison. Peut-être que je remarquerai quelque chose en regardant à sa fenêtre. »

Deux minutes plus tard les enfants avaient revêtu de chauds manteaux, et Fred ouvrait la porte de la maison familiale. Elle sentait vraiment le renfermé. Kim fit la grimace avec un commentaire tout prêt, mais sa mère l'arrêta. « J'ai éteint le chauffage, l'autre jour, dit-elle à Fred. La maison était vide, et votre maman se plaint tout le temps de ce qu'elle a à payer… »

Il acquiesça. « Vous avez eu raison. Et c'est les meubles qui sentent mauvais. Je ne comprends pas pourquoi mes parents ne les ont pas remplacés. Ces trucs n'ont aucune valeur, je ne sais même pas si on en voudrait dans une brocante. »

Les enfants se dirigèrent vers une table couverte de photos encadrées. « On connaît tout le monde, dirent-ils. Oncle Robert, grand-mère Daisy…

— Vous regardez les photos pendant que je vais à l'étage avec M. Dillman, ordonna Deborah. On en a pour deux minutes. »

Fred la suivit dans l'escalier. Il resta debout, immobile, tandis qu'elle retirait quelques affaires de la commode et de la penderie. Elle trouva une jolie robe marine qui semblait n'avoir jamais été portée, quelques sous-vêtements en piteux état, une paire de pantoufles décentes, un tube de rouge à lèvres à moitié desséché, et une bouteille pleine d'une bonne eau de Cologne que Fred avait envoyée à sa mère pour son dernier anniversaire. Elle plaça enfin la vieille Bible écornée de Mme Dillman dans la valise dont elle s'était munie. « Je pense que ça ira », dit-elle.

Fred prit la valise et repartit dans l'escalier, tandis que Deborah s'approchait du coffre de cèdre sous la fenêtre. Si les meubles de la maison étaient vétustes et mal entretenus, celui-ci semblait avoir été souvent ciré. Elle en souleva le couvercle. Le coffre était visiblement l'œuvre d'un artisan. Une inscription était gravée dans le bois : « À notre Virginia, papa et maman, 1922 ». Virginia. Deborah ne l'avait jamais appelée autrement que « Madame Dillman ».

Elle referma le couvercle et jeta un coup d'œil au-dehors à travers le fin voilage. Dans la rue, le vent venait d'emporter un petit sac de papier brun qui voletait comme un papillon. Un chat était en train de s'aventurer sur la pelouse devant la maison des O'Donnell. Il s'arrêta et leva les yeux. Deborah suivit son regard et se figea en apercevant à l'étage une pâle silhouette qui l'observait derrière une fenêtre.

Elle courut au rez-de-chaussée et s'élança dans le jardin. Fred la regarda d'un œil rond, tandis que les enfants, rapides comme l'éclair, lui emboîtaient le pas, Arrivée sur le trottoir, Deborah chercha du regard la voiture de police qui, forcément, se cachait quelque part pour ne pas se faire remarquer. C'était bien dommage, car elle ne la trouva pas. L'impasse était parfaitement vide, aussi vide que la fenêtre du premier étage.

*

Depuis qu'elle était sortie du coma, Sally s'était efforcée de ne pas dormir, tout particulièrement la nuit, puisque Linda avait annoncé la nouvelle au Dr Healy. Elle avait dû se résigner et accepter que sa collègue ne tienne pas sa promesse. Linda avait pensé faire de son mieux pour protéger la vie de son amie. Sally savait au contraire que cet aveu signait pratiquement son arrêt de mort.

Il n'y avait ni réveil ni horloge dans la chambre, mais les postes de télévision étaient éteints, comme chaque soir après onze heures. Elle avait dû s'endormir pendant le film, vers neuf heures. Peut-être même plus tôt. Impossible de savoir.

Elle balaya la pièce du regard. La chambre était petite, relativement dépourvue de meubles, et au moins Sally voyait suffisamment, la porte étant ouverte sur le couloir éclairé. Pas d'ombres menaçantes. Aucun bruit inquiétant. Juste les infirmières qui tenaient leurs conversations usuelles au bureau de l'étage et, parfois, un cri de frayeur poussé par cet homme, au bout du couloir, qui se croyait revenu aux Philippines en 1944. Normal. Tout était normal.

Elle eut envie de bâiller. Cependant, sa mâchoire étant cousue, le bâillement se traduisit par un affreux picotement dans les narines et ses yeux s'emplirent de larmes. Sally n'en revenait pas d'avoir autant sommeil au terme d'un si long coma. Elle en attribuait la cause à ses blessures sévères. Elle était en outre parvenue à rester éveillée vingt-quatre heures d'affilée, suite à la conversation de la veille avec Linda. Elle repensa avec amertume à la visite du Dr Healy, dans l'après-midi, accompagné de l'infirmière qui osa à peine la regarder. Les voyant arriver, Sally s'était mise à pleurer silencieusement et dut se faire violence pour lâcher quelques mots. Même si elle savait bien, au fond d'elle-même, que Linda n'était pas capable de garder un secret. Si seulement elle avait pu se réveiller en l'absence de quiconque, alors *personne* ne serait au courant de rien.

Ses paupières étaient lourdes comme le plomb. Je ne dois surtout pas me rendormir ! se dit-elle avec détermination. Ce que je ne donnerais pas pour une bonne tasse de café fort. À l'heure qu'il est, on ne voudra jamais m'en donner. Je pourrais peut-être leur demander des amphétamines, pensa-t-elle, amusée. De quoi alimenter les conversations dans le bureau des infirmières…

Ses yeux se refermèrent sur son pauvre sourire. Et elle eut beau lutter, le sommeil la gagna.

Elle était de nouveau dans l'allée, penchée sur l'homme au mouchoir rouge posé contre la tempe. Il le retira, se leva en prenant appui sur l'épaule de la jeune femme, et elle s'aperçut qu'il n'était pas blessé. L'homme fouilla dans sa poche puis, à une vitesse fulgurante, lui noua la gorge. Son poing vint s'écraser sur le visage de Sally et il se mit à la tirer, chancelante, vers…

Elle se réveilla en sursaut. Son cœur battait à tout rompre contre ses côtes endolories. Combien de temps avait-elle dormi ? Et pourquoi la porte était-elle *fermée* ?

Elle perçut une odeur. Ni parfum ni eau de toilette, celle simplement d'une autre présence humaine. Une courte plainte s'échappa de sa mâchoire clouée. Elle tâtonna aussitôt à la recherche de la sonnette, mais une main l'immobilisa. « Non, non, Sally, on n'appelle pas l'infirmière. »

Elle prit son souffle dans l'intention de crier, mais une autre main se posa brutalement sur sa bouche. « Sous des dehors fragiles, on a de la résistance, quand même ? » murmura l'homme d'une voix odieuse et caressante. « Certaines femmes meurent très vite, d'autres moins. Mais aucune ne s'est autant accrochée à la vie. Dis-moi, Sally, comment fais-tu pour être si forte ? Ça m'intéresse de le savoir. Hein, d'où ça vient, selon toi ? »

L'angoisse et la fureur se déchaînaient en elle. Malgré les couvertures, elle tenta de toutes ses forces de donner des coups de pied. Il s'esclaffa. « Coriace jusqu'au bout, hein ? On a envie de se battre, comme ça… Tu ne me facilites pas la tâche, mais je reconnais que c'est admirable. Je veux dire, cette force. Physique, bien sûr. Les petites traînées comme toi n'ont pas de force d'esprit, bien sûr. »

L'homme lui faisait de plus en plus mal à la mâchoire. Il déplaça sa main vers le haut pour lui boucher également les narines. Sally tentait bruyamment de reprendre son souffle. Elle se remit à gémir sous la pression. « Tout l'hôpital s'est réjoui d'apprendre que tu étais revenue à toi. Heureusement que j'ai mes informateurs en ville, sinon j'aurais eu des ennuis. Même si tu as refusé de parler à la police, à ce qu'il paraît, poursuivait l'immonde voix mielleuse. Ils sont venus te voir et tu n'as rien voulu dire. C'est qu'ils t'auraient eue à l'usure, tu sais. Mais, pour cela, il faudrait que tu sois vivante. »

Il maintint plus fermement encore sa tête sur l'oreiller. Sally leva les yeux vers son visage, sans parvenir à le voir nettement. Elle aperçut en revanche le cran d'arrêt dont la lame jaillit, aiguisée et luisante.

« Ce n'est pas vraiment mon style, mais vu les circonstances… »

Se débattant violemment, elle voulut hurler. Sa voix resta prisonnière de sa gorge. Soudain la porte s'ouvrit en grand et la lumière envahit la chambre, tandis qu'une infirmière s'écriait : « Mais qu'est-ce qui se… »

Sally vit la silhouette blanche se ruer sur l'homme et le tirer par les épaules. L'homme se retourna et lui planta son couteau en plein abdomen. L'infirmière s'affaissa en grognant et l'intrus s'enfuit à toutes jambes. Sally s'attendit à ce que son départ précipité provoque une vive agitation dans le couloir, mais aucun bruit particulier ne se fit entendre. Hébétée, hoquetant, elle regarda un instant sa collègue effondrée, et aperçut bientôt la petite mare de sang qui grossissait par terre. Alors Sally, retrouvant ses esprits, pressa le bouton de la sonnette, longtemps, longtemps, jusqu'à ce que l'on vienne enfin leur porter secours.

DIX-SEPT

La neige se mit à tomber à gros flocons le soir de Noël. Les enfants étaient ravis. « Un Noël blanc, un Noël blanc ! chantait Kimberly. Papa avait bien dit qu'on aurait un Noël tout blanc ! »

La gorge serrée, Deborah avait déjà placé sous l'arbre les cadeaux qu'elle avait choisis avec Steve pour Brian et sa sœur. Les étiquettes portaient toutes la mention « De la part de papa et maman ». Le joli chandail noir et blanc qu'elle voulait offrir à Steve — elle ne l'avait pas emballé — était resté dans la commode. Elle n'avait aucune idée de ce qu'il avait eu en tête pour elle. Rien, peut-être. À moins qu'il n'ait attendu le dernier moment pour choisir son cadeau, et bien sûr il était déjà trop tard.

Malgré tout déterminée à offrir aux enfants une soirée agréable, Deborah avait invité Pete, Adam, Barbara et Evan à fêter Noël en famille. Curieuse famille, pensa-t-elle, puisqu'elle se composait d'elle, de Kimberly et Brian, et de Joe. Une semaine plus tôt, cette éventualité lui aurait semblé ridicule.

Elle chassa ses pensées et boutonna le chemisier

de satin rouge qu'elle avait acheté deux semaines plus tôt en même temps que la robe blanche de la soirée de samedi. Elle s'assura, avant de descendre, que son pantalon de laine noire était impeccable, puis attacha une mince chaîne en or autour de son cou. Le miroir lui renvoya l'image d'une femme aux joues creusées, et dont le maquillage n'avait pas effacé les cernes ; elle avait perdu deux kilos depuis dimanche soir. Décidée à ne pas s'apitoyer sur son sort, elle ouvrit son coffre à bijoux et en sortit une paire de boucles en strass rouge qu'elle fixa à ses oreilles. Leur éclat gai et lumineux la réjouit. Elle se devait d'offrir aux enfants une soirée de Noël agréable et heureuse, et pour cela il fallait autant que possible qu'ils oublient momentanément l'absence de leur père.

Arrivée au bas de l'escalier, elle inspira profondément et sourit à l'odeur mêlée de sapin, de tarte aux cerises et de pain d'épices qui l'accueillit. Deborah avait passé l'après-midi à préparer ce dernier, et il était superbe avec sa couche de sucre glacé et ses fruits confits. Elle alluma plusieurs épaisses bougies dans le salon, et partit à la cuisine disposer des boissons sur un plateau. Elle se demanda s'il restait suffisamment de glaçons. Cela faisait-il vraiment une semaine que Steve lui avait demandé d'aller en chercher au garage, avant qu'elle ne le retrouve au téléphone, blême, presque tremblant, sur le point de raccrocher ? Elle ferma les yeux. « Pas ce soir, se dit-elle. N'y pense pas ce soir, au moins. »

Dix minutes plus tard, tout le monde était là. Deborah s'aperçut, à la fois perplexe et irritée, qu'Evan et Barbara étaient furieux l'un contre l'autre. Si la première faisait montre d'une joie presque frivole, les sourires forcés de son ami avaient une allure de grimaces. Ils maintenaient entre eux une distance respectable et ne se regardaient pas. Génial, se dit Deborah, maussade. Loin de se dissiper, les tensions entre les deux amants s'étaient donc aggravées. Les enfants exceptés, tout le monde le remarqua. Joe les observait de son air impassible, Pete les gratifiait de temps à autre d'un regard soucieux, et Adam les fixait avec une lueur joyeuse dans ses propres yeux, comme si la réunion devait quoi qu'il en soit garder un aspect festif.

La soirée s'engagea péniblement. Quand l'un ou l'autre des convives s'efforçait de diriger la conversation vers un sujet plaisant, immanquablement Barbara partait d'un commentaire à moitié hystérique, aussitôt suivi d'une remarque acerbe d'Evan. Au bout d'une demi-heure de ce petit jeu, Joe fit un clin d'œil discret à Deborah. Malgré les assommantes chamailleries d'Evan et Barbara, elle dut se retenir d'éclater de rire.

Heureusement les enfants s'amusaient. Imperméables aux soucis des grands, ils s'extasiaient des passages sous l'arbre de leur train électrique, et montraient à chacun les grandes chaussettes rouges que Deborah avait suspendues pour eux dans la cheminée en demandant d'un air grave si le conduit était assez large pour laisser passer le père Noël. « C'est qu'il est vraiment gros, tu sais », expliqua Kim à Pete sur un ton solennel. Ce dernier lui assura avec la même gravité que le père

Noël était assez souple pour se glisser dans n'importe quelle cheminée, faute de quoi il pouvait de toute façon passer par la porte.

Deborah et Steve laissaient toujours les enfants ouvrir en avance un de leurs cadeaux la veille de Noël. Kim choisit un grand paquet rouge orné de rubans d'or, et s'exclama de plaisir en découvrant une poupée de jeune mariée, aux longs cheveux blonds, presque aussi grande qu'elle. « Elle s'appelle Angie Robinson, annonça-t-elle aussitôt. Et elle va épouser un homme très riche qui possède plein de maisons, et même un avion à lui. » Brian déballa un cadeau plus petit, mais sembla également ravi de son « Robot Stroboscope ». « Ma grand-mère me donnait toujours de la réglisse, se souvint Pete. Moi qui détestais ça. »

Deborah se mit à rire. « Que fait-elle pour Noël ?

— Elle est avec sa grande amie Ida qui vient de se briser la hanche. Elle est persuadée qu'Ida ne se remettra jamais si elle ne supervise pas elle-même le travail des médecins. J'ai proposé à Adam d'aller fêter Noël chez elle, mais il se rend à une fête demain. Nous irons la voir le week-end prochain. »

Adam n'avait pas l'air de trop s'en réjouir. Deborah le savait attaché à elle, mais à l'âge de quinze ans, les week-ends sont parfois une denrée trop précieuse pour les gaspiller chez son arrière-grand-mère.

Kim fouilla sous l'arbre jusqu'à ce qu'elle trouve un paquet pour Scarlett. Les enfants rirent aux éclats en la voyant déchirer l'emballage du bout de son museau et dégager un gros os bien charnu. « Elle a de quoi s'occuper un bon moment avec ça », commenta Adam pendant que la chienne emportait son butin dans un coin du salon, d'où retentirent bientôt de furieux rognements.

« À toi, maman, maintenant, dit Brian.

— Tu ne préfères pas que j'attende demain ?

— Non, non. On a fait des cadeaux pour ce soir *et* pour demain. »

Brian et Kim lui apportèrent deux curieux emballages, couverts l'un et l'autre de la moitié au moins d'un rouleau d'adhésif. Brian avait collé des images de Noël sur une canette de Coca vide, percée de nombreux trous. « C'est pour mettre les crayons, lui apprit-il.

— Comme c'est joli ! s'écria Deborah.

— On a dû trouver des idées, parce que papa n'a pas pu nous amener faire les courses, poursuivit tristement le petit garçon.

— Je préfère vraiment ce cadeau-là à ce que tu aurais pu acheter dans un magasin », assura sa mère.

Kim avait recouvert de feutre rouge un petit bloc de polystyrène. « Une pelote à épingles », dit-elle tout simplement.

Deborah s'enthousiasma pour ses cadeaux, comme tout le monde autour d'elle. Les enfants semblaient plus heureux qu'ils ne l'avaient été toutes ces longues journées. Brian accepta même plus tard qu'elle l'embrasse avant de se coucher.

Avant que ses invités ne s'en aillent, elle remit à chacun un paquet soigneusement enveloppé. « Surtout ne protestez pas, dit-elle devant leurs mines surprises. C'est juste de petits souvenirs. Et si vous croyez que je ne vous ai pas vus, tout à l'heure, poser des cadeaux sous le sapin…

— On a tous apporté des gâteaux, fit Evan en souriant franchement pour la première fois de la soirée.

— Tant mieux, répondit Deborah. Contrairement à plein de gens, j'adore ça, moi. »

Pete et Adam furent les premiers à partir. Pete lui rappela qu'il restait à tout moment à sa disposition. Un court instant plus tard, Barbara demanda à son amie, sans trop d'empressement, si elle souhaitait qu'elle reste. « Ce n'est pas la peine », répondit Deborah, qui aurait pourtant aimé la voir un moment seule à seule afin de comprendre ce qui se passait avec Evan. « Joe est là et il s'occupe bien de nous. »

Deborah savait que, sous sa façade souriante, Barbara était profondément affectée de la teneur nouvelle de ses relations de couple. Dans le cas contraire, elle aurait passé la nuit là sans même poser de question.

Cinq minutes passèrent, au bout desquelles Evan et Barbara revinrent sonner. « La voiture refuse de démarrer, dit le premier. On peut appeler un taxi ? »

Il composa plusieurs numéros, et finit par admettre qu'aucun véhicule ne serait disponible avant un long moment. « Je vous ramène, offrit Joe. Enfin, si Deborah veut bien que je la laisse seule le temps de l'aller et retour. »

Elle étudia un instant leurs visages et comprit qu'en moins d'une heure la guerre serait déclarée entre eux. Elle ne voulait pas, ce soir, les voir se disputer. « Bien sûr. Il n'est pas tard de toute façon, et la maison est surveillée. »

Deborah referma la porte derrière ses trois amis et, avant de passer à la vaisselle, entreprit de ramasser les papiers, rubans et boîtes qui jonchaient la moquette. Elle se servit ensuite un petit verre de cognac et s'assit devant la cheminée en se demandant si un jour tout rentrerait dans l'ordre. Contre toute attente, Barbara et Evan avaient réussi à gâcher la soirée. En temps ordinaire elle aurait simplement manifesté de l'inquiétude à leur égard, mais ce soir elle leur en voulait presque d'avoir choisi son domicile pour étaler leurs dissensions. Comme si elle n'avait déjà pas suffisamment de problèmes...

Le téléphone sonna sur le guéridon. La mère de Steve, à Hawaii ? La police, avec une sale nouvelle ? Deborah décrocha. « Allô ? »

Elle entendit un long soupir, puis reconnut la voix rauque et distordue de l'interlocuteur. « Joyeux Noël, Deborah. »

Elle sentit ses mains se glacer, mais ne raccrocha pas. « Qui est-ce ? demanda-t-elle, mal assurée.

— Tu sais très bien qui c'est. Tu t'es amusée ce soir ? Il y avait assez d'hommes autour de toi ?

— D'hommes ?

— L'un d'entre eux n'est pas encore tout à fait un homme, on dirait. Mais les adolescents ont des vigueurs remarquables, dit-on. Il serait sûrement heureux de vous honorer, *madame Robinson.* »

Bien qu'elle fût seule, les joues de Deborah s'empourprèrent. D'instinct, elle détacha le combiné de son oreille, mais se rappela à nouveau qu'il ne fallait pas raccrocher. « C'est d'Adam que vous parlez ? reprit-elle la gorge sèche.

— Si tu le dis. » Il s'interrompit. « Je te laisse, maintenant. Tous mes vœux, madame Robinson. »

Il coupa la communication. Deborah resta assise, sans bouger, le combiné en main et le souffle court. Elle finit quand même par raccrocher à son tour. Raidie par l'angoisse, elle se mit à fixer l'horloge qui égrenait calmement les secondes derrière le canapé — jusqu'à ce que Joe se décide à rentrer.

« Qu'avez-vous fait, une heure durant ? » demanda-t-elle.

Il leva les yeux au ciel. « Barbara et son yuppie ne dorment pas ensemble ce soir. J'ai dû ramener chacun chez soi. Ils sont fâchés à mort, on dirait. » Il regarda Deborah et s'aperçut de son trouble.

« Qu'est-ce qu'il y a ?

— On a encore téléphoné. Ce type. Il m'a souhaité joyeux Noël.

— Il n'a rien dit d'autre ?

— Si. Il a dit que je devais être heureuse d'avoir des hommes autour de moi, ce soir. Qu'il y avait un adolescent qui serait heureux de "m'honorer".

— Bon Dieu. » Joe posa son blouson sur le canapé et s'assit, penché en avant, les mains entre les genoux. « S'il a appelé d'une cabine, ça ne peut pas être la même que l'autre jour. Celle-là est surveillée, maintenant.

— La police ne peut de toute façon pas surveiller toutes les cabines de Charleston. Si ce type veut continuer d'appeler, rien ne l'en empêche.

— Vous avez reconnu sa voix ?

— Que voulez-vous que je reconnaisse ? C'était la même voix distordue, déguisée. Celle d'un homme, en tout cas.

— Est-ce qu'il emploie souvent les mêmes expressions ?

— Je n'ai jamais entendu Steve parler d'"honorer" une femme. Dans ce sens-là, du moins. D'ailleurs, ça se dit dans les livres ou au cinéma peut-être, mais je ne connais personne qui emploie cette expression. »

Joe regarda calmement Deborah. Il se leva au bout d'un instant : « Je vais vous servir un autre cognac. Et moi, je boirais bien un whisky. »

Tandis qu'il partait à la cuisine, elle ouvrit le placard de l'entrée et se munit d'un épais chandail. Ses mains tremblaient. Elle avait l'impression qu'un bloc de glace lui trouait l'estomac.

Joe revint avec les verres. Elle but une gorgée de cognac et s'enfonça dans son fauteuil, la tête calée sur le dossier.

« Mon Dieu, mais quand tout cela va-t-il finir ?

— Il y a parfois des jours qui ressemblent à une éternité.

— Il devait encore nous épier, sans doute depuis la maison des O'Donnell.

— Je doute qu'il ait appelé depuis celle-ci. Il se ferait repérer trop facilement. La police la surveille aussi, d'ailleurs, depuis que vous avez aperçu quelqu'un à la fenêtre. Ça doit être difficile d'entrer ou de sortir sans se faire remarquer.

— Et le type qui l'a louée ? Qui c'est ? *Où* est-il ?

— Les flics n'en savent rien. Ou alors, ils ne veulent pas le dire. »

On sonna à la porte.

« Voilà autre chose, siffla Joe. Qu'est-ce que ça peut bien être ?

— Joe, surtout à cette heure ? Il est presque minuit. »

Il la regarda. « Attendez. » Il quitta la pièce, puis revint son arme à la main. « Ne bougez pas. Je vais ouvrir. »

Elle eut les paumes soudain très moites. Voilà qu'un homme ouvrait sa porte, muni d'un revolver. Ridicule. Pourtant elle n'aurait pu s'y résoudre elle-même, surtout après cet odieux coup de fil.

Elle s'avança dans le hall, tandis que Joe demandait à voix haute. « Qui est-ce ?

— Un coursier, répondit une voix jeune.

— Qui vous envoie ?

— Dale Simpson, de la société Dale Simpson. » Un temps, puis : « C'est moi, Dale Simpson.

— Je le connais, chuchota Joe à Deborah. Qu'est-ce que vous livrez ? reprit-il à travers la porte.

— Je n'en sais rien, moi. C'est enveloppé, c'est tout ce que je peux vous dire. Ça pèse bien deux kilos. Et il fait *vraiment* froid, dehors.

— Posez ça par terre, ordonna Joe.

— Je voudrais bien, mais c'est le règlement : quelqu'un doit signer le reçu.

— À qui le paquet est-il adressé ?

— Fichtre, fit Dale Simpson, fatigué. Une seconde. Oui, il y a une étiquette. C'est qu'on n'y voit rien dehors. Ah, voilà. Deborah Robinson, c'est écrit. C'est tout. »

Joe regarda Deborah :

« On prend le risque ?

— C'est un gamin. Ça ne peut pas être Artie Lieber. »

Le revolver caché dans son dos, Joe acquiesça et ouvrit la porte. Un jeune homme frêle de dix-neuf ans au plus attendait sur le porche en grelottant. Il présenta son paquet. « Si c'est une bombe ou je ne sais quoi, j'aimerais autant que vous le preniez et que vous me laissiez partir.

— Si ça faisait tic-tac, vous le sauriez, répondit calmement Joe. Je suis désolé de vous compliquer la tâche, mais enfin c'est une drôle d'heure pour livrer des paquets.

— À qui le dites-vous ? Les grosses boîtes en ville ont dû toutes refuser. Pas rentable, il paraît. » Il sourit. « C'est pour ça que les jeunes sociétés comme moi trouvent encore du travail. »

Joe posa le paquet sur la table de l'entrée et saisit le bloc-notes que lui tendait le coursier. « Dites-moi qui a payé pour ça.

— Je n'en sais rien. C'est ma copine qui a pris la commande pendant que j'étais en cours, hier. Elle m'a dit qu'il fallait que je livre ça précisément à minuit, ce soir. J'ai pensé que ça devait vouloir dire quelque chose. C'est Noël, non ?

— Oui, c'est Noël, je sais. Mais vous n'avez pas répondu à ma question : qui vous a donné ça ?

— Un type, à ce qu'elle m'a dit.

— C'est son nom que je veux savoir. »

Dale leva les yeux au ciel. « Peut-être qu'elle

a noté, je ne sais pas. Quand on nous paie en liquide, on ne demande pas toujours. Et, des fois, elle oublie. » Il haussa les épaules. « Ce n'est pas professionnel, mais ma copine, elle fait ça pour m'aider, vous comprenez ? »

Deborah prit la parole : « Elle ne vous a rien dit sur l'expéditeur ? J'ai besoin de savoir. »

Dale soupira. « Attendez que je réfléchisse. » Détournant le regard, il se dandina un moment d'un pied sur l'autre. « OK, je me souviens de ce qu'elle a dit. Le type s'appelle... Poirot. Voilà, Hercule Poirot. Ça me disait vaguement quelque chose, c'est pour ça que je me rappelle. » Joe lança un regard rapide vers Deborah. Lui aussi avait lu Agatha Christie. « Mais vous me dites quelque chose, vous, poursuivit Dale. Je vous ai déjà vu quelque part ?

— Vous livrez de temps en temps des plis au bureau du procureur. J'y travaille, répondit Joe en rendant le bloc-notes au jeune homme.

— Oui, c'est ça, je vous remets ! Vous n'avez pas une tête de fonctionnaire, pourtant.

— C'est sûr. Dites-moi, Dale. Votre copine, elle ne pourrait pas nous en dire un peu plus, à propos de ce M. Poirot ?

— C'est pour une de vos enquêtes ? demanda le jeune homme, soudain tout excité.

— En quelque sorte, oui. Enfin, ça dépend surtout de la description qu'elle nous donnera.

— Elle est en général assez observatrice.

— En ce qui concerne celui-là, elle ne vous a rien dit ?

— Non. Mais si c'est important, vous pouvez

l'appeler. Elle s'appelle Marcy. Mon numéro figure dans les pages jaunes. "Dale Simpson, les Coursiers du Bonheur". J'ai une petite boutique, c'est mon père qui la loue. J'habite au-dessus avec Marcy et elle sera sûrement contente de vous aider, si elle peut. »

Il affichait un sourire doucereux, sans pour autant faire mine de s'éclipser. Joe trouva dans sa poche un billet de cinq dollars. « Merci de votre coopération, Dale. J'appellerai votre amie. Cela ne vous embête pas, j'espère ?

— Bien sûr que non, vous êtes trop vieux pour elle. »

Deborah ne put s'empêcher de sourire, et Joe ne releva pas.

« J'ai sûrement l'âge de ton père. Merci, jeune homme. Je crois que tu peux repartir, maintenant. »

La porte refermée, Joe se retourna vers Deborah. « Ce n'est pas ce que j'appelle un cadeau de Noël ordinaire. Vous avez des gants en plastique ?

— Des gants ?

— Je ne sais combien de personnes ont manipulé ce truc, mais il y en a au moins quatre : Dale, sa copine, moi et l'expéditeur. Le paquet n'est pas abîmé. Il est en parfait état, même. Il faut prendre toutes les précautions, il peut nous révéler des choses.

— D'accord. Je vais voir à la cuisine. »

Joe resta dans l'entrée pendant que Deborah fouillait dans le placard sous l'évier. Elle se rappelait avoir acheté récemment une paire de gants en caoutchouc, qu'elle trouva encore protégés de leur emballage d'origine.

« Ils sont tout neufs.

— Parfait. Mais ils seront trop petits pour moi. Mettez-les. Vous allez ouvrir le paquet.

— Donc vous avez vraiment peur que ça soit une bombe », répondit-elle d'un ton faussement nonchalant. Ses mains tremblaient.

« Oui, et d'ailleurs je vais sortir pendant que vous l'ouvrez.

— Très drôle. Vous ne bougez pas d'un millimètre. Je ne veux pas exploser toute seule. »

Elle glissa ses mains gelées dans les gants, puis saisit le paquet sur la table de l'entrée. Il était recouvert d'un papier cadeau argenté, orné de couronnes de Noël rouges et vertes. Le grand ruban doré avait d'évidence été noué par une main experte, sur le lieu d'achat sans doute.

« Faites bien attention, essayez de ne rien déchirer.

— Ne vous inquiétez pas, je suis douée. Ma mère était maniaque. Je n'ai jamais abîmé un seul papier cadeau. »

Elle glissa un doigt sous un pli latéral qu'elle décolla soigneusement, puis dégagea une boîte en carton brun de l'emballage intact.

« Parfait », dit lentement Joe. Il étudia la boîte, sur laquelle était inscrit : *Robot ménager intégré — hache, râpe, tranche, émince et mixe*.

« Ça n'est quand même pas un hachoir », dit Deborah. Le mot suggérait une image horrible.

« Non, je ne pense pas, la rassura Joe. Ouvrez-le. »

Tout aussi soigneusement, elle retira l'adhésif qui maintenait le couvercle fermé. La boîte était pleine de capsules de polystyrène. Elle leva les yeux vers Joe : « Ça doit être quelque chose de fragile. Je le sors ?

— Ouais. Allez-y. »

Elle plongea les mains entre les capsules jusqu'à ce que ses doigts rencontrent un objet dur. Elle le retira du carton. C'était un coffre en bois de cerisier aux flancs joliment gravés. Un petit crochet doré en maintenait le couvercle. Elle le détacha et ouvrit. Une série de notes chantèrent.

« Une boîte à musique.

— Elle est plutôt jolie, en plus, dit Joe. Qu'est-ce que c'est, cet air ? »

Deborah fronça les sourcils. « Je le connais. C'est une vieille chanson.

— Moi aussi. Je ne me rappelle pas le titre.

— C'est une histoire de tristesse, de solitude… Mais après ? Ah, ce que c'est énervant !

— Fermez les yeux. Concentrez-vous une minute. »

Elle obéit. Ils restèrent tous deux silencieux un instant. Deborah gardait en main la boîte à musique qui égrenait toujours ses notes cristallines. Elle fut sur le point d'admettre qu'elle ne se souvenait pas, quand brusquement une scène de film lui revint en mémoire. Fred Astaire. Fred Astaire qui chantait pour Ginger Rodgers en train de se laver les cheveux. « *The Way You Look Tonight* ! s'exclama-t-elle.

— Voilà, c'est ça ! Les paroles, maintenant ?

— Je ne me rappelle pas bien. Voyons… "Un jour que je serai triste"… Oui, voilà ! » Elle referma les yeux et retrouva le couplet entier. « *Un jour que je serai triste, que le monde sera noir, mon cœur se réchauffera en se rappelant ce soir la beauté de ton visage.*

— Bravo », fit Joe, épaté.

Elle sourit un instant, puis redevint sérieuse. « Joe, c'est ce que m'a dit l'homme quand il a appelé la première fois : "J'aime la beauté de ton visage, ce soir." Qu'est-ce que cela veut dire ? Et pourquoi m'envoyer une boîte à musique qui joue ça ? »

Il regardait l'intérieur du carton. « Attendez, il y a une enveloppe, dedans. »

Elle posa la boîte et regarda à son tour. Puis saisit l'enveloppe rouge. Elle n'était pas scellée et renfermait une carte, que Deborah retira. Un arbre de Noël peint. À l'intérieur était seulement imprimé « Bonnes fêtes » et elle n'était pas signée. Un petit bout de papier brouillon s'en échappa. Deborah le ramassa. Joe lut par-dessus son épaule le message dactylographié :

Ma chère épouse,
Pour te tenir compagnie tout au long de l'année,
Je t'offre ta chanson préférée.

DIX-HUIT

« *The Way You Look Tonight** est votre chanson préférée ? demanda doucement Joe.

— Non, celle que j'aime le plus, c'est *Greensleeves*.

— Steve le savait ?

— Je ne sais pas. Je le lui ai peut-être dit, mais de là à ce qu'il s'en souvienne ?

— Et Steve, il aimait *The Way You Look Tonight*, lui ?

— Steve n'appréciait pas beaucoup la musique. Pas au point d'aimer une chanson plus qu'une autre, en tout cas. » Elle marqua un temps. « Enfin, pas que je sache. Il y a des moments, de toute façon, où je me demande ce que je sais de mon mari.

— Vous aimez les romans d'Agatha Christie ?

— Beaucoup.

— Steve le savait ?

— Je ne pourrais pas le dire, admit-elle triste-

* Littéralement : « Ton allure de ce soir. »

ment. Il lisait surtout des livres d'histoire. Quand il lisait. Et il ne s'occupait pas des miens.

— Artie Lieber n'irait quand même pas deviner que vous aimez Agatha Christie.

— Non, mais... »

Il la regarda fixement. « Quoi ?

— J'ai plusieurs cartons de livres dans le débarras en haut. Il doit y avoir la collection entière des Hercule Poirot. La personne qui est entrée dans cette pièce l'autre jour a très bien pu les voir. Oh, Joe, j'ai peur.

— C'est ce qu'il veut. Et moi, je doute qu'on apprenne grand-chose à propos de ce paquet. Le mot a été écrit à la machine et je suis sûr que l'expéditeur a mis des gants.

— De toute façon, ça ne *peut* pas être Steve. » Ces mots venaient d'être prononcés comme une plainte. Deborah déglutit, et reprit le contrôle d'elle-même. « Je veux dire, cela n'a aucun sens. Que ça soit Lieber ou quelqu'un d'autre. »

Pensif, Joe regardait la boîte à musique. « Je pense que le mot veut dire quelque chose, dit-il lentement. Pas pour vous — pour l'auteur du paquet.

— Peut-être, mais quoi ?

— Allez savoir. Probablement quelque chose d'assez personnel.

— À quoi bon m'envoyer cette boîte, si je n'en comprends pas le sens ? »

Deborah vit Joe fermer son poing, puis le rouvrir, un geste qu'il faisait souvent lorsqu'il réfléchissait.

« C'est vrai. Pourquoi tenter de vous dire quelque

chose que vous ne comprendrez pas ? Ah, c'est peut-être tellement évident que ça nous échappe. » Il plissa le front et répéta. « *The Way You Look Tonight.* »

Deborah étudia son chemisier rouge et son pantalon noir. « Je suis un peu habillée ce soir, mais je crois que j'étais en jeans quand il appelé la première fois.

— Non, attendez. L'accent est sur *Look*. The Way You *Look* Tonight. » Deborah, perplexe, regardait Joe. « La question ne porte peut-être pas sur vos vêtements, mais sur votre physique. Vos traits, votre corpulence.

— Et alors ? Ça nous mène où ? »

L'expression de Joe passa brusquement du doute à la consternation. « Bon Dieu, je crois que j'ai compris. » Il partit dans le salon et revint avec son bloc-notes. « Quand le FBI est venu interroger Steve, l'autre jour, j'ai établi une liste des victimes de l'étrangleur avec leur description.

— Pour quoi faire ?

— C'est en lisant les journaux comme tout le monde que j'ai appris son existence. Quand Steve m'a dit que le FBI le soupçonnait et qu'il m'a demandé son aide, j'ai réagi en policier et j'ai constitué un dossier.

— À l'aide de quelles informations ?

— J'ai toujours des contacts dans la police, répondit Joe. Maintenant, je vais vous la lire, cette liste, et vous allez comprendre. OK ? » Elle répondit d'un signe de tête. « Voilà. La première fille a été tuée en août 1991. Mandy Lambert, résidant à Waynesburg, Pennsylvanie. Vingt-deux ans, employée de banque. Un mètre soixante-dix, soixante kilos, cheveux longs et bruns, les yeux bleus. Deuxième victime, assassinée en février 1992. Jane Kawalski, habitant à Bellaire, Ohio. Femme au foyer. Vingt-neuf ans, un mètre soixante-sept, cinquante-neuf kilos, longs cheveux noirs, les yeux marron. Ensuite, ç'a été une gérante d'une boutique d'alimentation, Margaret Snyder, en juin 1992. Elle vivait à Washington en Pennsylvanie. Vingt-trois ans, un mètre soixante-dix, soixante-deux kilos, les yeux verts et de longs cheveux bruns. Octobre 1992, le type assassine Patricia Latta, vingt-quatre ans, résidant à Cambridge, Ohio. Serveuse de restaurant, longs cheveux teints en noir, un mètre soixante-huit, cinquante-huit kilos. En août 1993, c'est au tour de Karen Macy de Zanesville, Ohio. étudiante à l'Université d'État de l'Ohio, en vacances. Vingt ans, un mètre soixante-sept, cinquante-sept kilos, longs cheveux bruns, yeux marron. Octobre 1993, Leona Chesbro de Bethel Park, Pennsylvanie. Professeur d'aérobic, un mètre soixante-treize, vingt-neuf ans, soixante kilos, longs cheveux bruns, les yeux bleus. Septième victime, Sally Yates, vingt et un ans, résidant à Wheeling, infirmière. Un mètre soixante-huit, cinquante-sept kilos, longs cheveux noirs, les yeux verts. Sally est dans le coma, les médecins pensent qu'elle ne s'en sortira pas. Dernière en date, Toni Lee Morris, femme au foyer, un mètre soixante-dix, cinquante-neuf kilos, longs cheveux bruns, les yeux bleus. » Joe regarda Deborah. « Qu'ont-elles en commun ?

— De longs cheveux.

— De longs cheveux *bruns*, mais elles sont aussi grandes et minces. »

D'un geste automatique, Deborah se regarda dans le miroir au-dessus de la petite table de l'entrée. « Mes cheveux sont bruns et longs.

— Taille ? Poids ?

— Un mètre soixante-dix. Plus ou moins cinquante-huit kilos.

— Et vous avez entre vingt et trente ans.

— Vingt-huit. » Elle déglutit bruyamment. « Vous en concluez qu'il choisit ses victimes sur leur allure et leur âge ? »

Joe la regardait fixement. « Elles étaient toutes mariées, aussi. Vous êtes exactement son genre, Deborah. »

DIX-NEUF

Deborah restait immobile à regarder Joe. Ses oreilles s'étaient mises à siffler horriblement, et elle se sentait brusquement coupée de toute réalité. Elle finit par articuler, d'une voix rauque qu'elle ne reconnut pas : « Joe, ça ne peut être qu'une coïncidence.

— C'est ce que vous disiez à propos de la fille qui a relevé la plaque de Steve.

— Vous insinuez que Steve est l'étrangleur et que je suis sa prochaine victime ? »

Joe afficha un air grave. « Je pense sérieusement que vous êtes une victime potentielle.

— Mais pour ce qui est de Steve ?

— Là, j'ai un doute. »

Elle hésita. « Dites ? »

Il lui posa une main rassurante sur le bras et sourit. « Venez vous asseoir avec moi. Je vais vous expliquer. »

Presque machinalement, Deborah le suivit au salon. À cet instant précis, elle avait affreusement besoin qu'on la prenne en charge, que quelqu'un lui assure que tout devait s'arranger.

Elle s'effondra plus qu'elle ne s'assit sur le canapé.

Joe prit place à une trentaine de centimètres et commença d'une voix lente : « Mes sentiments personnels envers Steve n'entrent pas en ligne de compte. Je me base sur les faits. Je ne sais pas exactement ce qui se passe, bien sûr, mais je suis certain qu'on vous prend pour cible, et cela me dérange profondément. Mais que Steve puisse être derrière tout ça, l'homme avec qui vous êtes mariée depuis sept ans ? Ça ne tient pas debout. S'il était l'étrangleur, pourquoi aurait-il attendu aujourd'hui pour s'en prendre à vous ? Est-ce que vous avez changé ? Non. En plus, il doit savoir que vous êtes surveillée. Vous ne traînez pas dehors et vous ne fréquentez pas les bars. Le FBI a bâti cette espèce de théorie, comme quoi il aurait mis en scène sa propre mort du fait que le filet se resserrait sur lui. Et maintenant il referait surface ici, à Charleston, dans le but de terroriser sa propre femme ? Ce n'est pas possible. »

Deborah réfléchissait. « Effectivement, ça n'a rien de rationnel. Mais l'étrangleur n'est pas quelqu'un de rationnel.

— C'est vous qui le dites. Il ne pense pas comme vous et moi, pourtant il réfléchit. Plutôt bien même. Ces types sont parfaitement tordus, mais ils se servent de leur cervelle. Il n'y a qu'à penser à cette boîte à musique. L'expéditeur a pris toutes les précautions — et il a fait exactement ce qu'il a voulu. Vous remarquerez aussi que le tueur a toujours réussi à échapper à la police, et il continue de sévir.

— Mais cette histoire de chanson ? C'est un avertissement ou une mauvaise blague ?

— Dans un cas comme dans l'autre, ça n'augure rien de bon. Je suis certain que l'expéditeur est dangereux et qu'il suit un emploi du temps parfaitement calculé. Complètement dingue, qu'il doit trouver cohérent.

— Ça devient trop compliqué pour moi, dit Deborah. Je ne comprends rien à ces prétendus "modules comportementaux" du FBI.

— Bien sûr que si, vous comprenez. Sinon vous n'y feriez pas référence.

— Je regarde la télévision, c'est tout.

— Deborah, c'est normal que vous ayez peur. Mais ce n'est pas une raison pour faire semblant d'être ignorante. Vous savez comme moi que le type dont on parle a beau être malade, il obéit à une espèce de logique implacable. »

Elle baissa les yeux. « La logique de l'étrangleur », dit-elle d'une voix creuse.

*

Deborah dormit d'un mauvais sommeil. Deux fois elle se leva pour inspecter silencieusement la chambre des enfants. Elle se rendit compte à une heure du matin qu'elle venait de passer vingt minutes à observer le jardin derrière le store baissé de sa chambre. La nuit était froide et claire, le ciel, étoilé. Plus tôt dans la soirée, une âpre bise s'était levée qui fouettait maintenant les branches des sapins. Deborah pensa que les oiseaux avaient dû y trouver refuge. « Les arbres sont les abris naturels des oiseaux », avait appris Steve aux enfants, alors qu'il élaguait les branches au début de l'été. « Qu'il neige ou qu'il vente, ils leur offrent la sécurité et même la chaleur dont ils ont besoin. » Un homme si visiblement attentif à la nature et aux animaux était-il capable de rosser, violer, étrangler toutes ces pauvres femmes ? Cela semblait difficile à croire. Le FBI devait complètement être à côté de la plaque. Steve avait disparu et il était sans doute mort. Vivant, était-il un tueur ? Absolument pas.

Elle ne pouvait s'empêcher de penser aux victimes. L'image d'Emily se forma un instant dans son esprit. Emily avec ses longs cheveux bruns et sa délicate silhouette. Était-elle grande ? Deborah ne l'avait jamais vue qu'assise. Cependant elle avait été mariée.

Deborah réfléchissait à toutes les choses que Steve ne lui avait jamais révélées. Pourquoi ne lui avait-il justement pas dit qu'Emily avait épousé un homme, l'homme qu'il avait commis l'imprudence de pourchasser, tandis que sa sœur se faisait agresser ? Était-ce parce que Deborah n'avait jamais entendu les rumeurs, et qu'il n'avait plus besoin de se défendre ? Et cette boîte à musique, maintenant ? Ce mot qui commençait par « Ma chère épouse » ? Vrai, n'importe qui aurait pu l'écrire. Marcy, la petite amie de Dale Simpson, avait cependant donné une description de l'expéditeur. Environ un mètre quatre-vingts, mince, cheveux bruns, verres fumés. Cela pouvait être Steve. Comme mille autres hommes de cette ville.

Il y avait aussi cette improbable razzia sur leur

compte d'épargne. Comment expliquer que Steve ait pu retirer six mille dollars la veille de sa disparition ? Un cadeau de Noël vraiment formidable ? Non. Steve était toujours sensé, raisonnable, rétif à toute extravagance. Jamais il n'aurait consacré une telle somme, presque l'intégralité de leurs économies, à un cadeau quel qu'il fût.

Énervée, perturbée par ces séries de questions sans réponse, Deborah sentit brusquement le besoin d'une cigarette. À cet instant je n'ai pas la force de résister, pensa-t-elle en ouvrant le tiroir de la table de nuit, où deux vieilles Salem desséchées attendaient dans un paquet froissé. Elle en alluma une et inspira profondément une bouffée qui lui souleva l'estomac. Elle aurait cru fumer un vieux chiffon. Elle tira encore une fois ou deux sur la cigarette qu'elle écrasa finalement. On l'avait prévenue un jour qu'après une longue période d'abstinence, le tabac prenait un goût répugnant, et elle ne l'avait pas cru. C'était pourtant vrai.

Voilà que, par-dessus le marché, elle n'avait même plus droit au plaisir d'une simple cigarette. Elle partit à la salle de bains où elle remarqua ses yeux rougis dans le miroir. Elle se sentait irritée, instable, comme parfois Kim et Brian pouvaient l'être. « Rassemble tes esprits, se dit-elle. Cette situation est impossible, c'est sûr. Mais tu n'as pas le droit de te laisser aller. Les enfants ont besoin de toi et il faut être forte, ne serait-ce que pour eux. »

Elle se moucha, se brossa vigoureusement les dents puis s'en revint dans sa chambre. Le goût du dentifrice remplaçait avantageusement celui du tabac éventé. La maison était silencieuse. Deborah avait entendu la télévision en bas, au début de la nuit, mais Joe avait dû l'éteindre et se coucher. Dans le cas contraire, elle serait allée un instant profiter de sa compagnie. Elle réintégra son lit et tira la couette jusqu'au menton. Le duvet était chaud mais elle frissonna. Que disait sa mère, autrefois, quand quelqu'un grelottait constamment ? Elle annonçait d'une voix sépulcrale qu'on était en train de marcher sur sa tombe. « C'est complètement idiot, dit Deborah à haute voix. Je ne vois pas comment on marcherait sur ma tombe si je ne suis pas enterrée. » Elle frissonna de nouveau. « Du moins pas encore… »

*

Dans l'ombre, une silhouette l'invitait à la suivre. Les yeux de Deborah s'efforçaient de percer l'obscurité. Elle fit un pas en avant. Une lame s'enfonça brusquement dans la chair de son épaule. Elle tenta de la dégager, mais les coups redoublaient. Elle gémit, puis perçut peu à peu la voix qui répétait : « Maman ? »

Elle ouvrit les yeux. Devant le lit, Brian lui donnait de petites tapes à l'épaule. « Maman, *réveille-toi.*

— Que se passe-t-il ? cria-t-elle, aussitôt alarmée.

— Kim et Scarlett sont parties. »

Elle se leva d'un bond. « Parties ? Comment ça, parties ? »

Brian paraissait confus, effrayé également. « Elles

ne sont plus là, m'man, et il fait encore nuit, dehors. »

Elle jeta un coup d'œil au réveil : trois heures et demie. Le cœur battant, elle repoussa sa couette. « Kim doit être en bas, dit-elle en s'efforçant de ne pas céder à la panique.

— Non, j'ai déjà regardé.

— Tu as bien regardé *partout* ?

— Oui, elle n'est pas là.

— Et Joe, où est-il ?

— Il dort sur le canapé. »

Elle enfila sa robe de chambre. « Tu l'as réveillé ?

— Non. »

Bien sûr. Brian était un petit enfant, et les petits enfants vont d'abord voir leurs parents.

« Tu as regardé dans le débarras ? »

Il fit signe que non. « Kim n'y va jamais. Elle a trop peur, à cause de l'histoire du fantôme. »

Deborah s'élança dans le couloir et ouvrit la porte de la petite pièce. Il y faisait froid. Elle pressa sur l'interrupteur et inspecta l'intérieur à la lumière de l'ampoule nue. « Kimberly, tu es là ? » Silence. Rien d'autre que des caisses et les empreintes de pas laissées dans la poussière par Joe et la police. Deborah fit toutefois méthodiquement le tour du débarras, en étudiant le moindre espace vacant.

« Je te l'avais dit, maman, qu'elle ne serait pas ici.

— Oui, tu as raison », répondit-elle machinalement. Elle éteignit la lumière puis, sans refermer la porte, fila vers la chambre d'amis. Elle était vide aussi.

Elle réveilla Joe dans le salon. Il ouvrit un œil vague en grommelant.

« Joe, levez-vous ! fit-elle, essoufflée. Kim a disparu.

— Scarlett aussi », renchérit Brian.

Joe, cette fois, ouvrit de grands yeux et s'assit. Il portait un T-shirt et des caleçons longs. Deborah ne l'avait jamais vu qu'en jeans. « Elle n'a pas pu sortir. Elle est forcément quelque part dans la maison.

— Kim ? Scarlett ? » cria Brian. Il arrondit les lèvres pour essayer de siffler. « Scarlett, viens ici ! Au pied ! »

Tous trois restèrent silencieux un moment. Pas de réponse. « Où peut-elle bien être ? » dit Joe.

Deborah ouvrit la bouche, pourtant aucun mot n'en sortit. Le souvenir de l'homme qui avait tenté d'enlever la petite paralysait son esprit.

« Bon sang, moi qui me réveille toujours au moindre bruit, se reprochait Joe. Je dois avoir du sommeil en retard et ça me joue des tours. Je suis quand même sûr que je l'aurais entendue, si elle était sortie par la porte de la rue.

— J'ai déjà vérifié, dit Deborah. Le loquet est fermé. On ne peut pas l'ouvrir sans la clé, et Kim n'a pas la clé. »

Joe enfilait ses bottes. « Deborah, inspectez toutes les pièces du bas. Moi, je vais voir au fond dans le jardin. »

La maison n'était pas si grande. Les pièces du bas n'étaient autres que le salon, le coin salle à manger, le bureau de Steve et la cuisine. Personne nulle part. Hors d'elle, Deborah ouvrit la porte du jardin. « Vous trouvez quelque chose ? lança-t-elle à Joe qui, sa torche à la main, faisait le tour des sapins.

— Rien du tout. »

Elle s'apprêtait à le rejoindre dehors, lorsqu'une idée odieuse lui traversa l'esprit. Deborah resta tiraillée un court instant. « Mon Dieu, non, siffla-t-elle.

— Qu'est-ce qu'il y a, maman ? » demanda Brian.

Sans répondre, elle se précipita à la porte du garage et l'ouvrit. Une fois de plus elle était pieds nus, et le béton glacé lui raidit les jambes.

« Mon Dieu, je vous en prie, faites que cela ne soit pas ça », murmurait-elle, désespérée, en arrivant devant le gros congélateur où elle avait trouvé le camion de pompiers de Brian, la veille de la disparition de Steve. Ce satané appareil qu'elle avait omis de fermer avec un bon cadenas. « Faites qu'elle ne soit pas là. »

Les mains tremblantes, les yeux fermés, elle agrippa la poignée, ouvrit le couvercle, reprit son souffle et regarda à l'intérieur.

Son hurlement déchira le silence gelé.

VINGT

Elle ne savait pas combien de temps venait de passer lorsqu'elle se rendit compte que Joe la tenait dans ses bras. « Qu'est-ce qu'il y a ? demandait-il. Deborah, répondez ! »

Son corps était pris de convulsions, sa vision se brouillait. Impossible de parler. D'un geste du menton, elle montra le congélateur dont le couvercle était retombé.

Joe marqua un temps, puis la lâcha et rouvrit l'appareil, tandis qu'elle gémissait en grelottant. Elle s'aperçut que, devant la porte, Brian les observait dans l'ombre. Joe inspecta le congélateur. Son souffle s'arrêta. Il plongea une main à l'intérieur.

« Mon Dieu, geignait Deborah, ma petite fille.

— Tout va bien, dit Joe. C'est une poupée, c'est tout. »

Deborah se demanda si elle avait bien entendu. « Quoi ? fit-elle, la gorge sèche. Qu'est-ce que vous dites ?

— C'est la poupée de Kim. » Il la lui tendit.

Deborah regarda le mannequin dont les cheveux d'or, maintenant figés par le froid, ressemblaient tant à ceux de Kimberly. Le joli petit visage moulé était recouvert de givre. Le jouet était enveloppé dans la couverture de Kim, qui cachait pratiquement la robe de mariée.

Deborah gardait les yeux fixés sur la poupée. Un voile noir s'abattit sur ses yeux et elle fut un instant sur le point de s'évanouir. Mais le voile disparut et la jeune femme, haletant, éclata en sanglots.

Joe referma le congélateur, posa la poupée sur le couvercle et reprit Deborah dans ses bras. « J'ai cru une seconde que c'était Kim, aussi. À cause de la couverture, je pense. Mais voilà, c'est fini.

— Je n'ai jamais été aussi horrifiée de ma vie, souffla-t-elle. Mon Dieu, si ç'avait été elle…

— N'en parlons plus. Vous devez vous ressaisir, maintenant. Et il faut trouver Kim.

— Mais je suis là. »

Deborah et Joe firent ensemble volte-face pour trouver la petite fille qui tirait de toutes ses forces sur la laisse de Scarlett. La queue frétillante, cette dernière semblait heureuse de trouver le groupe réuni. Un jeune homme en uniforme accompagnait l'enfant et l'animal. « Je l'ai trouvée en train de courir dans la rue, annonça l'officier. Agent Deakins, FBI.

— Tu vas avoir des ennuis, toi, fit Brian à l'attention de sa sœur. Ils vont te mettre en prison. »

La colère prenant le pas sur le soulagement, Deborah s'écria « Mais qu'est-ce que tu es allée faire dehors ? »

Kim recula : « Rien.

— Comment, rien ? Tu es sortie dehors pour *rien* ? »

Décomposée, Kim pleurait à chaudes larmes. « C'est parce que j'ai entendu le père Noël.

— Le père Noël ! éclata sa mère. Avec tout ce qui se passe ici, tu trouves encore le moyen de courir après le père Noël ! »

Joe posa une main sur son bras. « Calmez-vous, Deborah. C'est encore une enfant. Elle est terrorisée.

— C'est moi qui suis terrorisée », explosa la jeune femme. Elle regarda de nouveau la petite fille qu'un instant plus tôt elle avait cru voir morte, et se précipita pour la prendre dans ses bras. « Mon bébé, pardonne-moi. Je ne voulais pas crier comme ça. On était tous fous d'inquiétude, tu comprends ? » Kim reniflait misérablement. « Ma chérie, dis-moi. Qu'est-ce que c'est, cette histoire de père Noël ?

— J'ai entendu les clochettes sur le traîneau.

— Les clochettes ?

— Mais oui. » Kim essuyait ses larmes du revers de la main. « Alors j'ai cru qu'il était là, dans le jardin, avec Rudolph*.

— Mais Joe est allé voir si tu y étais, dans le jardin.

— J'avais un peu peur quand même, alors j'ai pris Scarlett avec moi. Je lui ai mis sa laisse au cas où elle voudrait embêter Rudolph, mais elle s'est mise à grogner et elle m'a échappé. Le portail

* Rudolf the Reindeer : le nom du renne attelé au traîneau « américain » du père Noël.

était ouvert et elle est partie dans la rue. Alors je suis allée la rechercher.

— En robe de chambre et en pantoufles, gronda gentiment sa mère. C'est comme ça que tu soignes ton rhume, peut-être.

— Pourquoi elle grognait, Scarlett ? demanda Brian. À cause de Rudolph ?

— Non, il n'était pas là, admit Kim déçue. Il n'y avait personne. »

L'agent Deakins haussa les épaules. « On n'a rien vu non plus, avec mon collègue. Mais on a bien entendu des clochettes avant de trouver la petite. Qui peut bien s'amuser à faire sonner ça ? Les seules personnes qui vivent actuellement dans l'impasse sont vous et le fils de Mme Dillman. Je ne pense pas que cela soit l'un de vous.

— Cela ne pouvait pas venir d'une autre rue ? demanda Joe.

— La rue la plus proche est à huit cents mètres, répondit Deakins. À cette distance, on n'aurait rien entendu. »

Kim aperçut sa poupée sur le couvercle du congélateur. « Angie ! s'écria l'enfant. Mais qu'est-ce qu'elle fait ici ?

— Kim, c'est toi qui l'as mise dans le congélateur ? » demanda Deborah.

La petite ouvrit de grands yeux. « Moi ? Mais pourquoi ? Jamais. » Elle se retourna vers son frère. « C'est toi, alors ?

— Mais non, pas du tout, répondit Brian, furieux. Je m'en fiche, moi, de tes poupées. Je n'y ai jamais touché.

— En tout cas, elle n'est pas arrivée ici toute seule », admit Deborah d'une voix serrée.

Joe la regarda, puis lâcha : « Et, comme par hasard, le soir où vous fouillez toute la maison à la recherche de la petite. »

*

Deborah s'était crue incapable de retrouver le sommeil. Elle somnolait cependant lorsqu'une main se mit à lui tapoter gentiment sur l'épaule. « Maman », murmurait Kim.

Les nerfs à fleur de peau, sa mère fit un bond. « Quoi ? »

Surprise, Kim fit un pas en arrière. « Le père Noël est passé, maman.

— C'est pour ça que tu me réveilles ?

— Bien sûr que c'est pour ça, répondit Kim.

— Il est juste sept heures moins le quart », dit Brian.

Kim hochait la tête, appréciant pour une fois que son frère lise bien l'heure.

« Oui, c'est juste sept heures moins le quart.

— Bonté divine, mais vous ne dormez jamais, vous deux ? » fit leur mère, trop épuisée par les événements de la nuit pour penser à sortir du lit. « On pourrait les ouvrir un peu plus tard, les cadeaux, non ?

— Non », chantèrent Brian et Kim d'une seule voix.

Mais où trouvent-ils cette énergie ? À les voir, on n'imaginerait jamais qu'il leur manquait plusieurs heures de sommeil. Ils n'avaient même pas l'air fatigués.

« OK, grogna Deborah. Trouvez-moi ma robe de chambre. »

À son grand soulagement, Joe, debout, avait préparé du café. Ils s'assirent tous deux, comme Steve et Deborah le faisaient chaque année, tandis que les enfants déchiraient joyeusement leurs emballages.

Kimberly fut ravie de son walkman et Brian rayonnait de plaisir en découvrant son pistolet-laser. Ils se mirent ensuite à griffonner sur leurs grands blocs-notes flambant neufs. Puis ils relevèrent la tête et dirent : « Bon, maintenant, c'est à vous. Faites-vous vos cadeaux.

— Je crains qu'on n'en ait pas acheté pour nous, déclara Deborah.

— Eh bien, euh... Si, fit Joe. Je vous ai pris un petit quelque chose l'autre soir en allant au drugstore chercher du sirop. » Il tendit un paquet. Gênée, Deborah l'ouvrit et en sortit une fine chaîne avec un cœur en strass. Joe dut se rendre compte, un peu tard, du côté ouvertement romantique de la chose et s'empressa d'ajouter : « J'ai pris la même pour maman. Parce que vous avez bon cœur, toutes les deux. »

Cela ne pouvait donc pas être mal interprété, pensa Deborah en souriant. « Merci, dit-elle. C'est vraiment trop gentil. Mais je suis embêtée, parce que je n'ai rien pour vous... »

Il leva les mains : « Je n'attendais rien. Et puis cela fait des jours que vous me nourrissez. C'est un joli cadeau.

— Mais nous, on a des choses pour tous les deux », coupa Kim de sa voix flûtée. Les jumeaux apportèrent de nouveaux paquets extravagants, couverts de rouleaux entiers de ruban adhésif. Très appliqué, Joe ouvrit celui que lui tendait Kim. Il découvrit un stylo à bille que Deborah avait vu un moment sur le bureau de Steve. Et Brian lui offrit le volume XVII du Code d'instruction criminelle de la Virginie de l'Ouest. Deborah le vit sourire en feuilletant l'ouvrage de référence de son mari. « Parfait. Je peux étudier et prendre des notes. Merci, les enfants. »

Toujours plus réjouis, ils présentèrent ensuite leurs cadeaux à leur mère. Brian avait collé sur un épais morceau de carton rouge une photographie le représentant avec Scarlett. « C'est celle que je préfère, affirma-t-elle. Merci, mon chéri.

— Mais le mien est plus beau, annonça Kim en tendant à Deborah un curieux paquet mou emballé de papier vert.

— Je me demande vraiment ce que cela peut être, dit-elle avec enthousiasme.

— C'est mon *secret*, révéla la petite.

— Le secret dont tu parlais l'autre soir ?

— Oui. Tu vas être vraiment contente, je suis sûre. »

Deborah dégagea un sachet en plastique de la masse superlative de papier cadeau et d'adhésif. Elle ouvrit le sachet qui libéra sur ses genoux une série d'alliances et de boucles d'oreilles. Perplexe, elle lut à haute voix l'inscription gravée sur l'un des anneaux : « Sally et Jack ».

Stupéfaite, elle lâcha l'alliance et saisit une

boucle en verre travaillé. « Bon Dieu », murmura Joe en remarquant à la lumière des traces noirâtres sur le bijou, et ce qu'on aurait pu prendre pour un champignon ratatiné, encore accroché au pendant.

Deborah se leva, courut à la salle dc bains et vomit.

*

Elle en sortit dix minutes plus tard et trouva Joe au salon. Kim pleurait sur ses genoux. La petite lança un regard angoissé à sa mère et lui dit : « Pardon, maman. Je croyais que ça te ferait plaisir.

— Ils sont très jolis, ces bijoux, réussit à articuler celle-ci. Où les as-tu trouvés ?

— Dans la cachette », répondit Kim.

Ce qu'elle appelait la cachette était en réalité un orifice d'un mètre carré environ, qui donnait accès aux fondations de la maison. Steve l'avait doté d'une petite porte en bois avec son loquet, et interdit aux enfants de s'y aventurer à cause des énormes cafards qui grouillaient là. Apparemment, la curiosité de Kim l'avait emporté sur sa répugnance.

« Et quand les as-tu trouvés ? poursuivait Joe.

— Il y a deux jours. » Kim séchait ses larmes. « J'ai fait une bêtise ?

— Tu as regardé dans la cachette, fit Brian, sentencieux. Tu sais bien qu'il ne faut pas.

— Ce n'est pas très grave, dit Deborah. Est-ce que tu as vu… papa y mettre les bijoux ?

— Nôôn, répondit Kim, effarée. C'est les pirates qui les ont mis là il y a très longtemps. »

Deborah et Joe échangèrent un regard. « Vous croyez que c'est les pirates ? » lui demanda-t-elle sur un ton qui se voulait léger, en raison des enfants. Il faut les garder loin de la vérité. Kim comprendrait un jour ce que son cadeau avait d'épouvantable, mais pour l'instant il était nécessaire de faire bonne figure devant eux.

« Je ne suis pas certain qu'ils soient jamais venus jusqu'ici, déclara lentement Joe. On est quand même loin de l'océan. En revanche, quelqu'un aurait pu les cacher il y a quelque temps.

— Combien de temps ? fit Brian.

— Cinquante ans, peut-être. »

La réponse parut satisfaire les jumeaux. Ses larmes oubliées, Kim revint chercher son walkman et reposa le casque sur ses oreilles.

« Pendant que vous jouez, je vais refaire du café pour Joe et moi, conclut Deborah. Que voulez-vous pour déjeuner, du pain grillé ou des céréales ?

— Des crêpes, dit Brian d'une voix absente. Mais pas tout de suite. »

Sans vraiment réussir à masquer son dégoût, Deborah referma le sachet en plastique et partit à la cuisine. Joe la suivit, prit possession du sachet et s'assit à la table tandis qu'elle se lavait soigneusement les mains. « Il y a encore du sang et de la chair sur ces boucles d'oreilles, dit-elle d'une voix chevrotante. Depuis combien de temps croyez-vous que tout cela était ici ?

— Peut-être depuis l'agression de Sally Yates,

puisqu'il y a son alliance. Ça date d'il y a deux semaines.

— Il a tué une autre fille depuis.

— Je ne sais pas s'il a pris des bijoux à la petite Toni Lee. À quel moment Kim a-t-elle commencé à parler de ce secret ? C'était avant cette pauvre fille, non ? »

Deborah réfléchit : « Il me semble. Oui. » Elle chercha son souffle. « Je suppose que les choses sont nettes, maintenant. C'est Steve qui a mis les bijoux dans le soupirail. »

Joe évita son regard, tandis que Deborah sentait toute foi lui échapper à propos de son mari.

« On pourrait le croire.

— Pourtant…

— Pourtant ? reprit Joe.

— Vous vous rappelez ce que vous m'avez dit, à propos de l'étrangleur ? Qu'il n'était pas de ceux qui cherchent à se faire prendre.

— Oui.

— Supposons que Steve et lui soient la même personne et qu'effectivement il fasse bien attention à ne pas se faire arrêter. Pourquoi dans ce cas cacher les bijoux à un endroit où les enfants peuvent mettre leur nez ?

— Il leur a dit de ne pas le faire, justement.

— Eh bien, soit je n'y connais rien, soit c'est le meilleur moyen de s'assurer qu'ils le fassent. »

Joe étudia la jeune femme, pensif.

« Vous avez raison. Steve ne pouvait ignorer qu'un jour ou l'autre Kim et Brian céderaient à la tentation. » Il s'interrompit et regarda par la fenêtre. « En revanche, s'il est parti d'ici pour réapparaître incognito plus loin, il ne pouvait pas prendre ces bijoux avec lui. Trop dangereux, ce sont des pièces à conviction. Et, dans ce cas, peu lui importait qu'on les retrouve à la maison ou pas. »

*

Toute la journée de Noël, Deborah s'efforça de paraître joyeuse. L'appétit coupé, elle fit semblant de se réjouir du délicieux dîner qu'elle avait préparé — dinde, garniture de marrons, deux sortes de légumes, et gelée de groseilles. « Je vais prendre au moins vingt kilos chez vous, affirma Joe qui s'enfonçait sur sa chaise, le repas terminé. Je me demande comment Steve arrivait à garder la ligne.

— On ne mange pas toujours aussi bien », dit Deborah. Elle soupira. « En général, je garde une assiette pour Mme Dillman. Je pourrais peut-être en apporter une à son fils. »

Joe décida qu'il s'en chargerait lui-même. De retour, il transmit à la jeune femme les chaleureux remerciements de Fred Dillman. « Il était au téléphone avec sa femme quand je suis arrivé. Apparemment, il y a de l'eau dans le gaz.

— À propos de couples bancals, je me demande où en sont Barbara et Evan ? fit Deborah en récurant le grand plat où avait cuit la dinde.

— Elle vous appellera sûrement pour vous faire son rapport.

— Elle sait que la ligne est sur écoute, elle préférera venir. » Deborah s'interrompit pour regarder Joe. « Je me suis sentie mal à l'aise d'accaparer Barbara quelques jours, mais je ne me suis pas posé la question pour vous. J'espère que je ne vous prive de personne. »

Joe sourit. « Vous voulez savoir si ma copine est jalouse ? Je n'ai pas vraiment de petite amie, en ce moment. Une fille que je vois rarement. Mais je n'ai pas eu d'histoire sérieuse depuis Lisa à Houston.

— Malheureuse histoire.

— Les années ont passé. Je n'y pense plus beaucoup.

— Vous êtes heureux ? » demanda-t-elle impulsivement.

Il réfléchit. « À la fois heureux et pas très heureux, disons.

— Rien d'exaltant.

— Non. Autre chose à essuyer, madame Robinson ?

— Plus pour l'instant. Mais les enfants auront faim dans une heure. »

Joe reposa le torchon sur son crochet et la regarda. « Vous savez que Steve était très fier de vous, et de vos enfants ? »

Elle le fixa. « Fier. De moi ? Vous croyez ?

— J'ai connu plus loquace que lui, mais quand il parlait de vous, il rayonnait.

— Et aujourd'hui il serait capable de me tuer ?

— Difficile à croire, je sais. C'est seulement une possibilité. En tout cas, l'étrangleur a une personnalité complexe. Ça, au moins, c'est certain.

— Steve aussi, répondit-elle. Il est intelligent. Appliqué. » Elle marqua un temps. « Et perturbé. »

Joe hocha la tête. « Je sais. C'est d'ailleurs ce qui me tracasse. J'ai toujours cru que c'était à cause de ce qui est arrivé à sa sœur. Maintenant je ne suis plus très sûr. Pete disait l'autre jour que des gens ont pensé qu'il avait pu être l'agresseur d'Emily. Pourquoi ? Parce que c'est la version de Lieber ? Ou y avait-il quelque chose de bizarre dans ses relations avec elle ?

— On ne le saura jamais, j'en ai peur. » Deborah regardait au-dehors la neige restée massée en courtes plaques. « À moins d'aller à Wheeling et de poser des questions.

— Vous voulez aller à Wheeling ?

— Oui, en fait, je voudrais y aller.

— Deborah, ce qui est arrivé à Emily est une vieille histoire.

— Je crois que les gens se rappellent ce genre de chose, quand même. Quelqu'un doit en savoir plus long que Pete, j'en suis sûre.

— Et si vous trouvez d'autres informations sur le viol d'Emily, qu'est-ce que cela changera à votre situation ?

— Le FBI pense que c'est Steve qui a agressé sa sœur. Que sa "pathologie" remonterait à ce moment. Je crois justement que cela peut nous éclairer.

— Vous avez peut-être raison, admit Joe. Mais vous risquez aussi de mettre le nez sur des choses que vous n'avez pas envie de savoir.

— Au point où on en est, je préfère être confrontée à la vérité, aussi immonde soit-elle, plutôt que passer des journées entières déchirée par le doute. Je veux aller à Wheeling, dit-elle, déterminée. Et je veux y aller demain. »

*

Comme Deborah l'avait prédit, Barbara souhaitait lui parler, mais de préférence pas au téléphone. Elle arriva à sept heures ce soir-là, l'air éperdu et les yeux rouges. Plein de tact, Joe partit au sous-sol jouer avec les enfants, pendant que Barbara, un verre à la main, s'asseyait droite sur le canapé, bien trop nerveuse pour s'enfoncer dans les coussins. « Je ne vaux pas grand-chose comme amie, admit-elle. Avec tout ce qui t'arrive, je suis à peine venue te voir et aujourd'hui me voilà avec mes problèmes.

— Tu étais là quand j'ai eu vraiment besoin de toi, dit gentiment Deborah. Tu as un métier, et tu as ta vie avec Evan. »

Les yeux de Barbara s'emplirent de larmes. « Ma vie avec Evan ? Tu parles ! Il est de plus en plus bizarre, en ce moment. Il trouve le moindre prétexte pour ne pas me voir. Quand tu m'as conseillé de rentrer avec lui, il m'a fait toute une scène parce que je n'avais pas envie d'acheter un sapin de Noël ! Je ne sais vraiment plus quoi faire.

— Essaie de te détendre un peu, d'abord. »

Barbara but une gorgée de son whisky-soda puis, pleine d'expectative, regarda son amie. Celle-ci reprit :

« Je ne connais pas très bien Evan. Cela fait des années que je le vois, mais on ne discute jamais que de petites choses et je n'ai pas idée de la façon dont il fonctionne réellement. Tout semblait aller bien jusqu'à notre réception de Noël. Peut-être qu'il est malheureux pour Steve.

— C'est sûr, fit Barbara. Même que… oh, en fait, rien.

— Même que quoi ? releva Deborah qui détestait par-dessus tout qu'on en dise trop ou pas assez.

— Eh bien, il a fini par se demander si Steve ne serait pas l'étrangleur.

— Tiens donc ?

— Deborah, ne me regarde pas comme ça. Tu t'es posé la question toi aussi. Je le sais. »

Comment aurait-elle pu le nier ? Le doute s'était inscrit profondément dans son esprit le matin même devant l'odieux sachet de bijoux. Pas question, cependant, d'en dire un mot. Cela ne lui vaudrait qu'un torrent de questions et elle voulait laisser le sujet de côté — pour l'instant. « Je suppose qu'on l'a tous envisagé à un moment ou à un autre », dit-elle d'une voix plate.

Barbara reprit son verre. « Au début, Evan pensait que cela pouvait être quelqu'un qui connaissait bien Steve, qui travaillait avec lui, par exemple, et qui se serait débrouillé pour que les soupçons se portent sur lui. » Elle prononça la longue phrase d'une traite.

Deborah la fixait. Cette possibilité ne lui était pas venue à l'esprit, puisqu'elle s'était jusque-là concentrée sur son mari et Artie Lieber.

« Et j'ai fini par me demander…, poursuivit Barbara.

— Quoi ?

— S'il n'avait pas raison. Si ce n'est pas Steve, cela pourrait bien être un de ses collaborateurs. Même Evan a un comportement bizarre.

— Tu crois que cela pourrait être *Evan* ?

— J'y ai pensé, admit Barbara, misérable. Joe aussi est bizarre, remarque. »

Étonnée, Deborah la regarda. « Joe ? Qu'est-ce qu'il a fait de bizarre ?

— Il te sert de chien de garde. »

Deborah la coupa. Barbara, énervée, parlait assez fort pour que ses propos soient audibles, même au sous-sol. « Barbara, Joe était... Joe est l'ami de Steve. C'est pour cela qu'il est là, pour ne pas me laisser seule avec les enfants.

— C'est bien ce que j'ai dit à Evan, mais il n'a pas voulu l'entendre. » Elle se détourna, se mordilla un ongle, et lâcha : « Evan m'a fait cette scène à propos du sapin de Noël juste avant qu'une autre fille, Toni Lee Morris, soit assassinée. Est-ce qu'il ne m'aurait pas quittée exprès pour... pour...

— ... violer et étrangler une jeune femme dans la rue ? Tu ne parles pas sérieusement. »

Barbara baissa les yeux. « Deborah, est-ce que tu te rends compte que nous n'étions jamais ensemble, Evan et moi, toutes les fois qu'une fille s'est fait assassiner ? Je tiens un journal et j'ai vérifié. Et la maison des O'Donnell a été louée à un soi-disant Edward King. Evan Kincaid. C'est les mêmes initiales. »

Deborah la fixait, ébahie. « Barbara, tout cela n'a aucun sens. J'ai l'impression que tu cherches à te persuader qu'Evan serait le coupable. Et que tu préférerais encore ça plutôt qu'accepter simplement qu'Evan veut peut-être mettre un terme à votre relation ? »

Barbara écarquilla les yeux, comme si on venait de la gifler. « C'est ignoble, ce que tu viens de dire !

— Parce que tes soupçons ne le sont pas ? Barbara, tu es ma meilleure amie, mais tu te racontes des histoires. Evan est sur les nerfs depuis quelques jours, c'est tout. »

Barbara braquait sur elle un regard torve. « Tu m'en veux que je ne sois pas restée plus longtemps auprès de toi, et c'est pour ça que tu te venges.

— Jamais de la vie. »

Barbara reposa son verre et se leva. « Je crois que je me suis trompée d'adresse.

— Mais ne monte pas sur tes grands chevaux comme ça. Je suis ton amie et je n'essaie en aucun cas de te faire du mal. Je pense seulement que tu as besoin de brider un peu ton imagination.

— Merci beaucoup pour ce conseil, siffla Barbara. Maintenant, j'ai autre chose à faire.

— Barbara, je t'en prie, ne fais pas l'imbécile... »

La porte claquait déjà.

Deborah posa ses coudes sur ses genoux, et son front dans ses mains. Elle était encore ainsi, immobile, lorsque Joe apparut dans la pièce. « Il ne faut pas vous laisser démonter. Il y a plus important que les accès de colère de votre amie Barbara.

— Vous avez entendu ? fit-elle en levant la tête.

— Je n'ai pas perdu un mot, y compris ce qui concerne ma propre attitude.

— Je suis navrée.

— Il ne faut pas. Et Barbara n'a pas lieu de l'être non plus. »

Deborah leva vers lui un regard surpris.

« Vous avez été un peu dure avec elle, d'ailleurs.

— Mais enfin, vous avez entendu ces accusations ? C'est absurde.

— Deborah, nous ne savons toujours pas qui est l'étrangleur des ruelles, dit gravement Joe. Je ne trouve pas absurde d'étudier toutes les éventualités. C'est même plutôt un signe d'intelligence.

— Mais elle en était à penser qu'Evan, ou même vous, pouvaient être coupables.

— Qui, parmi vous, sait vraiment qui je suis ? Et en ce qui concerne Evan, ce qu'elle dit est assez sensé. C'est *lui* qui a avancé l'hypothèse selon laquelle Steve pouvait être victime d'un coup monté. Comme je travaille avec eux, c'est peut-être juste un moyen de me rendre suspect. Mais pour les mêmes raisons, il l'est tout autant que moi. D'autre part, c'est une sacrée coïncidence qu'Evan et Barbara n'aient jamais été ensemble les nuits où l'étrangleur faisait des siennes. Tous les meurtres, à part un, le dernier, ont eu lieu un samedi soir. Et c'est quand même le samedi soir qu'on aime voir sa petite amie, non ? Enfin, il y a les initiales. Je sais bien que c'est curieux, mais les gens qui se choisissent des pseudonymes utilisent très souvent les leurs.

— Arrêtez, fit Deborah en se frottant les tempes. J'ai l'impression de glisser dans des sables mouvants. Je suis incapable de considérer toutes ces pistes, il y en a trop et ça me fait peur. J'ai bien assez de me concentrer sur Steve, Emily et Artie Lieber.

— Vous voulez toujours partir à Wheeling demain ?

— Plus que jamais.

— Et vous voulez toujours que je vous accompagne ?

— Oui », répondit-elle fermement, quoique plus tard la voix de Joe devait l'accompagner dans son sommeil. Cette voix qui disait : « Qui, parmi vous, sait vraiment qui je suis ? »

VINGT ET UN

« Qui, parmi vous, sait vraiment qui je suis ? »

Deborah ferma les yeux. Pas question d'analyser le réquisitoire de la veille. Ni Joe ni Evan ne sont des assassins. Point. « Mais pour ce qui est de ton propre mari, tu es moins sûre, hein ? » fit une voix ironique au fond d'elle.

Elle jeta un coup d'œil au réveil : six heures et demie. En partant à huit heures, ils atteindraient Wheeling bien avant midi. Ils auraient suffisamment de temps pour accomplir ce qu'elle se proposait d'y faire, et ils seraient rentrés vers neuf heures le soir.

La veille, elle avait appelé Pete pour lui demander s'il voulait bien garder les enfants. Le téléphone étant sur écoute, elle s'était refusée à lui expliquer pourquoi. Ils seraient probablement suivis, Joe et elle, mais cela n'était pas une raison pour révéler leur itinéraire. Si le FBI voulait garder un œil sur eux, il pouvait s'en donner la peine.

Les enfants étaient d'humeur revêche. « Où partez-vous ? demandait sans arrêt Kim. Pourquoi on ne peut pas venir avec vous ?

— C'est trop loin pour qu'on y aille ensemble, lui avait appris sa mère. Et je sais que vous vous ennuieriez.

— Mais Pete n'a rien pour jouer chez lui, dit Brian.

— On apportera des jouets. Maintenant, arrêtez de rouspéter et habillez-vous. Et j'espère que vous saurez vous tenir, chez lui.»

Elle les laissa ronchonner dans leur chambre et leur remplit un grand sac de jouets, sans oublier ceux qu'ils avaient reçus pour Noël. Pete avait également accepté de prendre Scarlett. Deborah n'aimait pas laisser la chienne toute seule, et les enfants se sentiraient mieux avec elle. Elle emballa donc ses écuelles en sus d'un vieil os en plastique.

À sept heures trente, Joe garait sa voiture devant la grande maison de Pete, blanche et de style colonial. Il habitait à presque un kilomètre et demi de chez Deborah. Elle l'avait toujours trouvée superbe, et Pete l'avait meublée avec un goût très sûr. Joe attendait au volant, tandis que Deborah conduisait les enfants et Scarlett, qui tirait sur sa laisse, à la porte. Pete les accueillit au salon, sous la grande fenêtre palladienne qui baignait de soleil les meubles crème et safran.

«Pete, c'est vraiment gentil de ta part, dit-elle en retirant les manteaux des enfants.

— Ça ne me dérange pas du tout, vraiment. Même si j'aimerais bien que tu m'expliques ce qui se passe.» La voyant hésiter, il reprit : «Les enfants, vous ne voulez pas installer les affaires de Scarlett dans la cuisine ? Ou ailleurs, comme vous voudrez. Je viens tout de suite mettre de l'eau dans son bol. »

Ils échangèrent un regard. « Ils veulent parler sans nous », dit Brian sur un ton de reproche en prenant avec sa sœur, et le chien, le chemin de la cuisine.

« Ils comprennent tout, hein ? sourit Pete. Ça me rappelle Adam au même âge. Avec Hope, on épelait certains mots devant lui. Jusqu'à ce qu'on se rende compte qu'Adam savait déjà très bien l'orthographe.

— Je ne sais si c'est leur cas, mais qu'importe. Je pars à Wheeling avec Joe. »

Pete cilla légèrement. « À Wheeling ? Qu'est-ce que vous allez faire là-bas ? Vous voulez voir Emily ?

— Entre autres, répondit-elle. Pete, j'ai l'intuition que tout ce qui vient de se passer a un rapport avec elle.

— Mais pourquoi donc ?

— Je ne sais pas », répondit-elle, évasive. Elle lut alors clairement dans ses yeux. Pete comprit qu'elle se demandait si Steve ne serait pas l'agresseur de sa sœur.

« Deborah, je ne crois pas que cela soit une bonne idée, dit-il très sérieusement. Lieber est toujours on ne sait où. Ensuite, ce que tu as en tête de découvrir a eu lieu il y a longtemps. Le feu est éteint, et il n'y a plus de fumée.

— Peut-être pas. Peut-être qu'il y a une piste que personne n'a remarquée.

— Et vous allez trouver en quelques heures ?

— J'espère. »

Pete soupira. « Deborah, je ne vais pas te cacher que je ne suis pas rassuré de te voir partir avec Joe. Il est sûrement tout à fait comme il faut, mais…

— … que savons-nous vraiment de lui ? finit-elle à sa place. Il a toute ma confiance. Son aide m'est extrêmement précieuse. Comme la tienne. » Les larmes aux yeux, elle ne résista pas à l'impulsion et prit Pete dans ses bras. Surpris, il se figea, puis se détendit et répondit de quelques tapes amicales.

« Deborah, tu n'es pas en état de faire l'aller et retour. »

Elle se détacha de lui en essuyant ses larmes. « Non, ça va. De toute façon, il *faut* que j'y aille. Si je ne trouve rien, tant pis. Au moins j'aurai essayé. »

Il leva les mains, résigné. « Je ne vois pas ce que je peux faire pour t'arrêter.

— En revanche, il y a un autre service que tu pourrais me rendre. Comment s'appelait la petite amie de Steve à l'époque, celle qui lui a fourni un alibi ? »

Pete leva la tête en fronçant les sourcils. « Deborah, c'est si vieux. Il n'est pas resté longtemps avec elle et je crois qu'elle a déménagé ailleurs après son bac. Attends. Jane, peut-être ? Ou Joyce ? Quelque chose comme ça, je ne peux pas en être sûr. Quant à son nom de famille, alors, là je ne sais pas.

— Bon, tant pis, je me débrouillerai sans.

— Désolé. Dis, si vous avez le temps, vous pourriez vous arrêter faire un petit bonjour à ma grand-mère ? Je ne l'ai pas vue à Noël, et je voudrais savoir comment cela se passe avec son amie Ida, tu sais, celle qui s'est cassé la hanche ?

— Bien sûr, on trouvera un moment pour lui rendre visite.

C'est vraiment gentil. Je vais te donner son adresse. »

Adam apparut au bas de l'escalier, les cheveux en bataille, avec un T-shirt tout froissé. « Où sont les enfants ? demanda-t-il tout à trac.

— À la cuisine, répondit Deborah.

— Le chien est là, aussi ?

— Oui. »

Il sourit. « Super. On va bien s'occuper, tous les trois. J'ai prévu des tas de choses.

— Deborah n'a peut-être pas envie que tu les fasses courir partout, dit Pete. Kimberly est enrhumée, je crois.

— Elle ne va pas mieux ? s'inquiéta Adam.

— Si, beaucoup mieux, en fait. Mais il faut la ménager, quand même.

— Je ferai très attention à eux », affirma Adam en regardant Deborah droit dans les yeux.

Et droit au cœur. Combien d'adolescents de quinze ans se réjouiraient de s'occuper d'enfants beaucoup plus jeunes ?

« Surtout, ne vous inquiétez pas. Tout ira bien, assura Pete qui tendait à Deborah le bristol sur lequel il avait couché l'adresse de sa grand-mère. Nous ferons attention aux enfants, Adam et moi. Cela dit, même si je ne suis pas sûr du bien-fondé de ta démarche, je te souhaite bon courage. »

*

Échangeant à peine quelques mots, ils sortirent de Charleston et trouvèrent la route du nord. Deborah cherchait un sujet de conversation et n'en trouvait aucun. Elle était anxieuse, le savait, mais ne voyait pas comment elle aurait pu se détendre. « On va finir par s'endormir », dit Joe en glissant une cassette dans l'autoradio. La guitare et la flûte annonçaient *Can't You See*, une chanson du Marshall Tucker Band que Deborah n'avait pas entendue depuis des années. Elle s'aperçut, au bout de quelques mesures, qu'elle tapait du pied en rythme. Joe le remarqua lui aussi. Brusquement, il se mit à entonner le couplet à voix haute : « Can't you see what that woman's doing to me… » Souriante, Deborah finit la chanson avec lui. Ils connaissaient tous deux aussi *Heard in a Love Song, Searching for a Rainbow*, qu'ils reprirent avec le meilleur accent du Sud qu'ils puissent trouver. En riant, Deborah finit par admettre : « Désolée, Joe, mon répertoire s'arrête là pour l'instant.

— Je ne savais pas que vous étiez une rockstar », fit le conducteur en baissant le volume.

En rougissant, elle se souvint : « Un jour que j'avais quatorze ans, je passais la nuit chez une copine, Marilyn. Elle avait des centaines de cassettes. Mes parents dînaient en ville, et on avait décidé toutes les deux d'improviser un concert. Sa mère est montée dans la chambre, a ouvert la porte et m'a trouvée en train de hurler *Staying*

Alive devant une brosse à cheveux en guise de micro. J'étais morte de honte. »

Rejetant la tête en arrière, Joe se mit à rire. « On avait monté un orchestre, avec mes frères. On n'a fait que deux concerts, le premier pour un barbecue, et l'autre pour les seize ans de ma sœur. Quand on a fini, j'ai entendu une de ses amies — et j'étais amoureux de cette fille — qui lui disait : "S'ils se prennent pour un groupe de rock, c'est qu'ils ont du gruyère dans la tête. Jack doit connaître environ cinq notes, Joe chante comme une vache, et Bob est surtout doué pour faire des grimaces."

— Sympa, comme commentaire, s'esclaffa Deborah.

— C'était la fin de tout. Pas de tournée mondiale. Pas de groupies en folie. Pas de couverture de *Rolling Stone*. Alors on a arrêté de répéter, puisque ça ne servait à rien, et on a oublié la musique.

— Vous vous êtes engagé dans la police et moi, je suis devenue secrétaire.

— Et la scène musicale a perdu deux de ses plus grands artistes. »

Ils passèrent les deux heures suivantes à évoquer leurs enfances respectives avec un soupçon de nostalgie, et Deborah sentit ses muscles se relâcher le long de sa nuque. Le soleil fut bientôt masqué par les nuages et le ciel prit une désespérante teinte d'ardoise. Quand ils arrivèrent enfin à Wheeling, les mains de la jeune femme tremblaient. « Vous êtes déjà venu ici ? demanda-t-elle à Joe.

— Jamais.

— Moi, je ne suis venue qu'une fois, avec Steve, pour voir Emily. Je n'ai jamais vu le centre historique.

— Ça consiste en quoi ?

— Des boutiques et des restaurants, dans des immeubles de l'époque victorienne. Il y a aussi un parc d'attractions. Steve avait promis aux enfants de les amener juste avant Noël… »

La gorge soudain voilée, elle réprima un sanglot qui l'étonna autant que Joe. Il déposa une tape amicale sur sa main. « Allons, n'y pensez pas. »

Elle se raidit. « Excusez-moi.

— Vous préférez rentrer ?

— Non, jamais de la vie. Je ne sais pas pourquoi je suis aussi sûre de trouver quelque chose. Peut-être est-ce parce que Steve a toujours refusé d'y revenir avec moi, alors que je le lui ai souvent demandé. Il ne voulait pas me voir ici et je me demande pourquoi. Pour que le passé ne fasse pas irruption dans sa nouvelle vie ? Ou parce qu'il avait peur que je découvre quelque chose ?

— Je n'essayais pas de vous faire changer d'avis, Deborah. Mais vous êtes très tendue.

— Ça va aller.

— Bien. Où allons-nous d'abord ?

— À l'institut, voir Emily. »

*

Artie Lieber avait sérieusement la bougeotte. La veille de Noël, il avait emprunté une Toyota bleue dans une allée, qu'il maquilla ensuite à l'aide d'une plaque d'immatriculation volée plus loin. Puis il s'était assigné à rester enfermé toute la journée de Noël, à endurer une série d'émissions à la télévision, plus bêtes les unes que les autres. Des années plus tôt, il avait regardé ce même genre de programmes avec Pearl, sa petite fille. En faisait-elle aujourd'hui autant avec sa mère ?

Le soir venant enfin, profitant de la relative sécurité de « son » nouveau véhicule, Lieber était repassé devant la maison des Robinson. Il avait remarqué dans l'impasse la fille aux cheveux courts aperçue le jour de la disparition de Steve. Debout près de sa voiture, elle observait la grosse bâtisse à un étage de l'autre côté de la rue. Malgré sa surprise, Lieber comprit aussitôt pourquoi. Eh bien non, ma petite, pensa-t-il satisfait, il n'y aura aujourd'hui personne à la fenêtre. Pourtant cette fille avait un air déterminé qui ne lui disait rien de bon. Elle n'était apparemment pas du genre à s'en laisser conter. Et si elle allait fouiner là où il ne fallait pas, ce qui semblait probable, elle le regretterait.

C'était maintenant le 26 décembre au matin. Tant mieux. Lieber avait toujours trouvé Noël parfaitement déprimant et il se réjouissait que cela soit fini. Il se rasa et se fit la remarque que, malgré ce tic idiot à l'œil, il était encore plutôt séduisant. Et *entier*. On ne l'avait pas renvoyé en prison. Quand même, il avait pris des risques. Cependant Artie était un homme d'action, et il était furieux contre lui-même de perdre autant de temps à attendre, à épier, à jouer au chat et à la souris. Il fallait se remettre en selle. Et régler ses comptes une bonne fois pour toutes.

*

Une odeur mêlée d'eau de Javel et de produits pharmaceutiques accueillit Joe et Deborah qui se présentaient devant l'infirmière à la réception. Sous ses cheveux courts, blond cendré, elle leva vers eux un regard fatigué : « Oui ?

— Nous venons voir Emily Robinson. »

Son regard devint soucieux. « À la demande de sa famille, Mlle Robinson ne reçoit pas de visite.

— C'est moi qui en ai fait la demande, dit Deborah. Je suis sa belle-sœur. »

L'infirmière ouvrit de grands yeux. « Vous êtes l'épouse de Steve Robinson ?

— Oui. Vous connaissez mon mari ?

— Je m'appelle Jean Bartram. Vous a-t-il parlé de moi ?

— Je ne pense pas. Désolée. » L'infirmière parut maussade. Deborah résista à l'impulsion absurde d'excuser Steve. « Pouvons-nous voir sa sœur ? »

Jean Bartram fronça les sourcils. « J'ai besoin de voir vos papiers. Après la disparition de votre mari, les journalistes nous ont harcelés de coups de téléphone. Ils voulaient des photos d'Emily. Certains ont même tenté de se faire passer pour des membres de la famille. Et moi, je ne vous ai jamais vue. »

Deborah était outragée que des journalistes

se soient conduits ainsi. Que s'imaginaient-ils ? Qu'Emily allait leur fournir la liste des endroits où ils pourraient trouver Steve ?

Luttant contre ses émotions, elle s'efforça de garder contenance. « Steve et moi avons deux jeunes enfants », dit-elle en cherchant dans son sac ses papiers d'identité. Elle les trouva et les présenta à Mme Bartram. « Si je rends rarement visite à Emily, c'est qu'il faut bien que je les garde à la maison. »

Jean Bartram étudia la photographie sur la carte d'identité, puis la rendit à Deborah. « Je comprends. De toute façon, ces visites sont en général plutôt silencieuses.

— On m'a pourtant assurée qu'elle disait quelques mots de temps en temps.

— Oui, elle n'a pas perdu la parole. Elle refuse simplement de s'en servir. »

Deborah ne put s'empêcher de répondre : « C'est peut-être un peu plus compliqué qu'un simple refus.

— Vous êtes médecin ? persifla l'infirmière.

— Non. »

La fille haussa les épaules, puis regarda Joe : « Et lui, qui est-ce ?

— Joe Pierce. C'est un vieil ami de la famille. Il collabore également avec la police. »

Jean Bartram le regarda avec suspicion. Des deux, elle fut toutefois la première à baisser les yeux. Deborah rangea ses papiers dans son sac, tandis que Jean faisait le tour du comptoir dans l'intention manifeste, à défaut d'être aimable, de les conduire à la chambre d'Emily. « Parfois elle baragouine plusieurs mots à la suite, poursuivit l'infirmière. Enfin, il faut croire que c'est des mots. Plutôt des syllabes incompréhensibles. Mais il y a des choses qu'elle prononce distinctement.

— Comme quoi ?

— "Steve", par exemple.

— Mais jamais "maman" ou "papa" ? »

Le front plissé, Jean répondit : « Non. Je n'ai pas souvenir qu'elle parle jamais d'eux. Pourtant ils viennent la voir presque tous les week-ends.

— Que dit-elle d'autre ?

— "Noël." »

Joe et Deborah répétèrent ensemble : « Noël ? »

Jean Bartram haussa les épaules. « Votre mari affirme qu'elle adorait Noël. D'ailleurs, il lui apportait toujours des cadeaux ce jour-là. »

Deborah eut un pincement au cœur. C'était justement le lendemain de Noël, et Steve n'avait d'évidence rien apporté à sa sœur. Ni elle. Il ne lui était jamais venu à l'esprit qu'Emily puisse être attachée à cette idée.

« C'est ici, dit Jean en s'arrêtant devant une épaisse porte de bois. Elle a une chambre pour elle toute seule. À l'écart des autres et c'est préférable. Vous êtes prêts ?

— Oui », murmura Deborah qui ne l'était en fait pas du tout. Certes, elle avait déjà rendu visite à Emily, juste après son mariage. Mais Steve savait improviser un flot de paroles devant sa sœur, qui d'une certaine façon édulcorait le caractère malaisé de ces rencontres. Aujourd'hui, c'était à Deborah de nourrir la conversation, ou le monologue, et la tâche lui semblait ardue.

Jean ouvrit la lourde porte. Emily était assise dans un fauteuil devant un grand récepteur de télévision en couleurs. Deborah reconnut à l'image un feuilleton populaire. Les yeux d'Emily étaient fixés sur l'écran, toutefois il aurait été bien difficile d'affirmer qu'elle accordait quelque attention à ce qu'elle voyait. En se rapprochant, Deborah remarqua plusieurs mèches grises dans les longs cheveux bruns qui lui parurent ternes. Emily semblait également plus pâle, sa peau, très sèche. Elle était vêtue d'un genre de kimono de soie aux jolis motifs brodés de lilas violets et or. Quelqu'un avait attaché ses cheveux avec un ruban aux mêmes couleurs, et elle portait des pantoufles blanches.

Joe s'arrêta devant la porte, tandis que Deborah s'agenouillait près du fauteuil. « Bonjour, Emily, dit-elle doucement. Vous ne vous souvenez peut-être pas de moi ? Je suis Deborah, la femme de Steve. »

Emily resta impassible. Deborah admira les très jolis yeux verts de sa belle-sœur, bordés de longs cils. Ils n'avaient pas changé. En revanche, elle avait les lèvres gercées et des rides se formaient sur sa peau desséchée. Malgré l'absence de maquillage et de quelque autre forme de soin, elle était encore très belle. Son front portait cependant la marque du tuyau avec lequel son agresseur l'avait frappée, et une fine trace rouge était encore visible sur son cou.

« Je suis venue vous rendre visite avec un ami, poursuivit Deborah sur le ton le plus naturel qu'elle put trouver. Il s'appelle Joe Pierce. Il travaille avec Steve. »

Elle lui fit signe d'approcher et Joe s'exécuta lentement, comme à contrecœur. Deborah s'en aperçut et s'en étonna. Elle aurait cru que rien ne l'intimidait jamais, mais il était visiblement ébranlé par le spectacle de la jeune femme immobile et absente. « Bonjour, Emily », fit-il d'une voix trop forte et mal assurée.

Jean restait devant la porte. Deborah aurait souhaité qu'elle s'en aille, mais ne se résolvait pas à le lui demander. Sans doute ne faisait-elle guère confiance à ces deux étrangers. Ou Emily était-elle parfois victime de crises subites, ce pour quoi il fallait la surveiller. Décidant d'ignorer l'infirmière, Deborah s'assit sur le lit, tandis que Joe restait debout près du poste de télévision.

« J'aime beaucoup ce parfum que vous portez, dit-elle à Emily.

— C'est *Charlie*, entonna Jean, elle utilise le même depuis qu'elle est ici. Et elle s'énerve drôlement si on ne lui en met pas le matin après sa toilette. Sa mère dit qu'elle l'aimait déjà avant que… enfin, vous savez quoi.

— C'est vraiment agréable, comme parfum, dit Deborah.

— Oui, pas mal. Moi, je préfère *Giorgio*, mais c'est trop cher pour moi », commenta l'infirmière.

Vous m'en direz tant, pensa Deborah en reportant son attention sur Emily. « Steve a dû vous parler, je suppose, de votre nièce et de votre neveu. » Elle se sentait idiote d'essayer de parler gaiement à une statue, comme elle avait vu Steve le faire des années plus tôt. « Ils s'appellent Kimberly et Brian. Ils sont très éveillés, peut-être un peu trop parfois. J'ai une photo avec moi... » Elle remit la main sur son portefeuille, dont elle sortit un portrait récent des enfants, souriant sur commande devant l'appareil. Deborah présenta le cliché à Emily qui cligna des yeux sans réagir autrement.

« On a aussi un chien, poursuivit Deborah. C'est une chienne, elle s'appelle Scarlett. Kim l'a appelée comme ça parce qu'elle a vu *Autant en emporte le vent*. Steve m'a dit un jour que c'était votre film préféré. » Elle tendit alors une photo de Scarlett, un os entre les dents, les yeux tout rouges à la lumière du flash. Mais qu'est-ce que je fais ici à montrer à cette pauvre fille une photo de mon chien ? Elle s'apprêtait à la ranger, lorsque Emily ouvrit la bouche : « Sexe ? »

Deborah sursauta en entendant cette voix rauque, rouillée de ne jamais servir ou presque, jaillir brusquement de la bouche inexpressive d'Emily. Elle regarda Jean qui, d'abord ébahie, esquissa un genre de sourire. « Que voulez-vous dire, Emily ? »

Le coin droit de sa bouche se souleva de nouveau et elle répéta : « Sexe », doucement, presque avec tendresse.

« Ce n'était pas le nom de votre chien ? » demanda Deborah encore interloquée.

Joe la regarda en souriant : « Ça serait original, c'est vrai. »

Mais Emily gardait les yeux rivés sur le cliché. « Sexe. Noël. »

Deborah leva la tête vers Jean, qui ouvrit les

bras, médusée. « C'est une nouveauté. Je ne l'ai encore jamais entendue parler de sexe. »

Deborah revint à Emily. « Vous n'avez pas eu pour Noël de chien qui s'appelle Sexe ?

— Noël. » Très lentement, Emily tendit la main vers la photographie. « Sexe. »

Deborah lui confia le cliché, qu'elle saisit, avant de laisser sa main retomber sur ses genoux. « Sexe », répéta Emily, avec cette fois une note de tristesse.

Deborah était prête à s'effondrer en larmes. Que pouvait bien essayer de dire Emily ? Il devait certainement s'agir d'un chien, mais il était impossible qu'on l'ait baptisé ainsi. Sans doute personne ne comprendrait jamais. La meilleure chose à faire consistait pour l'instant à donner cette photo à Emily. Ce serait son cadeau de Noël.

Deborah jeta un coup d'œil vers Joe. Il sembla soudain se rendre compte qu'elle souhaitait peut-être qu'il intervienne. Jusque-là, il s'était contenté de se balancer d'un pied sur l'autre. Il se rapprocha des deux femmes et s'agenouilla à son tour devant Emily, de l'autre côté du fauteuil. « Bonjour, Emily. Je m'appelle Joe, fit-il, assez raide. Deborah avait envie de vous voir pour Noël, et je lui ai proposé de l'emmener.

— Noël. »

Deborah regarda Jean, qui claironna : « C'est un vrai moulin à paroles, aujourd'hui. Je ne l'ai pas vue avec la langue pendue comme ça depuis des siècles. »

Vous pourriez en parler autrement, ce n'est pas une pièce de musée, pensa Deborah, irritée. D'évidence, Emily était tout à fait consciente de leur présence à tous trois.

Joe sourit à Emily. « Est-ce que vous vous rappelez la dernière fois que Steve est venu ? »

La bouche de la jeune femme se souleva légèrement : « Ed.

— Ed ? répéta Deborah.

— C'est un de nos vieux pensionnaires, leur apprit Jean. Il s'est entiché d'elle. Elle ne sait pas ce qu'elle dit. »

Joe essaya encore : « Non, Emily, pas Ed. Steve, votre frère. Il venait vous voir. » Soudain, Joe remarqua une plante dans un pot, enveloppé de papier rouge et brillant, posée sur la commode. Du laurier-rose. « C'est Steve qui vous a donné cette plante ?

— Steve. Noël. »

Deborah jeta un coup d'œil vers Jean, qui acquiesça. « Oui, il l'a apportée la dernière fois qu'il est venu. Il nous a même expliqué en détail comment il faudrait l'entretenir, comme si on n'avait que ça à faire. Ce n'est pas un jardin botanique, ici. »

Ce n'était plus de l'ennui que Deborah ressentait maintenant, mais une vive animosité. La seule voix de Jean Bartram lui vrillait les nerfs.

« Steve vous a apporté le laurier-rose à Noël, l'année dernière ? » insistait Deborah.

Emily tourna brusquement la tête, tendit le bras et caressa d'un geste les longs cheveux de Deborah, qui n'étaient pas nattés. Elle s'écria : « Sally !

— Sally ?

— Sally Yates », expliqua Jean.

Deborah sentit une charge électrique remonter sa colonne vertébrale. « Elle connaît Sally Yates ?

— Oui. Sally a travaillé ici. Pas très longtemps, faut dire. Je suppose qu'elle a trouvé une place où elle gagnait mieux. Elle est partie il y a quelques mois. Les petits vieux étaient effondrés. Elle était assez jolie, avec un corps de mannequin. Le genre qui fait de l'aérobic tous les soirs. Elle faisait du charme à ces messieurs, comme si c'était Kevin Costner ou Richard Bere.

— Gere », corrigea Deborah sans même y penser. Jean s'offensa — d'évidence, elle ne portait pas Sally Yates dans son cœur, mais peu importait. En revanche, le fait que Sally avait travaillé ici était une révélation. « Mme Yates s'occupait-elle d'Emily ?

— Oh oui ! C'est le moins qu'on puisse dire. Elle passait son temps à lui brosser les cheveux, à lui faire les ongles. Et les yeux, et le reste…

— Mon mari connaissait-il Sally Yates ?

— Sans doute. Je ne m'occupe pas de la vie privée des gens. » L'infirmière sembla se rendre compte de son ton arrogant. « Je suis vraiment désolée pour elle. La pauvre, elle a failli y passer. Et plutôt deux fois qu'une.

— Pourquoi, plutôt deux fois qu'une ? releva Joe.

— Parce qu'elle est sortie du coma et qu'un type s'est introduit avant-hier dans sa chambre d'hôpital avec l'intention de lui trancher la gorge. Il n'en a pas eu le temps. Une infirmière l'a surpris. C'est elle qui a pris un coup de couteau dans le ventre. Ses jours ne sont pas en danger, mais elle a eu tellement peur qu'elle ne se souvient même pas de l'allure du bonhomme. Ou alors elle ment. Sally ne veut rien dire non plus. Je les comprends. Le meurtrier viendrait se venger sur elles si elles disaient quoi que ce soit. »

Deborah était en proie à une vive agitation intérieure. Elle avait mille questions à poser, pourtant elle ne voulait pas le faire devant Emily. Jean avait peut-être l'air de penser que la jeune femme était recluse dans son imaginaire, mais Deborah n'en croyait rien.

Elle se retourna vers sa belle-sœur en lui offrant son meilleur sourire. « Emily ? Steve est venu vous voir, la semaine dernière ? »

Elle avait gardé entre ses doigts une mèche de Deborah. Emily se raidit et, croisant de nouveau ses mains sur ses genoux, se remit à regarder la télévision d'un air absent. Deborah remarqua qu'elle tremblait, presque imperceptiblement. « Emily, vous m'entendez ? reprit-elle en se penchant plus près. Vous étiez heureuse de voir votre frère… »

En guise de réponse, Emily fut prise de convulsions. Les yeux ouverts sur son effroi, elle se mit à crier : « Steve, non ! J'ai mal, Steve ! J'ai mal ! J'ai mal ! »

Deborah faillit tomber à la renverse et Joe bondit pour la soutenir, tandis que Jean se précipitait devant Emily. « Partez, dit l'infirmière en s'efforçant de maîtriser les bras de la jeune femme qui battaient désespérément l'air.

— Mais qu'est-ce qu'elle a ? demanda Deborah, horrifiée.

— Est-ce que je sais, moi ! répondit Jean d'un

ton accusateur. Cela fait des années qu'elle n'a plus eu de crise. » Tout à son désarroi, Emily gifla l'infirmière qui lâcha un juron. « Bravo. Maintenant il va falloir la mettre sous Thorazine, poursuivit celle-ci, et elle a des problèmes respiratoires ! » Puis à Emily : « Mais, tenez-vous tranquille ! Si je n'ai pas besoin de la surveiller toute la soirée, j'aurai de la chance. »

Une autre infirmière s'arrêtant devant la porte, Jean s'écria : « Appelez le Dr Hatten, je vous prie. » Puis elle regarda Deborah : « Maintenant, partez. Vous m'entendez : partez ! »

Deborah et Joe quittèrent la pièce. Dans le couloir, ils entendaient encore Emily gémir : « Steve ! J'ai mal, Steve ! J'ai mal ! J'ai mal ! »

VINGT-DEUX

Ils s'assirent une bonne dizaine de minutes dans la Jeep, le temps que Deborah commence à se calmer. Le spectacle d'Emily, terrorisée par la seule mention de son frère, l'avait plus qu'éprouvée. Steve aurait-il donc pu être l'agresseur ? Était-il capable de telles horreurs ? Dans ce cas, Emily n'était que la première d'une longue série de victimes.

« Vous êtes blanche comme un linge, Deborah, dit Joe. Vous en avez assez vu pour la journée ?

— Plus vite on sera rentrés, mieux ça ira, c'est sûr. Je veux de toute façon faire un tour chez les Robinson, en espérant qu'ils ne soient pas encore revenus. Mais pour cela, il faut attendre la nuit.

— Qu'allons-nous faire jusque-là ?

— Je donnerais n'importe quoi pour connaître le nom de l'ancienne petite amie de Steve. Sans doute pourrait-elle nous apprendre quelque chose d'utile.

— Pete ne s'en souvenait pas ?

— Apparemment pas. En revanche… »

Il leva un sourcil interrogateur. « En revanche ?

— Je lui ai promis de passer dire bonjour à sa grand-mère. Violet, elle s'appelle. Peut-être qu'elle se souviendrait, elle ? »

Joe sourit. « Vous feriez un bon détective.

— Je n'aurais jamais cru. » Deborah retrouva dans son sac le bristol sur lequel Pete avait noté l'adresse de Violet. « On y va ?

— Je suis à votre disposition. Indiquez-moi le chemin, quand même. »

*

« Je vous promets qu'on ne s'éternisera pas », assurait Deborah à Joe, un quart d'heure plus tard, alors qu'ils venaient de garer la Jeep devant une jolie maison de brique rouge.

« Oh, ça ne me dérange pas. Il faut simplement se rappeler qu'on a une autre visite à faire ce soir, et que le temps n'est pas merveilleux. Ils ont dit à la radio qu'il ne neigerait pas avant minuit, et je commence à douter. »

Deborah leva les yeux et fronça les sourcils. « Vous avez raison. Peut-être qu'on ferait mieux de… »

La porte de la maison s'ouvrit avant qu'elle n'ait le temps de terminer. Une petite femme potelée aux cheveux blancs mousseux mit le pied devant eux sur le perron. « Eh bien, bonjour ! » dit-elle d'une voix haut perchée. « Deborah. Et vous devez être Joe. J'ai parlé à mon petit Pete aujourd'hui, qui m'a appris que vous passiez à Wheeling. »

Pete, si digne, si respectable, n'était ici que « mon petit Pete », s'amusa Deborah. Il est vrai que sa grand-mère s'était chargée de l'élever depuis qu'il avait eu dix ans.

« J'espérais votre visite », poursuivait Mme Griffin qui leur faisait signe d'entrer. « Pete n'était pas sûr que vous viendriez, mais j'espérais quand même. Deborah, vous êtes plus jolie encore que l'année dernière, quand je vous ai vue à Noël. Vous avez peut-être un peu maigri, mais vous êtes toujours aussi charmante, vraiment.

— Merci, madame Griffin. Je ne voudrais pas vous déranger. Je sais que vous vous occupez de votre amie Ida.

— Oh, elle va très bien. Elle dort comme un bébé dans la chambre d'amis. Et surtout ne m'appelez plus Mme Griffin », fit-elle en l'aidant à retirer son manteau. Puis, du revers de la main, elle caressa une de ses longues mèches. « Mon prénom, c'est Violet. Ça vaut aussi pour vous, Joe. »

Deborah aperçut un mince sourire se dessiner sur les lèvres de Joe, tandis que la vieille dame lui prenait son blouson. Elle s'attendit presque à la voir aussi passer une main dans ses cheveux.

« Bien, rentrez au chaud, tous les deux. J'ai préparé un gâteau. Tout simple, à la vanille. Vous aimez la vanille ? J'ai pensé que c'était une bonne idée. Tout le monde n'en est pas fou, mais je ne connais personne qui déteste vraiment ça. Je vous sers une part ?

— Un petit morceau, dit Deborah. On ne pourra pas rester bien longtemps. »

Les yeux bleus de Violet pétillaient sous ses lunettes. Ces yeux-là étaient jeunes pour une femme qui approchait tout de même des quatre-vingts ans. Elle était en revanche couperosée, signe sans doute d'une trop forte tension artérielle. « Je vous apporte deux bonnes parts et vous mangerez ce que vous voudrez. Il y a du café frais, aussi. Installez-vous dans le salon, j'arrive tout de suite.

— Nous pouvons peut-être vous aider ? offrit Deborah.

— Non, non. Asseyez-vous et mettez-vous à l'aise. Il y a du feu dans la cheminée. C'est toujours agréable de faire un bon feu par ce sale temps, n'est-ce pas ? »

Sans attendre de réponse, elle fila dans la cuisine. Le sourire aux lèvres, Joe haussa les épaules et entra dans le living. Un beau feu ronflait dans la grande cheminée de pierre au fond de la pièce. Le parquet de chêne était bien ciré autour d'un immense tapis et les meubles étaient pour la plupart début de siècle. Un grand poste de télévision était allumé, sans le son. Contrairement au domicile de Mme Dillman, tout ici avait l'air neuf et bien entretenu.

Deborah approcha d'un mur où étaient exposées de nombreuses photographies. Un couple en costume de mariage des années quarante posait tout raide sur l'une d'elles, affichant de grands yeux au-dessus d'un timide sourire. Violet et son mari, pensa Deborah. Une autre photographie représentait un jeune homme qui ressemblait à s'y méprendre à Pete. À en juger par ses vêtements, cela devait être le fils unique de Mme Griffin, et le père de Pete. Un autre cliché en dessous montrait une femme aux cheveux noirs, tenant un bébé dans ses bras. L'enfant avait certainement fourni le prétexte de la photo, pourtant le regard était irrésistiblement attiré par la mère, son joli demi-sourire et ses grands yeux de brume. On reconnaissait ensuite Pete en costume de scout, puis en toge et épitoge noires de jeune diplômé américain. Près de lui se trouvait enfin un portrait d'Adam, datant d'environ deux ans.

« Ah, je vois que vous admirez ma petite collection, dit Violet en revenant avec un plateau. Quand on a une jolie famille comme ça, il faut la montrer, n'est-ce pas ? Surtout avec ces beaux garçons.

— Votre fils était vraiment bel homme », admit Deborah en s'asseyant. Violet lui tendait une part de gâteau plus grosse que l'assiette en dessous.

« Oui, Nelson était un diable de beau gars. » Le visage curieusement peu ridé de Mme Griffin se voila un instant. « Ça ne lui a peut-être pas franchement réussi, pourtant. Il a toujours attiré des femmes qui n'étaient pas faites pour lui. Celle qu'il a épousée, eh bien… sans elle, il serait sans doute encore vivant, je pense. »

Pete avait appris à Deborah que ses parents avaient péri dans un accident de voiture. Cependant, sans savoir précisément à quoi Violet faisait allusion, il était difficile d'entretenir la conversation. Cela ne fut pas nécessaire, puisque l'hôtesse reprit d'elle-même : « C'était une dévergondée. Une croqueuse d'hommes. Je m'étais dit qu'elle changerait après leur mariage, mais j'avais tort. Et comme Nelson était représentant, toujours sur la route, elle avait le champ libre pour s'adonner à ses plaisirs. Nous avons bien tenté, avec son père, de le convaincre de la quitter, mais rien n'y a fait. Il est resté marié, et il s'est mis à boire. Jusqu'à ce qu'un soir, une terrible soirée, il a pris la voiture alors qu'il avait bu et… » Ses lèvres tremblaient. « Au moins il est mort sur le coup. C'est ce que dirent les médecins. Il n'a pas eu le temps de souffrir. »

Prise au dépourvu, Deborah restait interloquée. Changer de sujet serait certainement considéré impoli. « Son épouse n'a pas disparu dans le même accident ? »

Violet semblait contempler le vide. « Comment ? Ah, si. Les voisins ont rapporté qu'ils venaient de se disputer violemment, c'est pour ça que Nelson est parti, ce soir-là. Elle a eu juste le temps de sauter dans la voiture pendant qu'il démarrait. En laissant mon petit Pete jouer tout seul dans le jardin. Dieu merci, elle ne l'a pas emmené. Au moins il a été épargné, lui. Il a toujours été un bon garçon. Je crois que je serais devenue folle, sans lui. » Elle hocha la tête. « C'est quand même bizarre qu'il ait épousé quelqu'un comme sa mère, vous ne trouvez pas ? Celle-là aussi courait après les hommes. »

Deborah la fixait sans rien dire. Elle n'avait jamais entendu cette version des choses. Pete, cependant, n'aurait jamais laissé personne brosser devant Adam un tel portrait de sa mère, qu'elle les ait quittés ou pas.

« Hope était une jolie fille, continuait Violet. Je ne l'ai jamais appréciée. Je la trouvais étrange. Et puis, ces gens qui abandonnent père et mère, comme elle ! C'est impardonnable à mes yeux.

J'ai longtemps craint qu'Adam ne se mette à lui ressembler, mais par chance il tient plutôt de son père. » Elle s'interrompit et sourit. « Et je parle, et je parle. Moi qui me suis toujours promis de ne pas radoter, avec l'âge. Pardonnez-moi, Deborah. Je sais à quel point vous êtes préoccupée. Mon petit Pete m'a dit que vous n'aviez toujours pas de nouvelles de Steve.

— Non.

— Vous devez être morte d'inquiétude.

— C'est difficile à vivre, oui. »

Violet hocha de nouveau la tête et claqua brusquement la langue. « Je me souviens de lui quand il était jeune, avant cette malheureuse affaire avec Emily. Steve et Pete étaient bons amis.

— Oui, je sais, fit Deborah. À quoi Steve ressemblait-il à l'époque ?

— C'était un garçon intelligent. Très doué pour le sport. Voyons… à quoi ils jouaient déjà, tous ?

— Au basket.

— Oui, voilà. Je n'y comprenais pas grand-chose, mais j'allais assister aux matches. Comme tous les autres parents. Les Robinson y étaient toujours, aussi. Ils étaient très fiers de leur fils. » Elle fronça les sourcils en reposant son assiette. « Je pense qu'ils ne l'aimaient pas comme ils aimaient Emily. C'était la huitième merveille du monde. Ils l'appelaient leur *ange.* » Elle afficha un sourire triste. « Pourtant elle n'avait rien d'un ange. Ça, je peux vous l'affirmer. »

Deborah sentit que Joe suivait la conversation avec intérêt. Il choisit sagement de ne pas intervenir. Ce fut donc elle qui demanda : « Que voulez-vous dire ?

— C'était une petite hypocrite qui flirtait avec les garçons. » Mme Griffin se reprit subitement. « Pardonnez-moi, c'est votre belle-sœur et elle est bien malade. Mais j'ai toujours pensé que les Robinson ne traitaient pas leur fils comme il le méritait.

— Violet, Pete m'a appris qu'Emily s'était mariée en cachette, et qu'il ne savait pas avec qui. Vous n'êtes pas du genre à écouter les rumeurs, mais…

— Les rumeurs ? J'en ai entendu mille et cent. Je n'en tiens aucune pour certaine. Je ne suis même pas sûre qu'elle ait été vraiment mariée, bien que Steve l'ait affirmé à mon petit Pete. De toute façon, ça ne pouvait être qu'illégal, et le bonhomme a disparu. Ce qui dans un sens était mieux pour tout le monde. Cette histoire est une vraie tragédie. Et maintenant… Pauvre Steve. »

Deborah en conclut que Violet Griffin ne savait rien des soupçons du FBI envers son mari. Elle remercia intérieurement Pete de n'en avoir rien dit à sa grand-mère.

« Ils devaient quand même avoir d'autres occupations que l'école et les matches de basket, dit Deborah d'une voix neutre. À cet âge-là, on fréquente les filles.

— Oh, certainement.

— Vous ne vous souvenez pas des amies de mon mari, je pense ? »

Violet lui offrit un sourire badin. « Voyons, ma

chère, vous ne cherchez pas à vous rendre jalouse, quand même ? »

Cette possibilité était à ce point ridicule que Deborah faillit s'esclaffer. Mais Violet n'avait aucune idée de la raison pour laquelle la jeune femme l'interrogeait.

« Bien sûr que non, cependant je sais si peu de chose de la jeunesse de Steve. Il ne m'a jamais beaucoup parlé de ses années à Wheeling.

— Je peux vous dire qu'il avait du succès, en tout cas. Plus que mon petit Pete, sans doute, bien que Pete lui aussi eût une petite amie. » Violet afficha rapidement une grimace de dégoût. D'évidence, elle n'avait pas plus apprécié celle-là que Hope ultérieurement. Était-elle simplement jalouse de chacune des filles que fréquentait son « petit Pete » ?

« Steve n'avait pas une amie régulière ? reprit Deborah. En terminale, peut-être, comme c'est souvent le cas ? »

Violet la regarda, perplexe. « Ça a vraiment l'air de vous intéresser », remarqua-t-elle. Deborah pouvait difficilement justifier sa question par la seule curiosité — mais Mme Griffin était une vraie commère qu'il ne fallait pas beaucoup pousser pour lui faire dire ce qu'elle savait. Elle retrouva son aimable sourire. « Eh bien, ma chère, tout cela est quand même bien vieux. Mais si je me souviens bien, Steve, oui, est resté un certain temps avec une fille ou deux. Jennifer Stratton, d'abord. Les Robinson l'aimaient bien. Il faut dire que ses parents sont de riches propriétaires. Enfin, pour une raison inconnue, ils se sont séparés. À ce que disait Pete, les Robinson étaient très déçus, elle aurait fait un beau parti pour Steve. Surtout qu'ensuite il est sorti avec une autre qui ne leur plaisait pas. Voyons... comment s'appelait-elle ? Elle portait le même nom qu'une fille dans une série, à la télévision. Vous savez, celle qui vit dans une bouteille, là...

— Vous voulez parler de *Jeannie de mes rêves* ?

— Oui ! C'est ça ! Jeannie... Jeannie Arnold. Elle a quitté Wheeling ensuite, pour faire des études d'infirmière, et elle a épousé un certain Burton, ou Bertram peut-être.

— Une infirmière ? dit Deborah. Celle qui travaille à la maison de santé ?

— À la maison de santé ? répéta Violet, vivement étonnée. Je crois bien avoir entendu dire qu'elle était revenue ici il y a un an ou deux. Mais je ne sais pas où elle travaille. Elle est blonde, non ?

— Oui.

— Elle devrait avoir dépassé la trentaine, maintenant. On dit que les dernières années ne lui ont pas réussi, d'ailleurs, qu'elle a beaucoup vieilli. Vous l'avez vue, là-bas ?

— Oui. C'est elle qui nous a conduits à la chambre d'Emily.

— Elle ne vous a pas parlé de sa liaison avec Steve ?

— Non, pas un mot.

— Ce n'était sûrement pas le moment, ma chère.

— Connaissiez-vous Artie Lieber ? » intervint brutalement Joe.

Violet cilla derrière ses lunettes. « Mon Dieu, non ! Nous n'avions pas les moyens de payer quelqu'un pour le jardin, de toute façon. On s'occupait nous-mêmes de tout. C'est que nous ne roulions pas sur l'or à l'époque. Mon mari n'était pas un battant, comme mon petit Pete. On ne vivait pas dans cette maison, d'ailleurs. On avait juste un petit appartement où on avait à peine la place de bouger. C'est grâce à Pete que j'habite un endroit plus confortable. C'est un garçon très généreux. »

Elle rayonne littéralement chaque fois qu'elle parle de lui, se dit Deborah. Elle se demanda quelles pouvaient être les conséquences d'un amour maternel de cette nature, comment dire — inconditionnelle ?

« Oh, mon Dieu ! s'exclama Violet en se tournant subitement par la fenêtre. Regardez-moi ces flocons ! Gros comme des pièces de monnaie. » Elle claqua à nouveau sa langue dans sa bouche.

« Il faut vraiment que nous partions, dit Deborah. Nous avons un dernier crochet à faire avant de rentrer à la maison.

— Ah oui ? Mais où ça ? » voulut savoir Mme Griffin.

Nous allons forcer la porte des Robinson, répondit intérieurement Deborah. Comment Violet réagirait-elle à ce genre de bombe ? « J'ai oublié quelque chose tout à l'heure à la maison de santé.

— Ah bon. Comment va cette pauvre Emily ?

— Toujours pareil.

— Elle ne parle plus, n'est-ce pas ?

— Non, assura Deborah, peu encline à rapporter la crise récente de sa belle-sœur.

— Quinze ans qu'elle garde le silence. Je n'arrive pas à m'imaginer cela, moi qui ai la langue bien pendue, dit-on. Elle ne doit pas être au courant de la disparition de son frère. Bien sûr que non, voyons. Que je suis bête. Mais au fait, ses parents ? Ils sont partis à Hawaii, comme tous les ans à la même époque. Ils ont été avertis, eux ?

— Oui, j'ai téléphoné à Mme Robinson. Mon beau-père est malade, et ils ne pourront pas rentrer avant quelques jours.

— Je parierais que Lorna Robinson n'a pas manifesté une énorme inquiétude ?

— Pari gagné, fit Deborah.

— Toujours à prendre des airs, celle-là ! Comme s'ils étaient riches, l'un et l'autre. Ils ne le sont pas. Certes, ils mènent une existence confortable, mais ils n'ont pas de fortune. D'ailleurs, les notes de la maison de soins ont dû drôlement amputer leur budget. Je suis sûre que Lorna tord le nez, quand elle les reçoit, tiens. Elle est tellement superficielle. Si mon petit Pete devait se retrouver comme Emily, je serais dans tous mes états, moi. »

Violet semblait prête à débiter de nouveaux kilomètres de commentaires. Elle était certainement capable de délivrer un savoir encyclopédique sur l'adolescence de Steve, mais rien de ce que Deborah avait vraiment besoin de savoir. La pièce sembla soudain surchauffée. La nervosité de Deborah augmentait à l'idée de leur incursion imminente chez M. et Mme Robinson. La nuit tomberait bientôt et il restait à débattre de la façon dont Joe et elle allaient s'y prendre. Leur maison était probablement aussi sous surveillance policière, dans l'éventualité où Steve choisirait d'y trouver abri.

« Violet, mille fois merci pour votre charmant accueil, dit Deborah en se forçant à sourire. Nous devons vraiment partir, maintenant.

— Oh non ! Déjà ? » dit Mme Griffin.

Au même instant, une petite voix se fit entendre dans une autre pièce. Sans le savoir, Ida venait au secours de Joe et Deborah. Violet les aida à enfiler leurs manteaux, en leur donnant de petites tapes comme s'il s'agissait de jeunes enfants, et resta un long moment sur le perron à leur faire au revoir, la main levée, tandis que la Jeep s'éloignait.

*

Ils revinrent à la maison de santé où on leur apprit qu'Emily avait reçu une double dose de tranquillisants, et que Jean était partie peu de temps après eux. « Migraines », leur expliqua l'autre infirmière.

« Tiens donc », murmura Joe à l'oreille de Deborah.

Ils obtinrent son adresse. Jean Bartram vivait dans une petite maison étroite à un étage non loin de l'établissement. De maigres buissons flanquaient l'allée mal entretenue qui y menait. Un chat roux les regardait à la fenêtre du rez-de-chaussée. Joe sonna. Un instant passa et Jean vint leur ouvrir, visiblement contrariée. Elle était également plus pâle que dans l'après-midi.

« Quoi encore ? lâcha-t-elle.

— Bonjour quand même, fit Deborah. Pourrions-nous vous parler une seconde ?

— Je suis malade. »

Elle avait revêtu une robe de chambre écossaise. Sans son maquillage, elle paraissait plus âgée de dix ans.

« Jean, je vous en prie. Nous ne vous dérangerons pas longtemps. »

Le chat vint se frotter contre les jambes de l'infirmière. Elle le regarda, puis fixa un point incertain au-dessus des deux visiteurs, et convint finalement : « Bon, d'accord. Mais une minute seulement. »

L'intérieur était confiné, encombré de meubles trop grands et de tout un bric-à-brac à bon marché. Jean les conduisit dans un petit salon et leur fit signe de s'asseoir sur un canapé recouvert d'un fleuri de mauvais goût. « Superbe, n'est-ce pas ? dit-elle. Mon mari est mort il y a quatre mois. Dieu merci, il avait souscrit une assurance vie. Je vais revendre cette maison, dès que j'ai un moment, pour essayer de trouver quelque chose de plus agréable.

— Je suis navrée pour votre mari, dit Deborah.

— Ça faisait longtemps qu'il était malade, très malade. Je crois que ç'a été un soulagement pour tous les deux, qu'il disparaisse. »

Ne sachant quoi répondre, Deborah décida d'aborder le sujet sans autre forme de préambule. « J'ai appris que vous étiez l'amie de Steve, à l'époque. »

Jean sursauta légèrement et détourna les yeux.

« Je savais que j'y aurais droit à peine je vous ai vus tout à l'heure. » Deborah ne répondit rien. « OK, oui, c'est vrai, je suis sortie avec lui.

— Et vous avez affirmé à la police qu'il était avec vous au moment où sa sœur se faisait violer. »

Les yeux bruns de Jean lançaient des éclairs. « C'était il y a longtemps. Je ne sais plus exactement ce que j'ai dit.

— Relax, dit Joe. Nous ne travaillons pas pour la police et nous ne vous accusons de rien. Deborah est la femme de Steve et elle cherche simplement des informations.

— Et qu'allez-vous en faire, de ces informations ? demanda Jean à Deborah.

— Rien. Mon mari a disparu et j'aimerais en savoir plus sur sa vie avant moi.

— Pourquoi ? Quel rapport cela aurait avec sa disparition ?

— Il peut y avoir un rapport avec Artie Lieber. Lieber était à Charleston quand Steve a disparu.

— Oui, dit Jean. Artie haïssait Steve. Il pourrait bien l'avoir assassiné. »

Deborah se crispa. « Vous connaissiez Lieber ?

— Je savais qui c'était. Je l'ai vu travailler chez les Robinson. Il a menacé de tuer Steve après le procès.

— Et vous pensez qu'il aurait pu mettre sa menace à exécution ? demanda Joe.

— Ce que j'en sais, moi ? Steve a disparu, non ? Je ne vois pas pourquoi vous me confrontez à tout ça.

— Que si, vous savez, contra sèchement Deborah. Vous avez menti au bénéfice de Steve, et ce mensonge aujourd'hui a bien plus d'importance.

— Même en supposant que j'aie menti, qu'est-ce que ça peut faire ?

— Le problème ne s'arrête pas à la disparition de Steve, ou à ce qu'en disent les journaux. J'aimerais simplement que vous me répondiez.

— Comment, ça ne s'arrête pas là ? » Jean prit un air buté. « Si vous ne m'expliquez pas, je ne vous dis rien de plus. »

L'infirmière était visiblement en proie à une vive agitation et Deborah comprit qu'elle ne plaisantait pas. Même s'il fallait avouer que Steve était soupçonné d'être un psychopathe, il n'y avait d'autre moyen que de le dire à Jean. « Le FBI suspecte Steve d'être l'étrangleur des ruelles, et ils pensent qu'Emily a été sa première victime. »

Deborah s'attendait à une réaction de surprise, pas à ce que l'infirmière rougisse comme une pivoine, puis qu'elle devienne si pâle qu'on aurait pu la croire sur le point de s'évanouir. Jean reprit son souffle et lâcha : « Non, ils ne pensent pas que… » Elle s'interrompit, la mâchoire ouverte.

« Il se trouve que toutes les victimes de l'étrangleur ont été assassinées dans un rayon de cent cinquante kilomètres autour de Wheeling, et chaque fois pendant que Steve venait ici voir sa sœur, dit calmement Deborah. Après l'agression de Sally Yates, un témoin a déposé pour dire qu'il avait vu quelqu'un répondant à son signalement monter dans une voiture blanche, comme la sienne, et dont le numéro minéralogique commence par 8E-7. Justement celui de Steve est 8E-7591.

— Bonté divine, marmonnait Jean. Je me suis parfois demandé, avec le recul, si Lieber n'avait pas raison. Mais je ne serais pas allée si loin. »

Ainsi donc, Jean aussi s'était posé la question. Deborah eut l'impression qu'on venait de la frapper au foie. Partir, quitter cette pièce, quitter cette ville…

« Parlez-nous d'Emily », demanda Joe sans regarder Deborah.

Jean détourna le regard. Ses jambes semblaient montées sur ressort. « Je ne bois pas, mais là, j'ai besoin de quelque chose. Excusez-moi une minute. » Elle passa dans l'autre pièce et revint avec une dose d'un alcool blanc dans un verre ordinaire. Sans rien leur proposer, elle avala une bonne gorgée et se contenta de les regarder. Ses lèvres avaient la blancheur de la craie.

« Parlez-nous d'Emily, répéta Joe.

— D'accord, je vais le faire, mais donnez-moi une seconde. » Elle inspira profondément. « Pour commencer, Steve l'adorait. C'était révoltant, même. »

Ils attendirent la suite. Jean, comme hébétée, se contentait de les regarder.

« On nous a appris qu'Emily s'était mariée en cachette et que Steve cherchait son époux au moment où sa sœur a été attaquée, poursuivit Joe.

— Qui vous a dit ça ? lança l'infirmière, les paupières plissées. Oh, je devine. Cette sainte nitouche de Pete Griffin.

— Vous n'aimez pas Pete ? fit Deborah, surprise.

— Je ne peux pas le sentir. Emily le supportait, elle. Je me demande comment.

— Qu'est-ce que vous voulez dire ?

— Qu'elle est sortie une fois ou deux avec lui. »

Deborah était trop stupéfaite pour répondre. Ce fut Joe qui demanda :

« Le mari secret, c'était lui ?

— Pete ? Oh non !

— Alors qui était-ce ?

— Je n'en sais rien.

— Comment pouvez-vous dire, dans ce cas, que ce n'était pas Griffin ? »

Jean les observa l'un après l'autre. « Je le sais, c'est tout. Écoutez, c'est la vérité que je vous dis. Alors que, franchement, rien ne m'y oblige.

— Je sais, répondit Joe. Cela restera strictement entre nous.

— Qu'est-ce qui me le prouve ? »

Deborah se pencha vers elle. « Steve est non seulement mon mari, mais aussi le père de mes enfants. Croyez-vous vraiment que j'ai envie de voir son nom taché de sang ? J'essaie seulement de comprendre ce qui s'est passé. J'ai une petite fille et un petit garçon qui ont cinq ans, Jean. C'est eux surtout que je veux protéger. Vous pouvez comprendre cela, n'est-ce pas ? »

L'infirmière afficha un sourire triste : « J'ai eu une petite fille, aussi. Terrassée à deux ans par une méningite. J'aurais donné ma vie pour la sauver. » Pour la première fois, Jean regarda Deborah avec compassion. « Je crois comprendre ce que vous ressentez. Je vais vous aider si je peux. Que voulez-vous savoir ?

— Exactement ce qui s'est passé le jour du viol d'Emily. »

Jean but une nouvelle gorgée. « Bien. Laissez-moi me souvenir. Les années ont passé et je me suis efforcée d'oublier… Steve est venu chez moi ce jour-là vers une heure de l'après-midi. Il avait l'air furieux. Il m'a demandé si j'étais au courant, pour le mariage de sa sœur. Je n'en revenais pas. *Emily ? Mariée ?* Je la connaissais à peine. Pour moi, ce n'était rien de plus qu'une gamine, gâtée, pourrie. Prétentieuse. Je lui ai parlé une fois ou deux en allant chez Steve, mais il ne fallait pas m'en demander plus. Je pense que j'étais jalouse, parce qu'il n'y en avait que pour elle. Pourtant ça m'a plutôt amusée, ses deux snobinards de parents devaient être complètement affolés. Je n'avais aucune idée, cependant, de qui pouvait être l'heureux élu. En tout cas pas Pete, puisque Emily se moquait de lui. C'est exactement ce que j'ai dit à Steve. Il est reparti en tempête et je ne l'ai pas revu de la journée. C'est le soir que j'ai appris ce qui était arrivé. Ils ont dit aux nouvelles que ça avait eu lieu vers quatorze heures.

— Pourquoi avez-vous fourni un alibi à Steve ? dit Deborah.

— J'étais certaine qu'il n'avait rien fait à sa petite Emily. » Jean baissa les yeux. « Et j'espérais qu'il demanderait ma main. S'il devait se retrouver en prison, il n'était plus question de mariage. »

Deborah la regardait fixement. « Mais vous ne vous êtes pas mariés.

— Non. Quand l'affaire a été jugée, il est parti à l'université et je n'ai plus eu de ses nouvelles jusqu'à ce que je trouve ma place à la maison de santé. J'avais eu largement le temps d'épouser quelqu'un, et Steve se comportait comme s'il ne s'était jamais rien passé entre nous. Je suppose qu'il se sentait à l'abri, après toutes ces années. Je lui trouvais quand même un comportement bizarre.

— Pourquoi bizarre ? demanda Joe.

— Comme s'il avait *vraiment* oublié que nous avions été ensemble, et que j'avais menti pour sauver sa peau. Et puis Emily a eu plusieurs fois des crises comme aujourd'hui.

— Vous disiez que ce n'était jamais arrivé.

— J'ai menti. Je dois être douée pour ça, non ? fit-elle, sarcastique. Ce que je voulais, c'est que vous fichiez le camp tous les deux.

— D'une certaine façon, elle a peur de Steve ? C'est ce que cela veut dire, finalement ?

— Oui. C'est ce qu'elle dit, qu'elle hurle même : *Steve, j'ai mal*. J'ai eu très peur en l'entendant, entre autres parce que j'avais commencé à me demander si Lieber n'avait pas dit vrai. Steve a dû s'en douter. Plusieurs fois il m'a regardée de travers, d'un air menaçant presque. J'ai quelquefois eu envie de tout révéler, mais cela revenait à me dénoncer autant que lui, et il le savait. »

Le ton était amer. Deborah se rendit compte que Jean, affectée par le comportement de Steve, n'avait pas encore dépassé l'épreuve. Celui-ci s'était-il montré « bizarre », « menaçant » ? Emily avait-elle souvent hurlé de peur en sa présence ? Les propos de Jean étaient peut-être teintés de colère et de ressentiment. Ou bien était-ce une vérité que Deborah ne voulait pas entendre ?

VINGT-TROIS

Une fois quitté le domicile de l'infirmière, Deborah appela les Robinson depuis une cabine. Personne ne répondit et elle en déduisit qu'ils n'étaient pas rentrés.

Si elle ne s'était jamais rendue chez eux, Steve lui avait montré la maison quelques années plus tôt, c'est pourquoi elle avait gardé une idée générale de son emplacement et du quartier. Elle décrivit l'un et l'autre à Joe, dans le but de trouver un plan qui leur permette d'y pénétrer.

Peu après la tombée de la nuit, ils s'arrêtèrent dans un petit restaurant à quelques centaines de mètres de chez les Robinson, où ils commandèrent des sandwiches et du café. Si Deborah était trop excitée pour manger, Joe ne fit qu'une bouchée de son sandwich — comme s'il était là en vacances.

« Vous ne vous sentez pas nerveux ? demanda-t-elle.

— Je ne peux pas me permettre de l'être. J'ai besoin de garder les idées claires.

— Comment fait-on, maintenant ? »

Elle se donnait l'impression ridicule d'un pseudo-terroriste en train de préparer un attentat. Joe essuya sa bouche. « Je sais qu'on nous surveille, mais personne n'est entré après nous. Dans deux minutes, je vais retourner aux toilettes. J'ai remarqué une porte au bout du couloir. Je suis certain qu'elle donne à l'arrière. Je vais me laver les mains et je sortirai par cette porte. Restez ici cinq minutes, ensuite venez me rejoindre. On marchera jusqu'à leur maison.

— Mais elle est surveillée.

— Depuis la rue, sûrement. Mais ils n'ont quand même pas posé de gardes à chaque coin de mur. On peut entrer par le jardin ?

— Oui.

— Eh bien, s'il n'y a personne derrière, c'est ce qu'on fera. Vous avez bien dit qu'il y a des arbres et des buissons partout ?

— Oui, d'après les photos. Mais elles ne sont pas toutes jeunes.

— Dans ce cas, on verra bien. Si c'est toujours comme ça et qu'on ne trouve personne, il n'y aura pas de problème. »

Presque aussitôt, Joe déposa de quoi payer leurs sandwiches, posa sa serviette d'un geste nonchalant et partit vers les toilettes. Deborah consulta sa montre, finit sa tasse de café et accepta que la serveuse la remplisse de nouveau. Cinq minutes après, adoptant comme elle put le même air nonchalant, elle se dirigea vers les toilettes. Arrivée au bout du couloir, elle s'assura qu'on ne la regardait pas et sortit par la porte du fond.

La neige épaisse tombait en lourds flocons fouettés par le vent. Il faisait nuit et Deborah faillit crier lorsque Joe surgit dans son dos et la prit par le bras. « Bien, madame Robinson. On ne perd pas de temps, mais on ne court pas. »

Vingt minutes durant, ils se faufilèrent à travers une série de jardins privés, s'arrêtant d'arbre en arbre et se cachant derrière les buissons comme deux personnages de dessin animé. Deborah finit par pouffer de rire. Joe la gratifiant d'un regard torve, elle s'excusa. « Je me trouve grotesque, dit-elle. Tout cela est-il nécessaire ?

— Vous voulez rentrer dans cette maison ou pas ?

— Oui.

— Bien. Si on se fait repérer, c'est fichu. Il n'y a pas d'autre solution. »

Oubliant leur allure ridicule, elle s'efforça de se concentrer sur ce qui l'amenait là et y arrivait seulement lorsqu'un énorme doberman, sortant de sa niche, se précipita comme un fauve sur une clôture métallique. Ils avaient beau se trouver de l'autre côté, le chien faisait de tels bonds que Deborah était sûre qu'il arriverait bientôt à passer par-dessus. Elle recula.

Joe, sans bouger d'un pouce, se mit à parler d'une voix douce et rassurante à l'animal, qui continua une bonne minute à montrer les crocs. Il finit par pousser de courts gémissements et se laissa même gentiment caresser la tête. La porte arrière de la maison s'ouvrit et un homme appela à voix haute : « Jake ? Qu'est-ce qu'il se passe ? » Le chien obéissant s'en vint retrouver son maître. L'homme balaya l'obscurité du regard, sans apercevoir Joe et Deborah accroupis derrière un bosquet sous des tourbillons de neige. « Qu'est-ce que tu as, mon gars ? Les matous sont de sortie, ce soir ? »

L'homme s'esclaffa comme si la chose était d'un humour mordant, puis rentra avec le chien.

« Je crois que j'ai apprivoisé ce brave Jake, chuchota Joe. Mais il vaut peut-être mieux ne pas trop pousser la chance. On va essayer de faire le tour de ce jardin sans enjamber la clôture.

— Je n'en avais pas l'intention », souffla Deborah.

Ils arrivèrent derrière la maison sans étage des Robinson. Ses couleurs étaient presque invisibles dans le noir, mais Deborah reconnut les murs bleus et les volets tout blancs.

« J'espère qu'ils n'ont pas de système de sécurité, marmonna Joe.

— J'en doute. C'est un quartier tranquille.

— On ne pourra plus en dire autant.

— Espérons surtout que personne ne nous ait vus.

— Vous êtes leur belle-fille, après tout. Les voisins ne peuvent pas vous reprocher grand-chose.

— Ce n'est pas des voisins que j'ai peur, dit Deborah en frissonnant. Plutôt de mes beaux-parents. Nous sommes sur le point de commettre un vol avec effraction, et ils ne lèveront pas le petit doigt pour me défendre.

— Avec un peu de chance, ils ne sauront jamais que vous êtes entrée chez eux.

— Si, parce que j'ai l'intention de prendre deux ou trois choses, et il faudra que je leur dise. »

Joe sortit son permis de conduire stratifié* de son portefeuille.

« Je croyais qu'on se servait plutôt d'une carte de crédit, dit Deborah.

— On peut, mais c'est plus facile avec ça. Les cartes se déchirent trop facilement.

— Je m'en souviendrai, la prochaine fois.

— Une chance que la maison ne soit pas récente.

— Pourquoi ?

— Parce que c'est plus facile aussi. » Joe prit appui contre la porte, inséra son permis au-dessus du loquet entre le chambranle et le battant, et poussa jusqu'à ce que la petite carte disparaisse de moitié. Il la fit ensuite glisser vers le bas en tirant la poignée de porte vers lui. Deborah retint son souffle et sourit en entendant un petit « clac » rassurant. « Voilà ! je n'ai pas perdu la main. Vous êtes prête ? » fit-il, la main toujours sur la poignée.

L'était-elle vraiment ? Que se passerait-il si Steve était à l'intérieur ? S'il était caché là depuis sa disparition ? D'évidence, la police n'avait pas écarté cette éventualité, puisqu'ils surveillaient la maison. Certes, cela ne serait pas facile de rester muré ici sans se faire remarquer, mais pas impossible. Voici qu'elle avait peur de mettre le pied dans une maison à cause de son propre mari. C'était pourtant ainsi. Tu n'es pas seule, se dit Deborah, et j'ai quelque chose à trouver. Elle chuchota : « Oui. »

Joe ouvrit et ils s'introduisirent dans la cuisine. L'intérieur sentait légèrement le renfermé,

* De mêmes dimensions aux États-Unis qu'une carte de crédit.

et Deborah sut aussitôt que personne n'était entré ici depuis le départ, presque trois semaines plus tôt, des occupants. Joe alluma sa torche en prenant bien soin d'en maintenir le rayon largement en dessous des fenêtres. Deborah cligna plusieurs fois des paupières avant de s'habituer à l'étrange éclairage. « La cuisine », dit-elle inutilement en regardant la petite pièce, d'une propreté impeccable, avec son linoléum, ses placards et ses ustensiles exclusivement blancs. La seule touche de couleur provenait d'une corbeille de faux lierre sur le plateau en verre de la table.

« Vous êtes sûre que des gens vivent ici ? demanda Joe. On dirait un appartement témoin. Ou une cuisine d'hôpital.

— Steve dit que sa mère est maniaque de la propreté. On ne trouvera pas de cendrier sale ou de torchon froissé.

— Je suppose qu'elle n'a jamais mangé au-dessus de l'évier dans une boîte de conserve ?

— Parce que ça vous arrive ?

— Fréquemment. »

Elle hocha la tête. « Les hommes…

— Une race primitive, certes, mais non dénuée de charme.

— Je ne connais rien de plus séduisant que regarder un homme manger des fayots froids au-dessus de l'évier », pouffa la jeune femme. Elle avait froid, peur, et remerciait Joe intérieurement d'essayer de la détendre.

Ils passèrent de la cuisine à la salle à manger. D'autres fleurs en papier étaient disposées sur la grande table cirée, flanquée de six hautes chaises.

Dans un coin, un meuble à tiroirs, cerné d'un liseré d'or, devait contenir de la vaisselle. « Steve dit qu'ils prenaient tous leurs repas à la salle à manger, dit-elle. Et sa mère faisait tout un plat s'il arrivait deux minutes en retard, comme si c'était une affaire d'État.

— Ça devait être marrant, dit Joe. Et le père, il disait la messe pendant ce temps ? »

Surprise, Deborah se figea. « Mon Dieu, c'est vrai, il ne m'a jamais parlé de son père. Toujours de sa mère. Tout ce que je sais, c'est qu'il est propriétaire d'une chaîne de drugstores et qu'il passe son temps à jouer au golf.

— Et Emily ?

— Je ne sais pas grand-chose d'elle non plus. À part qu'elle était jolie, que les garçons lui couraient après…

— … et qu'elle a épousé quelqu'un. Qui, on se le demande.

— C'est l'une des choses que j'espère découvrir. Je ne saurais pas expliquer pourquoi, mais je suis sûre que c'est vraiment important.

— Je trouve quand même bizarre qu'ils aient tous oublié qui c'est, apparemment.

— Steve le savait. Ses parents aussi. Pourquoi ce mystère ? Qu'avait-il d'aussi *peu fréquentable* ? »

Joe ne répondit pas. Ses yeux partirent immédiatement braquer le lampadaire qui venait de s'allumer devant les rideaux tirés du salon. « J'espère qu'il est actionné par un minuteur.

— Oui. Je le vois, dit-elle. Sur la petite table, à côté. J'ai eu peur. On n'a peut-être pas besoin d'être aussi prudents avec la torche, dans ce cas. »

Le lampadaire diffusait un doux éclairage sur les planchers cirés que Steve détestait tant. Un grand tapis persan en couvrait une partie, jouxtant le mobilier Reine Anne. Quelques bibelots étaient placés aux endroits convenus sur les tables encaustiquées. On n'apercevait ni cendrier, ni magazine, ni livre. Suspendu au-dessus du canapé, un grand miroir au cadre élaboré reflétait la froideur de la pièce.

« Eh bien, ça respire la vie et la gaieté, dit Joe avec un sourire pincé.

— Je crois qu'il y a un poste de télévision au sous-sol.

— C'est toujours ça. On se croirait dans un musée. Je ne vois pas comment deux enfants pourraient grandir heureux là-dedans.

— Pas les miens, en tout cas. Peut-être que Steve et Emily savaient rester en place. Je sais si peu de chose d'eux. Je veux dire de leur enfance. Steve a toujours évité le sujet. Pourtant je suis certaine que la réponse à bien des questions se trouve ici, dans le passé.

— Et qu'allez-vous chercher ? Des albums de photos ? Les almanachs du lycée ?

— Exactement. Qui sait si on ne trouvera pas de vieilles lettres, ou des journaux intimes ?

— Je n'y compterais pas trop, surtout s'ils contenaient des informations précieuses. À mon avis, la mère de Steve aura tout détruit.

— Ça vaut quand même la peine d'essayer. Le couloir est là, avec les chambres. »

Le couloir était dépourvu de fenêtres, cependant Joe continuait de masquer partiellement le rayon de sa torche. Il y avait quatre chambres, deux de chaque côté, aux portes toutes fermées. Deborah ouvrit la première sur sa droite, et entra dans une petite pièce, pratiquement écrasée par un grand lit à baldaquin recouvert d'un édredon à volants, et d'une série de coussins et oreillers. À gauche sous le miroir, la commode était garnie de flacons de parfum. Un autre bouquet artificiel, des fougères de soie, était disposé devant la fenêtre. Une première table de chevet, à gauche du lit, était ornée d'une lampe en cristal et d'un petit réveil. Celle de droite, jumelle, supportait une lampe identique et — surprise — un livre. Deborah s'approcha de ce dernier sur la pointe des pieds. C'était *Le Dernier des Mohicans*. Elle sourit. Steve lui avait appris que, si sa mère considérait la lecture d'ouvrages de fiction comme une perte de temps, son père au contraire chérissait la littérature américaine. « Papa aurait voulu être professeur de lettres, avait-il dit, mais son père l'a obligé à s'occuper de ses pharmacies, et il a obéi à contrecœur. Il n'en avait pas grand-chose à faire, vraiment, des *Robinson drugstores.* » Deborah se rappelait finalement plus de choses qu'elle ne voulait le croire.

« C'est la chambre des parents, murmura-t-elle en jetant un coup d'œil à la salle de bains adjacente. On ne trouvera certainement rien d'intéressant ici. »

Joe s'était approché de la fenêtre qui donnait sur la rue. Il écarta très légèrement les rideaux. « Parfait. La rue est complètement déserte.

— Les fédéraux ne sont pas encore là avec leurs mitraillettes ? »

Joe sourit. « Non, mais j'aime autant qu'on ne traîne pas. On ne sait jamais. »

Deborah quitta la pièce sans dire mot. La porte suivante, à droite, ouvrait sur une grande salle de bains, dotée d'une longue baignoire, de doubles lavabos ornés chacun de savonnettes en forme de roses, et d'étagères débordant d'épaisses serviettes de toilette bien alignées. Elle referma rapidement la porte et repartit à gauche. La première pièce contenait un lit étroit et une armoire vide. Deborah en conclut que c'était la chambre de Steve. Parfaitement nue, elle paraissait n'avoir jamais été occupée. On aurait cru que les Robinson s'étaient efforcés d'ôter toute trace de sa présence. Deborah en eut la gorge serrée. Steve avait disparu de cette maison aussi complètement qu'il s'était évanoui de sa propre existence.

« Allons voir à côté », dit Joe comme s'il venait de lire les pensées de la jeune femme.

La chambre suivante, deux fois plus grande que la précédente, semblait toujours celle qu'Emily avait occupée vingt ans auparavant. Le grand lit était couvert d'un édredon blanc et brodé. Le gros tigre en peluche, immobile sur ses oreillers, regardait les intrus d'un œil imbécile, et un élégant téléphone blanc était posé sur la table de nuit, près d'une lampe de porcelaine peinte. La commode présentait une collection de parfums, deux coffres à bijoux, toute une collection de tubes de rouge à lèvres aux roses et aux coraux depuis longtemps secs, ainsi qu'une photo d'Emily en costume de majorette entourée de deux amies. Un mur était orné d'un grand portrait de jeune fille à bicyclette. Sans doute Emily à l'âge de quatorze ou quinze ans. Il était signé P. G. « Pete Griffin, dit doucement Deborah. Il faut croire en fait qu'il était sérieusement doué pour le dessin. » Sur un autre mur était affiché un poster des Rolling Stones. Une étagère de livres était installée sous la fenêtre. Du regard, Deborah parcourut les titres : Phyllis Whitney, Victoria Holt, Mary Stewart… « Elle aimait les romans d'amour et de suspense, murmura la jeune femme. J'ai moi aussi lu la plupart de ces livres.

— Cherchez plutôt des lettres, un journal intime, dit Joe d'une voix absente en lui tendant la torche. Je vais regarder à la fenêtre dans la chambre des parents. »

Deborah ne mit pas longtemps à localiser ce qu'elle cherchait. Sur l'étagère du bas étaient alignés trois almanachs de lycée et un mince album de photographies. Sans prendre le temps de les ouvrir, elle partit ouvrir les tiroirs de la commode. Le premier et le second contenaient des sous-vêtements, et le troisième, des pull-overs. Tout était à sa place comme si Emily allait rentrer le lendemain matin. Deborah remarqua les quelques sachets de parfum frais disposés çà et là, mais pas la moindre lettre ou journal intime. « Évidemment, grommela-t-elle en se relevant. Si elle avait été assez bête pour les ranger là-dedans, sa mère les aurait trouvés depuis longtemps. »

Elle réfléchit à toute vitesse. Comparée à celle-ci, sa chambre de jeune fille avait été un sinistre placard, dans lequel elle avait toutefois réussi à cacher ce qu'elle voulait. Son propre journal intime y avait pour réceptacle une vieille boîte à chaussures au bas de l'armoire. Deborah courut ouvrir celle d'Emily. Les vêtements étaient propres et bien alignés, les chaussures rangées dans une housse de plastique transparent. Pas le moindre coin secret. Elle balaya la pièce du regard, et l'évidence lui apprit qu'il serait pratiquement impossible d'y cacher un livre ou un journal ailleurs que sous le matelas. Celui-ci avait certainement été déjà retourné plusieurs fois. Mais quelque chose de plus petit ?

Deborah regarda de nouveau la bibliothèque basse. Emily avait dû dévorer quantité de livres, contrairement à sa mère. Il n'y avait donc guère de danger que cette dernière vienne emprunter un roman. Quant à M. Robinson, il semblait plutôt aimer les classiques. À toute vitesse, Deborah se mit à dégarnir les étagères, feuilletant chaque livre l'un après l'autre. Une lettre s'échappa du cinquième, *Kierkland Revels*, au moment où Joe revenait dans la pièce.

« Deborah, je ne suis pas tranquille.

— Pourquoi ?

— Un pressentiment. On va venir. Je n'ai vu personne, mais je le sais. On devrait être partis depuis au moins cinq minutes.

— Bien. » Elle vérifia que les livres étaient tous de nouveau correctement alignés sur l'étagère. Mme Robinson remarquerait peut-être, au premier coup d'œil, l'absence des almanachs et de l'album, mais c'était un risque à prendre. Cette intrusion ne resterait, de toute façon, sûrement pas impunie. « J'ai trouvé une lettre qu'Emily a cachée. »

Joe sembla surpris. « Je ne croyais vraiment pas que vous trouveriez quoi que ce soit.

— C'est que vous n'avez jamais été jeune fille.

— Ah, les secrets d'adolescentes…

— Ils paraissent toujours ridicules dix ans plus tard, mais à cet âge-là c'est sérieux comme la mort. » Elle marqua un temps. « Et, dans le cas d'Emily, je ne crois pas si bien dire.

— Deborah, il faut *vraiment* y aller. »

Elle fourra la lettre dans son sac et se releva, les almanachs et l'album sous le bras. « OK, on y va. »

Ils rejoignirent la cuisine en vitesse. Deborah mettait la main sur la poignée lorsque Joe souffla : « Arrêtez ! » Elle se figea tandis qu'il éteignait sa torche. Puis il s'accroupit et, la tirant par la taille, la força à l'imiter. Elle ouvrit la bouche pour parler mais, d'un seul regard, Joe la réduisit au silence. « Ils font le tour de la maison, murmura-t-il à son oreille. Je savais qu'ils viendraient.

— Vous croyez qu'ils vont entrer ?

— Non. À moins qu'ils ne découvrent quelque chose de suspect.

— Comme nos empreintes de pas.

— Avec cette neige, elles sont probablement recouvertes. Maintenant, chut. »

Deborah retint son souffle tandis qu'un faisceau lumineux dansait autour de la maison. Silence, puis la poignée de la porte commença à grincer. Les yeux de Deborah partirent chercher ceux de son compagnon. Les mâchoires serrées, il évita son regard. Qu'allons-nous pouvoir dire ? se demandait la jeune femme.

L'angoisse lui vrillait les nerfs, mais Dieu merci la poignée s'immobilisa. Au bout de petites minutes qui semblèrent de longues heures, la lumière disparut. Ils poussèrent de courts soupirs de soulagement, et Deborah se rendit compte qu'elle suait à grosses gouttes. Il faisait pourtant moins de dix degrés à l'intérieur. « Plus jamais ça, chuchota la jeune femme.

— Il n'y aura pas lieu, j'espère. »

*

Ils se retrouvèrent dans la Jeep, trempés des pieds à la tête. Le furieux va-et-vient des essuie-glaces paraissait dérisoire sous la neige abondante. « On ne peut rentrer à Charleston avec ce temps, dit Joe.

— Il le faut, pourtant.

— Deborah, vous voyez ce qu'il tombe ? »

Il avait raison. Les enfants étaient en sécurité chez Pete, et il était inutile de risquer un accident. « OK, on passe la nuit quelque part.

— Vous connaissez un motel correct ?

— Steve s'arrêtait souvent au même, dit-elle. C'est à la périphérie et je crois que les prix sont raisonnables. »

L'employé leur offrit un sourire espiègle lorsqu'ils demandèrent deux chambres séparées. « Mais quand même contiguës ? insinua-t-il.

— Non, répondit Joe. Deux chambres, chacune pour une personne. »

On leur donna quand même deux pièces adjacentes. Joe leva les yeux au ciel en remarquant la porte intérieure. « Oh, et puis qu'est-ce que ça peut faire ? » dit Deborah, trop frigorifiée et trempée pour se soucier du qu'en-dira-t-on.

Joe s'assit sur l'un des lits jumeaux et passa une main sur le velours rouge. « Quel goût.

— Moche, mais pratique.

— Je n'ai pas l'impression qu'on puisse nous amener à manger.

— C'est plutôt de ne pas avoir d'affaires de toilette qui m'embête.

— Ça, ce n'est pas un problème, dit Joe. Pendant que vous appelez Pete pour le prévenir, je trouverai sûrement des brosses à dents dans un drugstore quelque part. Après, on pourrait prendre un vrai repas. J'ai faim, moi.

— Moi aussi, admit Deborah.

— Et puis, il faut fêter ça : c'est votre premier vol avec effraction. Coup d'essai, coup de maître. »

Elle sourit. « Parlons d'autre chose. J'espère que je n'aurai jamais besoin de raconter ça aux enfants.

— J'ai vu un restaurant en chemin, le Blue Note. L'enseigne dit qu'ils servent des repas et qu'il y a un orchestre. Ça vous dit ? »

Deborah eut d'abord envie de répondre qu'un hamburger lui suffirait sans doute, puis pensa qu'un dîner agréable, avec un verre ou deux et de la musique, n'était pas peut-être pas une si mauvaise idée. Elle avait envie de se détendre. « Mais oui, pourquoi pas ? »

Joe partit dans sa chambre et elle appela Pete.

« Impossible de rentrer ce soir, lui apprit-elle. On passe la nuit ici.

— Ah, fit platement Pete. Bon.

— Il neige vraiment trop, poursuivit Deborah qui, pour quelque raison, se donnait l'impression d'une adolescente en train de s'excuser devant sa mère.

— Il vaut mieux que vous restiez, dans ce cas. »

Avait-il l'air de réprouver la chose ? Non, il paraissait seulement fatigué, après une longue journée en compagnie de deux enfants et d'un chien à vrai dire encombrants.

« J'espère qu'ils se sont bien comportés.

— Ils sont admirables, ces petits. Ils viennent de dîner. Je voulais leur préparer du poulet et des légumes frais, mais ils ont préféré une pizza.

— Ils adorent ça.

— Oui, je m'en suis aperçu. Ils en ont englouti des tonnes, dit Pete en riant. Vous avez vu ma grand-mère ?

— Oui. Elle nous a reçus comme des rois. Et elle va très bien, Pete.

— Qui d'autre avez-vous vu ?

— Emily, c'est tout. Ah, si, une ancienne amie de Steve, Jean Bartram.

— Ah, *Jeannie*, c'est son nom, je ne m'en souvenais pas. Qui vous en a parlé ?

— Ta grand-mère.

— Comment se fait-il qu'elle se le soit rappelé ?

— Je ne sais pas, Pete. Toujours est-il que cette fille a passé plusieurs années loin d'ici et qu'elle est revenue à Wheeling où elle travaille justement à la maison de soins.

— En voilà une coïncidence ! Elle a pu vous aider ?

— Oh, elle sait des tas de choses, mais je n'ai pas très envie d'en parler maintenant. Je me demande s'il faut la croire, d'ailleurs. » Deborah s'interrompit. « Elle ne me plaît pas beaucoup.

— Je ne l'ai jamais aimée. Je crois que c'était réciproque, même. »

Pas de doute là-dessus, pensa Deborah, sans pour autant le dire. « Enfin, elle ne sait pas avec qui Emily a bien pu se marier. Dommage.

— Je ne comprends pas pourquoi tu as tellement besoin de découvrir qui c'était, fit Pete, feignant de s'en amuser. C'est le syndrome Sherlock Holmes ? »

Elle émit un petit rire. « Ça doit être ça, oui. J'ai le sentiment que ça peut expliquer des choses, c'est tout. C'est même insupportable de ne pas savoir. Enfin, bon. Pete, je voulais te dire que je vais dîner avec Joe dans un endroit qui s'appelle le Blue Note, si tu as besoin de m'appeler avant qu'on ne soit rentrés.

— Le Blue Note !

— Oui. Tu connais ?

— Ça fait des années que ça existe.

— On y mange bien ?

— Je n'y suis jamais allé. C'est un club de jazz, et j'ai horreur de ça.

— Je ne savais pas.

— J'ai mes petits secrets comme tout le monde, dit Pete.

— Bon, enfin, si je n'y suis plus, c'est que je suis rentrée. » Elle lui donna le téléphone du motel et le numéro de sa chambre. « Je suis vraiment désolée de te laisser les enfants comme ça.

— Non, ce n'est pas un problème, je t'assure. Ce n'est pas la place qui manque. Va manger tranquille et rentrez demain, c'est plus sûr.

— Tu me laisses parler une minute aux enfants ? »

Pete hésita. « Tu ne veux pas attendre demain ? Ils sont quand même un peu agités, et ils viennent juste de se calmer. Adam leur a mis un film et il le regarde avec eux. J'aimerais autant ne pas les énerver. »

Ils n'avaient donc pas été si faciles, pensa-t-elle. C'était ennuyeux, vraiment, de ne pas pouvoir rentrer. Mais impossible.

« Bon, tu as sans doute raison. » Elle se sentit déçue, triste. Jamais encore elle n'avait passé une nuit sans les enfants. Et ce soir, elle les délaissait pour la seule raison qu'elle s'était mis en tête de chercher à Wheeling ce qui ne servirait sans doute à rien. « Tu fais bien attention à eux, dis-moi ? Lieber court toujours.

— J'en réponds comme de ma propre vie, fit Pete d'un ton léger. À demain. »

*

Une fois raccroché, elle sécha un moment ses cheveux au-dessus du radiateur. Joe passa la chercher et ils partirent au drugstore acheter brosses à dents, dentifrice et autres objets de toilette, avant de s'arrêter de nouveau dans une petite boutique où Deborah changea ses tennis trempées pour une paire de mocassins secs à bon marché.

« Je me demande de quoi j'ai l'air, dit-elle en regardant ses talons plats de fortune et ses mèches mal coiffées.

— Vous êtes formidable et c'est un honneur pour moi de m'afficher en votre compagnie, fit Joe, un rien grandiloquent.

— Tu parles, retourna-t-elle sèchement. Vous êtes surtout content de ne connaître personne ici.

— Balivernes. J'ai hâte de repartir avec vous cambrioler toute la ville. Seulement il faudrait arrêter de vous marrer tout le temps. Ça ne fait pas très sérieux dans le genre Bonnie and Clyde.

— Oh, ce que c'est idiot, je sais. Je soupçonne mon mari d'être un *serial killer*, je vous emmène visiter en douce sa maison et voilà que j'ai le fou rire dans le jardin de ses parents.

— Mieux vaut rire que pleurer, mais bon, j'ai vraiment cru que vous aviez à nouveau quinze ans.

— Oh, taisez-vous, maintenant. Allons manger. »

Le Blue Note n'était pas très loin du motel. Aussitôt entrée, Deborah se rappela le commentaire de Pete — l'intérieur était franchement vieillot. Toutefois il émanait de la salle bien entretenue une ambiance douce et relaxante. Les murs lambrissés étaient couverts de photographies encadrées, représentant les habitués et les orchestres de passage. Pour la plupart occupées, de grandes tables étaient installées au centre, mais les flancs offraient de petites alcôves intimes et confortables. L'éclairage tamisé, ponctué de chandeliers, contribuait à l'atmosphère sensuelle du lieu. La piste de danse qui jouxtait le long comptoir au bout de la salle était couronnée d'un dais de nombreux bois et cuivres.

« Bel endroit », admit Joe en prenant place dans l'une des alcôves. Il ouvrit le menu. « Les prix sont raisonnables, en plus. »

Il commanda un T-bone, Deborah, des gambas grillées, et ils prirent une bouteille de vin. Son verre à la main, elle étudiait les photographies au mur. « Celle-ci doit dater des années cinquante, dit-elle. Vous avez vu les coupes de cheveux ? »

Joe en regarda une autre, près de lui. « Celle-là est plus récente, fin soixante-dix, début quatre-vingt sans doute.

— Vous avez raison », fit une voix. Ils se retournèrent pour découvrir un homme corpulent d'une soixantaine d'années, vêtu d'un pull à col roulé noir sous une veste sombre. Ses cheveux, noirs également, étaient gominés en arrière et il portait de nombreuses bagues. On aurait cru un chanteur des samedis soir. Mais son sourire était sincère et sympathique. « Je suis le patron, je m'appelle Harry Gauge. Je ne vous ai encore jamais vus, non ?

— C'est parce qu'on n'est encore jamais venus, dit Deborah. Le cadre est très joli.

— Oui, j'en suis plutôt fier. Et toujours ravi d'accueillir de nouveaux clients. Pour revenir à cette photo que vous regardiez, elle date de 1980, je crois. Vous voyez le type noir au saxo ? C'est Eddie Kaye. Je n'ai jamais entendu un type en jouer aussi bien. »

Deborah examina le portrait du jeune musicien. Âgé d'une vingtaine d'années, il paraissait extrêmement séduisant et donnait l'impression de jouer pour le seul bénéfice d'une table réunissant quatre jeunes garçons et filles. L'une d'elles, brune, le fixait d'un air envoûté.

« Ils n'étaient pas un peu jeunes, ceux-là, pour fréquenter ce genre d'endroit ? » remarqua Deborah.

Harry sourit. « On ferme les yeux, de temps en temps, en espérant que personne ne dira rien. Mais on ne sert jamais d'alcool aux mineurs.

— Et le saxophoniste, qu'est-ce qu'il est devenu ? demanda Joe.

— Ça, c'est un mystère. Sans doute parti à Hollywood, ou à New York. Peut-être La Nouvelle-Orléans. Il en parlait tout le temps. Un jour il a disparu, et depuis, pas de nouvelles. »

Ça me rappelle quelque chose, faillit dire Deborah. Joe lui lança un regard rapide. L'expression de la jeune femme devait trahir son désarroi, puisqu'il s'empressa d'ajouter : « Ça fait longtemps que vous tenez l'affaire ?

— Quarante ans, depuis le mois dernier. Tout le monde avait prédit que je ne tiendrais pas deux semaines. » Harry émit un petit rire dénué d'arrogance. « Comme quoi, parfois, il faut suivre son idée, malgré ce que disent les autres. Bien, je vous souhaite un bon appétit. L'orchestre devrait commencer à jouer d'ici vingt minutes. »

Le dîner arrivé, Deborah demandait à Joe ce qu'il avait pensé des révélations de Jean. Tout en mâchant, il sembla réfléchir plus que d'habitude, et finit par dire : « Ce que j'ai trouvé de plus curieux, c'est cette façon qu'elle a eue de répéter que Steve était terriblement attaché à sa sœur. »

Deborah acquiesça. « J'ai remarqué aussi. Ça m'a fait réfléchir. Était-il à ce point-là possessif vis-à-vis d'elle ? Comme un frère amoureux de sa sœur, qui serait entré dans une fureur noire en apprenant qu'elle avait épousé quelqu'un ?

— Et faute de trouver ce quelqu'un, il se serait ensuite vengé sur elle. »

Deborah posa sa fourchette. « Cette idée est révoltante. Mais je crois que c'est une évidence, Steve aimait sa sœur d'une passion possessive. Il m'a toujours bien fait comprendre qu'il n'aimait pas que je sois là quand il allait la voir. Comme si ça devait garder un caractère privé.

— Mais peut-être qu'il était sincère aussi, quand il disait qu'il ne voulait pas vous voir affectée par tout ça. Rappelez-vous ce qui s'est passé aujourd'hui.

— Jean affirmait qu'Emily avait peur lorsqu'il était là. Que cette crise, aujourd'hui, n'était pas la première.

— Ce n'est pas parce qu'elle a peur en sa présence qu'elle a forcément peur de *lui*. En plus, Jean a encore des comptes à régler avec Steve. Elle ne sait sans doute pas vraiment pourquoi sa sœur pique ce genre de crises. Peut-être qu'Emily se souvient d'avoir eu peur et qu'elle demande à son frère de l'aider. C'est ce qu'elle dit, d'une certaine façon, "*Steve, j'ai mal*".

— Donc pas *à cause* de lui ?

— S'il avait commencé à l'étrangler et à la

frapper, je ne pense pas qu'elle lui dirait ça. Je croirais plutôt qu'elle se plaint de quelque chose qu'on lui a déjà fait, donc de quelqu'un d'autre. »

Deborah soupira. « Voilà qu'on se met à analyser chacun de ses mots. Pour ce qu'elle dit, en plus. Ça me fait penser à la boîte à musique, au message plutôt, qu'on a interprété de toutes les façons. Il n'empêche que Jean s'est posé des questions.

— Je me répète, c'est une fille malheureuse, avec ses problèmes et un passé lourd à porter.

— Mais il y a toutes ces coïncidences, quand même. Plus l'argent pris dans notre compte en banque, ces horribles *bijoux* et… ! » Elle planta sa fourchette dans une gamba, et la lâcha aussitôt. « Mon Dieu, le laurier-rose ! »

Joe la regardait, incrédule. « Quoi, le laurier-rose ?

— Steve en a apporté un à Emily. Wylie m'a interrogée là-dessus ! J'avais complètement oublié parce que je trouvais cette question absurde. Je pensais que c'était une astuce pour divertir mon attention. »

Joe semblait médusé. « Mais quel rapport avec le laurier-rose ?

— Je n'en sais rien. Steve était très fier de savoir s'en occuper. Il disait que ça n'est pas une plante facile. Qu'il fallait toujours la mettre sur une étagère haute, hors de portée des enfants ou de Scarlett, parce que c'est vénéneux.

— Qu'est-ce que cela change ? Il existe des centaines de plantes vénéneuses, Deborah. Les ifs, que des tas de gens font pousser. Le muguet aussi.

Je le sais parce que ma mère adore ça. Elle n'en mange pas pour autant. »

Deborah sourit. « Je me laisse emporter. Pourtant je me demande bien ce qu'il voulait dire, Wylie, à propos de ces lauriers. Je suis sûre que, s'il l'a remarqué, ce n'est pas par hasard, que ça a une importance.

— C'est possible. Cela dit, les agents du FBI sont eux aussi des êtres humains, Deborah. Ils ne peuvent pas penser boulot chaque seconde de leur vie.

— Wylie, si. Je me demande s'il est marié.

— Vous avez quelqu'un à lui proposer ? » demanda Joe.

Deborah fit une grimace espiègle. « Pourquoi pas Barbara, si ça ne va plus avec Evan ?

— Wylie et Barbara ? Dans le genre couple d'enfer, ça ne serait pas mal. Ensuite, il faut vous occuper de Jean et de Pete. » Il fronça les sourcils. « Je me demande pourquoi Pete n'a rien dit du fait qu'il était sorti avec Emily.

— Parce que c'était il y a très longtemps, sans doute. Je me souviens qu'un jour il a dit qu'à l'époque il était l'ami de Steve *et* d'Emily. Peut-être qu'il l'a emmenée dîner une ou deux fois, et que Jean a grossi toute l'histoire.

— C'est bien ça qui m'embête. Je ne sais pas à quel point on peut croire ce que dit Jean.

— Je pense qu'elle n'a pas fait semblant d'être malade, cet après-midi. C'est de nous voir, ça a dû la remuer.

— C'est un lourd mensonge, ce qu'elle a dit il y

a quinze ans, Deborah. Ça va assez loin. À mon avis, elle devait penser que vous le saviez.

— Et ce qu'elle disait de Steve, comme quoi il la menaçait sans rien dire, est-ce vrai ?

— Il ne devait pas être à l'aise de la voir. Il savait bien que si elle avait menti, c'est parce qu'elle avait l'intention de l'épouser. Mettez-vous à la place de Steve, ça n'est pas très facile, comme situation. »

Deborah hocha la tête. « Je ne pourrais pas dire. Il y a tant de choses que j'ignorais encore la semaine dernière, Joe. Je n'ai vraiment pas eu le temps de décanter tout ça.

— Vous ne devriez plus y penser alors, ne serait-ce que quelques heures. Histoire d'y revenir avec un esprit frais. Peut-être que vous y verrez plus clair, alors. »

Deborah suivit son conseil et choisit de se détendre. Elle n'était pas amateur de jazz, mais l'orchestre était bon et ils finirent leur bouteille en même temps que les musiciens achevaient le premier set. Quelques personnes partirent danser sur la piste. Joe regarda la jeune femme d'un air navré. « À part le pas de deux, je ne sais pas faire grand-chose.

— C'est égal. Je n'ai pas envie de danser.

— Chanter, alors ? »

Elle sourit. « Non plus. Je crois que je commence à ressentir les effets de la fatigue. Et de toutes ces émotions. Je suis fourbue. Ça vous embêterait de rentrer au motel ?

— J'allais vous le proposer. »

Ils réintégrèrent leurs chambres à dix heures du

soir. Bien qu'épuisée, Deborah ne se sentait pas encore prête à dormir. Elle lava son visage, se brossa les dents, retira son pantalon et son sweat-shirt puis, assise sur le lit en soutien-gorge et en culotte, étendit devant elle les deux almanachs, l'album de photos et la lettre récupérés chez les Robinson. Elle n'en revenait toujours pas d'avoir eu le courage de pénétrer chez eux. Lorna Robinson serait bien sûr furieuse mais, compte tenu de sa profonde aversion pour toute forme de publicité, elle renoncerait sûrement à porter plainte lorsque Deborah remettrait son précieux butin.

La lettre était décevante. Inachevée, écrite sur un papier fleuri et parcheminé, elle était adressée à une certaine Martha en Floride. On y trouvait une description détaillée de l'emploi du temps d'Emily à Wheeling, dans un style puéril, souvent émaillé de plusieurs points d'exclamation à la suite. Le seul passage intéressant tenait en un paragraphe

Je suis complètement amoureuse ! La totale ! Je ne te dirai pas son nom, mais ce n'est plus un bébé. C'est vraiment autre chose *que les garçons du lycée, comme Pete ou Steve. Rien à voir, il vient d'un autre monde. Tu penserais qu'on n'a rien en commun, mais on passe des heures à parler ! Et il* m'aime *! ! ! Je n'arrive pas à le croire ! Mes parents piqueraient une colère noire, et les siens aussi, s'ils étaient au courant. C'est comme Roméo et Juliette, j'en ai des frissons rien qu'à l'écrire.* L'AMOUR *avec un grand A ! ! !*

Mon Dieu, ce qu'elle semblait jeune, pensa Deborah. Des rêves plein les yeux. Toutefois ce mystérieux amant — si différent — pouvait bel et bien être le futur mari de la jeune fille. Qu'avait-il de si *différent* ? Le fait qu'il soit plus âgé que Steve et Pete ? Que les parents, de chaque côté, réprouveraient cette idylle ? Sans doute l'attrait du fruit défendu pouvait paraître irrésistible à une adolescente passionnée, entêtée, comme Emily.

Deborah consulta ensuite les almanachs. Ils ne lui révélèrent que peu de chose, sinon l'énorme différence de styles vestimentaires qui s'était imposée en vingt ans. Emily était en seconde lorsque Steve suivait sa terminale, et l'on reconnaissait sa jeune sœur sur un petit cliché. Rayonnante, les cheveux longs et brillants, elle montrait des dents parfaites après des années d'appareils orthodontiques. Deborah passa à la photographie de Steve. Le regard grave, la mâchoire plus forte, il paraissait très différent d'elle. Deborah étudia le cliché plus attentivement, remarqua le grain de beauté sous l'œil droit. Or Steve n'en avait pas. « Mais ce n'est pas lui, c'est Pete ! » s'exclama-t-elle. Elle trouva à la page suivante le sourire rassurant de Steve, sa raie bien dessinée sur le crâne, les cheveux plus longs que ces dernières années. Deborah revint au portrait de Pete. Il avait à l'époque tous les siens, épais et coiffés exactement comme Steve. Le menton excepté, l'ossature de leurs visages était assez similaire. Elle lâcha un petit rire. Pas étonnant que les deux clichés avaient été inversés. Adolescents, ils se ressemblaient beaucoup. On aurait cru des frères. En revanche, ils n'avaient pas dû apprécier qu'on les confonde.

Deborah feuilleta les almanachs des années précédentes. Avec les classes de seconde et de première, les futurs bacheliers y étaient aussi représentés. Elle chercha un indice, parmi les visages plus adultes, qui aurait pu la mener au mari d'Emily. Vainement — elle n'avait aucune idée de ce qui pouvait la mettre sur la piste.

Il restait l'album des photos de famille, qui s'ouvrait sur une série de portraits d'un jeune couple, d'évidence M. et Mme Robinson. Un bébé faisait bientôt apparition, pour se transformer rapidement en petit garçon blond. Ensuite, un autre bébé, suivi de dizaines de photographies d'Emily. Souriante en tutu de jeune danseuse ; prête à plonger dans la piscine, le nez pincé entre le pouce et l'index ; sérieuse devant le piano… « Comme s'il n'y avait plus de pellicule pour Steve, une fois qu'elle était là », commenta Deborah.

Frissonnant, elle retira le dessus-de-lit et se glissa entre les draps. Elle entendit la télévision que Joe avait allumée dans la pièce adjacente. Une fois encore, le besoin d'une cigarette se fit sentir. Deborah n'en avait pas emporté. Elle trouva une pastille à la menthe dans son sac et, l'album dans les mains, se cala contre les oreillers.

Deux photos d'Emily la représentaient, toute vêtue de rose, lors d'une réception. La jeune fille souriait la bouche fermée — sans doute à cause de l'appareil dentaire qu'elle devait encore porter, sourit Deborah. Un autre cliché révélait une Emily plus mûre, en robe rouge, ses longs cheveux retenus par une barrette de brillants. Deborah détacha l'épreuve et, la retournant, lit au dos : « Saint-Valentin : la Reine du Bal », tracé en grandes lettres rondes manuscrites. Les portraits suivants montraient une Emily plus âgée, chaque fois plus jolie. La jeune fille appréciait visiblement qu'on la prenne en photo — elle semblait toujours détendue, presque aguichante, comme si l'objectif de l'appareil s'était substitué à un œil masculin. Deborah repensa aux photos qu'on avait prises d'elle à l'adolescence. Le plus souvent raide, gênée, elle y offrait ses sourires maladroits. Cindy Crawford n'avait rien à craindre de moi. Emily, en revanche, aurait pu lui faire concurrence.

Les clichés de la page suivante se révélèrent plus intéressants. Sur le premier, la jeune fille était allongée en bikini sur un transat, des lunettes noires sur le nez. Elle y ressemblait presque à un mannequin de *Playboy*, bien en chair, affichant une moue suggestive et boudeuse. Était-ce pour cette raison que Steve avait toujours préféré voir Deborah s'habiller simplement, sans rien de trop sensuel ? À cause de cette sœur volontairement provocante qui avait mal fini ?

S'efforçant de ne pas laisser trop de place à ce genre de réflexion, elle poursuivit son étude des photos. Une autre représentait Emily dans un nouveau deux-pièces, tout aussi sexy. Près d'elle se trouvait Pete, souriant timidement sous un regard sérieux. Un beau berger allemand était couché devant la jeune fille qui le caressait d'une main. Deborah détacha le cliché et le retourna pour lire l'écriture manuscrite : « J'ai seize ans ! Moi, Pete et Sax, le 2 juin». «*Sax*», répéta Deborah à haute voix en se souvenant de la réaction d'Emily devant la photo de Scarlett — la chienne était justement un croisé de berger allemand. Elle ne parlait donc pas de sexe. Mais de ce chien, Sax. Pete le lui avait-il donné ?

Deborah garda les yeux fixés sur le petit tableau, qui ne dévoilait rien d'autre. La date, cependant, était lourde de sens. Emily allait être agressée très peu de temps après, le 7 juin. La gorge serrée, Deborah se rappela que cette jolie silhouette, insouciante devant ses yeux, n'avait plus que cinq jours à vivre d'une existence normale.

Suivaient d'autres clichés d'Emily en maillot. Puis Deborah tourna la page et découvrit, stupéfaite, la même photo qu'elle avait remarquée au mur, quelques heures plus tôt au Blue Note. Deux jeunes hommes, deux jeunes femmes assis autour d'une table. Grâce aux pages précédentes de l'album, elle était maintenant en mesure d'y reconnaître sa belle-sœur, jeune adolescente, celle qui précisément couvait d'un regard amoureux le beau saxophoniste qui jouait pour elle.

Saxophone. Sax. «Bon sang», murmura Deborah en reprenant appui contre les oreillers. Comment Harry Gauge, le patron, avait-il appelé le jeune musicien? Eddie. Eddie Kaye. Et Emily qui, cet après-midi, avait répété son diminutif : «Ed.» Un des patients âgés, avait affirmé Jean.

Elle jeta l'album sur son lit et ouvrit aussitôt le tiroir de la table de nuit à la recherche de l'annuaire téléphonique de Wheeling. Quelques instants plus tard, une voix féminine répondait : « Le Blue Note ?

— J'aurais souhaité parler à M. Gauge, s'il vous plaît, dit Deborah d'une traite.

— Qui le demande ?

— Deborah Robinson. J'ai dîné chez vous tout à l'heure. C'est vraiment important que je lui parle.

— Une minute, je vous le passe. »

Deborah entendit l'orchestre en fond sonore. Elle tapota un instant sur le combiné, puis une voix grave se fit entendre : « Harry Gauge. J'écoute ?

— Deborah Robinson à l'appareil, monsieur Gauge.

— Je ne pense pas qu'on se connaisse ?

— Non mais j'ai dîné ce soir chez vous. J'ai des cheveux longs et noirs. Je suis venue avec un ami et nous avons parlé de vos photos au mur…

— Oui, bien sûr. Je me souviens, maintenant. Vous avez oublié quelque chose ?

— Non. J'aurais une question à vous poser au sujet de ce saxophoniste, Eddie Kaye.

— Eddie ? Oui, eh bien ?

— Son nom de famille, ça s'épelle K-a-y-e ?

— Non. Il s'appelait King, en fait. Pourquoi ?

— Merci mille fois, monsieur Gauge », dit Deborah avant de raccrocher, l'esprit en ébullition. Enfin elle savait la vérité. Le mari d'Emily n'était autre qu'Eddie King, et ces arriérés de Robinson avaient étouffé l'affaire parce que le musicien était noir.

Deborah avait élucidé un second mystère. L'homme qui avait loué la maison des O'Donnell prétendait s'appeler Edward King et ce King-là, selon l'amie de Barbara, était parfaitement blanc. Le nom était somme toute assez commun, pourtant quelle probabilité y avait-il qu'un dénommé Edward King s'installe dans la maison en face, exactement, de celle de Steve ? « Pratiquement aucune, murmura la jeune femme, le cœur battant. Pratiquement aucune. »

*

« Alfred, Alfred... »

En train de remplacer le tube à perfusion de Mme Dillman, l'infirmière se retourna. « Mon Dieu, elle revient à elle ? murmura-t-elle.

— Alfred ! »

L'infirmière se pencha. « Oui, ma petite dame. Vous m'entendez ? »

Le visage agité, Mme Dillman gardait les yeux fermés.

« Madame Dillman, vous m'entendez ?

— Tâche d'être à l'heure pour dîner. Je t'ai fait de la daube ce soir. »

L'infirmière prit dans la sienne la main froide de Mme Dillman. « Je suis là, ma petite dame, dit-elle tout fort. Vous m'entendez ? »

Les yeux de la vieille femme s'ouvrirent brusquement. « Bien sûr que je vous entends. Ça n'est pas une raison pour meugler comme un veau. »

L'infirmière recula. « Je ne criais pas. Vous m'avez surprise, c'est tout. Je vais chercher le médecin. »

La main fermée de Mme Dillman la retint. « Où suis-je ?

— À l'hôpital, ma petite dame. Vous avez une vilaine bosse sur le crâne.

— Arrêtez de m'appeler ma petite dame. Je ne vous connais même pas.

— Excusez-moi, ma petite… Madame Dillman.

— Ma tête…

— Oui, une sacrée bosse.

— Je me suis cognée ?

— Oui, vous avez une…

— … *bosse*, je ne suis pas sourde.

— Il faut que j'aille chercher le médecin. Si vous voulez bien lâcher ma main… »

Mme Dillman la foudroya du regard. « Mais non, je ne me suis pas cognée ! On m'a frappée, voyons.

— Je ne crois pas, ma petite dame.

— Eh bien, moi, j'en suis sûre. Et si vous n'arrêtez pas de m'appeler ma petite dame, je vais vous… » Mme Dillman s'interrompit en écarquillant ses yeux. « Je sais ! Je sais qui m'a frappée !

— Parfait. J'appelle le docteur et vous lui raconterez.

— Ne me prenez pas pour une enfant ! » Elle se cramponnait au poignet de l'infirmière. « Cette jeune femme, Deborah ! Deborah ! Il faut qu'on la prévienne !

— Voyons d'abord ce qu'en dit le médecin, fit la voix douce.

— Au diable votre toubib ! explosa Mme Dillman. Je sais ce que je dis, moi. Et c'est important, figurez-vous !

— Allons, allons, ne vous agitez pas comme ça.

— Billevesées ! Il faut que je parle à Deborah. » Les yeux fatigués de la vieille femme étaient implorants, angoissés. « *Je vous en prie*, écoutez-moi. Il faut que je parle à Deborah ! »

VINGT-QUATRE

Le téléphone braillait. Réveillée en sursaut, Deborah se demanda si elle saurait de nouveau réagir normalement à la sonnerie de l'appareil. Elle décrocha, certaine d'entendre Joe lui demander à l'autre bout du fil si elle avait découvert quoi que ce soit dans les almanachs.

« Deborah ?

— Pete ! lâcha-t-elle, étonnée. Qu'y a-t-il ?

— Les enfants n'ont rien, rassure-toi. Tu es seule ?

— Seule ? Mais bien sûr. Joe est dans sa chambre.

— Promets-moi de ne pas l'appeler.

— Pourquoi ? » Elle se raidit et s'assit. « Pete, tu me fais peur.

— Ce n'est pas le but, mais il faut que tu me promettes. Et je veux que tu allumes la télévision pour couvrir ta voix. »

La sienne était tendue, chevrotante. Pete avait d'évidence de mauvaises nouvelles à annoncer, et Deborah perdait déjà patience. Elle rejoignit l'extrémité du lit, alluma le récepteur et s'en revint au téléphone. « Voilà. C'est fait et je n'appellerai pas Joe. Maintenant que se passe-t-il ?

— C'est Barbara. On a retrouvé son corps il y a deux heures dans la maison des O'Donnell. La police pense qu'elle a été tuée hier soir. »

Deborah se figea, cette fois comme sous l'effet d'un coup de fouet. Un bourdonnement prit naissance dans ses oreilles, qui s'amplifia brutalement avant de presque s'évanouir. Son corps semblait tout entier engourdi, son souffle, court et rapide. Pete attendit et reprit la parole : « Deborah ? Tu es là ?

— Oui, fit-elle dans un long soupir. Qu'est-ce qu'on lui a fait ?

— Violée. Étranglée.

Deborah étouffait. « Oh non ! encore...

— L'étrangleur. Deborah, je suis effondré.

— Barbara se posait des questions sur cette maison. Elle a dû finir par y entrer. » Elle reprit comme elle put son souffle. « Et Evan, où est-il ?

— Aucune idée. Je ne sais pas s'il est au courant. Je ne l'ai vu nulle part.

— Elle le soupçonnait, Pete. Elle se demandait si ce n'était pas lui, l'étrangleur.

— Non, ça m'étonnerait. »

Elle entendit Pete, d'évidence bouleversé, respirer bruyamment. « Deborah, écoute-moi bien. J'étais inquiet pour toi hier soir. Je ne sais pas pourquoi, mais j'avais un pressentiment. J'ai fini par sortir vers deux heures du matin, et je suis passé en voiture devant ta maison. J'ai aperçu Joe, dehors.

— Devant chez moi ?

— Comme s'il sortait d'en face. »

Deborah sentit ses joues exsangues. « Non, c'est impossible. Joe ne peut pas être mêlé à ça.

— Personne ne peut en être sûr, Deborah. D'ailleurs Barbara ne se posait pas des questions à son sujet, aussi ? »

Les souvenirs se pressèrent dans la tête de la jeune femme. Barbara assise, raide, sur le canapé du salon, supposant que l'étrangleur connaissait intimement les habitudes de Steve, puis disant : « Joe est bizarre... Il te sert de chien de garde. » Les mots se mirent à résonner...

« Elle le soupçonnait, n'est-ce pas ? insistait Pete. Et ce soir te voilà seule à Wheeling avec lui. Je suppose qu'il est dans la chambre à côté ?

— Oui, souffla Deborah. Mais la porte est fermée entre les deux.

— Je veux que tu t'en ailles, dit fermement Pete. Laisse la télévision allumée et éclipse-toi sans faire de bruit. Évite de passer devant sa fenêtre. Trouve une cabine et appelle un taxi. Ensuite, loue une voiture, prends un bus, ce que tu voudras. Mais rentre à Charleston.

— Pete, il ne vaudrait pas mieux que j'appelle la police ? »

Joe frappa à la porte intérieure. Deborah faillit en lâcher le téléphone.

« Deborah ? Vous dormez ?

— Réponds-lui ! sifflait Pete dans le combiné. Essaie de paraître naturelle.

— Non, fit-elle à Joe d'une petite voix. Je suis en train de regarder les almanachs.

— Trouvé quelque chose d'intéressant ?

— Je ne crois pas.
— J'ai cru entendre le téléphone.
— Ah, euh, oui, c'est quelqu'un qui s'est trompé de chambre.
— Vous êtes sûre que ça va ? Vous avez l'air bizarre.
— Non, non. Ça va.
— Je n'ai pas l'impression. Vous voulez que je vous prenne quelque chose à la cafétéria, à côté ? Elle est ouverte. »
Elle avait gardé le combiné à l'oreille pendant l'échange. « Dis oui, ordonna Pete. Dis-lui que tu as envie de boire un café, et fais-le sortir de sa chambre.
— J'arrive dès que je peux », dit la jeune femme à voix basse pour Pete. Elle raccrocha, sortit du lit, enfila son manteau et déverrouilla la porte contiguë. Joe fit de même avec le loquet de son côté.
« Je boirais bien un café », dit-elle.
Il sourit. « J'étais sûr que vous n'arriviez pas à dormir.
— Et je meurs de faim. »
Il la regarda, ébahi.
« Je ne sais pas ce que j'ai, mais j'ai l'impression de n'avoir rien mangé, ce soir. Vous pourriez me prendre un pain au chocolat, ou aux raisins ?
— Bien sûr. » Il semblait hésitant. « Autre chose ?
— Non, un café et une pâtisserie, ça serait parfait. » Sa voix était plus haute que d'habitude, mais elle ne parvenait pas à trouver un ton naturel. « Oh, et au fait, Joe, j'ai perdu une boucle

d'oreille. Elle doit être dans votre voiture. Vous pouvez me passer la clé ? Je vais la chercher pendant ce temps. »

Joe semblait de plus en plus perplexe. « Vous êtes sûre de vouloir la chercher ce soir ? Il fait vraiment un temps pourri dehors.

— Si j'attends demain, je crois que je vais oublier. » Elle fit une mine attristée. « C'est une paire que Steve m'avait offerte, et si je ne la cherche pas maintenant, j'ai peur qu'elle glisse sous un siège, ou qu'elle tombe au-dehors, et je ne la retrouverai jamais.

— Je peux aller regarder moi-même.

— Non, soyez gentil, occupez-vous du café », dit-elle très vite. Puis elle sourit. « J'ai vraiment envie d'avaler quelque chose. Je vais chercher la boucle. »

Il haussa les épaules et sortit la clé de sa poche : « Voilà. » Ses yeux gris exprimaient l'inquiétude.

Deborah lui offrit un regard penaud. « Je sais que j'ai l'air ridicule avec ma boucle d'oreille, mais il y a des moments comme ça, où…

— Si ça vous empêche vraiment de dormir, cherchez-la jusqu'à demain matin, après tout. Bon, je vais chercher votre café et je reviens tout de suite.

— Merci beaucoup, Joe. » Elle referma la porte contiguë, attendit d'entendre claquer celle de la chambre adjacente, puis ôta son manteau, enfila pantalons, pull-over et chaussures, et remit le premier. Quittant alors sa propre chambre, elle aperçut Joe qui contournait le motel, les mains dans les poches, silhouette dressée contre le vent et la neige. Elle se faufila jusqu'à la Jeep et inséra la clé dans la serrure. Deborah était sur le point d'ouvrir lorsqu'une main se posa sur son épaule.

Elle étouffa un cri en faisant volte-face. Derrière elle se trouvait un homme mince, aux cheveux bruns, qu'elle n'avait jamais vu. Son allure rugueuse n'était pas déplaisante, toutefois un tic nerveux à la paupière inspirait un sentiment de méfiance, de malaise. « Qu'est-ce que c'est ? fit-elle.

— Madame Robinson, il faut que je vous parle.

— Comment savez-vous mon nom ? dit-elle, les nerfs à vif. Et qui êtes-vous, d'abord ?

— Qui je suis n'a pas d'importance, déclara l'homme. Mais je sais où se trouve votre mari. »

Tous les sens en alerte, elle ne le quittait pas des yeux. « Qu'est-ce que vous racontez ?

— Je suis en train de vous dire que je sais où est votre mari, Steve. Il faut que nous parlions. »

Elle n'aurait pu expliquer *pourquoi* elle savait. Son corps entier en eut la chair de poule : « Vous êtes Artie Lieber, c'est ça ?

— Ça fait des jours que j'essaie de vous parler, mais vous n'êtes jamais seule. » Il resserra son étreinte sur l'épaule de la jeune femme. « Jusqu'à aujourd'hui.

— Lâchez-moi, cria Deborah.

— Non, vous montez dans cette Jeep et je pars avec vous.

— Non ! »

Elle tenta de se libérer. Lieber la regarda froidement, puis la gifla. Elle accusa le choc, aussitôt larmoyante.

« Ne jouez pas les hystériques, fit Lieber. Je

veux parler et rien d'autre. Et vous allez faire ce que je vous…

— Hé, là ! »

Levant les yeux, Deborah aperçut Joe qui courait vers eux. Lieber la relâcha. Deux hommes étaient là, le premier devant elle, l'autre près de la rejoindre — l'un d'eux un assassin. D'instinct, elle ouvrit la porte de la Jeep, bondit sur le siège et s'enferma à l'intérieur. Dehors, Lieber prenait la fuite vers l'autre bout du parking. Joe s'élança à sa poursuite. Puis, entendant la Jeep démarrer, il se retourna pour voir Deborah enclencher la marche arrière et quitter son emplacement. « Deborah, mais qu'est-ce que vous faites ? » Passant en première, elle fonça hors du parking. Il se mit à courir derrière la Jeep. « Deborah ! criait-il. Deborah, pour l'amour de Dieu ! » Sans l'entendre, elle se cramponna au volant comme si sa vie en dépendait. C'est tout ce qu'elle était encore capable de penser.

VINGT-CINQ

Elle pensa à Barbara tout le long du chemin. Quelle mouche l'avait piquée d'entrer dans la maison ? Le besoin irrépressible de vérifier si c'était bien Evan qui l'avait louée ? D'ailleurs, était-elle réellement entrée ? Ou l'avait-on entraînée à l'intérieur pour la tuer ?

Un monde de questions insupportables. Et Joe ? Combien de fois avait-elle descendu l'escalier, la nuit, pour ne constater que son absence. Il l'avait bien visitée, lui, la maison des O'Donnell. Et la nuit où Mme Dillman et Kim avaient l'une et l'autre affirmé voir cet étrange regard ? Joe était parti depuis une heure et demie chercher du sirop. Puis le soir où ils avaient retrouvé la poupée de Kim dans le congélateur. La petite avait entendu des clochettes. Victime soi-disant de son manque de sommeil, Joe avait prétendu ne pas l'avoir remarquée. Et les bijoux. Bon Dieu, cela faisait alors près d'une semaine qu'il était constamment là. Il avait eu tout le temps de les cacher dans le soupirail. Il avait pu lui-même placer la poupée dans le congélateur et sonner des clochettes dans le jardin, pour attirer l'enfant au-dehors. Sans oublier Sally Yates. Jean avait mentionné qu'à l'hôpital son sinistre visiteur avait tenté de lui trancher la gorge. C'était ainsi qu'avait péri Lisa, l'amie de Joe à Houston, non ?

Plus terrifiant encore, qu'avait-il eu l'intention de faire avec elle à Wheeling ? La laisser morte au coin d'une ruelle ? Cependant pourquoi aurait-il voulu la tuer ? Deborah n'avait jamais éprouvé aucun soupçon à son sujet. Quant à Artie Lieber, qu'avait-il en tête ? Certainement pas de parler, contrairement à ce qu'il répétait. Rien de tout cela ne tenait debout. Et ces spéculations, de toute façon, ne ramèneraient pas Barbara.

Transie, effrayée, épuisée, elle arriva à Charleston à trois heures du matin. Une lampe discrète brillait derrière l'une des fenêtres de la maison de Pete. Deborah faillit pleurer en l'apercevant. Elle était enfin en sécurité. Et les enfants l'attendaient à l'intérieur.

Pete, qui avait dû la voir arriver, ouvrit la porte alors qu'elle remontait la petite allée. « Deborah, Dieu merci, te voilà saine et sauve. » Il la prit un instant dans ses bras et elle remarqua, sans vraiment y faire attention, qu'il portait un chandail à la laine très chaude. Du cachemire. « Tu trembles.

— J'ai passé des soirées plus calmes.

— Tu as appelé la police avant de partir ?

— Non. J'ai demandé à Joe de me prêter les clés de sa voiture, pendant qu'il allait nous prendre des cafés à côté du motel. Et juste avant que je ne monte dans la Jeep, Artie Lieber est sorti de je ne sais où.

— Lieber !

— Oui. Il voulait m'emmener ailleurs pour parler, soi-disant. Puis Joe est revenu. J'ai bondi dans la Jeep et je suis partie en vitesse.

— Bon sang ! Si je m'étais attendu à ce que Lieber... » Pete ne termina pas sa phrase. « Tu reviens de loin, Deborah. Je ne voulais pas que tu y ailles.

— Je sais. Mais je suis là, maintenant.

— Enlève ton manteau et viens dans le salon. J'ai préparé du thé. »

Elle sourit. « Bonne idée, mais j'aimerais voir les enfants d'abord. »

Pete la regarda, surpris. « Ils dorment.

— Je sais. Je ne les réveillerai pas. Je veux juste les voir. Dans quelle chambre sont-ils ?

— En haut. La première porte à droite. Mais ne fais pas de bruit. Ils n'étaient pas contents que tu ne reviennes pas et j'ai eu un mal de chien à les faire s'endormir. »

Pete derrière elle, elle grimpa silencieusement les marches de l'escalier, puis elle ouvrit la porte. La faible lumière du couloir tomba sur le grand lit. Il était vide. Deborah fit volte-face. Ébahi, Pete fixait les draps et les couvertures. « Où sont-ils ?

— Ils étaient encore là il y a une demi-heure. Je n'y comprends rien... Tu ne crois pas qu'ils auraient essayé de rentrer chez toi, au moins ?

— Chez moi ! s'exclama-t-elle, terrorisée. Mais il gèle dehors ! Oh, mon Dieu, Pete !

— Calme-toi. Ils ont dû sortir par-derrière. Je vais demander à Adam s'il a entendu quelque chose. » Il partit au bout du couloir où il ouvrit une porte. Il regarda un instant dans la pièce, immobile et sans expression, puis referma. « Il dort à poings fermés, fit-il en revenant. Je suis complètement idiot, d'ailleurs, s'il avait entendu quelque chose, il me l'aurait dit, bien sûr.

— Qu'est-ce qu'on fait ?

— On cherche dans les rues.

— Il ne vaudrait pas mieux appeler d'abord la police ?

— Le temps qu'ils arrivent ici et qu'ils posent mille questions ? Les enfants risquent de se perdre, alors qu'ils ne sont peut-être qu'à deux cents mètres. Si on ne les retrouve pas d'ici vingt minutes, on appelle la police.

— Scarlett devrait pouvoir nous aider.

— Elle dormait en haut avec eux, Deborah. Ils ont dû l'emmener. »

Évidemment, ils ne seraient jamais partis sans elle, pensa la jeune femme. « Bon, allons-y », dit-elle, le souffle coupé. Ses poumons semblaient refuser de fonctionner.

Ils se ruèrent au bas de l'escalier et Pete sortit un anorak de la penderie. « Je vais conduire », proposa-t-il alors qu'ils atteignaient la Jeep. « Tu n'es pas en état.

— OK. » Elle lui tendit les clés. « J'espère au moins qu'ils ont pris les trottoirs et qu'ils ne passent pas par les jardins », dit-elle en se rappelant son propre itinéraire quelques heures plus tôt. La neige continuait de tomber. Deborah se sentait horriblement coupable de ne pas être restée auprès de ses enfants. Mais non, il avait fallu qu'elle se mette en tête de fouiller la maison de ses beaux-parents. Puis il y avait eu ce repas au Blue Note. Et pour quoi faire, vraiment ?

Poursuivant ses pensées, elle lâcha : « Je crois que j'ai découvert qui était le mari d'Emily.

— Ah bon ? fit Pete qui longeait lentement une allée résidentielle. Et alors ?

— C'était un certain Eddie K. Il jouait du saxophone au Blue Note. »

Ils s'engagèrent dans une autre rue. Deborah scrutait anxieusement le moindre centimètre carré, cherchant désespérément dans la neige les frêles silhouettes de deux jeunes enfants et d'un chien. Excepté les voitures alignées le long du trottoir, la rue était déserte.

« Tu te trompes sans doute à propos d'Eddie King, dit Pete en examinant la rue derrière Deborah. J'ai cru voir bouger quelque chose, derrière cet arbre, là, mais il n'y a rien. » Puis : Il était noir, d'ailleurs.

— Je crois bien que c'est pour ça que les Robinson ont choisi d'étouffer l'affaire. D'après ce que je sais des parents de Steve, ils auraient été révoltés que leur fille sorte avec un Noir.

— Sans le moindre doute.

— Pete, c'est ma rue. Ralentis.

— Excuse-moi, je pensais à ce que tu viens de dire. » Il tourna à petite vitesse dans l'impasse. La neige crissait sous les roues. Aucune trace de pneus. Personne n'était venu ici depuis des heures.

« Ce qu'il fait sombre dans cette rue, dit Pete.

— Les maisons sont presque toutes vides », répondit-elle. Fred Dillman avait laissé la lumière allumée sur le porche. Les autres bâtisses étaient aussi calmes que la nuit : celle des Vincent, de Deborah, puis celle des O'Donnell où l'on avait retrouvé le corps de Barbara, quelques heures auparavant. Pourtant rien n'attestait d'aucune sorte d'activité : la police n'avait laissé ni scellés, ni traces de véhicules, ni périmètre interdit. La maison se dressait telle qu'à l'accoutumée, intacte sous la neige.

Cette maison louée à un homme invisible. Un homme qui avait déclaré s'appeler Edward King. Pete affirmait n'avoir jamais fréquenté le Blue Note. Puisqu'il détestait le jazz. Il ne pouvait donc pas être un fan d'Eddie K. Car c'est ainsi que Deborah venait d'en parler. Pourtant il avait répondu en utilisant le nom réel du saxophoniste, Eddie *King*, comme s'il le connaissait. Pete qui avait suffisamment d'argent pour louer une maison sans y mettre les pieds.

Deborah gardait les yeux rivés sur cette dernière. Pete jeta un coup d'œil rapide vers la passagère. Elle déglutit. « Je ne vois les enfants nulle part, dit-elle trop vite. Je vais appeler la police depuis chez moi. »

L'ignorant, il fit demi-tour au fond de l'impasse et, repartant vers le croisement, reprit la rue principale.

« Pete, je veux appeler…

— La ferme. »

Elle sentit sa tête se vider de son sang. « Pete, je ne comprends pas.

— Tu parles, que tu n'as pas compris. »

Devant l'infime éclairage du tableau de bord, le

visage habituellement placide du conducteur venait de prendre un air dur et mauvais. La journée avait été riche en émotions fortes. Lieber. Le retour précipité de Wheeling. Barbara.

« Barbara n'est pas morte, n'est-ce pas ? » demanda Deborah d'une voix blanche.

Pete adopta un ton nonchalant. « Non, voyons. Pourquoi ?

— Tu m'as raconté ça pour me faire revenir.

— Pour te faire revenir *sans* Joe. Je ne veux pas l'avoir dans les pattes. »

Choquée, elle avait pratiquement le vertige. C'était Pete, qu'elle connaissait depuis presque aussi longtemps qu'elle avait rencontré Steve. Pete, toujours gentleman, attentionné. Pete qui avait fait les courses pour elle sans qu'on ne lui demande rien. Qui était venu passer Noël chez elle avec les enfants.

« Où sont mes enfants ? »

Il fronça les sourcils. « Je les ai cachés. Si tu veux les revoir, il faut que tu viennes avec moi. »

Deborah ne le quitta pas des yeux. Les battements de son cœur se firent légèrement plus lents, et son esprit se mit au travail. Elle n'aurait pas su dire d'où lui venait cette assurance, toutefois elle s'en félicita. Ce n'était pas le moment de céder aux nerfs.

« Tu mens, dit-elle froidement. Tu étais aussi étonné que moi de voir que le lit était vide. Tu ne sais même pas où ils sont.

— Je suis aussi doué pour feindre la surprise que l'amitié, retourna platement Pete.

— Ton amitié pour Steve, tu veux dire ?

— Exactement. »

Ils se dirigeaient au-dehors de Charleston. La route était étroite et Pete conduisait trop vite. Au nom du Ciel, où la menait-il ? Elle posa la main sur la poignée de la portière. Elle se blesserait certainement en tombant, mais c'était déjà mieux que rester avec Pete. Elle savait qu'il allait la tuer. Sa main serra le métal froid.

« N'essaie pas », dit Pete, en collant le canon d'un revolver sur la tempe de la jeune femme. Elle hoqueta et lâcha la poignée. « J'aime bien les gens obéissants », dit-il avec satisfaction. D'une main, il contrôlait moins facilement le véhicule, mais il gardait quand même l'arme pointée sur elle. « Je te descends sur-le-champ, si tu m'y pousses. Après tout, ce n'est pas ma voiture. »

L'idée de tacher les sièges semblait l'indisposer bien plus que la perspective de la tuer. Hagarde, Deborah croisa les mains sur ses genoux. La voix de Pete gardait une douceur épouvantable. Pourtant ce ton légèrement chantant, presque enfantin, était bien celui d'un aliéné.

Elle inspira profondément. « Steve est mort, je suppose ?

— Oui. »

Oh, Steve, pensa-t-elle misérablement. Mon pauvre, bien-aimé Steve. « Pourquoi, Pete ? Pourquoi l'as-tu tué ? »

Il afficha un sourire répugnant dans la demi-lumière. « Tu t'en doutes. Je suis un homme intelligent, Deborah, certainement pas malade. En tout cas pas un de ces psychopathes qui pensent qu'on ne les trouvera jamais. Je savais qu'un jour ou l'autre la police viendrait renifler trop près, c'est pourquoi je m'arrange depuis longtemps pour qu'on le suspecte, lui.

— Qu'on le suspecte de… Pete, tu n'es pas l'étrangleur des ruelles ? »

Il grimaça. « Je méprise ce quolibet absurde que les journaux ont inventé. Affubler de cette étiquette minable quelqu'un qui a fait preuve d'un art si étudié, si souvent appliqué. » Il soupira. « Mais c'est le travail d'une vie. J'ai eu beau démontrer une maîtrise exceptionnelle, l'homme de la rue n'a pas assez d'esprit pour me voir en pleine lumière. »

Des phares se dessinèrent sur le pare-brise. Venant en sens inverse, la voiture les croisa rapidement. Que feraient ses passagers s'ils savaient ce qui se passait dans la Jeep ? Tenteraient-ils de l'aider ? Ou bien préféreraient-ils vite prendre le large sans risquer leurs vies ?

« C'est toi qui as frappé Emily ? dit-elle pour rompre l'intenable silence.

— Bien sûr. C'était ma petite amie. Je voulais l'épouser. Seulement les Robinson pensaient que je n'étais pas assez bien pour elle, y compris ton très précieux Steve. *Monsieur l'Amérique arrogante et sûre d'elle*, ricana-t-il. Mais je la voulais. Jusqu'à ce que je comprenne qu'il y avait quelqu'un d'autre. Que j'étais un pantin grâce auquel Emily pouvait cacher ses amourettes avec cette saloperie de Négro… »

Il s'interrompit et Deborah, horrifiée, aperçut la salive blanchâtre qui venait d'apparaître aux commissures de Pete. Dieu du ciel, pensa-t-elle, il est fou à lier. Elle subit à nouveau l'impulsion d'ouvrir la portière, mais ses yeux aussitôt retrouvèrent le canon de l'arme, que Pete tenait toujours.

« Tu devais être fou de rage, dit-elle comme malgré elle, d'une voix tremblante.

— Le mot est faible. Vois-tu, j'ai compris ce jour-là qu'Emily était le portrait de ma mère. Ma chère mère s'envoyait en l'air avec tout ce qu'elle trouvait. Papa était toujours sur la route, et elle s'en donnait à cœur joie. Elle pensait peut-être que je n'entendais rien, que je ne comprenais pas parce que j'étais trop petit. Erreur. À gémir, à demander, à hurler. Je n'ai jamais rien entendu d'aussi répugnant. Et, peu à peu, j'ai vu mon père perdre ses moyens. Un homme diminué, déprimé, malheureux. À chaque fois qu'il rentrait, il fallait qu'ils se disputent. Il s'est mis à boire. Il buvait même tellement qu'il ne s'occupait plus de moi. Alors que mes premières années avaient été si heureuses, Deborah. Ma mère se fichait de moi, mais mon père m'aimait, lui. Il m'adorait. Jusqu'à ce qu'il commence à m'oublier, à cause d'elle, évidemment. Un soir il lui a fait une scène en rentrant, parce qu'il l'avait trouvée au lit avec un autre. Il a fracassé une bouteille de whisky contre le mur en lui disant qu'il s'en allait et qu'il m'emmenait. Moi j'étais plutôt content, tiens. J'étais sûr que tout recommencerait comme avant, comme quand j'étais petit. Mon père et moi, rien que nous deux. » Pete durcit le ton. « Il a voulu prendre la voiture, mais cette salope l'a suivi. Je suis certain que c'est à cause d'elle s'il a eu un accident. Il avait trop bu et je suis sûr qu'elle s'accrochait à lui, qu'elle gueulait tant qu'elle pouvait. » Les larmes brillaient maintenant dans ses yeux. « Et elle l'a tué, cette fille de pute. »

Cette « fille de pute », pensa Deborah sans rien dire, était la belle femme aux longs cheveux dont elle avait vu la photographie chez Violet. Elle était probablement grande et mince.

« Je suis navrée.

— Qu'est-ce que tu peux y comprendre, toi ? ricana Pete, les joues couvertes de larmes. Tu ne sais pas ce que c'est d'être abandonné par la seule personne qu'on aime.

— Peut-être pas, fit-elle d'une petite voix.

— *Personne* ne sait.

— Mais tu avais quand même ta grand-mère.

— Cette vieille pie ? Et ce grand-père imbécile et incompétent. Même pas capable de nous faire vivre correctement. Quand je pense à cette maison qu'on habitait. Un taudis, oui ! Et ces frusques qu'on me faisait porter. J'avais l'air d'un crétin. Seulement à l'école, j'étais bon, et encore meilleur au lycée. J'ai même fait partie de l'équipe de basket. J'étais le buteur numéro un. Mais il fallait que cette chouette vienne à chaque fois assister aux matches. Elle n'y comprenait rien, et elle criait toujours plus fort que les autres : "Mon petit Pete, mon petit Pete." Tout le monde se fichait d'elle, et elle ne s'en apercevait même pas. »

Deborah se rappela avec quelle fierté Violet parlait de son petit-fils. Si elle savait seulement ce qu'il pensait d'elle…

« Mais vous étiez copains, avec Steve ?

— Parce qu'on était dans la même classe, c'est

tout. Dans la même équipe, aussi. Steve voulait être aimé de tout le monde, et c'est tout. La tête qu'il a faite, tiens, quand j'ai commencé à sortir avec Emily. Il n'a jamais rien dit, mais je savais qu'il m'en voulait. D'ailleurs, quoi que je fasse, tout le monde m'en voulait. »

Ça, c'est le fruit de ton imagination, pensait la jeune femme. Ta mère te négligeait, ton père t'a oublié pour noyer son désespoir dans l'alcool et, arrivé à l'âge de quinze ans, tu es devenu le portrait type de l'enfant rejeté. À ce stade-là, les gens pouvaient bien faire ce qu'ils voulaient, même s'ils t'aimaient sincèrement, tu n'étais plus capable de le comprendre. Tu préférais croire que le monde entier te détestait.

La neige redoublait d'intensité. Les essuie-glaces peinaient à dégager le pare-brise. Pete aborda un virage bien trop vite, mais ne sembla pas s'en rendre compte. Les pneus crissèrent, tandis que le véhicule retrouvait un bon équilibre, et le conducteur reprit de la vitesse. « Je croyais qu'Emily m'aimait. Ou qu'elle finirait par m'aimer, avec le temps. Jusqu'au jour où j'ai compris son manège avec Eddie. D'abord, il y a eu cette espèce de chien immonde qu'il lui a offert pour Noël. Elle voulait faire croire à tout le monde que les voisins le lui avaient donné, avant de déménager. Et elle n'a rien trouvé de mieux que l'appeler Sax. Cette pauvre fille n'avait pas grand-chose dans la cervelle. L'été arrivait, et son comportement a changé. Quelque chose se passait en elle. Elle devenait plus féminine, elle prenait de l'assurance. Je suis allé chez elle un jour et je l'ai trouvée dans le jardin, en maillot de bain. Pour une fois, le chien était à l'intérieur. C'était son ange gardien. Un peu comme Joe avec toi, tiens. » Pete émit un rire grossier. « J'ai perdu la tête, ce jour-là. Elle était jolie, mince et gracieuse, avec ses longs cheveux noirs et son petit bikini. Plus que jolie, même, vraiment belle. Elle était seule et j'ai eu envie d'elle. Elle n'a pas voulu se laisser faire. Elle m'a giflé. Et s'est débattue en hurlant qu'elle était mariée avec ce type. »

Il ferma les yeux. La Jeep fit une embardée et la neige racla le châssis. Un arbre se dressait sur le bas-côté, à moins de dix mètres. « Ça m'a fait l'effet d'un coup de poignard. Je n'avais pas eu aussi mal depuis la mort de mon père. » Pete rouvrit les yeux et imprima un sérieux coup de volant au véhicule qui se rétablit sur la route. « Ce sale Nègre ! » poursuivait-il sans presque se rendre compte qu'ils venaient de risquer une collision. « Après, ça s'est passé très vite, je ne me rappelle pas bien. Les Robinson faisaient des travaux et je me suis retrouvé un tuyau à la main. Je l'ai frappée, étranglée... violée. Elle était inconsciente, autrement je suis sûr qu'elle aurait aimé ça. Ça devait quand même être mieux avec moi qu'avec son *Eddie*. Soudain, Lieber est arrivé sans prévenir. Il était là, à même pas vingt mètres. J'avais les cheveux longs, à l'époque. Beaucoup de cheveux. Lieber s'est mis à gueuler : "Steve, mais qu'est-ce que tu fais ?" On se ressemblait, avec Steve, et il m'avait pris pour lui. Je lui ressemble encore, d'ailleurs, il suffit que je mette une perruque et des jeans. La chance était de mon côté. Lieber a tenté de me poursuivre, mais je ne jouais pas au basket pour rien. Je l'ai semé en moins de deux.

— Et quand Steve est rentré chez lui, c'est Lieber qu'il a trouvé près de sa sœur.

— Pauvre Artie, il devait essayer de lui faire du bouche-à-bouche. Qui sait s'il n'était pas vraiment en train de la violer à son tour ?

— Mais Steve a cru qu'il venait d'agresser sa sœur, alors que l'autre était persuadé que c'était Steve. »

Pete hurlait de rire. « Exactement. Ce n'est pas génial, ça ? Un scénario de rêve. Je m'en sortais comme une fleur. Même si au fond de moi, j'étais presque déçu que personne ne me soupçonne. Comme si je n'étais pas assez viril pour faire ce genre de chose. Ah, c'est là. »

Ils s'engagèrent sur ce qui semblait être un chemin de terre, quoiqu'il fût impossible d'en être sûr à cause de la neige. Pete enclencha les quatre roues motrices et le véhicule repartit de plus belle. De chaque côté de la route, les clôtures de barbelés pliaient sous la blancheur. Deborah distingua bientôt la petite construction. C'était une grange.

Pete s'arrêta à une quinzaine de mètres. « Impossible d'aller plus près. Descends et n'essaie pas de t'enfuir. Tu ne pourras pas courir dans la neige, et je n'hésiterais pas à tirer. »

Il dit vrai, pensa-t-elle, l'estomac noué. Il n'était plus possible de fuir. Sous la menace du revolver, elle ouvrit la portière et ses pieds s'enfoncèrent. La couche atteignait facilement trente centimètres. Deborah, immobile, attendit que Pete sorte à son tour et fasse le tour de la Jeep.

« Parfait, dit-il. Maintenant, avance.

— Pour aller où ?

— Mais dans la grange, évidemment. »

Elle obéit. Les mocassins bon marché qu'elle avait achetés plus tôt se retrouvèrent aussitôt imbibés. De la neige jusqu'aux chevilles, Deborah cheminait péniblement vers l'imposante structure.

« Où sommes-nous ? demanda-t-elle.

— Il y a des années que c'est en vente. Personne ne vient jamais ici.

— Comme la maison des O'Donnell ?

— Je suppose que tu as fini par comprendre que je l'avais louée.

— Dans quel but ?

— Pour vous surveiller, tous les deux. Ça commençait à devenir pénible de voir que tout réussissait à Steve, il fallait en finir. » Le vent était tombé, mais Pete criait dans la nuit froide et calme. « Il commençait à oublier l'épisode d'Emily. Marié, une belle femme, deux enfants, il ne méritait pas ça. J'ai même appris que vous vouliez en faire un troisième. Alors j'ai décidé de lui faire payer toutes ses années de mépris, toutes les brimades que j'avais endurées à cause de lui, au lycée. Tout ça parce que je m'étais attaché à sa sœur bien-aimée. Et puis il y a eu Hope, surtout.

— Hope ?

— Ma très charmante épouse, oui. Tu ne savais pas qu'elle était sortie avec Steve ? »

Deborah hoqueta. « Ce n'est pas vrai.

— Allons, voyons. Tu l'as toujours su au fond de toi.

— Mais jamais de la vie ! Tu divagues complètement.

— Elle n'a pas disparu comme ça par hasard. C'est à cause de quelqu'un, bien sûr.

— Mais ça ne peut pas être Steve !

— Évidemment que c'est Steve. Elle l'a toujours nié, mais je le savais très bien. Tu ne les as jamais vus en présence l'un de l'autre ? À s'envoyer des regards langoureux… Tu n'as jamais remarqué que Steve rentrait plus tard chez toi ? Qu'il n'avait plus le temps de faire l'amour, sans doute ? »

C'était insensé. Jamais Steve n'aurait tenté quoi que ce soit auprès de la femme de Pete. Ça ne lui serait tout bonnement pas venu à l'esprit. En sept ans de mariage, son attitude envers Deborah était restée inchangée. Et quand bien même il y aurait eu une passade entre lui et Hope, le temps d'une nuit et d'un verre de trop, peut-être, Steve se serait certainement senti misérable, par la suite, envers son « ami » Pete. Toutefois ce dernier était convaincu. D'année en année, la jalousie et la haine s'étaient transformées, dans son esprit dérangé, en délire paranoïaque.

« Tu n'en as jamais discuté avec Steve ? demanda Deborah pour le faire parler.

— Non. J'ai trouvé d'autres façons de me venger.

— En lui faisant porter le chapeau de l'étrangleur des ruelles…

— Exact. Je faisais d'une pierre deux coups, comme on dit vulgairement. Je lui rendais la monnaie de sa pièce et j'évitais que les soupçons ne se portent sur moi. Tout le monde allait penser qu'il avait disparu pour continuer plus tranquillement à violer les jeunes femmes.

— Quelqu'un a pourtant vu sa voiture le soir où la pauvre Sally Yates…

— Du grand art. Je l'avais suivi sur la route de Wheeling et j'ai volé la Chevrolet plus tard dans la nuit. Les fils ne demandaient que ça, sous le tableau de bord. J'ai trouvé un bar et j'ai réglé son compte à cette petite salope. Après j'ai fait en sorte qu'on me voie tituber dans la rue. Et je suis remonté dans la voiture. Ça a marché comme sur des roulettes. Cela fait trois ans que je fais bien attention à ne m'occuper de ces dames que les week-ends où Steve rend visite à sa sœur. Je leur fourrais même du laurier-rose dans la bouche, à ces greluches, puisque Steve était si fier de savoir le faire pousser. »

Du laurier-rose dans la bouche, répéta muettement Deborah. Voilà pourquoi Wylie avait posé toutes ces questions sur les talents de Steve.

« Mais le témoin parlait d'un type aux cheveux bruns.

— Les perruques, ça n'est pas fait pour les chiens. J'ai de très belles moustaches, aussi, dans un tiroir, et toutes sortes de lunettes. Je n'allais quand même pas courir le risque qu'on me reconnaisse. Le plus drôle, c'est qu'ils ont pensé que c'est Steve qui se déguisait.

— Qui a essayé, devant l'école, d'enlever Kimberly ?

— Moi. Mais je n'allais pas le faire. J'ai vu l'institutrice qui me regardait. Je voulais juste lui faire peur, ou te faire croire que Steve était encore dans le coin. Ce crétin de Lieber m'a suivi ce jour-là. La police est arrivée trop tôt, ils auraient pu l'arrêter à ma place.

— Et les clochettes que Kim a cru entendre ?

— Ça, c'était quand même moins évident. Je n'étais pas sûr qu'elle se déciderait à sortir, même si je lui avais dit dans la soirée que, si elle les entendait, c'était forcément le père Noël. Rien ne permettait de croire que tu irais ouvrir le congélateur non plus. Mais tout a fonctionné mieux que je n'aurais prévu.

— Je ne comprends toujours pas pourquoi tu as loué la maison d'en face.

— Je t'ai expliqué. Je voulais que Steve se fasse arrêter à ma place et j'avais besoin de savoir exactement ce qu'il faisait. Et ce que tu allais faire, toi, une fois qu'il ne serait plus là. Je ne pouvais pas m'installer chez vous comme ce gros porc de Pierce. J'ai un enfant à élever, moi.

— Et tu as frappé Mme Dillman.

— Cette vieille bique m'a tendu un piège, un soir que je traînais en face. Incroyable ! Malgré la voiture de police garée à côté, elle m'attendait, *moi*, avec une aiguille à tricoter, devant la maison des O'Donnell. » Il éclata de rire, puis se reprit. « Le problème, c'est qu'elle m'a reconnu. Oh, il ne m'a pas fallu longtemps pour la court-circuiter, mais la ramener dans son jardin sans qu'on nous voie, ça, ç'a été une autre paire de manches.

— Il faut croire que tu as perdu la main, rétorqua Deborah, acerbe. Puisque Sally Yates et Mme Dillman sont encore vivantes. »

Pete la frappa à la nuque avec une telle violence qu'elle s'effondra dans la neige. « Tu crois ça, pétasse ? Elles ont eu de la chance, ces deux espèces de carnes. Mais ne t'inquiète pas, la vieille folle et la petite pute n'en ont plus pour longtemps, va. Maintenant, debout. »

Deborah avait la bouche pleine de neige. Crachant, elle se releva difficilement, encore hébétée. Elle marcha, courbée, jusqu'à ce qu'ils atteignent enfin la grange. Sans baisser son arme, Pete ouvrit de l'autre main la grande porte et poussa la jeune femme à l'intérieur. Elle chuta de nouveau, cette fois sur la terre battue, froide, qui sentait le foin et le cheval.

Il n'y avait aucun éclairage, mais Pete alluma une torche qu'il braqua sur la figure de Deborah. « Rustique, n'est-ce pas ? »

Elle resta immobile par terre. Puis, d'une voix sans expression : « C'est ici que tu as tué Steve ?

— Oui. »

Elle s'attendit à ce qu'une vague d'émotion la submerge, un raz de marée de chagrin, une explosion de rancœur. Mais elle ne sentit rien. Elle se rendit compte qu'elle avait compris dès le début que Steve était mort. Toutes ses spéculations à propos de l'étrangleur des ruelles n'avaient en fait servi qu'à le garder, somme toute, vivant dans son esprit.

« Et où l'as-tu emmené, ensuite ?

— Mais c'est qu'on est bavarde ce soir ? dit Pete. Je devrais savoir que la plupart des femmes n'ont pas appris à se taire. Oh, et puis, qu'est-ce que ça peut faire ? » Il s'esclaffa.

Deborah ne voyait pas ses yeux, à peine son

visage. Elle n'entendait que cette voix, étrange et familière à la fois, odieuse caricature de ce que Pete avait pu être avant. « Steve m'a aussitôt mis au courant des recherches du FBI. Une fois de plus, j'ai joué le rôle du bon ami à qui on vient se confesser. Il craignait qu'on l'arrête et qu'on le mette en prison, ce qui aurait eu pour conséquence de geler tous vos comptes. Parce que tu te serais retrouvée sans un rond avec tes gosses. Il voulait retirer ce que vous aviez à la banque, et me le confier. Pour que je puisse te le donner. J'ai dit OK. Mais je lui ai dit aussi que sa maison pouvait être surveillée, et que j'avais peur qu'Adam nous entende s'il venait chez moi avec l'argent. Alors on s'est mis d'accord pour se retrouver ici. »

C'était donc la raison pour laquelle Steve avait retiré leurs économies. Pour que Deborah et les enfants ne se retrouvent pas dans le besoin. Évidemment, il était loin de se douter que Pete le haïssait et s'employait à reporter les soupçons sur lui. Steve pensait naturellement que son ami de toujours se proposait de lui rendre service.

« Et quand il est arrivé ici, tu l'as abattu froidement.

— Oui, ça, je l'ai tué, mais il ne m'a pas donné l'argent. Comme quoi il avait réfléchi. Qu'en retirant une forte somme, il donnait une preuve supplémentaire de sa culpabilité. Qu'est ce qu'il a dit, aussi ? Ah oui, que ce n'était pas *moral*. Moral ! Quel imbécile. Parce qu'en plus il m'a dit qu'il allait cacher cet argent chez vous dans le débarras. Pour le rapporter à la banque, lundi à la première heure.

— Alors donc, c'est toi qui es entré par la fenêtre.

— Oui. C'était hors de question que la police fouille la maison et trouve l'argent planqué. Ils auraient tout de suite compris qu'il n'avait jamais eu l'intention de disparaître.

— Et c'était toi aussi qui étais embusqué derrière les sapins, le soir de la réception ? »

Pete resta silencieux un instant. « Non. Je pense que c'était Lieber. Il passait son temps à sillonner autour de chez toi. Cet imbécile avait vraiment décidé de mettre son nez là où il ne fallait pas. »

Deborah repensa à l'irruption de ce pauvre garçon dans le parking du motel. « Je sais où se trouve votre mari », avait-il dit, et elle comprenait maintenant ce que cela signifiait.

« Artie Lieber sait que tu as tué Steve, n'est-ce pas ?

— Cela faisait des jours qu'il vous surveillait, dit Pete, mécontent. Ouais, il a suivi Steve jusqu'ici. Il sait ce qui lui est arrivé. Je l'ai vu, mais c'était trop tard. De toute façon, il est coincé, puisqu'il est venu à Charleston avec l'intention de le tuer. C'est de toute façon pour ça qu'il le traquait. Mais je n'ai rien à craindre de lui. La police ne le croirait jamais, s'il lui venait à l'idée d'aller les voir, lui un ancien détenu, pour accuser le respectable Peter Griffin d'avoir tué son meilleur ami.

— Mais il est venu me voir, moi.

— Et tu as pris la fuite. »

Pete reprit cet odieux hennissement qui lui servait de rire.

Elle en avait la chair de poule.

« Ce qu'il allait te dire pouvait te sauver la vie, et tu pars ventre à terre sans même l'écouter. Ah, c'est trop bon, vraiment ! »

Folle de rage, Deborah se releva devant la torche braquée sur elle. « Espèce de sale ordure ! Tu assassines ces pauvres filles qui ne t'ont jamais rien fait ! Ensuite, tu essaies de faire condamner mon mari ! Et tu le tues à son tour ! Tu as bousillé l'existence d'Emily. Et Eddie King, qu'est-ce que tu lui as fait, à lui ?

— Eddie repose paisiblement sur une colline au-dessus de Wheeling, dit prosaïquement Pete. Je me suis laissé aller à le torturer un petit moment avant d'en finir avec lui. Un matin qu'Emily avait l'air d'aller un peu mieux, je lui ai décrit exactement ce que j'avais fait pendant deux jours à son petit mari. Ça a suffi à la rendre folle jusqu'à la fin de sa vie. »

Deborah avait la nausée. « Et maintenant, c'est moi que tu vas tuer.

— Eh oui ! Steve est enterré dans la grange. Tu vas enfin le retrouver.

— Il est ici ? dit-elle, chancelante. Enterré ?

— Je n'allais quand même pas lui faire un trou dans ton jardin.

— Tu es capable de tout, fit-elle d'une voix atone. Je ne sais même pas pourquoi tu as décidé de me tuer.

— Parce que tu en sais trop. J'ai voulu t'empêcher d'aller à Wheeling, lâcha Pete en colère. Mais tu n'en fais qu'à ta tête. Tu m'as refilé tes gosses pour partir avec ton amant. Je n'étais vraiment pas étonné que tu décides de passer la nuit là-bas, d'ailleurs. En revanche, je ne m'attendais pas à ce que tu trouves Jeannie. Et je n'aurais pas cru que ma grand-mère aurait assez de cervelle pour se rappeler son nom. Je ne savais même pas que cette fille était revenue là-bas. Mais rien qu'en lui parlant, tu en savais déjà trop.

— Elle ne m'a rien appris, éclata Deborah, furieuse. J'ai deviné toute seule qui était le mari d'Emily.

— C'est peut-être moi qui en ai trop dit, fit Pete, nonchalant. De toute façon, il fallait déjà t'éliminer.

— M'éliminer ? Et *pourquoi* ?

— Parce que tu es bien comme les autres. Oh, il fut un temps où je t'admirais. L'épouse modèle, fidèle et effacée. Mais une fois que Steve n'était plus là, j'ai compris qui tu étais vraiment. Joe Pierce est arrivé chez toi le soir même, et il ne t'a plus lâchée. Comme s'il faisait soudain partie de la famille. N'importe qui se serait rendu compte que vous couchiez ensemble. C'était écœurant de vous voir le jour de Noël, on aurait vraiment cru que c'était ton mari. Hop ! un de perdu, un de retrouvé. Heureusement que je t'avais préparé une petite surprise, ce soir-là. C'est si agréable, les surprises. *The Way You Look Tonight* était la chanson préférée de ma mère. La boîte à musique lui appartenait. Cadeau de mon père. Et Kim qui m'annonce qu'elle voulait te donner pour Noël les boucles qu'elle avait trouvées dans le soupirail. Je les y avais mises une semaine avant. Ah, ça, c'était le pompon, j'aurais voulu être là pour le voir. Ça devait être fabuleux. Tu aurais pu les porter pour faire plaisir à Kim, quand même ? Moi, je m'étais contenté de la poupée. Tu étais si affairée avec ton petit Joe et tes chers amis que tu ne m'as même pas vu partir dans le garage. »

Deborah avait envie de crier qu'il était fou à lier, mais quelque chose la poussa à se contrôler. Quoi ? elle se le demanda. Si, d'évidence, elle ne devait plus sortir de cette grange, une voix lui intimait de s'accrocher avec force à ses derniers instants.

« Tu ne crois pas qu'on finira par comprendre ce qui m'est arrivé ?

— Qui comprendrait quoi ? On pensera que Steve t'a réglé ton compte, comme les autres.

— Et mes enfants ? Où sont-ils ?

— Je t'ai dit. Je les ai… cachés. »

Une vague incertitude transparaissait dans sa voix. Deborah s'engouffra dans la brèche. « Je suis sûre que non. Tu ne sais pas où ils sont. Tu étais étonné comme moi de ne pas les trouver dans leur chambre. Qu'est-ce que tu aurais fait, d'ailleurs, s'ils avaient été là ?

— Je t'aurais renvoyée chez toi, sans les réveiller. Je t'aurais rejointe plus tard.

— Seulement ils n'étaient pas là. » Elle s'interrompit en se rappelant brusquement l'air déconcerté qu'il avait pris devant la chambre de son fils. « Adam non plus n'était pas là, hein ?

— Bien sûr que si.

— Certainement pas. C'est lui qui est parti avec les enfants, donc ?

— Et alors ? hurla Pete. Qu'est-ce que ça peut bien faire ?

— Que vas-tu lui dire, Pete ? Adam a dû se rendre compte de quelque chose. C'est pour ça qu'il les a emmenés.

— C'est mon fils. Il m'aime. Je lui expliquerai simplement ce qui se passe.

— Quoi ? Que tu m'as assassinée ?

— Je lui dirai que tu étais incontrôlable. Que tu m'as accusé de je ne sais quoi. Que tu as même essayé de me tuer avec un pistolet. Que le coup est parti quand j'ai voulu t'en empêcher. »

Sa voix tremblait et Deborah comprit qu'il avait peur. Pete ne savait pas ce qu'il allait faire. Il avait agi ce soir par impulsion et il lui était maintenant impossible de faire marche arrière. Cependant il se demandait comment il allait s'expliquer plus tard.

« Pete, tu as envie que ton fils apprenne que tu es un meurtrier ? cingla Deborah. Tu veux qu'il sache que tu as tué toutes ces femmes. Et Steve, et…

— Papa ? »

La voix provenait de l'entrée de la grange. Éblouie par la torche, Deborah n'avait pas vu Adam arriver. Pete fit volte-face et cria : « Fils ! Qui t'a amené ici ?

— Personne. J'ai pris le pick-up.

— Tu n'as pas le permis », répondit bêtement son père.

Deborah fit un pas en avant et il se retourna instantanément, le revolver braqué. « Pas un geste !

— Papa, mais qu'est-ce que tu fais ?

— Sors d'ici, Adam.

— Non ! »

Si elle se réjouissait de ne plus être seule face à un dangereux malade, Deborah était cependant effondrée pour Adam. Le garçon devait être dévasté.

Pete adopta un ton plus doux. « Fils, va t'asseoir dans la Jeep. Je te ramène à la maison dès que j'ai fini. Il fait vraiment mauvais et tu as pris de gros risques en venant ici tout seul. »

Il est complètement fêlé, pensa Deborah. Il a perdu tous ses moyens. En revanche, il était toujours capable de tirer. Elle resta immobile.

« Tu as tué ma mère », dit Adam d'une voix torturée.

Pete fit semblant de rire. « Qu'est-ce que tu racontes comme bêtise ?

— Bon Dieu, papa, continuait le garçon, fou d'impuissance et de chagrin. Et tu as inventé cette histoire comme quoi elle te trompait.

— Je n'ai rien inventé.

— Peut-être. Mais tu n'avais pas besoin de me raconter tous ces détails. Cela ne m'intéresse pas de savoir si vous couchiez encore ensemble ou pas. Ce n'est pas le genre de chose qu'on dit à son enfant. Tu en as trop fait parce que tu avais peur. Parce que je m'étais mis en tête de la retrouver. J'ai bien vu pendant plusieurs jours que tu n'étais pas à l'aise. Et tu m'as raconté cette salade, comme quoi c'est un ami de maman qui m'envoyait les lettres. Alors que c'est toi qui connais quelqu'un dans le Montana. Joe Lowe, ça te dit quelque chose ? Figure-toi que je l'ai appelé. Il m'a avoué que c'est lui qui a posté les lettres. Et les cartes. Seulement il m'a dit l'avoir fait pendant *trois* ans, pas deux comme tu le prétends. C'est comme ça que j'ai compris qu'elle n'y a jamais mis les pieds, maman.» Sans cesse plus agité, Adam déroulait son récit à toute allure. «Tu affirmais avoir engagé un détective privé pour la retrouver. J'ai regardé tes talons de chèque de cette année-là. Et évidemment, il n'y a rien, ni agence ni personne. Tu n'as pas fait chercher maman, puisqu'on ne pouvait plus la retrouver, n'est-ce pas ?

— Adam, ça suffit. Tu as trop d'imagination, fit Pete, guindé. Je te prie de monter dans la voiture, maintenant.

— Je t'ai vu emporter la poupée de Kim dans la cuisine. Je me demandais vraiment ce que ça voulait dire. Et je t'ai entendu appeler Deborah à Wheeling, cet après-midi.» Il parlait de plus en plus vite. «J'ai compris que, si tu lui demandais de revenir, c'était pour la tuer. Parce que personne n'avait retrouvé Barbara nulle part, malgré ce que tu disais. Je doutais encore pour maman, mais là tout devenait clair.» Adam étouffa un sanglot. «Il n'y avait qu'à te voir, ensuite, comme un lion en cage. Et je ne pouvais même pas prévenir la police ou Barbara, tant que tu étais là. C'est pour ça que je suis sorti par-derrière avec les enfants, juste avant que Deborah arrive.

— Merci, Adam, gémit-elle. Ils n'ont rien ?

— Non, ils sont à l'abri.» Adam sembla hésiter. «Ensuite, j'ai appelé la police, papa.»

Une minute de silence. Pete grommela : «Merde !» et un coup de feu suivit. Deborah entendit la balle siffler et la douleur, aussitôt, lui mordit le bras. Elle hurla en s'effondrant. Le sang se mit à couler par-dessous son épaule.

« Papa, arrête ! cria Adam, hystérique.

— Ne mens pas à ton père, répondit l'autre. Tu ne les as pas appelés.

— Si.

— Et où elle est, ta police, alors ?

— Elle arrive.

— Des clous, ricana Pete. Je n'ai pas de mal à deviner ce que tu as fait. Tu as emmené les enfants chez Barbara, tu lui as demandé de téléphoner à ta place et tu es reparti aussitôt. Tu as réussi à te souvenir de cet endroit, ici, mais la police ne sait pas où c'est, elle. » Adam ne répondit pas et Deborah comprit que son père voyait juste. « Ça aurait pu marcher, fiston », dit Pete d'un ton léger, presque indulgent.

Adam se rua brusquement sur lui. Son père l'esquiva avec une souplesse et une rapidité étonnantes. Emporté par son élan, le garçon heurta de plein fouet le bras de Deborah qui poussa un hurlement, et ils tombèrent tous deux. « Désolé », fit Adam en se relevant maladroitement.

« Adam, ne joue pas les héros, tu es ridicule, dit Pete. Sors de là. »

Le garçon sanglotait. « Tu as déjà tué ma mère, ne touche pas à Deborah.

— Je suis obligé de la tuer. Tu le sais bien. Ça restera entre nous.

— Mais tu es complètement fou, papa !

— Ne me parle pas sur ce ton !

— Moi qui t'aimais tant, je me retrouve avec un meurtrier pour père ! hurla le garçon, bouillonnant. Un violeur, un salaud, un assassin ! Une ordure qui étrangle les femmes, qui a tué ma mère, et son meilleur ami !

— Ta mère était une catin. C'était un mauvais exemple pour toi. J'ai fait mon devoir, c'est tout. Et maintenant je commence à en avoir assez de ces reproches imbéciles. Plus qu'assez, même. » Son ton devenait menaçant, franchement inquiétant. Pete était-il suffisamment à bout pour tuer son propre fils ? se demanda Deborah. La réponse semblait oui.

« Adam, écarte-toi de moi, dit-elle d'autorité.

— Mais il va te tuer !

— Il n'a pas besoin de nous tuer tous les deux.

— Elle a raison, petit.

— Tu ne vas quand même pas me tirer dessus ? fit le jeune garçon, entre l'angoisse et l'incrédulité.

— Sors-toi de là. *Sors-toi de là, je te dis !* »

Adam resta un instant immobile. Puis il se jeta sur les jambes de son père et, cette fois, le renversa. Ils s'affalèrent tous deux et la torche partit rouler sur le sol. Deborah ne distinguait plus rien, sinon une série de grognements essoufflés. Adam hurla de douleur. « Adam ! cria-t-elle, terrorisée. Adam, tu m'entends ? »

Pete répondit à sa place. « Il s'en sortira.

— Adam ? insistait Deborah. *Adam ?* »

Le garçon émit un gémissement. Soulagée, elle poussa un long soupir. Au moins était-il vivant.

Dans la semi-obscurité, Deborah aperçut une silhouette se redresser devant la porte entrebâillée de la grange. Elle comprit, à la taille, que c'était Pete. Sans oser se lever — il serait capable de tirer aussitôt, pour l'empêcher de fuir — elle recula maladroitement.

« Ma chère, tu ressembles à un crabe qui trébuche dans le sable, fit-il de sa voix obséquieuse. Mais c'est fini, maintenant. Tu m'as trop déçu, Deborah. Et tu m'as diminué devant mon propre fils. Ça, je ne le pardonnerai jamais. » Il retrouva la torche et la braqua sur elle, l'arme dans l'autre main.

« Pete, je t'en prie, pense à mes enfants.

— Eh bien, ils auront leurs grands-parents, comme moi. On n'en meurt pas. Et Kimberly n'aura pas à subir ta mauvaise influence. Telle mère, telle fille, dit-on. Désolé, mais tu l'auras cherché. »

Il pointa le canon sur elle.

Il paraît que l'on voit toute sa vie défiler avant de mourir, pensa Deborah. Mais rien ne se passait. Il n'y avait que l'odeur fauve de la terre battue, et la silhouette de Pete contre le fond neigeux. Il arma le revolver…

Une forme bondit derrière lui. Pete lâcha un cri et tomba à nouveau. Un corps-à-corps s'ensuivit, puis ce fut un éclair qui troua l'obscurité, doublé par une détonation. Et le silence.

Tapie sur le sol, Deborah était trop sonnée pour bouger. Une silhouette finit par se relever. « Deborah ? demanda Joe, anxieux. Ça va ?

— Dieu du ciel… », murmura-t-elle avant de s'évanouir.

ÉPILOGUE

« Ça fait mal, maman ? demandait Kim en regardant le bras en écharpe de sa mère.

— Non, ça va, ma chérie », mentit celle-ci.

À huit heures du matin, le soleil réfléchi par la neige au-dehors embrasait de lumière vive les fenêtres du salon. Deborah avait peine à croire que, quatre heures plus tôt, elle détalait comme une araignée sur le sol poussiéreux de la vieille grange, en suppliant qu'on lui laisse la vie. Assise sur le canapé, elle était maintenant entourée de Barbara, Evan, Joe, les enfants et Scarlett. Adam était à l'hôpital avec une légère commotion et un poignet cassé. Deborah pensait tristement au jeune garçon, à l'immense chagrin qui l'accablerait des semaines et des mois durant. Elle espérait qu'Adam serait aussi solide qu'il paraissait l'être. Son père n'aurait pas à subir de longues heures au tribunal, ni l'étalage public de sa folie. C'était au moins cela qu'on épargnerait au jeune homme. Pete Griffin était mort d'une balle en plein cœur, au cours de la brève lutte qui l'avait opposé à Joe.

À la grange, les policiers étaient en train d'exhumer le corps de Steve. Cette pensée hantait la jeune femme, partagée entre le chagrin et l'horreur. Pauvre Steve, prisonnier depuis dimanche de la terre froide et humide. Deborah luttait encore contre la réalité inexorable de cette mort, qui s'affirmerait de toute façon bientôt. Pour l'instant, elle se sentait relativement calme, rassurée surtout de retrouver ses enfants sains et saufs. Elle ne leur avait rien dit à propos de leur père. Il faudrait le faire plus tard, une fois évanouie l'excitation de la nuit. Une heure auparavant, ils étaient encore chez Barbara où Adam les avait conduits en secret. Deborah leur parlerait de Steve le soir même, dès qu'elle aurait trouvé le moyen d'aborder calmement le sujet — en espérant les heurter le moins possible. Était-ce possible, toutefois ?

Dès qu'ils eurent fini d'examiner son bras, Kim et Brian se précipitèrent dans la cuisine pour donner à manger à Scarlett. « Barbara n'avait même pas de boîte pour elle, avait chuchoté la petite fille à sa mère d'un ton désapprobateur.

— Évidemment, elle n'a pas de chien, rétorqua Brian, les yeux levés au ciel.

— Je promets d'en acheter, riait Barbara. Je ne serai pas prise au dépourvu la prochaine fois que j'aurai la visite de Scarlett. »

Les enfants momentanément éloignés, les adultes en revinrent aux événements de la nuit.

« Je n'arrive pas à croire que Lieber vous ait ramené à Charleston, dit Barbara à Joe. Heureusement qu'il était là, finalement.

— Avant de le porter aux nues, rappelez-vous qu'il voulait d'abord se venger de Steve, répondit

Joe. Il n'était venu ici que dans l'intention de le tuer. À ce qu'il m'a dit, il n'est pas arrivé à se décider. » Joe haussa les épaules. « Ou peut-être que Pete ne lui en a pas laissé le temps. De toute façon, il savait qu'on le soupçonnerait avant tout le monde, et que la police ne le croirait pas s'il leur disait la vérité. C'est pour ça qu'il voulait parler à Deborah, pour qu'elle les lance sur Pete. »

Deborah baissa les yeux. Jamais elle n'aurait cru que l'existence de Steve ait pu être menacée par tant d'antagonismes : Pete et Lieber voulaient sa mort, et le FBI le prenait pour un *serial killer*. Sans oublier Emily, cette sœur trop belle qu'il avait eu le malheur d'abandonner deux heures à peine, le mauvais jour.

Comme si elle devinait les pensées de son amie, Barbara changea de sujet : « Quand je pense à Mme Dillman, elle a un sacré ressort, tout de même, pour une femme de son âge.

— Fred m'a dit qu'elle a retrouvé ses esprits hier soir, sourit Deborah. Elle a appelé les médecins pour leur dire que c'est Pete qui l'avait attaquée, que j'étais en danger de mort avec les enfants. Évidemment, ils n'ont jamais voulu la croire.

— J'aimerais bien être aussi solide qu'elle quand j'aurai son âge, reprit Barbara. Même si elle n'a pas toujours toute sa tête. » Elle offrit son plus beau sourire à Evan, puis regarda la bague de fiançailles qu'elle portait depuis peu à l'annulaire. « Surtout que j'aurai un mari beau et jeune à surveiller. »

Amusé, Evan répondit : « Chérie, quand tu auras

l'âge de Mme Dillman, moi j'aurai quatre-vingt-cinq ans. Je ne devrais pas être trop difficile à surveiller. »

Plus tard, à la grande joie des enfants, Evan et Barbara partirent chercher des viennoiseries toutes fraîches à la boulangerie. Tandis qu'ils s'éloignaient, Joe se rappela : « Dire qu'il y a deux jours, je croyais que tout était terminé entre eux.

— Barbara dit que ce genre de crise est normal, fit Deborah. Evan avait besoin de faire un choix, et il l'a fait. Je suis contente pour elle.

— À mon avis, il faut attendre un peu avant de se réjouir. Je ne suis pas sûr qu'Evan sache vraiment ce qu'il veut.

— Espérons qu'ils puissent être heureux, tout simplement, dit-elle en regardant par la fenêtre. Steve disait l'autre jour que les mariages amoureux ne finissent pas toujours bien.

— Il avait raison. »

Elle soupira. « Joe, je n'arrive pas à croire que Pete l'ait tué. » Elle claqua des doigts. « Voilà, terminé, effacé. Je ne le verrai plus sourire, je ne l'entendrai plus dire aux enfants qu'ils regardent trop la télévision, il ne s'occupera plus jamais de ses plantes. » Elle hocha la tête. « J'avais fini par détester ces réceptions que l'on donnait à Noël — c'était tellement de travail — et aujourd'hui j'inviterais tout le monde chaque soir, juste pour être sûre de lui faire plaisir. » Ses yeux se remplirent de larmes. « Oh ! Joe, tout cela me paraît tellement irréel. Et je suis assise ici depuis deux heures à blaguasser comme une idiote, comme si rien ne s'était passé. Je me fais honte.

— Vous avez subi trop de choses en peu de temps, dit-il gentiment. Mais je sais que vous l'aimiez. Lui aussi le savait. Il ne faut pas vous sentir coupable de vous laisser aller un peu. Vous avez été choquée, et durement. Vous avez besoin de continuer à vivre. Kimberly et Brian ont besoin de vous. Croyez-moi, vous aurez tout le temps de souffrir. Surtout que ça ne sert à rien.

— Je sais. » Elle fronça les sourcils. « Par contre, je ne sais pas ce que je vais dire aux enfants.

— Je peux peut-être vous aider à trouver quelque chose ? »

Elle regarda son visage fatigué. Ses yeux étaient injectés de sang, la cicatrice au-dessus du sourcil semblait plus profonde. « Je crois que vous avez déjà fait beaucoup. »

Joe s'assit près d'elle sur le canapé et la regarda sans détour : « Vous vous rappelez le jour où vous m'avez demandé si j'étais heureux. Quand je vous ai répondu "ni heureux ni vraiment malheureux" ? » Elle fit signe que oui. « Eh bien, que Steve me pardonne, mais j'ai eu des instants de bonheur avec vous et les enfants, cette semaine. Malgré les circonstances, malgré l'horreur de la situation, j'étais content de pouvoir jouer avec eux, et qu'on dîne tous ensemble le soir. Je me suis même amusé à traîner avec vous dans la neige au milieu des jardins privés de Wheeling.

— Joe », fit Deborah, hésitante. Coupable, triste et séduite à la fois. « Je ne sais pas quoi vous dire.

— Dites-moi juste que vous ne me mettez pas à la porte, maintenant que vous n'avez plus besoin de moi. » Sa voix se fit plus douce. « Dites-moi que je peux vous aider encore. »

Elle baissa les yeux un instant en regardant ses mains. « Nous avons besoin de vous. Kim, et Brian, et moi, nous avons besoin de vous. » Elle croisa son regard et sourit. « Non, Joe. Je ne te mets pas à la porte. Certainement pas. »

DU MÊME AUTEUR

Aux Éditions de La Table Ronde

PERDUES DE VUE, 2008.

LE CRIME DES ROSES, 2006.

LES SECRETS SONT ÉTERNELS, 2005, Folio Policier n° 475.

SI ELLE DEVAIT MOURIR, 2004, Folio Policier n° 424.

DEPUIS QUE TU ES PARTIE, 2003, Folio Policier n° 348.

NE FERME PAS LES YEUX, 2002, Folio Policier n° 320.

SIX DE CŒUR, 2001, J'ai lu 2003.

PAPA EST MORT, TOURTERELLE, 2000, éditions de La Seine, 2002, Folio Policier n° 483.

TU ES SI JOLIE CE SOIR, 1999, J'ai lu, 2000 et Éditions de La Seine, 2002, Folio Policier n° 494.

PRÉSUMÉE COUPABLE, 1993, Folio Policier n° 386.

NOIR COMME LE SOUVENIR, 1991, J'ai lu, 2000.

Composition Interligne
Impression Novoprint
le 2 janvier 2008
Dépôt légal : janvier 2008

ISBN 978-2-07-034968/5/Imprimé en Espagne.

154981